红学丛稿新编

高淮生 著

图书在版编目（CIP）数据

红学丛稿新编/高淮生著．—北京：知识产权出版社，2017.5
ISBN 978-7-5130-4911-5

Ⅰ．①红… Ⅱ．①高… Ⅲ．①红学—研究 Ⅳ．①I207.411

中国版本图书馆 CIP 数据核字（2017）第 112043 号

内容提要

《红学丛稿新编》由"引证辑录""学术对话""学术综述""红学专论""附录"等部分构成，共计16篇文章。其中"引证辑录"是著者的学术倡导，即从"学术文献来源与辑佚"与"学术文献考辨与笺注"两方面对现代学人谈论《红楼梦》的资料做系统整理，因为这些资料很有可能会提供一些拓展《红楼梦》研究的新材料、新方法；"学术对话"是对《红楼梦》的外译以及海外传播问题做的学术访谈，同时记录了海外学者对于《红楼梦》的痴爱以及他们对于传播中华文学艺术于世界的古道热肠；"学术综述"的四篇文章包括一篇"笔谈"，均为红学转型期的重要文献，假以时日，其学术史影响将日益彰显；"红学专论"是著者多年来的学术思考的结晶，既有因为选题时尚而备受关注的文章，也有拓展学术视野的文章；"附录"中的文章既不乏新意，又具有现实的启示意义。

责任编辑：徐家春　　　　　　　　　　　责任出版：孙婷婷

红学丛稿新编
Hongxue Conggao Xinbian

高淮生　著

出版发行：知识产权出版社有限责任公司	网　　址：http://www.ipph.cn	
电　　话：010-82004826		http://www.laichushu.com
社　　址：北京市海淀区西外太平庄55号	邮　　编：100081	
责编电话：010-82000860 转 8573	责编邮箱：823236309@qq.com	
发行电话：010-82000860 转 8101/8029	发行传真：010-82000893/82003279	
印　　刷：北京中献拓方科技发展有限公司	经　　销：各大网上书店、新华书店及相关专业书店	
开　　本：720mm×1000mm　1/16	印　　张：16	
版　　次：2017年5月第1版	印　　次：2017年5月第1次印刷	
字　　数：254千字	定　　价：48.00元	
ISBN 978-7-5130-4911-5		

出版权专有　侵权必究
如有印装质量问题，本社负责调换。

都云作者痴，誰解其中味

一朝能入夢，語生難再醒

击法讀紅樓則晦

石頭兩記 无妨夢中夢

紅樓觀世法易明

丁酉初春 於夢軒 高雄書

自 序

《红学丛稿新编》是笔者的第三部自选集,此前两部分别是《红楼梦新论稿》(上海古籍出版社 2013 年版)、《红楼梦丛论新稿》(中国矿业大学出版社 2016 年版),这三部自选集均为笔者研红的"练笔"之作。并且,这样的"练笔"之作还要继续写下去,目的主要在于为了撰著一套相对精善的红学史著述《红学学案》而服务。第一部《红学学案》已经于 2013 年 2 月由新华出版社出版,而第二部书稿(《港台及海外红学学案》)尚未出版,原因在于获得了 2016 年教育部哲学社会科学研究后期资助,该项目要在 2018 年结题,结题后才可以出版。这两部《红学学案》同时也在不断修订之中,我曾经跟朋友说过,它们都并非"已经完成时",而是"现在进行时"或"将来完成时"。笔者的自选集往往标明"新论""新稿""新编",并非自我期许这些"练笔"之作具有多么深刻的学术新意,而是试图激励自己写出学术心得来。至于总以"稿"字为题,那是因为陈寅恪先生对于笔者潜移默化的学术影响,此"情结"挥之不去,况且并无大碍,也就沿袭下来了。

《红学丛稿新编》由"引证辑录""学术对话""学术综述""红学专论""附录"等部分构成,共计 16 篇文章。"引证辑录"是笔者的学术倡导,笔者曾在 2016 年 4 月 15 日至 17 日于河南郑州召开的"回顾与展望——《红楼梦》文献学研究高端论坛"上,以《〈红楼梦〉现当代学术文献整理的若干思考》为题做了主题发言,这次发言从"学术文献来源与辑佚"和"学术文献考辨与笺注"两方面谈了笔者对于现代红学学术文献整理的一些看法。笔者认为,现代学人的学术文献对于《红楼梦》的研究以及红学的学术发展和学科建设具有不可替代的学术参考价值,有必要拿出一定的精力发掘检索这些大量散见于学人的日记、书信、年谱、随笔、札记、评传、访谈、口述史、回忆录、学术论著之中的谈红论红资料，并将这些零星材料做一番系统化的整理。这些资料很有可能会提供一些拓展《红楼梦》研究的新材料、新方法。这项学术工作已经由吕启祥先生和林东海先生主编的《红楼梦研究稀见资料》开了个好头，还可以再推进一步，即对所汇编的"稀见资料"做一番考辨笺释的工作，这将给文献使用者带来很大方便。笔者葆有一个心愿：假以时日，以《现代学人的〈红楼梦〉引证辑录》为题汇编成册，以飨学林，泽惠后学。可见，《红学丛稿新编》所选三篇"引证辑录"文字不过是将笔者的倡导做一个示范而已，并且这一示范也是只做了一半的工程。

"学术对话"两篇文章均为对于《红楼梦》文本翻译问题所做的访谈，作者均为《红楼梦》译本的主要完成者，德国学者吴漠汀教授和韩国学者崔溶澈教授，他们对于《红楼梦》翻译具有切实的体会和独特的感悟。他们所共同提供的翻译经验值得借鉴，譬如认为《红楼梦》翻译活动就是一种文学艺术的再创作过程。两篇"学术对话"同时记录了海外学者对于《红楼梦》的痴爱以及他们对于传播中华文学艺术于世界的古道热肠，这是最值得表彰的。笔者期许若有此机缘，将继续把这样的"学术对话"做下去，为《红楼梦》的外译以及海外传播略尽绵薄之力。

"学术综述"的四篇文章（包括一篇"笔谈"），均为红学转型期的重要文献，假以时日，其学术史影响将日益彰显。"座谈会实录"充分肯定了一种新的红学史即笔者撰著的《红学学案》的学术创新意义，并且《红学学案》的学术意义并不仅限于学术史的写作本身。从近处说，《红学学案》的诞生催生了以中青年为主体的红学学人对于前一个百年红学的全面反思，其标志即由笔者与乔福锦教授共同策划，并由笔者召集的"历史的回顾与未来的展望——纪念曹雪芹诞辰300周年学术研讨会"的顺利召开。可以认为，其更加丰富的学术意义尚有待于不断地发酵。"文献学研究笔谈"是对"回顾与展望——《红楼梦》文献学研究高端论坛"的学术回应，更为充分地研讨了"红楼文献学"建构的相关问题。笔者认为，"红楼文献学"的建构是红学转型期的一项重要工作，它的成功与否不仅关系到红学学科的建设，而且关系到下一个百年红学的学术进程。"红学发展的希望及未来专题座谈会"是在前两届会议的基础上催生的对于红学问题的专题研讨，它的成功举办催生了"'周汝昌与现代红学'专题座谈会"，并由此揭开了全面检讨红学各种问题的新篇章，创新了红学研讨会的模式，赢得了学人的广泛赞誉和积极响应。

"红学专论"中学术影响较大的是《关于〈红楼梦〉影视改编的思考》，以及《一代人有一代人之学术——从〈红学学案〉到〈金学学案〉》两篇文章。前一篇文章刊发于2007年的《红楼梦学刊》第四辑，中国知网（CNKI）的下载量达1800多次，可见其被关注的程度。笔者以为，这篇文章不仅因为选题时尚的原因备受关注，同时还是由于该文的见识具有新意，且至今仍具有参考价值。后一篇文章则表明笔者的学术视野的拓展，即现代学案的写作拓展到了"金学"领域，并且已经完成了《吴敢金学学案》《黄霖金学学案》《宁宗一金学学案》等，均刊发于《河南理工大学学报》（社会科学版），并已经引起相应的争鸣。

"附录"中的两篇文章各具特色。《现代学案述要》是为笔者主持的《现代学案》栏目（《中国矿业大学学报》社会科学版）所撰述的写作指南性的文章，大致从"立案原则""立案人选""立案写作""立案意义"四方面试图为现代学案建立写作规范。大体原委是这样的：《红学学案》出版座谈会在中国艺术研究院举办之后，《中国矿业大学学报》（社会科学版）主编李金齐教授希望笔者为学报设计一个新栏目，他主持学报以来，一直希望提升学报的学术水平，创办新栏目是其中的一项措施。于是，《现代学案》栏目应运而生，笔者与李金齐主编都对这个新栏目葆有很高的期许，至于结果怎样，并未十分经意。也就是说，《红学学案》的学术延展即"现代学案"。笔者认为，现代学案体制，虽旧弥新。一则现代撰述之形制略不同于《明儒学案》之形制；二则现代学案之旨趣较之《明儒学案》略有所增益。无论形制之新变，抑或旨趣之增益，皆显见现代学案撰述者之学术史立意。现代学案的最大意义在于将为现代人文社科诸学科之学术史写作提供生动鲜活的范式以及提供丰富的学术文献史料，进而为各人文社科的学科建设做出有益的贡献。《不忘初心 吾道不孤——聆听〈高淮生教授与红楼梦〉讲座有感》一篇文字则是对于笔者35年来孜孜以求地读书和学术研究理念、学术方法、学术个性等的简要总结。在笔者看来，这篇文字的更现实的意义在于激励后学方面尚有可观之处。

笔者在近年来的学术活动过程中逐渐坚定了这样的学术信念：红学有待，吾道不孤；铅刀贵一割，梦想呈良图！

目 录

引证辑录篇 / 1
钱锺书《红楼梦》引证辑录 / 3
顾颉刚《红楼梦》引证辑录 / 26
徐复观《红楼梦》引证辑录 / 45

学术对话篇 / 53
中、德学者红学对话实录——以《红楼梦》翻译为题 / 55
中、韩学者红学对话录——以《红楼梦》翻译为例 / 64

学术综述篇 / 71
《红楼梦》文献学研究笔谈 / 73
"'周汝昌与现代红学'专题座谈会"综述 / 88
"'红学发展的希望及未来'专题座谈会"综述 / 116
"《百年红学》创栏十周年暨《红学学案》出版座谈会"实录 / 132

红学专论篇 / 157
《红楼梦》序文新论 / 159

《红楼梦》题名研究论略 / 170
关于《红楼梦》影视改编的思考 / 181
《红学学案》外编——红学名家与《红楼梦》研究 / 194
一代人有一代人之学术——从《红学学案》到《金学学案》/ 212

附录篇 / 221
现代学案述要 / 223
不忘初心　吾道不孤——聆听"高淮生教授与红楼梦"讲座有感 / 235

后　记 / 240

引证辑录篇

한국문학사

钱锺书《红楼梦》引证辑录

引 言

笔者曾在 2016 年 4 月 15 日至 17 日于河南郑州召开的"回顾与展望——《红楼梦》文献学研究高端论坛"上,以《〈红楼梦〉现当代学术文献整理的若干思考》[1]为题作了主题发言,这次发言从"学术文献来源与辑佚"和"学术文献考辨与笺注"两方面谈了笔者对于现代红学学术文献整理的一些看法。这些看法是笔者《红学学案》写作过程中日渐明晰的一种认识,即现代学人的学术文献对于《红楼梦》的研究以及红学的学科发展具有不可低估的学术参考价值。笔者对于钱锺书的《红楼梦》引证所做的系统辑录,正是基于笔者的积极倡导,这一学术实践将有益于拓展《红楼梦》文献整理和研究的领域。钱锺书《红楼梦》引证辑录整理了钱锺书相关著述的谈红论红资料,并将这些零星资料略做了一番系统化的工作,当然,已经出版或尚未出版的钱锺书的著述仍然有待于更进一步的整理。值得一提的是,"引证辑录"将为进一步地考辨与述论钱锺书阅读和接受《红楼梦》的立场、观念与方法提供第一手文献资料,而厘清钱锺书阅读和接受《红楼梦》的立场、观念与方法,又将对《红楼梦》的研究以及红学的学科发展具有不可忽视的学术启示意义。

钱锺书《红楼梦》引证辑录所详加钩沉的钱锺书的著述包括《管锥编》《谈艺录》《宋诗选注》《七缀集》《写在人生边上》《人生边上的边上》

---

[1] 高淮生:《"回顾与展望——《红楼梦》文献学研究高端论坛"学术综述》,载《河南教育学院学报》(哲学社会科学版)2016 年第 3 期。

《石语》《人·兽·鬼》等，令人欣慰的是，钱锺书谈论《红楼梦》的资料竟然如此丰富。由此可以预见，这方面的红学文献整理显然是值得坚持做下去的学术课题。

一、《谈艺录》对《红楼梦》的引证

"引证辑录"所使用的《谈艺录》文本乃商务印书馆2011年出版的修订本，共得四则引证资料，其中所涉及的对于王国维的评价，具有鲜明的学术参考价值。

1. 《谈艺录》之三《王静安诗》——钱锺书在比较严复（字几道）与王国维之西学修养时认为：几道本乏深湛之思，治西学亦求卑之无甚高论者，如斯宾塞、穆勒、赫胥黎辈；所译之书，理不胜词，斯乃识趣所囿也。老辈惟王静安，少作时时流露西学义谛，庶几水中之盐味，而非眼里之金屑……【补订】静安论述西方哲学，本色当行，弁冕时辈……王氏于叔本华著作，口沫手胝，《红楼梦评论》中反复陈述，据其说以断言《红楼梦》为"悲剧中之悲剧"。贾母惩黛玉之孤僻而信金玉之邪说也；王夫人亲于薛氏、凤姐而忌黛玉之才慧也；袭人虑不容于寡妻也；宝玉畏不得于大母也；由此种种原因，而木石遂不得不离也。洵持之有故矣。然似于叔本华之道未尽，于其理未彻也。苟尽其道而彻其理，则当知木石姻缘，侥幸成就，喜将变忧，佳耦始者或以怨耦终；遥闻声而相思相慕，习近前而渐疏渐厌，花红初无几日，月满不得连宵，好事徒成虚话，含饴还同嚼蜡（参观《管锥编》论《毛诗正义》第三四"含蓄与寄托"、论《史记会注考证》第三三"色衰爱弛"、论《全上古三代秦汉三国六朝文》第二五九"不去恒飞"）。此亦如王氏所谓"无蛇蝎之人物、非常之变故行于其间，不过通常之人情、通常之境遇为之"而已。❶

【补订】又道："苟本叔本华之说，则宝黛良缘虽就，而好逑渐至寇仇，'冤家'终为怨耦，方是'悲剧之悲剧'。然《红楼梦》现有收场，正亦切事入情，何劳削足适履。王氏附会叔本华以阐释《红楼梦》，不免作法自弊也。盖自叔本华哲学言之，《红楼梦》未能穷理窟而抉道根；而自《红楼

---

❶ 钱锺书：《谈艺录》，商务印书馆2011年版（修订本），第73~75页。

梦》小说言之，叔本华空扫万象，敛归一律，尝滴水知大海味，而不屑观海之澜。夫《红楼梦》、佳著也，叔本华哲学、玄谛也；利导则两美可以相得，强合则两贤必至相陁。此非仅《红楼梦》与叔本华哲学为然也……吾辈穷气尽力，欲使小说、诗歌、戏剧，与哲学、历史、社会学等为一家。参禅贵活，为学知止，要能舍筏登岸，毋如抱梁溺水也。"❶

【笔者按：王人恩《钱锺书对王国维〈红楼梦评论〉的评论》一文评道：这段文字是钱先生评价王国维《红楼梦评论》之得失的"文心"所在，似应深入研读，不能草草看过。第一，《红楼梦》的"收场"亦即结局"正亦切事入情"，这是钱先生对《红楼梦》一书结局，尤其是宝、黛爱情悲剧结局的总体评价，认为小说的结局切合世情世事，入情入理，因此它才是"佳著"。第二，钱先生意谓，如果以叔本华哲学来考察《红楼梦》，《红楼梦》的的确确未能穷尽世间的义理，未能抉发大道的根本；如果把《红楼梦》当作小说来考察，《红楼梦》则如波澜壮阔、气象万千的大海，叔本华哲学则是尽扫宇宙内外一切景象而只归结为"愿欲说"的一种学说而已，这样的学说可以用来尝试评论《红楼梦》，这就像滴水之尝可知大海之味一样，但是就会轻视《红楼梦》的丰富内涵。质言之，单一、不成熟的叔本华哲学解释不了博大精深的小说《红楼梦》。第三，钱先生意谓，《红楼梦》是小说"佳著"，属于具象的描写，叔本华哲学是哲学"玄谛"，属于理论的抽象，如果想用哲学理论或某一学说来讨论小说《红楼梦》，要做到"利导则两美可以相得"，这当然是最理想的，然谈何容易！而"强合则两贤必至相陁"，固世所常见。……钱先生对王国维"悲剧之悲剧"说的评论可谓鞭辟入里，此前尚未见有人如此发潜阐幽。】❷

【又按：陈子谦在《论钱钟书》一书中道："'悲剧之悲剧'原是王国维在《〈红楼梦〉评论》中出来的一个美学概念。要了解《围城》的主题隐喻，我们还得从王国维师承叔本华的哲学说起。……钱钟书指出，王国维的结论完全错了，和叔本华的愿欲说恰相反对！……钱钟书否定了王国维的结论，但接过了'悲剧之悲剧'的概念，赋予了它以愿欲说为中心内容的名副其实的含义。……钱钟书不是按照愿欲说创造了《围城》，恰好相

---

❶ 钱锺书：《谈艺录》，商务印书馆2011年版（修订本），第77~78页。
❷ 王人恩：《钱锺书对王国维〈红楼梦评论〉的评论》，载《红楼梦学刊》2015年第6期。

反，是人生体验和观察，使'悲剧之悲剧'的潜在意识化为了《围城》的形象血肉，开拓了'围城心境'的美学境界；反过来，又使他得以重新认识王国维的理论，发现王国维对《红楼梦》的错误结论，形成了他自己的'悲剧之悲剧'的美学思想。这些思想散见于《管锥编》，《谈艺录》下编有较为集中的阐发，但这已是钱钟书文学和学术生涯较晚的理论概括了。显然，创作实践在前，理论概括在后。】❶

2.《谈艺录》之三《王静安诗》——所撰《红楼梦评论》第四章申说叔本华人生解脱之旨，引自作"生平颇忆挈卢敖"一七律为例；可见其确本义理，发为声诗，非余臆说也。❷

3.《谈艺录》之四《诗乐离合 文体递变》——章实斋《文史通义》外篇三《答沈枫墀论学》："仆年十五六时，犹闻老生宿儒自尊所业，至目通经服古，谓之杂学，古诗文词谓之杂作。士不工四书文，不得为通。"……通俗小说，如……《儒林外史》第三回魏好古自称"童生诗词歌赋都会"，周学道"变了脸"词斥其"杂览"曰："当今天子重文章，足下何须讲汉唐"……第十一回鲁小姐憎薄蘧公孙吟诗不作八股，曰："自古及今，几曾见不会中进士的人可以叫作名士的"；第十八回卫体善讥马纯上"杂览"。《红楼梦》第八十一回贾代儒训宝玉曰："诗词一道，不是学不得的，只要发达了以后再学不迟呢。"❸【笔者按："谈到'文体递变'，钱先生指出明清治八股举业者往往鄙薄诗赋，征引了数十条材料。其中《红楼梦》中的材料是第八十一回贾代儒训宝玉曰：'诗词一道，不是学不得的，只要发达了以后再学不迟呢。'比起所引《儒林外史》第三回周进训魏好古的言辞，贾代儒的话算是委婉客气的。钱先生和吴敬梓、曹雪芹一样，对这种冬烘的腐见是深恶痛绝的。"】❹

4.《谈艺录》之五九《随园诗话》——平心论之，袁之才气，固是万人敌也。胸次超旷，故多破空之论；性海洋溢，故有绝世之情。所惜根柢浅薄，不求甚解处多。所读经史，但以供诗文之料，而不肯求通，是为所

---

❶ 陈子谦：《论钱钟书》，广西师范大学出版社2005年版，第3~5页。
❷ 钱锺书：《谈艺录》，商务印书馆2011年版（修订本），第79页。
❸ 钱锺书：《谈艺录》，商务印书馆2011年版（修订本），第90~91页。
❹ 沈治钧：《无端说梦向痴人——钱锺书谈〈红楼梦〉》，载《贵州大学学报》（社会科学版）2000年第2期。

短。……天目山樵（张啸山文虎）《儒林外史评》卷下第三十三回："这姚园是个极大的园"评："此即后来随园也。园亦不甚大，而称极大，盖借景于园外，简斋固已自言之。然《诗话》中又冒称即《红楼梦》之大观园，则又严贡生、匡超人、牛浦郎辈笔意也。"语殊冷隽；其园得入《红楼梦》，乃子才之梢空，其人宜入《儒林外史》，则子才之行实矣。❶

二、《管锥编》对《红楼梦》的引证

"引证辑录"所使用的《管锥编》乃中华书局1986年第二版，引证丰富，涉及《红楼梦》评论的诸多方面，有待于进一步笺释。

1. 《管锥编》第一册《周易正义》二七则，则一四"艮　注疏亦用道家言——欲止于背"——文学中寓言十九，每托后义。如世人熟晓之《红楼梦》第一二回贾瑞照"风月宝鉴"，跛足道人叮嘱曰："专治邪思妄动之症。……千万不可照正面，只照背面，要紧！要紧！"岂非"艮其背"耶？"其背"可"艮"，"妄动"能"治"之谓也。❷

2. 《管锥编》第一册《周易正义》二七则，则一六"归妹　比喻有两柄亦有多边"——《红楼梦》第五回仙曲《枉凝眸》："一个枉自嗟呀，一个空劳牵挂，一个是水中月，一个是镜中花。"点化禅藻，发抒绮思，则撩逗而不可即也……是为心痒之恨词。……世异域殊，执喻之柄，亦每不同。如意语、英语均有"使钟表停止"之喻，而美刺之旨各别……或《红楼梦》第二七回曰："这些人打扮的桃羞杏让，燕妒莺惭。"❸

3. 《管锥编》第一册《毛诗正义》六〇则，则七"卷耳　话分两头"——男女两人处两地而情事一时，批尾家谓之"双管齐下"，章回小说谓之"话分两头"，《红楼梦》第五回王凤姐仿"说书"所谓"一张口难说两家话，'花开两朵，各表一枝'"。……《红楼梦》第九八回："却说宝玉成家的那一日，黛玉白日已经昏晕过去，当时黛玉气绝，正是宝玉娶宝钗的这个时辰。"❹

---

❶ 钱锺书：《谈艺录》，商务印书馆2011年版（修订本），第493~494页。
❷ 钱锺书：《管锥编》第一册，中华书局1986年第二版，第33页。
❸ 钱锺书：《管锥编》第一册，中华书局1986年第二版，第38~39页。
❹ 钱锺书：《管锥编》第一册，中华书局1986年第二版，第68~69页。

4.《管锥编》第一册《毛诗正义》六〇则,则二六"河广 诗文之词虚而非伪"——高文何绮,好句如珠,现梦里之悲欢,幻空中之楼阁,镜内映花,灯边生影,言之虚者也,非言之伪者也,叩之物而不实者也,非本之心而不诚者也。《红楼梦》第一回大书特书曰"假语村言",岂可同之于"诳语村言"哉?《史记·商君列传》商君答赵良曰:"语有之矣:貌言,华也;至言,实也";设以"貌言""华言"代"虚言""假言",或稍减误会。以华语为实语而"尽信"之,即以辞害意,或出于不学,而多出于不思……若夫辨河汉广狭,考李杜酒价,诸如此类,无关腹笥,以不可执为可稽,又不思之过焉。潘岳《闲居赋》自夸园中果树云:"张公大谷之梨,梁侯乌椑之柿,周文弱枝之枣,房陵朱仲之李,靡不毕殖";《红楼梦》第五回写秦氏房中陈设,有武则天曾照之宝镜、安禄山尝掷之木瓜、经西施浣之纱衾、被红娘抱之鸳枕,等等。倘据此以为作者乃言古植至晋而移、古物入清犹用,叹有神助,或斥其鬼话,则犹"丞相非在梦中,君自在梦中"耳。❶

5.《管锥编》第一册《左传正义》六七则,则五八"昭公二八年(一)'惟食忘忧'"——《红楼梦》"凡歇落处每用吃饭",护花主人于卷首《读法》中说之以为"大道存焉",著语迂腐,实则其意只谓此虽日常小节,乃生命所须,饮食之欲更大于男女之欲耳。❷

【笔者按:沈治钧认为:在树立己说,破除迂见,近察文心,远观人情,大到研究方法,小如一餐一饭,钱锺书都不放过,刻意追求"语不惊人死不休"的效果。如《管锥编》第 239 页至 240 页极口称赞《左传》中"惟食忘忧"一谚,说:"按此谚殊洞达情理。有待之身,口腹尤累,诗人名句'切身经济是加餐'(张问陶《乙巳八月出都感事》之四),所以传诵。忧心如焚不敌饥火如焚;'食不甘味''茶饭无心'则诚有之,然岂能以愁肠而尽废食肠哉?……《红楼梦》'凡歇落处每用吃饭',护花主人于卷首《读法》中说之以为'大道存焉',著语迂腐,实则其意只谓此虽日常小节,乃生命所须,饮食之欲更大于男女之欲耳。"钱锺书深知曹雪芹善用春秋笔法,也惯于发明其微言大意,但并不像王希廉那样到处疑心有"大

---

❶ 钱锺书:《管锥编》第一册,中华书局 1986 年第二版,第 97~98 页。
❷ 钱锺书:《管锥编》第一册,中华书局 1986 年第二版,第 240 页。

道存焉",而是据实指出像这些地方作者"只不过只取其事体情理罢了"(第一回),这无非是人之常情。指出这一点是非常必要的,原因倒不在于书中宴饮场面之繁多,而是由于《红楼梦》最精彩的笔墨并非是刻意猎奇,反而恰恰是描写"日常小节",展示人情之常态。芥豆之微如一餐一饭,作者尚能不违情理,遑论其他!钱氏著此节未必有此繁复深曲之意,然联类所及,我们何必不着此想?他所总结的这一人情常理,如所引费尔巴哈之言,"心中有情,首中有思,必先腹中有物",确也颇堪玩味,顿觉所谓"食不甘味""茶饭无心"等言语故套颇有矫饰之嫌了。另外,由此而知钱锺书也涉猎到评点家的意见,是值得注意的。所谓博洽群籍,他在红学领域也当得此誉罢。而且,这在 70 年代末的红学界,也是得风气之先呢。】❶

6.《管锥编》第一册《史记会注考证》五八则,则三九"淮阴侯列传——野语无稽而颇有理"——后世小说家代述角色之隐衷,即传角色之心声,习用此法,蔚为巨观。……《红楼梦》第三回:"黛玉便忖度着:'因他有玉,所以才问我的'。"《西游记》谓之"自家计较,以心问心","以心问心,自家商量","心问口,口问心"。以视《史记》诸例,似江海之于潢污,然草创之功,不可不录焉。❷

7.《管锥编》第二册《列子张湛注》九则,则八"杨朱"——说理而取譬于情欲则《老子》第六一章已曰:"牝常以静胜牡,以静为下";《礼记·大学》曰:"如好好色",《祭义》曰:"如欲色然",又《坊记》曰:"民犹以色厚于德",《论语·子罕》曰:"未见好德如好色",又《学而》曰:"贤贤易色"(参观《坊记》……《红楼梦》第八二回)。❸

8.《管锥编》第二册《列子张湛注》九则,则九"说符"——《红楼梦》第三回:"泼辣货,南京所谓辣子",皆一音之转。❹

9.《管锥编》一〇"九章(二)思与丝"——盖欲解纠结,端须组结。……不平之善鸣,当哭之长歌,即"为纕""为膺",化一把辛酸泪为满纸荒唐言,使无绪之编结,因写忧而造艺是矣。❺

---

❶ 沈治钧:《万点花飞梦逐飞——钱钟书论〈红楼梦〉》,载《红楼梦学刊》1998 年第 1 期。
❷ 钱锺书:《管锥编》第一册,中华书局 1986 年第二版,第 338 页。
❸ 钱锺书:《管锥编》第二册,中华书局 1986 年第二版,第 526~527 页。
❹ 钱锺书:《管锥编》第二册,中华书局 1986 年第二版,第 529 页。
❺ 钱锺书:《管锥编》第二册,中华书局 1986 年第二版,第 617 页。

10. 《管锥编》第二册《太平广记》二一五则，则七"卷一〇'登时'"——《红楼梦》例作"登时"，如第三〇回："宝钗听说，登时红了脸"，又同回："登时众丫头听见王夫人醒了"；《儒林外史》亦然，如第六回严监生"登时就没了气"，又严贡生"登时好了"。"红了脸"一例中可作"顿时"，犹《二十年目睹之怪现状》第五七回："听了之时，顿时三尸乱爆、七窍生烟"，谓立刻也；"众丫头"一例中不可作"顿时"，而只可作"当时"，犹《水浒》第四〇回："当时晁盖并众人听了，请问军师"，谓此际也。正如《诗·正义》之"登时"可作"当时"，当此鸟尚小之时，若作"顿时"，便不词矣。"顿时"示两事接贯，此触彼发，波及浪追；若夫叠出并行，适逢其会，则非所能达，不及"登时""当时"之两施咸可。又按"时""世""代"三文同义，而加一"当"字，则"当世""当代"乃言现前而"当时"则言过去，大相径庭矣。❶

11. 《管锥编》第二册《太平广记》二一五则，则一一八"卷二六二"——冯小青"瘦影"两句（笔者按："瘦影自临秋水照，卿须怜我我怜卿"），当时传诵，张大复《梅花草堂笔谈》卷一二即叹："如此流利，从何捉摸！"后来《红楼梦》第八九回称引之以伤黛玉。明季艳说小青，作传者重叠，乃至演为话本，谱入院本，几成"佳人薄命"之样本，李雯《蓼斋集》卷一八《仿佛行·序》论其事所谓："昔之所哭，今已为歌。"及夫《红楼梦》大行，黛玉不啻代兴，青让于黛，双木起而二马废矣。❷

12. 《管锥编》第三册《全上古三代秦汉三国六朝文》一四〇则，则二六"全汉文卷四二"——征文考献，宛若一切造艺者皆须如洋葱之刺激泪腺，而百凡审美又得如绛珠草之偿还泪债，难乎其为"储三副泪"之汤卿谋矣（见汤传楹《湘中草》卷六《闲余笔话》）。❸

13. 《管锥编》第三册《全上古三代秦汉三国六朝文》一四〇则，则二九"全汉文卷五六"——《序》记樊通德语："夫淫于色，非慧男子不至也。慧则通，通则流，流而不得其防，则百物变态，为沟为壑，无所不往焉。"已开《红楼梦》第二回贾雨村论宝玉："天地间残忍乖僻之气与聪俊灵秀之气相值，生于公侯富贵之家，则为情痴、情种"；又第五回警幻仙子

---

❶ 钱锺书：《管锥编》第二册，中华书局1986年第二版，第652页。
❷ 钱锺书：《管锥编》第二册，中华书局1986年第二版，第753页。
❸ 钱锺书：《管锥编》第三册，中华书局1986年第二版，第950页。

语宝玉："好色即淫，知情更淫。……我所爱汝者，乃天下古今第一淫人也！"旧日小说，院本佥写"才子佳人"，而罕及"英雄美人"。《红楼梦》第五四回史太君曰："这些书就是一套子，左不过是佳人才子，最没趣儿！……比如一个男人家，满腹的文章，去做贼"；《儒林外史》第二八回季苇萧在扬州入赘尤家，大厅贴朱笺对联："清风明月长如此；才子佳人信有之"，复向鲍廷玺自解曰："我们风流人物，只要才子佳人会合，一房两房，何足为奇！""才子"者，"满腹文章"之"风流人物"，一身兼备"乖僻之气"与"灵秀之气"，即通德所谓"淫于色"之"慧男子"尔。明义开宗，其通德欤。……钱谦益《有学集》卷二〇《李缁仲诗序》亦极称通德语，以为深契佛说，且申之曰："'流'而后返，入道也不远矣"；盖即《华严经》"先以欲钩牵，后令成佛智"之旨（参观《宗镜录》卷一一、二一、二四），更类《红楼梦》第一回所谓"自色悟空"矣。李易安《打马图经》："慧则通，通即无所不达"，亦隐本通德语。❶

14.《管锥编》第三册《全上古三代秦汉三国六朝文》一四〇则，则六三"全后汉文卷八四"——后世写体态苗条，辄拟诸杨柳，袁宏道《新买得画舫作居》之六奇句所谓："杜宇一身皆口颊，垂杨遍体是腰肢"；寖假而以"蛇腰"易"柳腰"，《红楼梦》第四回王夫人形容晴雯所谓："水蛇腰，削肩膀儿。"❷

15.《管锥编》第三册《全上古三代秦汉三国六朝文》一四〇则，则六六"全后汉文卷八九"——"妇人有朝哭良人，暮适他士，涉历百庭，颜色不愧。"按即《警世通言》卷二庄生诗所谓："夫妻百夜有何恩，见了新人忘旧人"，或《红楼梦》第一回《好了歌》所谓："君生日日说恩情，君死又随人去了。"……夫与妻盟不再娶，妻死而夫背信者，见之载笔……男尊女卑之世，丈夫专口诛笔伐之权，故苛责女而恕论男；发言盈庭，著书满家，皆一面之词尔。归过嫁罪而不引咎分谤，观乎吾国书字，情事即自晓然。❸

16.《管锥编》第三册《全上古三代秦汉三国六朝文》一四〇则，则六九"全后汉文卷九三"——王嘉《拾遗记》卷九石崇爱婢翔风答崇曰："生

---

❶ 钱锺书：《管锥编》第三册，中华书局1986年第二版，第965~966页。
❷ 钱锺书：《管锥编》第三册，中华书局1986年第二版，第1029~1030页。
❸ 钱锺书：《管锥编》第三册，中华书局1986年第二版，第1033~1034页。

爱死离，不如无爱"……《红楼梦》第三一回黛玉谓："聚时欢喜，散时岂不冷清？既生冷清，则生感伤，所以不如倒是不聚的好"；胥其旨矣。❶

17.《管锥编》第四册《全上古三代秦汉三国六朝文》一三七则，则一七一"全宋文卷三四"——夫院本、小说正类诸子、词赋，并属"寓言""假设"。既"明其为戏"，于斯类节目读者未必吹求，作者无须拘泥；即如《红楼梦》第四〇回探春房中挂"颜鲁公墨迹"五言对联，虽患《红楼》梦呓症者亦未尝考究此古董之真伪。倘作者斤斤典则，介介纤微，自负谨严，力矫率滥，却顾此失彼，支左绌右，则非任心漫与，而为无知失察，反授人以柄。❷

18.《管锥编》第四册《全上古三代秦汉三国六朝文》一三七则，则二一五"全梁文卷五一"——卖哭之用，不输"卖笑"，而行泪贿，赠泪仪之事，或且多于汤卿谋之"储泪"、林黛玉之"偿泪债"也。孟郊《悼幼子》："负我十年恩，欠尔千行泪"，又柳永《忆帝京》："系我一生心，负你千行泪"；词章中言涕泪有逋债，如《红楼梦》第一回、第五回等所谓"还泪""欠泪的"，似始见此。❸

【笔者按：沈治钧曾作以下赏论：因钱氏绍介，我们得以了解了黛玉泪债之渊源，是很有价值的。再如《管锥编》第651页至652页释"登"即"登时"，征引了《神仙传》《原化记》《明皇杂录》《古镜记》《难陀出家缘起》《毛诗正义》《三国志》《梁书》《艺文类聚》《高僧传》《夷坚志》等书中例句二三十种，以见"自汉至清，沿用不辍"。最后引《红楼梦》为例论道：《红楼梦》例作"登时"，如第三〇回："宝钗听说，登时红了脸"，又同回："登时众丫头听见王夫人醒了"……"红了脸"一例中可作"顿时"，犹《二十年目睹之怪现状》第五七回："听了之时，顿时三尸乱爆、七窍生烟"，谓立刻也；"众丫头"一例不可作"顿时"，而只可作"当时"，犹《水浒》第四〇回："当时晁盖并众人听了，请问军师"，谓此际也。钱氏的分析可谓精细，使源流俱显，题无剩义了。……钱锺书十分关注那些似曾相识的情景或意象。如《红楼梦》第八九回称引冯小青诗以伤黛玉之"瘦影"，钱钟书评道："明季艳说小青，作传者重叠，乃至演为

---

❶ 钱锺书：《管锥编》第三册，中华书局1986年第二版，第1043页。
❷ 钱锺书：《管锥编》第四册，中华书局1986年第二版，第1302页。
❸ 钱锺书：《管锥编》第四册，中华书局1986年第二版，第1438页。

话本，谱入院本，几成'佳人薄命'之样本，李雯《蓼斋集》卷一八《仿佛行·序》论其事所谓：'昔之所哭，今已为歌。'及夫《红楼梦》大行，黛玉不啻代兴，青让于黛，双木起而二马废矣。"❶既拈出黛玉前代同调以资比照，又说明了黛玉形象艺术魅力之强，而诱因仅"瘦影"而已。再如《管锥编》第1103页以左九嫔《离思赋》抒发的"不以侍至尊为荣，而以隔'至亲'为恨"的情感，与元春省亲时垂泪呜咽之言相比照，指出："词章中宣达此段情境，莫早于左《赋》者。"《红楼梦》与前代文学的承传关系，于此可见一斑。又如，伶玄《飞燕外传》之《序》记樊通德语："夫淫于色，非慧男子不至也。慧则通，通则流，流而不得其防，则百物变态，为沟为壑，无所不往焉。"钱锺书评道：（此语）已开《红楼梦》第二回贾雨村论宝玉："天地间残忍乖僻之气与聪俊灵秀之气相值，生于公侯富贵之家，则为情痴、情种"；又第五回警幻仙子语宝玉："好色即淫，知情更淫。……我所爱汝者，乃天下古今第一淫人也！"旧日小说、院本佥写"才子佳人"，而罕及"英雄美人"。《红楼梦》第五四回史太君曰："这些书就是一套子，左不过是佳人才子，最没趣儿！……比如一个男人家，满腹的文章，去做贼"……"才子"者，"满腹文章"之"风流人物"，一身兼备"乖僻之气"与"灵秀之气"，即通德所谓"淫于色"之"慧男子"尔。明义开宗，其通德欤。……钱谦益《有学集》卷二〇《李缁仲诗序》亦极称通德语，以为深契佛说，且申之曰："'流'而后返，入道也不远矣"；盖即《华严经》"先以欲钩牵，后令成佛智"之旨（参观《宗镜录》卷一一、二一、二四），更类《红楼梦》第一回所谓"自色悟空"矣。】❷

19.《管锥编》第四册《全上古三代秦汉三国六朝文》一三七则，则二一"全梁文卷一九"——词章中一书而得为"学"，堪比经之有"《易》学"《诗》学"等或《说文解字》之蔚成"许学"者，惟《选》学与《红》学耳。寥落千载，俪坐俪立，莫许参焉。"千家注杜"，"五百家注韩、柳、苏"，未闻标立"杜学""韩学"等名目。考据言"郑学"、义理言"朱学"之类，乃谓郑玄、朱熹辈著作学说之全，非谓一书也。❸

【刘梦溪在《现代学人的信仰》一文中道："他对'专学'的看法也很

---

❶ 钱锺书：《管锥编》第二册，中华书局1986年第二版，第753页。
❷ 沈治钧：《万点花飞梦逐飞——钱钟书论〈红楼梦〉》，载《红楼梦学刊》1998年第1期。
❸ 钱锺书：《管锥编》第四册，中华书局1986年第二版，第1401页。

特别。他说因研究一种书而名学的情况不是很多。一个是'选学',《文选》学;一个是'许学',研究许慎的《说文解字》的学问,它们可以称为专学。《红楼梦》研究称为'红学',是为特例,但他认为此学可以成立。其余的研究,包括千家注杜(杜甫)、五百家注韩(韩愈),都不能以'杜学'或者'韩学'称。可见他对学问内涵的限定,何等严格。"]❶

20.《管锥编》第四册《全上古三代秦汉三国六朝文》一三七则,则二五五"全北齐文卷八"——《红楼梦》中癞僧跛道合伙同行,第一回僧曰:"到警幻仙子宫中交割",称"仙"居"宫",是道教也,而僧甘受使令焉;第二五回僧道同敲木鱼,诵:"南无解怨解结菩萨!"道士尝诵"太乙救苦天尊"耳(参观沈起凤《红心词客传奇·才人福》第一二折);第二九回清虚观主张道士呵呵笑道:"无量寿佛!"何不曰"南极老寿星"乎?岂作者之败笔耶?抑实写寻常二氏之徒和光无町畦而口滑不检点也?❷

21.《管锥编》第五册"增订"——昔人所谓"春秋书法",正即修词学之朔(参观 967~968 页),而今之考论者忽焉。此处所举《左传》用"犹""曰"两例,反三隅于一字,其法于后来小说中往往见之。《红楼梦》第四一回言妙玉"仍将前番自己常日吃的绿玉斗来斟与宝玉";大某山人评:"'仍'字可思,况继以'前番'两字乎!"窃谓下文述妙玉以成窑茶杯为"刘老老吃了,他嫌肮脏,不要了",且曰:"幸而那杯子是我没吃过的,若是我吃过的,我就砸碎了,也不能给她!"则上文"自己常日吃"五字亦大"可思"。所谓"微而显、志而晦"(参观 161~162 页),亦即《荀子·劝学》所谓"春秋约而不速"也。青史传真,红楼说梦,文心固有相印者在。❸

22.《管锥编》第五册"增订"——说故事人拍板随身,逢场作戏,以其矛攻其盾则大杀风景矣。《红楼梦》中薛宝钗高才工吟咏,却诵说"女子无才便是德"(六四回),屡以"女孩儿""姑娘"作诗为戒,甚且宣称"做诗写字究竟也不是男人分内之事"(三七、四二、四九回);盖于上谷郡君与伊川先生母子议论兼而有之,洎《牡丹亭》第五折所谓"女为君子

---

❶ 刘梦溪:《现代学人的信仰》,商务印书馆 2015 年版,第 85 页。
❷ 钱锺书:《管锥编》第四册,中华书局 1986 年第二版,第 1512 页。
❸ 钱锺书:《管锥编》第五册,中华书局 1986 年第二版,第 21 页。

儒"哉。❶

23.《管锥编》第五册"增订"——纳兰性德《通志堂集》卷三《送荪友》:"人生何如不相识! 君老江南我燕北。何如相逢不相合! 更无别恨横胸臆。"龚自珍所致慨者"遇而不合"也;此则"相逢"矣,复"相合"矣,而人事好乖,销魂惟"别",仍归于"回肠荡气"而已。两叹"何如",犹黛玉之言"不如倒是"也。❷

24.《管锥编》第五册"增订之二"——十九世纪初法国浪漫主义以妇女瘦弱为美,有如《红楼梦》写黛玉所谓"娇袭一身之病"者。圣佩韦记生理学家观风辨俗云:"娇弱妇女已夺丰艳妇女之席;动止懒情,容颜苍白,声价愈高"……维尼日记言一妇为己所酷爱,美中不足者,伊人生平无病;妇女有疾痛,则已觉其饶风韵,赠姿媚……此两名家所言,大类为吾国冯小青"瘦影",林黛玉"病三分"而发;龚自珍《瘭词》之"玉树坚牢不病身,耻为娇喘与轻颦",则扫而空之矣。❸

三、《七缀集》对《红楼梦》的引证

"引证辑录"所使用的《七缀集》乃上海古籍出版社1994年第二版,共得四则引证资料。

1.《林纾的翻译》:"古文"是中国文学史上的术语,自唐以来,尤其在明清两代,有特殊而狭隘的涵义。并非文言就算得"古文",同时,在某种条件下,"古文"也不一定和白话文对立。"古文"有两个方面。一方面就是林纾在《黑奴吁天录·例言》《撒克逊劫后英雄略·序》《块肉余生述·序》里所谓"义法",指"开场""伏脉""接笋""结穴""开阖",等等——一句话,叙述和描写的技巧。从这一点说,白话作品完全可能具备"古文家义法"。明代李开先《词谑》早记载"古文家"像唐顺之、王慎中等把《水浒传》和《史记》比美。林纾同时人李葆恂《义州李氏丛刊》里的《旧学盦笔记》似乎极少被征引过。一条记载"阳湖派"最好的古文家恽敬的曾孙告诉他:"其曾祖子居先生有手写《〈红楼梦〉论文》一

---

❶ 钱锺书:《管锥编》第五册,中华书局1986年第二版,第67页。
❷ 钱锺书:《管锥编》第五册,中华书局1986年第二版,第82页。
❸ 钱锺书:《管锥编》第五册,中华书局1986年第二版,第194页。

书，用黄、朱、墨、绿笔，仿震川评点《史记》之法"……林纾自己在《块肉余生述·序》《孝女耐儿传·序》里也把《石头记》《水浒传》和"史、班"相提并论。❶

2.《林纾的翻译》：恽敬给予《红楼梦》以四色笔评点的同样待遇，可以想见这位古文家多么重视它的"文"了。……黄公度《与梁任公论小说书》："将《水浒》《石头记》《醒世姻缘》以及太西小说，至于通行俗谚，所友譬喻语、形容语、解颐语，分别钞出，以供驱使"（钱仲联《人境庐诗钞笺注·黄公度先生年谱》光绪二十八年）。这几个例足够说明：晚清有名的文人学士急不及待，没等候白话文学提倡者打鼓吹号，宣告那部书的"发现"，而早察觉它在中国小说里的地位了。❷

3.《诗可以怨》：司马迁举了一系列"发愤"的著作，有的说理，有的记事，最后《诗三百篇》笼统都归于"怨"，也作为一个例子。锺嵘单就诗歌而论，对这个意思加以具体发挥。《诗品·序》里有一节话，我们一向没有好好留心。"嘉会寄诗以亲，离群托诗以怨。……女有扬蛾入宠，再盼倾国……""扬蛾入宠"很可能有苦恼或"怨"的一面。譬如《全晋诗》卷一三左九嫔的《离思赋》就怨恨自己"入紫庐"以后，"骨肉至亲，永长辞兮！"因而欷歔涕流（参看《文馆词林》卷一五二她哥哥左思《悼离赠妹》："永去骨肉，内充紫庭。……悲其生离，泣下交颈"）。《红楼梦》第一八回里的贾妃不也感叹"今虽富贵，骨肉分离，终无意趣"么？❸

4.《汉译第一首英语诗〈人生颂〉及有关二三事》：关汉卿《玉镜台》第二折里男角看见女角在"沙土上印下的脚踪儿"，就说："幸是我来的早，若来的迟呵，一阵风吹了这脚踪儿去。"印在海滩沙面上的痕迹是更短暂、更不耐久的。十六、十七世纪欧洲抒情诗里往往写这样的情景：仿佛《红楼梦》第三〇回椿龄画"蔷"，一男一女在海滩沙里写上意中人的名字，只是倏忽之间，风吹浪淘，沙上没有那个字，心上或世上也没有那个人了。……董恂诗里借用苏轼《和子由渑池怀旧》的名句，也很现成，但他忘了上文该照顾到下文。❹

---

❶ 钱锺书：《七缀集》，上海古籍出版社1994年第二版，第93~94页。
❷ 钱锺书：《七缀集》，上海古籍出版社1994年第二版，第111~112页。
❸ 钱锺书：《七缀集》，上海古籍出版社1994年第二版，第123~124页。
❹ 钱锺书：《七缀集》，上海古籍出版社1994年第二版，第150页。

四、《钱锺书集：写在人生边上；人生边上的边上；石语》对《红楼梦》的引证

"引证辑录"所使用的《钱锺书集：写在人生边上；人生边上的边上；石语》一书乃生活·读书·新知三联书店 2002 年出版的合订本，共得七则引证资料，其中尤以《古典文学研究在现代中国》一文中的引证资料更具学术参考价值。

1. 《说笑》：我们不要忘掉幽默（humour）的拉丁文原意是液体；换句话说，好像贾宝玉心目中的女性，幽默是水做的。把幽默当为一贯的主义或一生的衣食饭碗，那便是液体凝为固体，生物制成标本。就是真有幽默的人，若要卖笑为生，作品便不甚看得，例如马克·吐温（Mark Twain）。❶

2. 《一个偏见》：人籁还有可怕的一点。车马虽喧，跟你在一条水平线上，只在你周围闹。惟有人会对准了你头脑，在你项上闹——譬如说，你住楼下，有人住楼上。不讲别的，只是脚步声一项，已够教你感到像《红楼梦》里的赵姨娘，有人在踹你的头。❷

3. 《释文盲》：圣佩韦（Sainte-Beuve）在《月曜论文新编》（*Nouveaux Lundis*）第六册里说，学会了语言，不能欣赏文学，而专做文字学的工夫，好比向小姐求爱不遂，只能找丫头来替。不幸得很，最招惹不得的是丫头，你一抬举她，她就想盖过了千金小姐。有多少丫头不想学花袭人呢?❸

4. 《中国固有的文学批评的一个特点》：这种近似东西方文化特征的问题，给学者们弄得烂污了。我们常听说，某种东西代表地道的东方文化，某种东西代表真正的西方文化；真实那个东西，往往名符其实，亦东亦西。哈吧小狮子狗，中国通俗唤作洋狗，《红楼梦》里不就有"西洋花点子哈巴儿"么？而在西洋，时髦少妇大半养哈吧狗为闺中伴侣，呼为北京狗——北京至少现在还是我们的土地。许多东西文化的讨论，常使我们联想到哈

---

❶ 钱锺书：《写在人生边上；人生边上的边上；石语》，生活·读书·新知三联书店 2002 年版（合订本），第 25 页。
❷ 钱锺书：《写在人生边上；人生边上的边上；石语》，生活·读书·新知三联书店 2002 年版（合订本），第 45 页。
❸ 钱锺书：《写在人生边上；人生边上的边上；石语》，生活·读书·新知三联书店 2002 年版（合订本），第 49 页。

吧狗。譬如我们旧文学里有一种比兴体的"香草美人"诗,把男女恋爱来象征君臣间的纲常,精通西学而又风流绮腻的师友们,认为这种杀风景的文艺观,道地是中国旧文化的特殊产物,但是在西洋宗教诗里,我们偏找得出同样的体制,只是把神和人的关系来代替君臣了。❶

5. 《小说识小》:《红楼梦》第八十九回贾宝玉到潇湘馆,"走到里间门口,看见新写的一副紫黑色泥金云龙笺的小对,上写着'绿窗明月在,青史古人空'"。悼红轩本有护花主人评云:"好对句。"按此联并非《红楼梦》后四十回作者自撰,乃摘唐崔颢《题沈隐侯八咏楼》五律颈联,其全首曰:"梁日东阳守,为楼望越中。绿窗明月在,青史古人空!江静闻山狖,川长数塞鸿。登临白云晚,流恨此遗风!"史悟岗《西青散记》卷四记玉勾词客吴震生亡室程飞仙事,有云:"夫人口熟杨升庵《二十一史弹词》,绿窗红烛之下辄按拍歌之。自书名句为窗联云:'绿窗明月在,青史古人空。'"《散记》作于乾隆二年,所载皆雍正时事,盖在《红楼梦》后四十回以前,程飞仙唱《二十一史弹词》,故云:"青史古人空",黛玉亦袭其语,则殊无谓。❷

6. 《古典文学研究在现代中国》:近代一位意大利哲学家有句名言:"在真正的意义上,一切历史都是现代史。"古典诚然是过去的东西,但是我们的兴趣和研究是现代的,不但承认过去东西的存在并且认识到过去东西里的现代意义……在现代中国,文学研究的主要倾向是应用马克思主义来分析、评价个别作家、作品和探讨总体文学史的发展。当然主要的倾向不等于惟一的倾向;非马克思主义的、传统方式的文学研究同时存在;形式主义的分析、印象主义的欣赏、有关作者和作品的纯粹考订等都继续产生成果,但是都没有代表性。马克思主义的应用,发生了深刻的变革,我只讲我认为最可注意的两点。第一点是"对实证主义的造反",请容许我借西方文评史家的用语来说。大家知道威来克的那篇文章《近来欧洲的文学研究中对实证主义的造反》;他讲第一次世界大战以后,欧洲的文学研究被实证主义所统治,所谓"实证主义"就是繁琐无谓的考据、盲目

---

❶ 钱锺书:《写在人生边上;人生边上的边上;石语》,生活·读书·新知三联书店2002年版(合订本),第116页。

❷ 钱锺书:《写在人生边上;人生边上的边上;石语》,生活·读书·新知三联书店2002年版(合订本),第143页。

的材料崇拜。在解放前的中国，清代"朴学"的尚未削减的权威，配合了新从欧美进口的这种实证主义的声势，本地传统和外来风气一见如故，相得益彰，使文学的研究和考据几乎成为同义名词，使考据和'科学方法'几乎成为同义名词。那时候，只有对作者事迹、作品版本的考订，以及通过考订对作品本事的索隐，才算是严肃的"科学的"文学研究。一九五四年关于《红楼梦研究》的大辩论的一个作用，就是对过去古典文学研究里的实证主义的宣战。反对实证主义并非否定事实和证据，反对"考据癖"并非否定考据，正如你们的成语所说：歪用不能消除正用。文学研究是一门严密的学问，在掌握资料时需要精细的考据，但是这种考据不是文学研究的最终目标，不能让它喧宾夺主、代替对作家和作品的阐明、分析和评价。经过那次大辩论后，考据在文学研究里占有了它应得的位置，自觉的、有思想性的考据逐渐增加，而自我放任的无关宏旨的考据逐渐减少……现代中国古典文学研究里的考据并不减退严谨性，只是增添了思想性。可以说不但在专门研究里，而且在一般阅读里，对资料准确性的重视，达到了空前的高度。第二点是：中国古典文学研究者认真研究理论。在过去，中国的西洋文学研究者都还多少研究一些一般性的文学理论和艺术原理，研究中国文学的人几乎是什么理论都不管的。他们或忙于寻章摘句的评点，或从事追究来历、典故的笺注，再不然就去搜罗轶事掌故，态度最"科学"的是埋头在上述的实证主义的考据里，他们不觉得有文艺理论的需要。虽然他们没有像贝尔凯说："让诗学理论那一派胡言见鬼去吧！"或像格立尔巴泽说："愿魔鬼把一切理论拿走！"他们至少以为让研究西洋文学的人去讲什么玄虚抽象的理论罢。就是研究中国文学批评史的人，也无可讳言，偏重资料的搜讨，而把理论的分析和批判放在次要地位。应用马克思主义来研究中国古典文学就改变了解放前这种"可怜的、缺乏思想的"状态……现代的古典文学研究者认识到躲避这些问题，就是放弃文学研究的职责，都得通过普遍理论和具体情况的结合来试图解答。❶

  7.《古典文学研究在现代中国》：老辈的美国"汉学"家多数能阅读文

---

❶ 钱锺书：《写在人生边上；人生边上的边上；石语》，生活·读书·新知三联书店2002年版（合订本），第178~181页。

言，但是不擅长口语。后起五十岁以下的"汉学"家，多数能讲相当好的"官话"或"普通话"，而对文言文感到困难。所以，当前研究中国古典文学的学者也偏重在古典文学里的白话作品，例如宋、元以来的小说和戏剧。接触到的杰出美国学者里像哈佛大学的 Patrick Hannan 是研究话本和《金瓶梅》的，普林斯顿大学的 Andrew Plaks（四十二三岁，公推为同辈中最卓越的学者，祖籍南斯拉夫，通十四五国语文）是研究《红楼梦》的，芝加哥大学的 David Roy（去冬来华相访，这次外出未晤，但留下给我的信和著作）是研究张竹坡、金圣叹等对《金瓶梅》《水浒传》的评点的。像哈佛大学 James Hightower 研究骈文和词（他极佩服俞平伯先生的《读词偶记》）、耶鲁大学 Stephen Owen 研究韩愈和孟郊诗（他对毛主席给陈毅同志信里肯定了韩愈的诗，甚感兴趣），已属少数。研究的方法和态度也和过去不同；纯粹考据当然还大有人从事，但主要是文艺批评——把西方文评里流行的方法应用在中国古典文学研究上。例如 Plaks 有名的《红楼梦》研究是用法国文评里的"结构主义"（structuralism）（Levi-Strauss，R. Barthes 等的理论和实践）来解释《红楼梦》的艺术。Owen 有名的韩孟诗研究是用俄国文评里"形式主义"（formalism）（Victor Shklovsky 派的著作六十年代开始译成法文和英文，也听说在苏联复活）来分析风格。这种努力不论成功或失败，都值得注意；它表示中国文学研究已不复是闭关自守的"汉学"，而是和美国对世界文学的普遍研究通了气，发生了联系，中国文学作品也不仅是专家的研究对象，而逐渐可以和荷马、但丁、莎士比亚、歌德、巴尔扎克、托尔斯泰等作品成为一般人的文化修养了。……在华裔学者里，研究中国古代小说的哥伦比亚大学教授夏志清、研究中国古代文艺理论的斯坦福大学教授刘若愚（外文所刘若端之弟）、译注《西游记》的芝加哥大学教授余国藩（广东籍，长大在台湾，三十余岁，并通希腊文；表示欲回祖国，但他父亲是蒋经国手下军官，对他哭道："你一走，我就没有老命了！"），都是公认为有特殊成就的。一般学者们对《金瓶梅》似乎比《红楼梦》更有兴趣，在哈佛的工作午餐会上，一个美国女讲师说："假如你们把《金瓶梅》当作'淫书'（porn），那么我们现代小说十之八九都会遭到你们的怒目而视（frown upon）了！"——这句话无意中也表达了美国以及整个西方的社会风尚。我联想起去秋访问意大利拿坡里大学，一位讲授中国文学的青年女教师告诉我，她选的教材是《金瓶梅》里的章节。一般学者对宋元以来小说戏剧有兴趣,他们在我的同事里,对孙楷第先生也就比对俞平伯先生有兴趣,例如 Hannan 就希望自己访华时,能和孙先生一见。❶

五、《人·兽·鬼》对《红楼梦》的引证

"引证辑录"所使用的《人·兽·鬼》由生活·读书·新知三联书店2002年出版,共得四则引证资料。

1. 《猫》:李建侯思考"著作些什么呢?"——建侯错过了少年时期,没有冒冒失失写书写文章,现在把著作看得太严重了,有中年妇女要养头胎那样的担心。他仔细考虑最适宜的体裁。头脑不好,没有思想,没有理想;可是大著作有时全不需要好头脑,只需要好屁股。听郑须溪说,德国人就把"坐臀"(Sitzfleisch)作为知识分子的必具条件。譬如,只要有坐性,《水浒传》或《红楼梦》的人名引得总可以不费心编成的。这是西洋科学方法,更是二十世纪学问工具,只可惜编引得是大学生或小编辑员的事,不值得亲自动手。此外只有写食谱了。❷

2. 《猫》:李建侯决定写《西游记》或《欧美漫步》——他说:"回国时的游历,至少像林黛玉初入荣国府,而出国时的游历呢,怕免不了像刘姥姥一进大观园。"颐谷曾给朋友们拉去听京戏大名旦拿手的《黛玉葬花》,所以也见过身体丰满结实的林黛玉(仿佛《续红楼梦》里警幻仙子给黛玉吃的强身健美灵丹,黛玉提早服了来葬花似的),但是看建侯口讲指划,自比林黛玉,忍不住笑了。建侯愈加得意。❸

3. 《灵感》:一个不知道姓名的有名望的作者,面对一群向他"索命"的人,说"我一个都不认得你们"——"你不认得我们!你别装假!我们是你小说和戏曲里的人物,你该记得罢?"……"我是你中篇《红楼梦魇》里乡绅家的大少爷!"❹

【笔者按:《红楼梦魇》曾是张爱玲红学著作名。钱锺书这篇文章据

---

❶ 钱锺书:《写在人生边上;人生边上的边上;石语》,生活·读书·新知三联书店2002年版(合订本),第183~185页。
❷ 钱锺书:《人·兽·鬼》,生活·读书·新知三联书店2002年出版,第24页。
❸ 钱锺书:《人·兽·鬼》,生活·读书·新知三联书店2002年出版,第27~28页。
❹ 钱锺书:《人·兽·鬼》,生活·读书·新知三联书店2002年出版,第83页。

《序》文道:"《灵感》曾在傅雷、周煦良两先生主编的《新语》第一、第二期发表。"据查,1945年9月,傅雷与周煦良合编《新语》半月刊。1977年《红楼梦魇》在台湾皇冠出版社出版,张爱玲在《红楼梦魇》"自序"中说:"我这人乏善足述,着重在'乏'字上,但是只要是真喜欢什么,确实什么都不管——也幸而我的兴趣范围不广。在已经'去日苦多'的时候,十年的功夫就这样掼了下去,不能不说是豪举。正是:十年一觉迷考据,赢得红楼梦魇名⋯⋯这是八九年前的事。我寄了些考据《红楼梦》的大纲给宋淇看,有些内容看上去很奇特。宋淇戏称为 Nightmare in the Red Chamber(红楼梦魇),有时候隔些时就在信上问起'你的红楼梦魇做得怎样了?'我觉得这题目非常好,而且也确是这情形——一种疯狂。""八九年前的事"——自1977年《红楼梦魇》在台湾皇冠出版社出版上推,大抵在1968—1969年之间。"梦魇"一词最早出现在俞平伯《红楼梦研究》自序中:"我尝谓这书在中国文坛上是个'梦魇',你越研究便越胡涂。"有趣的是,《红楼梦魇》作为书名竟出现于钱锺书的文章中,至于作为戏说,并不见得就是钱锺书的发明。】

4.《灵感》:"作者"的生平最要好的资本家朋友说"我总不是你产生出来的!"——他不做颓废诗人了,改行做大企业家,把老子的钱来开工厂。这工厂第一种出品就是"维他命唇膏"。这个大发明家的功效,只有引他的广告部主任的妙文来形容:"美容卫生,一举两得";"从今以后,接吻就是吃补药"——下面画个道士装的少年人搂着一个带发尼姑似的女人,据说画的是贾宝玉吃胭脂。"充实的爱情!"——下面画个嘻开嘴的大胖子,手搀着一个咕嘟着嘴的女人,这嘴鼓起了表示上面浓涂着"维他命补血口红"。这口红的化学成分跟其他化妆的唇膏丝毫没有两样,我们这位企业家不过在名称上轻轻地加上三五个字,果然应和了一般人爱受骗的心理,把父亲给他的资本翻了几倍。❶

余 论

翻检《宋诗选注》(人民文学出版社1989年第二版),仅见到两处引证

---

❶ 钱锺书:《人·兽·鬼》,生活·读书·新知三联书店2002年出版,第86页。

《红楼梦》资料，一处是第 170 页介绍诗人陆游时提及《红楼梦》第四十八回香菱学诗摘句的情节。再一处是第 195 页介绍诗人范成大时提及《红楼梦》第六十三回称引"纵有千年铁门限，终须一个土馒头"两句乃搬运王梵志的诗的情况。笔者从生活·读书·新知三联书店 2002 年出版的《槐聚诗存》第 92 页中看到钱锺书作于 1943 年的《古意》一首："裌衣寥落卧腾腾，差似深林不语僧。捣麝拗莲情未尽，擘钗分镜事难凭。槎通碧汉无多路，梦入红楼第几层。已怯支风慵借月，小园高阁自销凝。"其中"梦入红楼第几层"句似可联想到《红楼梦》这部小说，至于是否存在某种联系，尚不可知。梁归智著《禅在红楼第几层》（中国人民大学出版社 2007 年版年），书名句式正与"梦入红楼第几层"相似，两者是否存在某种联系同样未知。不过，如果说《禅在红楼第几层》与周汝昌著《红楼十二层》（书海出版社 2005 年版）有着直接联系，则应非虚话。【笔者补按：2017 年 1 月 14 日于北京湘西往事酒店召开了"周汝昌与现代红学"专题座谈会，这次座谈会由《河南教育学院学报》编辑部、天津市红楼梦研究会联合主办，笔者作为《河南教育学院学报》《百年红学》栏目特约撰稿人主持了座谈会，会议赠品中尤以 2017 年出版的梁归智教授的《周汝昌致梁归智书信笺释》一书赢得参会者的极大兴趣。《周汝昌致梁归智书信笺释》第 43 封信中，周汝昌题句的首句即"身在红楼第几层？"全诗照录："身在红楼第几层？里程碑碣石峻嶒。人言世界有终极，我与芹情是永恒。"❶ 第 44 封信中"梁注"周汝昌重新修订诗稿，全诗照录："身在红楼第几层？危栏迢遰石峻嶒。诸方振铎须尊士，独夜传衣转慕僧。腐鼠尚劳甘惠施，鸣鸾仍赖晓孙登。遥知辛苦十年事，听尽啼鸦睡未曾？"❷ 显而易见，梁归智著《禅在红楼第几层》的书名所取当受周汝昌影响为最直接。】

  该"引证辑录"一文对于钱锺书著述引证《红楼梦》资料的爬梳并不是很全面的，尚有待于来日的集腋成裘。并且，在此"引证辑录"文献资料的基础上，进一步深入且全面地阐释钱锺书的《红楼梦》阅读和接受的立场、观念与方法尚远远不够，尽管这方面的阐释文章已经发表了若干篇。其实，在此"引证辑录"的基础上，再结合钱锺书的学术业绩以及为学个

---

❶ 周汝昌著，梁归智笺释：《周汝昌致梁归智书信笺释》，三晋出版社 2017 年版，第 81 页。
❷ 周汝昌著，梁归智笺释：《周汝昌致梁归智书信笺释》，三晋出版社 2017 年版，第 83~84 页。

性，完全可以做出一篇颇有学术借鉴意义的《钱锺书红学学案》，尽管钱先生从未以红学为本业乃至副业，这样一篇文章无疑在红学史以及红学学科建构方面具有鲜明的学术参考价值。

通观上述钱锺书引证《红楼梦》的文献资料，胜义纷呈，笔者试略述如下几点观感：

1. 涉及《红楼梦》研究的方面甚广，运用《红楼梦》中情节、人物以及相关材料信手拈来。

2. 对于《红楼梦》研究、红学史等方面均有独具机趣的看法，且视野开阔，融通中外古今。

3. 对于《红楼梦》的美学价值、文学价值尤为关注，善于运用比较方法发掘《红楼梦》的审美价值乃至文化意义。

4. 借《红楼梦》谈论其文学艺术观，颇具启示意义。

譬如钱锺书在《谈艺录》中对于王国维评论《红楼梦》的评价，颇为《红楼梦》研究者所重视。有趣的是，竟引起周汝昌的不满。周汝昌在致梁归智的书信中认真地谈了自己的意见："钱锺书《谈艺录》中论及王国维未解叔本华之语，如不太长，乞分神抄示（因旧有之本早已失去，再觅借翻检则病目实为苦甚，故欲弟助我）谢谢。我读《谈艺录》尚是开明书店旧版，时钱先生在清华，我为燕大学生，过从甚契（我还为此书提过若干条细小意见），钱先生甚见器许。钱先生此论似借评静安王氏而讥当世'红学家'者'参禅贵活，为学知止'。难道小说里不包括哲思、史状、人情世态（社会学）之成分与价值而需要探讨耶？如你研雪芹之道家思想，是否也应该受讥？吾尚未悟其可讥何在也。我极佩钱先生博学宏通罕有俦匹，非常人也！但我实不喜欢《围城》（此与'只宜研作品本身'何异？且有以小说寓哲思者）……聪明俏皮而不厚重，终是南士之风流。其宋诗选，我也是在不以为佳（其序注似皆意不在启沃当世，而在纪载自己读书范围。多次重排，皆只增入数种稀见之书引入注中，且亦只列书名，当世读者不可见其书，亦不明引来何义也）。今唯足下为知我者，故敢及此。甚愿吾弟学其弘博广通，而不学其聪明俏皮。吾之语此，并不杂丝毫个人短长（与'拔白旗'一事更不相涉）。古喻南人显处见月，北人牖中窥日，此为学之异致也

(梁归智认为'周老此信月旦钱锺书,颇堪玩味也')。"[1] 显而易见,周汝昌月旦钱锺书之为学和为人,根本在于二人对于《红楼梦》研究的立场、方法不同所致,大有"道不同,不相为谋"的意味。在周汝昌看来,钱锺书对于《红楼梦》的看法属于唯艺术派,而这恰恰为周氏所不许,所以,对于钱锺书的讥讽给予毫不留情的反讽。

再譬如,《管锥编》第四册中一则对于何为"学"的评述,即"红学"堪比"许学""《选》学""《易》学""《诗》学"等,这就尤其难得了,其难得在于对于《红楼梦》研究之成为一门学问的合理性以及合法性的认定。"红学"之为"学"已历百年,然今日之排斥乃至否定红学者大有人在,关于"红学何为?""何为红学?"的辩论十分尖锐,红学学科的合理性以及合法性有待于从学理上认定。显而易见,"弘博广通"如钱锺书者能够慧眼独具地识别《红楼梦》之学科属性,也就十分难得了。

---

[1] 周汝昌著,梁归智笺释:《周汝昌致梁归智书信笺释》,三晋出版社2017年版,第98~101页。

顾颉刚《红楼梦》引证辑录

引 言

顾颉刚《红楼梦》引证辑录包括《顾颉刚书信》《顾颉刚日记》《顾颉刚读书笔记》《顾颉刚书话》等,其中大量的引证资料有助于全面地评价顾颉刚的红学贡献,并有助于总结出足资当今红学研究和学科建设参考的认识和方法。鉴于顾颉刚与俞平伯的通信内容已经基本融合于俞平伯的《红楼梦辨》之中(笔者按:顾颉刚与俞平伯的通信内容见《顾颉刚书信》卷二第18～84页),因此,该"引证辑录"暂不全文照录(包括《红楼梦辨》的顾颉刚序言)。当然,如果今后有机会汇编成册《现代学人的〈红楼梦〉引证辑录》,则再行引录亦为可取。顾颉刚一生之为学旨趣虽不在《红楼梦》研究方面,但其为学之始的学术训练却与胡适和俞平伯有着密切的联系,即顾颉刚与胡适通信以及与俞平伯通信谈讲和研讨《红楼梦》的过程可谓影响甚大。从以下引证文献资料可见,顾颉刚对《红楼梦》研究可谓别有胜义。

一、《顾颉刚书信》中《红楼梦》引证辑录

1.《致叶圣陶·1921年5月14日》:"我这几天把《红楼梦》看了,颇有些新意。我想看完之后做一篇'高鹗续红楼梦的依据',说明他续作里所取材的地方。因为他是续作,所以说话极谨慎,不敢轶出前八十回的范围;但前八十回发端之处正多,末四十回却不能一齐收束;前八十回矛盾之处,末四十回也不能解释妥当。最可疑的,是'因麒麟伏白首双星'一

语。我又想做一篇'曹寅与贾政',把史志上考得的曹寅,和《红楼梦》里描写的贾政比较一下。在这个上面,也可知曹雪芹的家庭状况,和所受的家庭教育。"❶

2.《致胡适·1921年4月2日》:"《红楼梦考证》,荡涤瑕秽,为之一快。……顷见一笔记,谓嘉庆朝逆犯曹纶即曹雪芹后人。不知曹纶是在什么逆案内?"❷

3.《致胡适·1921年4月4日》:"高鹗的名字,在国子监见到了。他是镶黄旗汉军人,乾隆六十年乙卯科的进士,殿试第三甲第一名。这与先生所设'他中进士在乾隆庚戌与嘉庆辛酉之间'的假定相合。又可见先生藏的程排本《红楼梦》上高鹗名字上模糊的一字,是'嶺'字。铁岭是奉天府的属县,或泛称奉天。张船山赠高鹗的诗,也抄到了。在《船山诗草》卷十六《辛癸集》的第十三页。做的时候,是辛酉年(嘉庆六年)九月,那时正是顺天乡试,张船山做的是同考官,亦即《郎潜纪闻》所纪高鹗搜遗卷的一回,所以他们二人在闱中相遇。诗云:赠高兰墅(鹗)同年(传奇《红楼梦》八十回以后,俱兰墅所补)。'无花无酒耐深秋,洒扫云房且唱酬。侠气君能空紫塞,艳情人自说《红楼》。逡迟把臂如今雨,得失关心此旧游。弹指十三年已去,朱衣帘外亦回头。'张船山是北闱中式的举人,那时是乾隆五十三年戊申;到嘉庆六年辛酉,恰是十三年。船山集中,与高鹗有关系的,只有这一首。诗中有'逡迟把臂如今雨'语,可见他两人向不认识。"❸

4.《致胡适·1921年4月12日》:"我疑心《红楼梦》所以借着'石头'说话,又名作《石头记》,都因南京城为石头城,小仓山又与石头城有关系的缘故。又疑《红楼梦》上的'东府''西府',便是织造署和随园。织造署是他们的公廨,小仓山是他们的私园,两处常常来往。可惜没有南京城图,不能知道他们的远近。又在《红楼梦》上,省亲别墅是造起来的,可见当时曹家把小仓山规划点缀之状。"❹"我下次到京师馆,预备作下列的参考:(1)翻曹寅同时人的诗文集,如叶燮、徐乾学、陈鹏年、高士奇、汤斌、施润章、赵执信等。(2)看《江南通志》《苏州府志》里的'秩官'

---

❶ 顾颉刚:《顾颉刚书信》,中华书局2011年版(卷一),第69页。
❷ 顾颉刚:《顾颉刚书信》,中华书局2011年版(卷一),第312页。
❸ 顾颉刚:《顾颉刚书信》,中华书局2011年版(卷一),第314页。
❹ 顾颉刚:《顾颉刚书信》,中华书局2011年版(卷一),第323页。

'政绩'二门。(3) 看圣祖、世宗的圣训,又世宗的《上谕八旗》《上谕内阁》。(4) 看抄本的《八旗氏族通谱》。(5) 看清代的诗文选本,如吴翔凤的《文征》、陈其年的《箧衍集》之类。这五件事情做完之后,这曹家考证的事情暂可作一结束。或把历次所得,集成一篇《曹寅传》,放在先生办的《读书杂志》内。我对于这件事情很高兴,我以为这不仅是考索曹家,且就此可见康熙间的文治。那时三藩、台湾初平,汉族未尽归向,康熙帝急急在消融士气,在北京既设立书局,编辑无数大部的书,但南方还没有,恰好汉军里有一个喜欢读书,又喜欢交结士人的曹寅,所以拿编辑书籍的权柄交付于他,设立扬州诗局,凡江南一带未仕的名士,在籍的词臣,都羁縻在内。这真是柔和汉族的第一方法。[此亦未然。]但因此却成就了曹寅一生的文人生活;更使曹寅成就了曹雪芹的文学环境与极美满的家庭生活,为作《红楼梦》的预备。这种原因结果,都是文学史上最要紧的关键。介泉说,'曹雪芹便是把贾宝玉写自己,但曹寅决不是贾政。曹寅何等潇洒豪爽,贾政却迂拘方严'。我对于此说很表同情。我以为《红楼梦》固是写曹家:却不是死写曹家,多少有些别家的成分。我拟编一考证《红楼梦》的年表,年岁下分为四格:(1) 当时政事;(2) 曹家及与曹家有关系的事;(3) 存疑;(4) 杂记。将来如有新发见,就可记在上面。"❶

5. 《致胡适·1921年4月16日》:"如能把述古堂的一部买到,又到天津图书馆去看几天,考证《红楼梦》的材料,必然加增不少。曹寅不独可以作'传',并且可以做'年谱'了。……我疑心《红楼梦》里的抄家,是雍正六年曹頫的事。当把这年的上谕仔细一看。"❷

6. 《致胡适·1921年4月30日》:"看《楝亭词抄》的序上,曹寅还能作曲,并且他自以为做的最工;可惜现在见不到了。《红楼梦》的警幻《仙曲》,远过于其他诸诗,大约曹雪芹也以此事擅长。"❸

7. 《致胡适·1921年5月9日》:"昨天接到来信,悉先生看了津馆的《楝亭集》所得甚多,快极。见告的六条,都极服膺。我只对于第六条有些意见:我以为他的哀诗上说,'世出虽居长,多才在四三'——诗上尚有'亚子'二字,当是'肖子'之义——贾珍固是长子,他所示的侄子是四

---

❶ 顾颉刚:《顾颉刚书信》,中华书局2011年版(卷一),第328页。
❷ 顾颉刚:《顾颉刚书信》,中华书局2011年版(卷一),第332~333页。
❸ 顾颉刚:《顾颉刚书信》,中华书局2011年版(卷一),第341页。

三,其间尚有排行第二的。曹颙虽不能一定说是曹寅的子,似也不能一定说是他的侄。至于'承家'二字,或从'多才'而来,未必一定是'承嗣'之义。《红楼梦》上,贾家家事都由珍、琏等处理,或者这便是曹寅看做多才的侄子。第七十五回上,贾赦拍着贾环的脑袋笑道,'以后就这样做去,这世袭的前程就跑不了你了。'论理,贾环是庶出,又比宝玉小,如何能袭贾政的职呢! 我以为《红楼梦》上写曹家的弟兄行次有意错乱:曹寅是曹玺的长子,贾政却是第二;天佑是曹寅的幼子,宝玉乃做了贾环的哥哥。所以我猜想曹颙或竟是贾环。贾环是宝玉的冤家,父死袭爵,岂有不报仇之理。所以曹家虽未抄家,曹雪芹过了中年却已穷得如此! 至于曹雪芹若在曹珍死后而生,或在曹寅死后而生,《红楼梦》里的宝玉,应当另是一种样子;现在的书上,是在'荫育'下的样子,不是在'阿哥手里讨生活'的样子。所以我想雪芹生年,还是不推下去为宜。我先前看贾政不是曹寅,现在想想,还不能下这个断语。第二回上说,'次子贾政,自幼酷喜读书,为人端方正直,祖父钟爱,原要他以科甲出身的;不料代善临终时,遗本一上,皇上因恤先臣,即时令长子袭官外……又额外赐了这政老爷一个主事之衔……如今已升了员外郎。'这一段话,除了'长子袭官'数语为有意错乱外,其余便写实了曹寅。至于贾政性情的方严,原是在宝玉眼光里看出来的;那时年纪大了,又是父亲,又是对着痴憨的儿子,自然不能和少年时朋友赠诗中所说的性情一样。我又猜想'省亲'便是影射'南巡接驾'时情形;若是雪芹迟生了,便见不到这种仪注了。李煦做了卅二年的苏州织造,又做了八任的巡盐御史;《红楼梦》上写林如海'本贯姑苏人氏,今钦点为巡盐御史',因此我猜想便是他。宋和的《陈鹤年传》上,亦说李煦与曹寅为'婕':则两家的子女,自然是表兄妹。照这样想,林黛玉竟是姓'李'了。以上都是我个人的猜想,入不了考证。请先生教正。昨天平伯信来,他说后四十回的回目定是高鹗补的,理由有三:(1)和第一回自叙的话都不合,(2)史湘云的丢开,(3)不合作文时程序。我觉得他的理由很充足,所以把他的原信寄上。"❶

8.《致胡适·1921 年 5 月 26 日》:"若曹雪芹是曹寅之孙,他的生年似并不甚后,否则曹寅死后十五年,隋赫德接任江宁织造,园林卖去的日子

---

❶ 顾颉刚:《顾颉刚书信》,中华书局 2011 年版(卷一),第 343~344 页。

也不远了。他生年若果不甚后,定是曹頫之子,不是天佑之子。所怪者,《八旗氏族谱》于雍正十三年修起,至乾隆九年修成,竟没有曹霑的名字。不知敦诚、敦敏兄弟生卒之年可考定否?若能得他们的生卒,来定曹雪芹的生卒,度也不甚相远。我觉得曹雪芹是否把宝玉写自己,如今也成了个疑问。若然,曹頫是嗣与曹寅的,更是可疑。书中贾母与贾政,并不像嗣母子的样子,而贾政的'端方正直''酷喜读书''居官勤慎''风声清肃',很不似没有政绩可见的曹頫辈的考语。雪芹情性,从《雪桥诗话》看来,是孤冷的襟怀,坎坷的相格,李贺、刘伶一类的人物,与宝玉的'只愿常聚,生怕一时散了,那花只愿常开,生怕一时谢了'的性情,颇不相合,这甚是解释不了。难道雪芹上一辈有做这部书的,雪芹真只是下一番增删功夫么?……我拟细看《红楼梦》一遍,做一篇'高鹗续作《红楼梦》的线索',说明他续作取材的所在。日来颇有所得,等看完时当详细奉告。"❶

9.《致胡适·1921年6月6日》:"上回覆了一封信,便后悔起来,因为爱热闹与喜孤冷的性情,不一定是相反的品格;往往有经过挫折之后,从极热跌到极冷的。所以从来失志的人,都好'逃禅'。况且从《雪桥诗话》看来,曹雪芹与宝玉相类的已有两件:(一)第三回宝玉一赞,说'贫穷难耐凄凉',这也说'竟坎坷以终',合之书首自叙'半生潦倒'的话,更是三方面一致。(二)第二十六回,宝玉说起要送薛蟠的寿礼,道,'惟有写一张字,或画一张画,这算是我的',可见宝玉会画,《雪桥诗话》所载懋斋赠雪芹诗,也说'卖画钱来付酒家'。《诗话》上寥寥数语,类似之点已很多,雪芹之为宝玉,自是可信。前天接到先生的信,把周敦颐辈相比拟,更坚固我的信心。先生说贾政是曹頫,这自比曹颙为近情,因为曹颙只做了三年的江宁织造,而曹頫直做了十三年,在此期间,可以使雪芹度这书上的绚烂生活。但曹颙何以只做了三年?曹頫做了十三年,为什么竟把曹家世袭的官丢去?这也必得询问个明白。第三十七回说:'贾政居官更加勤慎,以期仰答皇恩;皇上见他人品端方,风声清肃,虽非科第出身,却是书香世代,因特将他点了学差。'如果查出曹頫不做了织造,更去做了别的官,则这话可以证实;'贾政即曹頫'这个假设便可考定了(江南图书

---

❶ 顾颉刚:《顾颉刚书信》,中华书局2011年版(卷一),第347~349页。

馆有《八旗通志二集》，先生到南京，请去一翻）。我所以说《红楼梦》上有意将曹家世系弄错乱了，有几处证据：（1）宁国公名贾演，这明是标出'江宁'和'曹寅'的人地，但却属之敬、珍一宗。（2）敬、珍一宗世袭威烈将军，是个武职；荣国府世袭的官虽未明言，总是个文职。把《八旗氏族谱》看，无论是玺与而正，寅与宣，凡是武职，总是做文职的弟弟，但书里却以武职为长房。（3）荣国府的世袭职，自然应当是贾赦一支，贾政的员外郎已是额外赐给的了，贾政的儿子更不应该有袭职；贾环是贾政的幼子，又是庶出，连额外赐给也说不到，如何会有袭职的希望。但七十五回说：'贾政……拍着贾环的脑袋笑道："以后就这样做去，这世袭的前程就跑不了你袭了！"'这不能不认为忘记遮掩的漏洞。因此，我以为他把贾家数代的长幼之序都反过来了，所以贾政未必是次，宝玉也未必是长。但小说上事究不能如此死看，最好觅到曹頫的事实来比较看看。看《八旗通志》及《氏族谱》，颇似郎中、员外郎等为'官'，而织造是'职'：因为织造是内务府派出的官，在内务府的官制上，只有郎中、员外郎、主事等，而没有织造。所以《氏族谱》上，记寅为通政使，颙为郎中，頫为员外郎，虽是漏略，尚不能说他错。第二回所说贾政情形，如果确是曹頫，则寅没之后，頫曾'入部学习'做主事——这部当是内务府的司——后来升做织造。将来如果发见曹頫事实与此相合，更可确定了。我对于曹頫事实的寻觅，并不灰心：因为他倘使果真'酷好读书''最喜的是读书人，礼贤下士'的，他在南京十三年，必然见于当时人的诗文集。只要把康熙末雍正初的南京乡绅和游宦的集子留心，当不致一定绝望。上海《晶报》的四条《红楼佚话》，第一条太可笑，明珠的寡嫂，贾玺才盗得到呢！第二条，到了悼红轩发见的东西，依然只曹雪芹三个字——幸亏他没有造出名来，否则便疑误后来人了。至于'袭人最丑'，则为快意之谈，'可卿自缢'，又是想象的话，这都是看了书后的一种闲说。惟所说'旧时真本'，恐确为'当时补本'。但此本若在'高本'之前，即'白首双星'一语的来源亦有可疑。这部书虽未做完，但结局早已在册子、曲子，及可卿死后对凤姐说的话，二十二回的制灯谜等许多地方说明。宝玉与湘云成伉俪的机语，一点没有；便是'金麒麟'一节，也淡淡地散了。那时黛玉恐怕他们二人在小巧玩物上撮合，悄悄窥听；但一转眼间，仍将'金玉之论'落到宝钗身上。书中处处有宝玉、宝钗成夫妇的预言，而湘云则册子上说

'湘江水逝楚云飞'，曲子上说'终久是云散高唐，水涸湘江'，颇有他自己早死的样子，决说不上'白首双星'。所以我想这三十一回的回目，或是补作人改来迁就下文的。高鹗另补时，偶然漏未删去，遂成后来疑案。先生藏的'程排本'《引言》，既说'抄本各家互异'，又说'坊间缮本及诸家秘稿，繁简歧出，前后错见'，可见已屡给人删改。至于补本所以要把宝玉、湘云两人结合，无非为了金麒麟偶然的巧合。但上回既说'前日有人家来相看，眼见有婆婆家了'，本回袭人又说，'大姑娘，我听前日你大喜呀'，可见湘云自有去处；而黛玉的窥探，更可见雪芹要借着这件事写出他的嫉妒。那补得人竟看错了！我疑那部补作，高鹗是看见的。高鹗所以没有写宝玉的贫穷，大概是这部补作的反动。否则高作对于原书抽取的很精密，为什么竟忘掉了书首的自叙，和宝玉的一赞，像这般重要的东西？这部补作，说'宝玉无以为家，至沦为击柝之役'，我们并不是持势利之见，终觉得他太杀风景。这样的大乐之后必大苦，两面各各说尽，亦太无味。所以高鹗宁可留些罅隙，不肯落他的模样。照我想，宝玉的结局，都写在'甄士隐梦幻识通灵'之内。雪芹拿甄士隐来做宝玉的影子，有几处地方可见：甄士隐'秉性恬淡，不以功名为念'，是一证。他梦到太虚幻境，所见廒额对联，都与宝玉所见同，是二证。士隐投到他丈人封肃家里去，托封肃置买些房地，为后日衣食之计，'那封肃便半用半赚的，略与他些薄田破屋，士隐乃读书之人，不惯生理稼穑等事，勉强支持了一二年，越发穷了'，这正与开首'蓬牖茅椽，绳床瓦灶'相应，是三证。他注释《好了歌》道，'陋室空堂，当年笏满床；衰草枯杨，曾为歌舞场。蛛丝儿结满雕梁，绿纱今又糊在蓬窗上。……'这正与雪芹预设下的结局应合，是四证。结果，疯跛道人同了甄士隐飘飘而去，所以高氏续作也说宝玉随了一僧一道而去了。可见宝玉后来是贫穷，而贫穷之后，当是出家；否则全书很难煞住，而起结亦不一致。曾把这层意思告诉平伯，他回信说，'贫穷与出家原非相反，实是相因。出家固不必因贫穷，但贫穷更可引起出家之念。甄士隐为宝玉之结局一影，揆之文情，自相吻合。雪芹自己虽未做和尚，但他也许有出家的念头，我们不能因雪芹没出家，便武断宝玉也如此。'高鹗没写宝玉贫穷，固是不周到，但假使真写他下半世的贫穷样子，也觉得情事太支蔓，不易见长。而且高鹗非雪芹，如何悬揣他的贫穷样子；若是勉强虚拟了，反不见佳，若照甄士隐的状况写了，也觉得他重复。所以只把书中屡屡预言的'金陵十二钗'的结果照样做了，就此煞住，倒是精炼。写到这里，想起雪芹原意，是要到老才出家的。这有二证：(1) 甄士隐随着跛足道人去时，已经'年过半百'了。(2) 第二回写贾雨村游智通寺，门联的下一语是'眼前无路想回头'。他想道，'文虽甚浅，其意则深，……其中想必有个翻过筋斗来的也未可知'。走入看时，只有一个龙钟老僧在那里煮饭。这一段必非泛泛的叙述，因为插在'贾夫人仙逝扬州城'和'冷子兴演说荣国府'的中间；而'翻过筋斗'一句话尤为明白。因此可以推想雪芹作这部书时，已有五六十岁了。这部书所以没做完，或他竟是老病死了。先生推测雪芹生年，谓当生于康熙卅五六年；推测做《红楼梦》的时候，谓'大概在康熙帝南巡之后三十年左右，当雍正末或乾隆初年的时代。这时候约当曹雪芹四十岁上下'。但雪芹若是曹寅之孙，则康熙卅五六年似乎尚早；而著书之年，若照甄士隐及智通寺僧看来，似乎也须移后（乾隆二十年左右）。[当在二十年后。] 如此，与乾隆五十七年高氏《红楼梦引言》所谓'藏书家抄录传闻，几三十年'一语，颇相紧接。这个推测，先生以为可用否？"❶（笔者按："快意之谈""看了书后的一种闲说"道尽了所谓《红楼梦》文本鉴赏的先天不足。）

10.《致胡适·1921年6月23日》："上回写平伯信时，曾讨论'大观园非即随园'一事。未知他曾否转告？我的意见如下：(1) 随园如曾做过曹家的别业，何以省府县各志上都没有提起？(2) 曹寅是很喜欢做诗的人，宾朋门客也很多酬赠唱和之作，为什么在《楝亭集》上及与曹家有关系人的诗文集上从没有见过？(3)《续同人集》上，张坚赠诗序明云：'白门有随园，创自吴氏。'可见所谓'瞬息四十年，园林数易主'者，即由吴而隋，由隋而袁的三家。(4) 这一件事，在袁枚集中，只《诗话》卷二一见，其他绝未说及。便是《随园记》六篇，也不提起只字。若真是曹家旧业，以袁枚的性情，必不肯如此恝置。(5) 乾隆十三年的《江宁府志》，是袁枚修的。这虽在作《随园记》的前一年，但志书的修纂必不止一载；况《随园记》是十四年三月作的，在作记之前，已经做了买园、改建、辞官、迁居等许多事了，这决非三个月以内所可办完的事，可见买园必在十四年之前，这正是修志的时候。如曹家果有此园，记内即不详，亦应载于志上。

---

❶ 顾颉刚：《顾颉刚书信》，中华书局2011年版（卷一），第352~356页。

这一部志书虽尚未看见，但嘉庆十七年姚蕙修的《府志》，是根据他的：姚《志》没有，可见袁《志》也未必有。以曹家之有名，袁氏之亲手修志，若竟失记，自令人难信。（6）《随园诗话》里，说雪芹是曹寅之子，是一误。说雪芹'距今已百余岁矣'，是二误。《随园记》说隋氏为康熙时织造，是三误。若袁枚确与曹家先后住在小仓山，当不致如此谬误。即使他自己不能深知，也有他的朋友——如张坚一辈人——告他，为什么终究如此模糊？（7）如坐实凤姐所说早生二三十年，看得见太祖皇帝仿舜巡的故事，是说话的年代，那时宝玉只十二岁，则雪芹应生于一七一六——一七二六。可见入书的时候，极早曹頫适卸织造之职，极迟曹家已迁回北京十年了。又曹頫卸任时，曹寅应得七十岁，书中贾母年七十余，可见自在卸任之后。既已卸任，必不会在南京买地造园。以上所说数条，先生以为可用否？我的一本《随园诗话》，所记曹家一条，与先生抄入《考证》者略异。其文云：其子雪芹撰《红楼梦》一部……明我斋读而羡之。当时红楼中有某校书尤艳，我斋题云：'病容憔悴胜桃花……'上云'明我斋'，下云'我斋'，可见这人姓明，或满人名的上一字；这两首赠校书的诗，竟不是曹雪芹所作。我的一部固是版子不好，但翻刻的讹不致如此之巧。考《续同人集·生挽类》有明义所作一首，虽未写明他的号，似很相近，诗格亦同其质直，大概即是此人。若是如此，则这二诗不过'《红楼梦》图赞'之类。"❶

11.《致胡适·1921年7月10日》："从敦诚弟兄的诗上看来，雪芹的绚烂生活实在扬州、南京，可见曹家虽在雍正六年交卸江宁织造（或调任浙江制造，也未可知。待考），后来尚有一番宦况。可恨《江南通志》是乾隆元年修的，到现在刚在续修，无从考证他家的官职与年代。依我想，或者隋赫德的后任还是曹頫。但如此，则雪芹的生年更须推下了。（大概把高鹗续作前二十年，算作他五十岁，是不能再后了。）他们即使在南京有花园，也决不是随园了。"❷

12.《致胡适·1921年7月18日》："关于曹家及《红楼梦》事，我又得到了两则：（1）钱泰吉的《甘泉乡人稿》卷四，有跋曹楝亭刻《隶续》二则，说'每卷尾有"楝亭藏本，丙戌九月重刻于扬州使院"篆书图记……四

---

❶ 顾颉刚：《顾颉刚书信》，中华书局2011年版（卷一），第357~358页。
❷ 顾颉刚：《顾颉刚书信》，中华书局2011年版（卷一），第363页。

库著录"扬州本"，即此也'。可见这书与楝亭五种及十二种同时刻的，那时正是他刻书最有兴致的当儿。（2）在破书里得到《读〈红楼梦〉杂记》一小册，是愿为明镜室主人做的，同治己巳在杭州刻的。这人未著姓名，原不知道是谁。恰巧在他处见到一本《愿为明镜室词》，是旌德江顺怡秋珊做的，刻的时期和地域也是一样，可见这书是江顺怡做的无疑了。书里有很通达的议论。如说，'或谓《红楼梦》为明珠相国作，宝玉对明珠而言，即容若也。窃案……苟以宝玉代明珠，是以子代父矣。况《饮水词》中，欢语少而愁语多，与宝玉性情不类。盖《红楼梦》所记之事，皆作者自道生平，非有所指，如《金瓶》等书，意在报仇洩愤也。数十年之阅历，悔过不暇，自怨自艾，自忏自悔，而暇及人乎哉！所谓宝玉者，即顽石耳。'以《红楼梦》为作者自道其生平，前尝以为先生以外没有别人说过，今不意于此书见之。但他还不肯说作者即曹雪芹，可见曹家事，晓得的人实在少了！"❶

13.《致胡适·1921年9月6日》："前在江顺怡《读红楼梦杂记》里，见一条云：'满洲某巨公谓《红楼梦》为毁谤旗人之书，亟欲焚其版。'今在《梦痴说梦》——即《原红楼梦》——里，又见云：'当道懵懵，遂有焚版之事。'江君与梦痴均为同治间人，可见当是确把此书版子烧了。"❷

14.《致胡适·1922年5月8日》："平伯一文附寄一览，请就便交与伯祥或伏园。平伯在杭正作《红楼梦》论文，把高作与曹作彻底分别一下。他又在有正本内发见一部在高鹗前的《续红楼梦》，只三十回。已作一短文，寄至《小说时报》。他作文甚勇，出国前当可作成十篇光景，汇刊一册也。"❸

15.《致陈则光·1975年3、4月间》："我与鲁迅发生裂痕的由来，可以追溯到一九二一年，那时我刚从北大毕业一年，在北大做助教，因胡适考证《红楼梦》，要我帮他收集有关曹雪芹和高鹗的资料，充实了他的论文，慢慢我做了胡适的得力助手。鲁迅对此很不满意，在《阿Q正传》中写道：阿Q的名字是'桂花'的'桂'，还是'富贵'的'贵'，我也弄不清楚，还是让胡适之先生的门人们去考证吧。当时帮助胡适做考证的只有

---

❶ 顾颉刚：《顾颉刚书信》，中华书局2011年版（卷一），第365页。
❷ 顾颉刚：《顾颉刚书信》，中华书局2011年版（卷一），第369页。
❸ 顾颉刚：《顾颉刚书信》，中华书局2011年版（卷一），第382页。

我一个，显然就是指的我。然而鲁迅在《中国小说史略》中用到了我考证的资料，因此我也不满意他。第二件，是鲁迅在《中国小说史略》中列了一个关于《红楼梦》人物关系表，而这个表是从日本人盐谷温《支那文学讲话》中抄来的，我用考证学的眼光看，认为鲁迅应当写出出处，并把这种想法讲给陈源，也告诉了孙伏园，鲁迅知道了此事。这是我与鲁迅发生裂痕的又一个由来。一九二六年林玉堂做了厦门大学文学院院长，他同时请我们两个做厦门大学国学院的研究教授。在《两地书》中，鲁迅称我为'浅薄者''面目倒漂亮而语言无味'，其实就是对我一味追随胡适，搞资产阶级唯心主义的繁琐考证，十分反感。"❶

16.《致殷履安·1923年2月28日》："我近日苦极了，四面八方来逼我做文章。北京方面，适之、兼之、玄同诸先生都为了《国学季刊》第二期即须发稿，嘱我赶速寄稿去。平伯来信嘱我做《红楼梦辨》的序；亚东里又写信给他，请他转催我做。《学生杂志》编辑朱赤民托朱经农先生介绍，要我做一篇中学生历史的研究法。李石岑见了我，总是要我替《教育杂志》作文。我这有尽的精神如何对付这无尽的要求！日来续作《郑樵著述考》，大约明日可完。后日便接做《红楼梦辨》序。你到上海来时，这篇又可做好了。"❷

17.《致殷履安·1924年5月30~31日》："那天在龙王堂讨论《红楼梦》，是介泉提起的。他说：'我们上次同游的龚女士，你们看，像不像《红楼梦》中的史湘云？'于是大家尽说《红楼梦》了。彭女士说：'我看《红楼》，最喜欢的是探春。'这句话说出时，使我吃一惊。因为介泉常说他最爱探春，又说几个女生之中最爱彭女士，现在彭女士又说出这句话来，可见性情相合的感应是一点不错的了。探春处事极爽快，才具确是最好，但我总嫌她刻薄寡恩。介泉、彭女士都喜欢她，可见他们二人也是这一类人。介泉问：'你们看宝玉如何？'谭女士说：'宝玉是没出息的。'大家都一惊。她又继续说：'宝玉专管自己的舒服，和许多姊姊妹妹，这个也好，那个也好，他不晓得爱他的人（指黛玉）心里的苦呢！'彭女士不伏（笔者按：即服），道：'他和许多姊姊妹妹本没有什么一定的关系，他爱得广泛

---

❶ 顾颉刚：《顾颉刚书信》，中华书局2011年版（卷三），第528~529页。
❷ 顾颉刚：《顾颉刚书信》，中华书局2011年版（卷四），第361页。

一点，也是情理中之事。'由此继续辩论下去，说了好多时候。我在旁静观，真觉得有味，仿佛我也在《红楼梦》中了。后来介泉和我说：'假使我们娶的夫人是谭女士一流人，我们今天决不会同她们同游了。'履安，你赞成一个人的爱情还是专一的好呢，还是广泛一点的好呢？你许我和她们一同游玩吗？"❶

18.《致殷履安·1924年7月26日》："你看《红楼梦》，是甚好的事。这书已成了常识，不看它竟是常识不完备。你嫁我的一年，我和你看过几回，但那时你还没有兴致看这书，不久就停了。现在你已看了五十余回，请不要再停了。如嫌人名太多，你可画一张表。介泉一家都喜欢看此书，他们常在家庭中讨论《红楼梦》中的人物。介泉和他的四妹都是最喜欢探春。彭女士也如此。所以介泉和彭女士最亲近，性格的投合是决不可以勉强的。履安，你最喜欢那一个？"❷

19.《致殷履安·1924年8月2日》："《红楼梦》中你最爱平儿，这也是她和你的性格相同之征。平儿的性格，忠实、仁慈、稳当；你也是这般。我看《红楼梦》，没有甚爱之人，因为我的性格书中没有同样之人之故（我的性情之热，大家都说绝无仅有；介泉说我生在古代，可以做教主）。"❸

20.《致殷履安·1924年8月9日》："袭人这人我向来说她好，但大家没有以为然。我意，这都因末一回她嫁与蒋玉函，违背了'八人轿也抬我不出'这句誓言之故。但那时宝玉已出家了，她在贾家还有什么可恋呢。与其违了本心守寡，不如爽快嫁人。她这人固然有机变，但待宝玉实在忠心极了。《红楼梦》中，最爱宝玉的固是林黛玉，其次恐要算她罢。我看《红楼梦》，心中最爱的倒是龄官。别人都爱宝玉，她独不爱，宁可爱贾蔷。这一点地方，足以证明她的用情非常专，个性非常强烈。"❹

21.《致张静秋·1948年8月29日》："我受达尔文的影响，是我自己不知道的。现在知道了，他的生物进化学说出来之后，影响到欧洲各门学问，尤其是地质学和社会学，用了他的方法开出了许多境域。我国的留学生到了欧美，许多人只会学些技能，不会接受这神妙的方法。只有胡适之

---

❶ 顾颉刚：《顾颉刚书信》，中华书局2011年版（卷四），第438页。
❷ 顾颉刚：《顾颉刚书信》，中华书局2011年版（卷四），第465页。
❸ 顾颉刚：《顾颉刚书信》，中华书局2011年版（卷四），第471页。
❹ 顾颉刚：《顾颉刚书信》，中华书局2011年版（卷四），第477~478页。

是聪明人，他接受了这个方法，回国后他就用这个方法整理中国故事（《水浒》《红楼》《西游记》……），也偶尔用这方法来整理中国古史（井田……）。我呢，看了几年的戏，对于故事发生了研究的兴趣，可是在戏剧里，在小说里，同样一件故事，写得各各不同，这使得我踌躇起来，究竟那一个是真确的呢？动了几年的脑筋，找不到一个恰当的方法来处理。适会胡先生发表了几篇论文，正好解决我所不能解决的问题，我始知道故事的变是随着各时代和各地方的社会背景的，于是我用了五六年的功夫研究了两个问题，在古史方面是禹，在故事方面是孟姜女。在这五六年工作之下，使我识得中国的古史必需用了这个方法方得整理清楚，于是激起我作整个整理的壮志。……忆二十余年前，适之先生曾对我说：'我做了这些文字，恐怕真懂得我这方法的就是你一个人。'自从他做了大使，做了校长，事情忙了，怕不容易再写文章了。我比较空些，如不抓紧机会做一点，岂不孤负我的天赋和师友们的期望。"❶

22.《致张静秋·1956年5月30日》："晚上，辽宁省人民委员会请我们到人民剧院看韩少云和笑倩演'贾宝玉与林黛玉'，韩少云是女的，年二十余岁，唱作俱佳，有'东北梅兰芳'之誉。演到黛玉焚稿和宝玉哭灵时，我也禁不住簌簌掉泪了。"❷

23.《致顾潊·1972年12月4日》："你在我抄给你诗词中，独爱李后主，可以看出你的眼力。这真是用血泪写成的。他天分本好，加上他的父亲也是一个名作家，有了家庭渊源。他的一生开头是个割据一方的皇帝，后来是个国破家亡的俘虏，他的生活高到了尽头，忽然跌到了地狱，他的感情从最欢乐到最苦痛，他的才华又能把感情尽量地发挥出来，所以成了中国文化里最宝贵的遗产，和曹雪芹的《红楼梦》一样，和屈原的《离骚》也一样。"❸

二、《顾颉刚日记》中《红楼梦》引证辑录

1. 1913年10月16日："遥骏来书，谓大舞台李海春前年在歌舞台常压

---

❶ 顾颉刚：《顾颉刚书信》，中华书局2011年版（卷五），第254~255页。
❷ 顾颉刚：《顾颉刚书信》，中华书局2011年版（卷五），第315页。
❸ 顾颉刚：《顾颉刚书信》，中华书局2011年版（卷五），第493页。

台，据云今年倒嗓，几不能成声，常排第二三出耳。《红楼梦》戏，弟以为无论何戏园终不能排全，总计旦角一项须二百余人，虽择其著者至少须二三十旦方能排演。弟以为或排一二段，如颦卿葬花，湘云眠芍等或能出色。诸如此类，即不须全演而亦得其神髓矣。"❶

2. 1921年4月2日："胡先生送《红楼梦考证》来，看一过，把从前附会之说一扫而清，拨云雾而见青天，可喜。"❷

3. 1921年5月7日："看《红楼梦》十余回。看至十二时眠。……看《红楼梦》至黛玉临死前后，下了好几回的泪，心也酸软了好久，头也箍紧了。"❸

4. 1921年5月8日："适之先生书来，告在津馆看《楝亭全集》所得，比我所得有条理，使我惭愧之至。平伯来书讲《红楼梦》后四十回回目非曹氏原有，论甚精确。因抄存之。"❹

5. 1923年3月5日："修改《红楼梦辨》序。与叶圣陶看《桃花扇》。看《庾子山集》。昨作《红楼梦辨》序，略完。今晨与圣陶看，他说，说国故太多而《红楼梦》太少，首尾不能相称。初拟加以修改，使之相称，后以无法使之相称，蓄志将原头删去，即于明日改作。"❺

6. 1937年11月26日："昨夜失眠甚剧，几于终夜未睡，岂看《焚稿》剧受刺戟过甚耶？"❻

7. 1940年8月5日："看胡适先生考证《红楼梦》各文……为伴履安，不能作事，日来大看《红楼梦》，因及适之先生之考证，回思旧梦，已近二十年矣。"❼

8. 1940年8月10日："欲为《红楼梦》作下列图表，使头绪清楚：（1）人物关系表；（2）回目提要；（3）人物起讫表；（4）大观园平面图；（5）年月日表并写《读红楼梦杂记》若干则。"❽

---

❶ 顾颉刚：《顾颉刚日记》，中华书局2011年版（卷一），第19页。
❷ 顾颉刚：《顾颉刚日记》，中华书局2011年版（卷一），第110页。
❸ 顾颉刚：《顾颉刚日记》，中华书局2011年版（卷一），第121页。
❹ 顾颉刚：《顾颉刚日记》，中华书局2011年版（卷一），第121页。
❺ 顾颉刚：《顾颉刚日记》，中华书局2011年版（卷一），第333页。
❻ 顾颉刚：《顾颉刚日记》，中华书局2011年版（卷三），第732页。
❼ 顾颉刚：《顾颉刚日记》，中华书局2011年版（卷四），第411页。
❽ 顾颉刚：《顾颉刚日记》，中华书局2011年版（卷四），第413页。

9. 1950年12月31日：记录了顾颉刚规划的"理想的成就"即《晚成堂全集》，分甲乙丙三集，甲集"其他"收录了《曹寅年谱》，乙集"专著"收录了《红楼梦讨论集》。❶

（笔者按：可见，顾颉刚并没有彻底忘怀其红学志业。）

10. 1954年11月12日："讨论《红楼梦研究》问题，自三时至六时。……自李希凡、蓝翎评俞平伯《红楼梦研究》后，发动轩然大波，群指俞氏为胡适派资产阶级的唯心论思想，抹煞《红楼梦》之人民性及现实主义。此事与予大有关系，故今日学习时备言之。实在说来，胡适固为资产阶级思想，平伯则犹然封建主义思想也。"❷

11. 1954年11月15日："今晚为一二所开会讨论《红楼梦》问题，来函邀去参加，予不欲往，而静秋逼令必往，随致口角，使予精神兴奋，胸前作痛，三次按摩功归白费。噫，静秋如此待我，我这条老命危险矣。"❸

12. 1954年11月27日："昨以学习开会，夜中吴宜俊来，吞吞吐吐，似欲予批评俞平伯，予却之，而静秋不谓然，争辩数句，因而精神又紧张，失眠疾复发矣。静秋不能改其性情，此与予大不利。"❹

13. 1961年3月18日："党要贯彻'百家争鸣'方针，鼓励人多发表意见，说明政治与学术分明，学术论点即有错误，不用以前批判方式。但自有俞平伯《红楼梦》事件，已养成人们的顾虑，展开争鸣局面殊不易耳。"❺

14. 1966年11月12日："文学研究所中，俞平伯、吴世昌罚最重，至今犹每晨扫地，平伯自系《红楼梦研究》旧病复发，世昌则归国后发表文章较多，而仍是抗战前一副态度，学部讨论'清官'问题时渠最先发言，语调甚锐利也。"❻

15. 1967年9月20日："眠一小时。看《红楼梦》十回。……《红楼梦》一书，已四十年不观。以今日头晕，且取此消遣。其中许多情节已多忘却，直如初读矣。"❼

---

❶ 顾颉刚：《顾颉刚日记》，中华书局2011年版（卷六），第712、714页。
❷ 顾颉刚：《顾颉刚日记》，中华书局2011年版（卷七），第613页。
❸ 顾颉刚：《顾颉刚日记》，中华书局2011年版（卷七），第614~615页。
❹ 顾颉刚：《顾颉刚日记》，中华书局2011年版（卷七），第619页。
❺ 顾颉刚：《顾颉刚日记》，中华书局2011年版（卷九），第230页。
❻ 顾颉刚：《顾颉刚日记》，中华书局2011年版（卷十），第560~561页。
❼ 顾颉刚：《顾颉刚日记》，中华书局2011年版（卷十），第744页。

16. 1967年10月7日:"看《红楼梦》,此书真非同小可。《左传》一书,保存封建制社会初期史料,《红楼梦》则保存封建社会末期史料,其中写贵族阶级及为贵族服务之奴隶阶级,俱有充分之描写,惜以前'红学家'不知抉出也。"❶

17. 1969年12月31日:"我在新社会中所犯的罪行……批判俞平伯运动——同俞一鼻孔出气,认为这次运动是围剿,妨害百家争鸣。"❷

18. 1975年10月4日:"历史所遣人来询予出席国宴感想,予答以此次与上年,重在安定与团结,如李希凡与俞平伯为《红楼梦》研究之死敌,群以俞被打倒矣,而此次会中。两人同席,可作一例。其他政治方面,被解放者不少,亦可征信。"❸

19. 1975年11月1日:"翻阅戚蓼生序本《石头记》。……有正书局所印戚蓼生序本《石头记》,当二十年代平伯作《红楼梦辨》时我已知之,但五十年来兴不在此,未尝索观耳。年来报刊上时有提到此书者,迄亦置之。今起钎为我买到人民文学出版社翻印本,一加翻览,知此本虽出脂批本,而已经人整理过,不见一'脂批'字样,又眉端屡批'今本'之非,则曾以高鹗本校对可知。其终于八十回者不满于高续可知也。此本确于'红学'有裨,惜不可知其为何人所为耳。"❹

20. 1978年5月19日:"接喻权域信,态度甚好,说明其有文而不得发表之苦,正与廿余年前李希凡作文论《红楼梦》,以触及俞平伯,为编辑者所压抑之苦同。杂志、报纸之主编者不看文章,但务名望,虽累起运动,此习终不能改,可奈何!"❺

21. 1979年4月6日:"昨日江辛眉来,告知近年文化部所作之《红楼梦》校勘工作,由人民大学接下重作,此事予甚赞同,以其校注太粗率也。江又云:'此项工作,将重走胡适、俞平伯之老路。'以其不能不建基础于历史考证上也。"❻

22. 1979年5月10日:"煦华来,带到吴世昌所赠英译《红楼梦》两册

---

❶ 顾颉刚:《顾颉刚日记》,中华书局2011年版(卷十),第754页。
❷ 顾颉刚:《顾颉刚日记》,中华书局2011年版(卷十一),第169页。
❸ 顾颉刚:《顾颉刚日记》,中华书局2011年版(卷十一),第411页。
❹ 顾颉刚:《顾颉刚日记》,中华书局2011年版(卷十一),第421~422页。
❺ 顾颉刚:《顾颉刚日记》,中华书局2011年版(卷十一),第551页。
❻ 顾颉刚:《顾颉刚日记》,中华书局2011年版(卷十一),第643页。

及胡适所印脂评《石头记》等，即翻览。……看杨宪益夫妇《红楼梦》译本。……杨宪益之夫人，英国经济学者戴乐仁之女也。两人中，英文均好，故能翻译《红楼梦》，又得吴世昌君之校订，益臻完美，此书当遍布于全世界矣。"❶

23. 1979年5月20日："十时，湜华以汽车来接，与俞平伯同车到四川饭店，开《红楼梦学刊》讨论会，十二时半聚餐。下午二时归……今日同席：冯其庸 沈雁冰 王昆仑 叶圣陶 俞平伯 杨宪益 戴乃迭 李希凡 蓝翎 吴恩裕 郭敏 吴世昌 周汝昌 王利器 吴组缃 启功 张毕来 林默涵 邓绍基 周绍良 周雷 刘梦溪 胡文彬 蔡义江 王湜华 贺敬之 端木蕻良 郭豫衡 廖仲安 戴不凡 李厚基 刘世德 陈毓罴 朱彤 张锦池 陈玉纲 陶建基 今日大热，汽车如行火中。《红楼梦》，六十年中形成之各派，至今日乃团结，可在《学刊》各各表示己意，不复厚彼薄此，亦一可纪念之事也。"❷

24. 1979年9月12日："上海园林局拟在徐家汇迤西多水之区仿《石头记》所载形象筑一'大观园'，不但供游览，且备食宿，以吸引世界游客，画图示予，予极赞之。第一期工程定三年完成，不知予在世否耳。"❸

三、《顾颉刚读书笔记》和《顾颉刚书话》中《红楼梦》引证辑录

1. 《景西杂记》（五）《林黛玉日记》："在市场见有《林黛玉日记》，即敷衍《红楼梦》而成者。此亦伪史之一。使在汉代，必谓《红楼梦》之作，本于《林黛玉日记》矣。"❹

2. 《枫林村杂记》之《曹寅所作杂剧》："曹氏为作曲家，编历史剧，影响其孙雪芹，而今日谈《红楼梦》者尚未忆及，当表彰也。"❺

3. 《枫林村杂记》之《曹寅与洪昇》："楝亭不但能自制新词，且亦精研音律，为昉思诤友。以彼豪富，独吝于剞劂之资，何故？盖终以戏剧为娱

---

❶ 顾颉刚：《顾颉刚日记》，中华书局2011年版（卷十一），第656页。
❷ 顾颉刚：《顾颉刚日记》，中华书局2011年版（卷十一），第660页。
❸ 顾颉刚：《顾颉刚日记》，中华书局2011年版（卷十一），第687页。
❹ 顾颉刚：《顾颉刚读书笔记》，中华书局2011年版（卷一），第169页。
❺ 顾颉刚：《顾颉刚读书笔记》，中华书局2011年版（卷十三），第169页。

乐之资，非正统文学也。至其孙雪芹作《石头记》，能以怨乱之音写《红楼梦》曲，又屡引《西厢记》《牡丹亭》语入书，知其受乃祖之熏染者深矣。"❶

4.《萧穆著作及叶燮文集》："可笑曹玺做了织造，偶然种了一株楝树，竟累了叶燮做了这一篇大文章：说什么楝处乎才不才之间，说什么功臣不克令终，说什么汉高、诸葛处乎才不才之间而天下晏如！亏他想得出'楝'与'曹玺'的搭茬接话！这样的'学问精博''深于古文'，不知下于叶氏之汪琬又做得怎样！适之先生说他是用八股法做的，可见他们所谓古文，即是八股。以此而云行文之才，持论之胆，见理之明，读书之识，真不知其相去几万里矣！如此无聊，也要争举博学鸿儒科，不由不使人代惭！这种的人，便是《儒林外史》《红楼梦》里所骂的。曹雪芹、吴敬梓所以不应试、不做官，便是受这辈人的刺激。然而这辈人还要假充做才子呢！"❷

5.《才子与举子》："从前读书人的大部分，只有两种：（1）举子；（2）才子。[眉批：举子——战国时的说客，汉代的孝弟力田，唐以后的举子。才子——名士。]举子拿自己的心思才力专向功令上掀合去，专做科第仕宦的牺牲。才子看了举子，觉得俗臭不可向迩，也是把他的心思才力专向自己的开心适意上去，饮食，男女，美术，他们愿终身浸在里头，一切世事不管，谓之曰'做自己的事情'（见吴敬梓《儒林外史》）。这颇近于所谓'人格的自然化'，固是比举子天真的多；但是，这种人由性情而至放荡，实在无补于世，有害于人。其无真才而又好名者，遂一切施之虚伪，自命风雅，反不如举子好利之真矣！[眉批：才子专任性情，举子只骛世俗，却总丢了'研究事物'的一项。]看《儒林外史》《红楼梦》两书，都是拿才子的身份去骂举子，同时也看见举子回骂的话。才子骂举子为'禄蠹'，为'俗物'；举子骂才子为'迂想痴情'，为'怪癖'，为'不知经济、道德'。从现在看来，举子何尝配说经济、道德，才子何尝尽了自己的本分？才子只做了自己的自然一方面，没有做到社会方面，难道一个人因为自己是'鹤立鸡群'，便真当'遗世独立'了么？又真可'遗世独立'了么？至于举子，只是奴才的性格罢了。于此，可见自来做理学、做考据的人实在少，《儒林外史》《红楼梦》里都没有说到这两种人，我们现在所

---

❶ 顾颉刚：《顾颉刚读书笔记》，中华书局2011年版（卷十三），第185页。
❷ 印永清辑，魏得良校：《顾颉刚书话》，浙江人民出版社1998年版，第208页。

以看见他们多，原因举子只随草木朽腐了，没有可以留得的；才子因有可传，但有真天才、真艺术的也不多，所以传下的很少；理学、考据中人总有一半可传，便是见得多了。君武尝询崔怀瑾先生以当时学风，崔先生谓大都是做八股的，研究经学的人与现在一般少。崔先生当俞曲园掌杭州诂经书院时，曾肄业其中，吾人试想咸、同间正承了乾、嘉考据之风，杭州又为人文所聚，诂经书院又是提倡古学的，俞曲园又为一代大师，而当时亦如此，可见有学问嗜好者少之又少矣。以后有暇，当作'文人相非考'，把历来各派冲突的话记出，也是社会史的一部分。"[1]

余 论

通观上述顾颉刚引证《红楼梦》的文献资料，可得如下几点观感：

1. 顾颉刚对于曹学具有奠基性贡献，正如新红学的开创当归功于胡适一样。

2. 顾颉刚对于新红学的开创具有襄助之功，他不仅助成了胡适的《红楼梦》考证，而且助成俞平伯的《红楼梦辨》。

3. 顾颉刚对于红学的贡献足以立案昭传，是故，笔者撰成《顾颉刚的红学研究综论》[2] 以备《顾颉刚红学学案》的最终成稿。

---

[1] 印永清辑，魏得良校：《顾颉刚书话》，浙江人民出版社1998年版，第355~356页。
[2] 高淮生：《红楼梦丛论新稿》，中国矿业大学出版社2016年版，第54~66页。

徐复观《红楼梦》引证辑录

引　言

徐复观《红楼梦》引证辑录不再收录已经成文发表的若干篇研红包括论辩文章，这些文章分别是：《赵冈〈红楼梦新探〉的突破点》❶；《我希望不要造出无意味的考证问题——敬答赵冈先生》❷；《我的文学创作观——二答赵冈先生》❸；《由潘重规先生〈红楼梦的发端〉略论学问的研究态度》❹；《论"抽样"之不可靠——曹頫的笔迹与〈乾隆甲戌脂砚斋重评石头记〉的抄者问题》❺；《敬答中文大学〈红楼梦〉研究小组汪立颖女士》❻ 等。徐复观谈论《红楼梦》的资料散见于以下作品集中：《中国文学论集》《中国思想史论集》《追怀》《论智识分子》《无惭尺布裹头归·交往集》《无惭尺布裹头归·生平》《青年与教育》《学术与政治之间续篇》《儒家思想与现代社会》《论文化》《偶思与随笔》等。以下是对这些谈论《红楼梦》资料的辑录。

一、《中国文学论集》对《红楼梦》的引证

1.《再版补编自序》：有关《红楼梦》的三篇，应当引起读者更大的感

---

❶ 徐复观：《中国文学论集》，九州出版社2014年版，第421~451页。
❷ 徐复观：《中国文学论集》，九州出版社2014年版，第452~459页。
❸ 徐复观：《中国文学论集》，九州出版社2014年版，第460~475页。
❹ 徐复观：《中国文学论集》，九州出版社2014年版，第476~497页。
❺ 徐复观：《论文学》，九州出版社2014年版，第140~143页。
❻ 徐复观：《论文学》，九州出版社2014年版，第144~161页。

想，即是，百年来我们在文史上一片空白的最基本原因，到底在什么地方，似乎可以得到一些解答。❶

2.《中国文学中的气的问题——〈文心雕龙·风骨〉篇疏补》：若以刚为文章中的男性，风为文章中的女性，则彦和因矫弊所选的女性，是《红楼梦》中史湘云型的女性，而不是林黛玉型的女性。❷

二、《中国思想史论集》对《红楼梦》的引证

《朱陆异同——知识与道德界域的混乱与厘清》：胡适们因为在这一点上没有弄清楚，所以他们想从考据的方法中带进西方的科学方法，而不知观察、实验、演算等的自然科学方法，是和自然对象结合在一起的。再有一百个《红楼梦考据》，也是两无干涉。❸

三、《追怀》对《红楼梦》的引证

《再记徐复观二三事》：十年前，新亚书院由潘重规教授领导学生成立了一个"《红楼梦》小组"，潘先生是有名的索隐派，徐先生十分不满。因为《红楼梦》系曹雪芹以自己的家世为背景写成的，并非反清复明的政治小说，自胡适考证以后，由于历年来发现的新资料证明，已成定论；而今潘先生此举，无异于领导着青年们开倒车，对此不能无言。但因他与潘先生有交情，不好当面直说——潘是黄侃的东床，徐是黄侃的高足——便以笔名写了篇文章批评此事。那一段时间，他对"红学"用功甚勤，记得他还跟留美的《红楼梦》专家赵冈，打过笔墨官司。他在闲谈时也常谈《红楼梦》，一谈就谈到大观园里正副十二金钗。他问我："你是喜欢黛玉呀，还是宝钗？"我说她俩我都不喜欢，我喜欢史湘云。"却是为何？"我说，大观园里，有次她们烤鹿肉，宝琴不吃，湘云立即从手里撕了一块递给她，说："傻子，你尝尝！"如此心直口快的姑娘，多好！❹

---

❶ 徐复观：《中国文学论集》，九州出版社2014年版，第4页。
❷ 徐复观：《中国文学论集》，九州出版社2014年版，第285页。
❸ 徐复观：《中国思想史论集》，九州出版社2014年版，第33页。
❹ 徐复观：《追怀》，九州出版社2014年版，第303页。

四、《论智识分子》对《红楼梦》的引证

《文化卖国贼——看上海四人帮余孽》:曹寅的诗文成就非常平庸,他是曹雪芹的祖父,在"《红楼梦》热"中,凡是曹寅集中可以找到曹雪芹家庭背景的材料,早被一些红学专家们搜用无遗了。古籍印行社为甚么在重印古籍时以曹寅的集子为首选?因为毛泽东认为几千年的中国文化,只有一部《红楼梦》可以见得人(见《论十大关系》)。于是《红楼梦》的作者曹雪芹,便和鲁迅一样,成为文化中的两大贵族人物……❶

五、《无惭尺布裹头归·交往集》对《红楼梦》的引证

1. 《时代的悲怨——悼白崇禧将军》:由白将军今日之死,使我想到了苏东坡的《浪淘沙》的一首词,便不伦不类地想到《红楼梦》贾宝玉在太虚幻境里所看到的一对联。我稍改几个字,借以表达我此时的心境:

寂地寞天,堪叹英雄心不死。

哀猿怨鹤,可怜家国债难酬。❷

2. 《对殷海光先生的记忆》:当一九五二年自由中国的青年以最大热情,欢迎他(胡适)的时候,他依然当着大家背诵他三十年多年以前的《〈红楼梦〉考证》和杜威的知识论的入门……到了七十多岁,还以为那点从锄头上出来的东西,就是史学的一切,就是人文学科的一切;凡是他所不了解的学问,都是他所不承认的学问……❸

六、《无惭尺布裹头归·生平》对《红楼梦》的引证

《五四运动的一个角落》:当时到省立第一师范传播新文化的,有位黄冈的刘子通先生。他也在女子师范教课,带着女学生到城墙上去教《红楼

---

❶ 徐复观:《论智识分子》,九州出版社2014年版,第407页。
❷ 徐复观:《无惭尺布裹头归·交往集》,九州出版社2014年版,第153页。
❸ 徐复观:《无惭尺布裹头归·交往集》,九州出版社2014年版,第189页。

梦》，这在当时是石破天惊的"新文化"。❶

七、《青年与教育》对《红楼梦》的引证

《当前读经问题之争论——为孔诞纪念专号而作》：胡先生当时耸动一时的一是白话文，这针对文言而言，是有一确定的对象与意义，所以得到了成功。一是他的"红学"（《红楼梦》之学），也给当时青年男女以情绪上的满足。我记得民国十年有位刘子通先生到湖北来传播新思想，先讲心理学，大家无所谓。后来带着学生到城墙上去讲红学，一般青年才真正意识到传统与非传统的鸿沟，而为之一时风动了。胡先生只挂着科学与民主的招牌，凭着生活的情绪，顺着人性的弱点去反传统。传统受了打击，胡先生成了大名，但知性是能凭借《红楼梦》考证而得到解放，而能有所着落吗？以红学的底子去反对孔孟，无怪乎他对科学的真情，反而赶不上读孔孟之书的清季若干士大夫，决非偶然之事。❷

八、《学术与政治之间续篇》对《红楼梦》的引证

1.《毛泽东与中国传统文化》：《光明日报》的"文学遗产栏"，从去年十一月大整肃开始以来，把它们过去曾作过相当评价的《史记》《水浒》《红楼梦》《三国志演义》《西厢记》《聊斋志异》《官场现形记》，以及曹植、嵇康、陶渊明、李白、杜甫、韩愈、白居易、关汉卿、王船山等人物的作品，一概加以抹煞、打到，更何有于义正辞严的孔、孟及宋明理学家的思想？❸

2.《邓丽君与华国锋》：香港许多人从电影上倾倒过《十五贯》的昆曲，倾倒过《红楼梦》的越曲。❹

3.《日、美之间的坠欢重拾》：想了解一个民族的性格，是非常困难的；尤其是对日本的了解，我思来想去，若对日本民族性想作直观性的把

---

❶ 徐复观：《无惭尺布裹头归·生平》，九州出版社2014年版，第59页。
❷ 徐复观：《青年与教育》，九州出版社2014年版，第13页。
❸ 徐复观：《学术与政治之间续篇》（一），九州出版社2014年版，第275页。
❹ 徐复观：《学术与政治之间续篇》（一），九州出版社2014年版，第599页。

握，或者可以用《红楼梦》中的王熙凤相比拟。王熙凤是美丽、能干、高傲、势利、矜贵、风骚、泼辣而又通情达理，把许多矛盾因素融合一起的人。对王熙凤，不能通过一条直线去了解，而需要转几道弯去了解。对日本，正是如此。❶

4.《日本政局在黑雾中》：现内阁三木武夫，在自民党内，要算是《红楼梦》中荣国府门外的石头狮子，一般认为是比较干净的，所以到现在还能挺住。❷

九、《儒家思想与现代社会》对《红楼梦》的引证

《日本德川时代之儒学与明治维新》：现人多以张之洞（"中学为体，西学为用"）的口号为不通，为妨碍了中国的西化；但由张之洞的口号去接近西方文化，比由胡适之氏《红楼梦》等考证的方法去接近西方文化，实在简捷得多。❸

十、《论文化》对《红楼梦》的引证

1.《自由中国当前的文化论争》：胡适先生在当时是以提倡白话文及杜威思想，与《红楼梦》考证，而成了大名的。在我的回忆中，《红楼梦》在五四前后之所以风行一时，并不是因为它的文学价值，而是象征当时的男女学生可以开始公开谈恋爱。一直到现在为止，还没有一个人能站在文学的立场来了解《红楼梦》，尽管不少人把写实主义这类的口号加到它身上去。至于考证性的"红学"。则完全变成了满足少数人的考据癖的对象，早使《红楼梦》本身与文学及一般青年，两无干涉了。❹

2.《再论"古为今用"》：七亿五千万人的一个伟大民族，除了初级、中级的少数技术出版社外，只突出一部"红宝书"，此外则一无所有。听说

---

❶ 徐复观：《学术与政治之间续篇》（三），九州出版社2014年版，第1597页。
❷ 徐复观：《学术与政治之间续篇》（三），九州出版社2014年版，第1689页。
❸ 徐复观：《儒家思想与现代社会》，九州出版社2014年版，第55页。
❹ 徐复观：《论文化》（二），九州出版社2014年版，第462页。

最近才开放了《红楼梦》《水浒传》，大家排队购阅，此种现象，一何可悲。❶

十一、《偶思与随笔》对《红楼梦》的引证

1.《作为一个中国人的感慨》：五四运动初期是反儒家，反儒家的道德精神，讲小考据，提倡文化传统中的旁支测派，特别提倡《红楼梦》。《红楼梦》几乎是他们的考证中心。他们把贾宝玉、林黛玉捧到天上，拿顾亭林、黄梨洲、王船山、颜习斋一般人来和贾宝玉、林黛玉作比较，认为没有一个比得上他两人的有反抗性、有革命性，没有哪一个有他两人的伟大。贾宝玉、林黛玉是曹雪芹所塑造出的人物典型，所以在中国文化传统中，曹雪芹代替了孔老夫子的地位。贾宝玉主张焚书，这当然很合他们的味口；但贾宝玉又主张把四书保留下来，他们对这点反动气氛，却没有正式表示什么意见。可是五四运动的真正内容，在于科学和民主，他们却用专政来代替了民主；此一本质上的演变，真不知又把中国的历史拉回头多少年。❷

2.《作为一个中国人的感慨》：又如何其芳在《论〈红楼梦〉》中说："许多论文都重复地引用这些公式（按即典型的政治性问题），并根据它们来说明贾宝玉和林黛玉这样一些人物。现在苏联已经批评了这些错误的公式，这对于我们要比较完全地了解贾宝玉、林黛玉以及其他许多文学中的典型，是很有帮助的。"试问，公式是由客观事实所归纳而成，反转来用以解释性质相同的客观事实。幼稚的公式，不能解释活生生的事实时，中国人为什么不能自己加以批评，而一直要等到苏联人的教示？❸

3.《琐谈》：大约两个月前，我在台北住了几天，朋友一见面，便谈到一部书的故事。并且有朋友说，这不应当写文章吗？但我只笑笑认为不值得写。因为我记得小时看《红楼梦》，其中有焦大骂荣国府只有大门两边的石狮子是干净的一段话，看后觉得很有意思。一位党外的大老，向元首献出自己的一部线装书，再由党内的红员，向厂家收回五十万元的约十倍的成本，这只是"门外汉"年迈力衰无计奈何的"穷余之一策"。难说这点小

---

❶ 徐复观：《论文化》（二），九州出版社2014年版，第751页。
❷ 徐复观：《偶思与随笔》，九州出版社2014年版，第34页。
❸ 徐复观：《偶思与随笔》，九州出版社2014年版，第35页。

事就算在石狮子上泼下了狗血,使得焦大不知如何开口吗?❶

4. 《侯碧漪女士的仕女花鸟》:曹雪芹写《红楼梦》,谓女子是水造的,而男人则是泥造的;一清一浊,出自天性。此虽系曹雪芹目击当时的清朝贵族,及攀附清朝贵族的各色男人,整日蝇营狗苟,钻拍吹捧,诈骗卑贱,无所不为,令人感到呕吐的感叹之言。而女人因当时社会条件的限制,与这辈男人的活动,自然两不相干,因而也自然能保持得一分干净;故愤积于心,而巧喻于笔,遂认定男女在造生时已有此清浊的分界,于是"字字写来皆是血",却只是写女子,不写男人,免使他的笔触,沾染到人间的污秽。❷

5. 《按语:〈一件伟大传记文学的诞生〉》:他写这部传记之心,和司马迁作《史记》,曹雪芹写《红楼梦》,并无两样。他是把那位伟大艺术家及其相关时代,于不知不觉之间,融入到自己的精神里面,再从自己精神中,表现出来。❸

余 论

徐复观谈及自己以两种心情和视角阅读《红楼梦》:一是"看热闹"。在胡适的提倡下,几十年来,以空前多的人力来讨论《红楼梦》,其热闹程度可谓史无前例。尤其是"文化大革命"以前的中国;二是"对考证很感兴趣"。由胡适提出《红楼梦》为曹雪芹自传说法后,除了王国维,所有的讨论,都集中在曹雪芹的家世、生平及脂评等考证上。徐氏对这些考证很感兴趣,想看看胡适的大胆假设是否能加以证明。

徐复观论红有几个核心观点:(1)认为以"脂批"来证明《红楼梦》是曹雪芹的自传或合传,是根本不能成立的。构成《红楼梦》的最大部分情节都是与曹家无关的。(2)"共感"是测度一部作品价值的基本条件,《红楼梦》作为伟大的文学作品,它的人物和情节,有高度的典型性、概括性,可以引起许多读者的共鸣共感。因而评论者和读者往往有感同身受之情,而不是说一定是批者亲身经历。(3)自胡适起,《红楼梦》考证这一派系往往忽视了文学常识,而专注于"科学考证",从某种角度说,是磨灭了

---

❶ 徐复观:《偶思与随笔》,九州出版社2014年版,第127页。
❷ 徐复观:《偶思与随笔》,九州出版社2014年版,第182页。
❸ 徐复观:《偶思与随笔》,九州出版社2014年版,第419页。

《红楼梦》的价值。(4)《红楼梦》一书，是由刻骨铭心的爱情，与刺骨伤怀的世网（包括政治），交织在一起，所以它才有那么大的感染力量。但世网的一面，却被剥蚀殆尽，这才是我们今后探索的方向。(5) 要正确定位《红楼梦》的价值，《红楼梦》不是讲阶级斗争，也不能够代表中国上下五千年的文化，更不能作为政治武器。

徐复观虽说自己只在十六七岁时看过一遍《红楼梦》后便不再亲近，实际上却在其文稿中时时处处流露出"红楼情怀"。如在杂文中常用《红楼梦》之典故，信手拈来，十分自然。且在与友人谈话时常常谈讲《红楼梦》，以此体现出属于他个人的审美情致与文学主张。

徐复观反对将《红楼梦》的主旨归结为"反封建""反儒家"，反对"科学考证"的方法，主张回归到文学作品本身上来。同时，徐复观也在反驳的过程中做了一些考证工作，体现了徐复观作为"新儒家"学者始终坚持以"史的方法"，并以"追体验"的研究方法来对待文学作品。他强调作者文本与读者的统一，即作者出于情性创作出具有高度典型性、概括性的作品，而读者在阅读过程中不断接近作者的内心世界，从而产生共鸣共感。

徐复观《红楼梦》引证尚有言说的空间，尤其他的若干篇研红包括论辩文章可谓红学史研究不可忽略的文献。

学术对话篇

中、德学者红学对话实录
——以《红楼梦》翻译为题

引 言

2015年3月28日晚,《中国矿业大学学报》主办、《河南教育学院学报》协办的"纪念曹雪芹诞辰300周年学术研讨会"安排了一场由胡文彬研究员、高淮生教授与德国学者吴漠汀教授参加的、以《红楼梦》翻译为议题的学术对话。"对话"讨论了如何翻译出一个相对精善的《红楼梦》译本、《红楼梦》的海外传播等重要议题,这些议题具有十分鲜明的话题价值。以下是访谈内容,访谈内容由高淮生整理成文。

高淮生:尊敬的吴漠汀先生,我们中国人对"红学家"这个称号,感情特别复杂。《红楼梦》从根本上说是一部小说,最后形成了"红学",这是罕见的事情。作为德国的汉学家、翻译家,您对"红学家"这样一个称号是怎样的态度,有怎样的看法?

吴漠汀:我认可《红楼梦》从根本上说是一部小说的说法,但它是一部旷世奇作。特别是,在中国已经有了专门研究《红楼梦》的红学家。

高淮生:是否可以这样认为,西方学者眼中的"红学家"大都是学术造诣很高的专家,"红学家"是一个值得敬仰的称号。

吴漠汀:我是这样看这个问题的:在我看来,红学是一个专业,汉学研究是一个行业。

高淮生:我明白了,无论怎么说,在西方,"红学家"是一个褒义词。但是,在中国则不免会有一些人对"红学家"别有看法。有一些人会认为,你们做《红楼梦》研究，就是你们自己想怎么猜谜就怎么猜谜，想怎么阐发就怎么阐发，你们不是认真研究、求真务实做学术的一帮人，而是从中获取名和利的一帮人，它（按：即"红学家"）便带有贬义的色彩。我在会上（按：2015 年 3 月 28 日于中国矿业大学科技园国际会议中心召开的"纪念曹雪芹诞辰 300 周年学术研讨会"）说：十年前就有人这样介绍我说：他是研究"红楼蒙"的！这个"蒙"字，有蒙蔽、蒙骗的意思。在我们这里，"红学家"含有这么一个贬义的成分。当然，首先是褒义的成分，就是真心热爱《红楼梦》的专家，比如周汝昌。由此看来，两国学者包括大众对"红学家"还是想法不一样。

吴漠汀：我觉得没有这个必要。在国外，其实就是专家的意思，就是"研究《红楼梦》的人"。

高淮生：这为我们解决了一个困惑，在中国，"红学家"的称谓，一方面是专家的意思；另一方面还有一些莫名的复杂的情绪在里面。

吴漠汀：这个"另一方面"的意思我们没有。

高淮生：在中国，有很多人包括周汝昌本人，对"红学家"轻易不做那么高的期许。以上是我们就"红学家"概念所做的交流。我还想问您一个话题：在翻译《红楼梦》的过程中，您认为哪些问题或哪些方面比较重要，比如《红楼梦》的诗词、《红楼梦》的人物、《红楼梦》的象征隐喻方面等。就是说，这些问题或方面如果不能很好地翻译出来，《红楼梦》的意思就可能变形，不能真实地反映《红楼梦》原意。

吴漠汀：这个问题很好。从我花费 17 年时间翻译《红楼梦》来看，我碰到的问题特别多。而您现在问哪些问题最重要？在我看来，最重要的问题就是最后发表出来的时候，您要有责任。我觉得最重要的是，当您感觉第一次碰到这些地方不了解、不清楚，您就要去了解，要搞清楚，然后开始翻译，再过一段时间，再回到这个地方重新修正。如果最后您满意了，那么您就有权利发表，当然您要有历史上的责任，您要让大家看，让大家来评价。

高淮生：比如说"红楼梦"这三个字，再比如说《红楼梦》里的诗词。

吴漠汀：对，对。就我个人来说，我们在国外先学繁体字，再学简体字。我们在大学里有古代汉语课，有现代汉语课，不过，我的母校是以当代中国语言文学为重点。所以，我对《红楼梦》里这些诗歌感到很棘手。

我经历了德国文学和中国文学的本科、硕士专业的学习，这样，我了解一些中国清朝作者和德国当代读者的文学背景。我的方法是，我先读一遍（为了欣赏），后来看别的一些人是怎么翻译成德文、英文、法文等语言的，再看一些研究资料，使用研究工具像《红楼梦大辞典》。我就想了解一下一首诗里面的含义、参考文献和来源。我再问一下我中国的朋友们和同行们。如果我觉得了解了，我才会翻译。所以，诗歌部分我花的时间比其他部分多得多。您把意思表达出来了，那么，形式还不行，您要把词的次序改一下。（高淮生：改了的这个形式是为了符合德语的习惯。）对，德国的读者也要能感受到一种美感。

胡文彬：在这一点上，李志华先生在把《红楼梦》翻译成法文本的时候，特意请了铎尔孟来给他校订《红楼梦》法文本的诗词。因为法文是三音节，中国的诗词是四音节，在三音节与四音节中，如何体现诗词的原意和形式美，这个问题是非常令人头痛的。他的夫人雅克琳娜是英国人，她懂得英语，但是翻译到诗词过程中也有许多的难点。我想不仅仅是德文的问题，恐怕中国的小说翻译到世界上以后，语言上的差异是一个非常大的问题。所以，我们中文方块字是一个特殊的文字，它与世界上的拼音文字有很大不同。除了这个问题之外，您使用的工具书是第一版的《红楼梦大辞典》呢，还是第二版的？

吴漠汀：我那时用的就是第一版，我知道第二版新改动了很多。

胡文彬：第二版要比《红楼梦》校注本的词条列得更多，解释更详细。但是，我们今天发现还是有很多错误。所以，我们要进行修改。

吴漠汀：这个我们已经说过了，我们要不断地更新。

高淮生：在今天的会议上，您表达的意思是非常令人敬佩的，《红楼梦》的翻译需要不断地完善它。因为《红楼梦》这部书本来就是很难读懂的一部书，是一部迷书。我今天这一遍翻译完了以后，拿去给读者看，读者看了之后觉得有问题，需要改善，我们就去改善。我觉得，这个谦虚的态度、这个治学的态度值得推广。不是说翻译一个本子，就一定能做得最精善。我们中国人对于翻译的期待，包括对于校订的期待，都有这么一个期待，就是你要做出一个最精善的本子，否则，你所做的就意义不大。您看今天上午关于红学史写作的期待，都以一个什么标准评判呢？就是您现在做的是不是一个最好的、最精善的红学史，否则，就不像样子。这样一种学术态度，您是怎样看的？西方学者是不是也有这样一种期待，就是做出来的东西必须是最好的，否则，就不像样子。

吴漠汀：当然，每个学者和翻译家首先追求做完美的工作，德国人在这方面也算比较严格的。但是，没有不犯错误的人，问题是您承认不承认，愿意不愿意修改。我觉得这是每个人自己性格的问题。当然，每个国家都有这种人，他们一听别人要批评他们的作品或者要改变他们所写的，他们就特别生气。我在翻译《红楼梦》过程中，即便出版之前，还是修正了好几个地方。出版后，不断发现不理想的地方，于是再修改，然后再版。

高淮生：那就是说，这是一个共性问题，不是说哪一个国家存在这个问题。我再问一个问题，您在翻译德语版《红楼梦》的时候，是否借鉴过别的版本的《红楼梦》，比如霍克斯的译本，或者杨宪益的译本，您借鉴了哪些本子？

吴漠汀：我在书上面写了，我们主要借鉴了霍克斯和闵福德的本子，我还看了法文全译本。

高淮生：那就是说，您从这些本子里面获取了翻译的灵感和一些原则。那么，您觉得怎样才能翻译出一个相对精善的德文本？您有没有自己的看法？比如中国的严复曾说翻译要"信、达、雅"。您有什么经验、体会，翻译一个相对精善的德文本？

吴漠汀：我觉得一个好的翻译家他应该是母语好，比如郭沫若，他翻译《浮士德》，翻译得特别好。除了母语好之外，自己还是一个作家，那么就会加分。我自己对日耳曼文学感兴趣，我同时读了日尔曼文学和中国文学专业。

高淮生：即便我不是作家，我读文学作品，或文学专业，对于翻译会更有利一些。

吴漠汀：对对，这是我的想法。

高淮生：这是两个想法，一个是说母语好；另一个是说文学修养和文学造诣好。除此之外，还有第三个吗？

吴漠汀：我还要补充一句，我觉得翻译家翻译出来的效果要达到原文的水平。《红楼梦》是世界文学作品的水平。我自己也喜欢写小说和诗歌，但是我自己的作品肯定不是世界文学的水平。所以，我只能花很长时间不断地提高翻译的水平，我自己为此花费了17年的时间。我兼做主编，除了翻译后四十回以外，还要做前八十回的修改，在这方面花了 3~4 年。（按：《红楼梦》前八十回由史华慈 ［Dr. Rainer Schwarz，德国汉学家］翻译，此前没有正式出版。）

高淮生：我觉得您表达得很好。就是说，我要努力地做，因为《红楼梦》是一部世界文学经典。至于能否达到最高水平，我无法预期，至少我在努力，应该就是这样一个表达吧。

吴漠汀：就是这个意思。

胡文彬：不断努力，不断地修改。

吴漠汀：如果我自己写小说，有可能一个月内就写完了一个短篇小说。但是翻译《红楼梦》这部小说，我仔细看一遍，就几年。翻译几年，再看一遍，进行修改，又需要几年，就这样慢慢地把文学水平提高了。我希望我翻译的《红楼梦》的水平能符合《红楼梦》作为世界文学作品的水准。若能达到了，这是一个令人满意的结果。但是，有可能 17 年过去了，我发现我还没有达到，那么，我们就再花 10 年。花多长时间，这个不重要，重要的是，发表的时候你要有一个满意的感觉。

胡文彬：这个意思就是：求放心。觉得您的态度非常好，您就是特别的敬业。

高淮生：讲到这一点，我和胡先生交流比较多。胡先生对于西方的翻译家，各种文字的翻译家，都是非常敬重的。为什么呢？就是他们拿出那么多的时间、精力来翻译一个不属于他自己民族的作品，这本身就是对中国文学向海外传播的一个贡献。所以，作为我们中国人，应该对他们表示一种敬意，学习他们翻译的一些长处，而不是说三道四。或者即便说三道四，我们可以指出他翻译的问题，帮助他去完善。但是，目前为止，我们感觉，对于翻译本的态度是远远不够的。

胡文彬：我觉得在我们的翻译批评当中，总体来讲，大家还是顾全大局的。理解翻译的难处，这是多数。但是，社会的浮躁影响了翻译批评，也存在一种吹毛求疵的现象。我们要看到，不论是中国翻译家，还是外国翻译家，他们为了传播中国的文化，传播中国的名著，付出了那么多的劳动。我们可以想象，由于语言的不同，各自修养的不同，对于语言的理解不同，肯定会产生各种各样的问题，这正需要我们理解的同情、理解的包容，我是持有这样一种态度。这里我有一个问题想向您请教：最近，美国一位女教授，翻译了书名为《红楼》的所谓译本，在我看来，她是借《红楼梦》来改编她自己的一个故事。我不认为她是翻译《红楼梦》，因为她翻译的人物与《红楼梦》中所写的人物完全不同。比如说，她把贾雨村写成一个向上爬的官僚，在贾府里，他和王熙凤勾搭成奸，而这个勾搭成奸还被贾母发现了，贾母心里明明知道他们两个人在搞"地下工作"，但是又不说出来。这位女教授把结局写成了林黛玉嫁给了甄士隐。这不是翻译吧？也不是节译吧？也不是摘译吧？这本书出版之后很热闹，在美国有很多的书评家发表评论文章。我看了所有的介绍材料之后，觉得这不是一种真正传播中华文化的办法。您怎么看这个问题？

吴漠汀：我同意您的看法。我不知道这本书，也不知道作者的意图。按照您的描述，她改的地方太多，也很明显，那就不能叫作翻译。如果美国读者因为不知道这些区别而把这部小说当作原来的《红楼梦》，我觉得这就是不对的做法。如果她只是利用了《红楼梦》的书名为了把自己的故事卖得更好，她至少要承认这不是《红楼梦》。我们要尊重作品，要尊重作者，他们得到的名气，是因为他们的原文，是因为他们能写出来这个伟大的作品。如果把他们的作品做成一个肥皂剧，这就是不严肃的做法，也是不尊敬作者的态度。

高淮生：您多次提到《红楼梦》是一部伟大的作品，是一部世界作品，而且花了那么多年的精力去翻译它。在您的心目中，翻译《红楼梦》与翻译其他的文学作品相比，应该是翻译《红楼梦》更加难吧？

吴漠汀：对我来说当然是，这是因为有大概250年的时间差异，还有文化的差异。

胡文彬：时代的差异，文化的差异，这两点说得非常好。

高淮生：由于这两点差异，就比翻译当代文学作品还要难。

吴漠汀：还有语言的差异。我自1990年以后就经常来中国，上大学的时候每年都过来，以后工作的时候也几乎每年都会访问中国。所以，我对中国当代文化的了解要比对清朝的了解多一点。

胡文彬：刚刚我们谈到的问题，在评论家中间有两种不同的意见。我收到这个美国翻译家的作品以及关于这个作品的评论之后，我不承认它是曹雪芹的《红楼梦》，而是这个翻译家心目中的《红楼梦》，这种翻译应该叫作改编，不应该叫翻译或者其他什么本子。因为这个书出来之后特别火爆，书评家在那里煽乎，也有许多的读者愿意读，这是另类"红楼"。有评论家说，这为《红楼梦》走向世界做了一个有益的贡献。因为老百姓都愿意读啊，这在客观上起到了宣传《红楼梦》的作用，在这一点上应给予肯定。但是，我在这一点上持否定态度，您对这一点怎么看？

吴漠汀：我觉得如果改故事改得那么多的话，不是对传播《红楼梦》的一个贡献。像我们翻译的这个版本，真的要每个字都再三考虑之后才翻译出来。这种版本有可能会有许多的注释，有可能读者要花很长时间去读这2000多页，也许对读者来说不是很简单的事情，但是，我觉得值得。我觉得读者多花一点时间来了解当时的文化背景，这是尊重作品的一个方法。相关数据显示，我们这个《红楼梦》译本，在德国，已经位列全世界纯文学类型之长篇小说排行榜第4名，并且在欧洲长期上架（longseller）。这是一个伟大的成功，我们也没有想到销售得那么好，但是却达到了这个成功。所以，我们觉得我们做得对，应该这么做，不要像编故事的改编小说那样做。当然，可能在美国更需要这样的小说，因为更加适合他们的口味、他们的文化。

高淮生：文化上的不同，比如某个民族、某个文化圈，他们就需要这种快餐式的文化。

胡文彬：这是一个接受美学方面的问题。

高淮生：我想问一个比较尖锐的问题。欧洲人读书的量是不是肯定比中国人阅读量要多？我举个例子，在德国，人们每月读书的阅读量应该是多少？

吴漠汀：这个我不知道。

高淮生：就以《红楼梦》为例吧，您说《红楼梦》的发行量那么高，读《红楼梦》的人群按照比例大概能有多少？

吴漠汀：我觉得在欧洲，他们读德文译本的难度比中国人读中国原本的难度要高得多，因为中国人更了解清朝那个时代的文化。当你问一个中国读者："读过《红楼梦》吗？"他说："读过。"再问"读过几遍呢？"他可能会说，读过一遍、两遍、五遍，在网上我看到有一个人回答说读过二十八遍，这种事情只会在中国发生。

高淮生：那会不会在德国发生？

吴漠汀：这个不好说。不过，德国人看《红楼梦》一般不会超过两遍。

原则上，你喜欢一个作品，再过几年以后，你还会读。

高淮生：谈到这里，我们就涉及敏感话题的核心部分了，这就涉及文化的不对等问题，这个问题您怎么看？什么"不对等"？比如说，我们读翻译的德国文学作品，无论是古代的还是现代的优秀作品，譬如雨果的作品，阅读的深入程度乃至阅读量，应该比德国人阅读翻译的中国作品可能要多，那么，这个"不对等"您怎么看？

吴漠汀：对，这种情况是存在的，西方人看中国文学作品要比中国人看西方文学作品的量要少。

高淮生：对于这样一个情况，您觉得是什么原因造成的？至今还存在这个问题。

吴漠汀：这个问题也是很复杂。我觉得有一段时间西方或者是欧洲传播自己的文化，有一种殖民地的态度。所以，今天我觉得西方不是那么的……（高淮生："开明，在这个问题上，西方不是那么的开明。"）那个时候西方以为自己的文化比非洲一些殖民地的文化要优越，那个时候有种族歧视态度。所以，一到中国要传播自己的文化，那些传教士就想把自己的宗教传给另外一个民族。今天你不可能再这样做，当然，也有少数人要这样做。那个时候是大家都要这样做，欧洲人以为他们的宗教是对的，所以他们要传播。今天我们都了解到，没有一个文化高于第二个文化，每一个文化都有自己存在的权利。那个时候欧洲有自己的态度，问题是中国有什么态度，中国老百姓有什么态度。那时候，一开始大家都觉得"洋鬼子"是没文化的人，中国人有五千年文明。但是，后来发现他们至少在武器方面、科技方面是进步的，比较发达的，那就先向他们学习吧。但是，最后还是会以中国文化为核心，中国文化还会胜出。

高淮生：您是有信念的，您相信将来西方人读中国人的经典作品会越来越多吗？

吴漠汀：对，这个是肯定的。我觉得中国的文化是特别丰富的，特别有成就的。

胡文彬：我们叫作"博大精深"。

高淮生：我们的文化，特别是《红楼梦》，它的文化意蕴可以说非常地深厚，西方人读起来肯定有些难懂。

吴漠汀：我们西方的文化比较容易懂，比较容易融合进去。你一到美国，你就可以在那里生活，没有问题，只要学习语言和注意最基本的文化传统就可以了。但是，我们要是学中文，想去念中国的大学，还谈不上学习文化差异方面，就已经要学1600小时的汉语了；但是，中国人要去读美国的大学，只要学1000个小时的英语。可见，学习汉语是学习英语的1.6倍。

高淮生：就是说，这个语言学习量的不对等，也能决定阅读的差异。

吴漠汀：我也觉得这是阅读差异的原因之一。文化方面也是这样，中国文化比西方文化丰富。

高淮生：今天，我们谈得非常好，让您很受累。谢谢啊！

2015年4月23日整理
2015年5月23日修订

作者简介：

① 胡文彬，1966年毕业于吉林大学，中国艺术研究院研究员。曾任人民出版社、《新华文摘》编辑，中国红学会副会长，吉林大学兼职教授，中国农工党中央文化委员会副主任，1987年版电视剧《红楼梦》（36集）副总监制。1975—1982年，参加国务院文化组《红楼梦》校订注释工作。出版学术著作30余种，代表著作《红楼梦与中国文化论稿》。

② 高淮生，中国矿业大学文法学院教授，中国红楼梦学会理事，江苏省明清小说研究会理事。独立出版学术著作3种，发表学术论文70余篇，代表著作《红学学案》。中国艺术研究院2013年4月召开的"《百年红学》创栏十周年暨《红学学案》出版座谈会"，充分肯定了《红学学案》的学术史意义和贡献。

③ [德] 吴漠汀（Martin Woesler），意大利罗马第三大学汉学与跨文化教授，欧洲《红楼梦》研究协会会长，1999年和2011年在哈佛大学担任访问学者，《红楼梦》首次全德译本合译者。主要研究方向：现当代中国散文、《红楼梦》国内外传播、西方视角下的中国文学史、中国文学的经典化。史华慈（Rainer Schwarz）、吴漠汀（Martin Woesler）合译．《〈红楼梦〉又名：〈石头记〉德译本》（*Der Traum der Roten Kammer oder Die Geschichte vom Stein*）[M]．欧洲大学、波鸿大学出版社，2009年第二版。

中、韩学者红学对话录

——以《红楼梦》翻译为例

引 言

2015年8月18日下午，第十一届（徐州）国际《金瓶梅》学术研讨会期间，前来参会的韩国著名学者崔溶澈教授接受高淮生教授以《红楼梦》翻译及海外传播为议题的学术对话。"对话"讨论了如何翻译出一个相对精善的《红楼梦》译本以及《红楼梦》在韩国传播的现状。崔溶澈教授认为，《红楼梦》是打开中国艺术殿堂的一把钥匙，翻译家就是艺术家，外国译者翻译《红楼梦》就是在"创作"。

高淮生：尊敬的崔溶澈教授，感谢您欣然接受我的邀请，就《红楼梦》韩文译本这一话题做一次深入的交谈。您与高旼喜教授合作的《红楼梦》韩文全译本已于2009年出版，这个译本已经在韩国读者中产生了较大的反响。这也是红学史尤其《红楼梦》传播史上一件值得关注的学术事件。我想先请崔教授谈一谈您与高旼喜教授合作的《红楼梦》韩文全译本之前的《红楼梦》翻译情况。

崔溶澈：朝鲜末年（约1884年前后）出现《红楼梦》全译本及五种续书。全译本是由李钟泰等数十位译官共同翻译完成的，早期收藏在昌德宫的乐善斋本。这个全译本不仅是韩国，也是世界上最早的全译本。乐善斋本《红楼梦》有原文和译文，还有发音标记，是一部庞大的注音对译的全译本，原有120册，现存117册，现在珍藏于韩国学中央研究院藏书阁。此译本的抄录形式也与众不同，一页分为上下两段，上段占三分之一左右，用朱笔记录原文，每个汉字用黑笔标注发音，下段的译文是粗的朝鲜式宫体韩文，译文中有时会有双行批注。全书共有500条注释，大部分集中于前半部。乐善斋本翻译小说中，还包括了《后红楼梦》《续红楼梦》《红楼复梦》《红楼梦补》《补红楼梦》五种红楼续书，这是海外《红楼梦》传播史上较罕见的例子。由此可见，当年朝鲜宫廷相当重视红楼系列的作品。这完全可与清末慈禧太后喜欢《红楼梦》而在紫禁城长春宫留下不少红楼壁画相媲美。

20世纪初，曾有梁建植和张志暎两位译者试图翻译《红楼梦》，纷纷在报纸上连载，但都未能译完。梁建植自1918年开始在《每日申报》上发表《红楼梦》译文，这是继乐善斋本之后最早的现代文译文，却未完成全译。张志暎从1930年开始在《朝鲜日报》上连载《红楼梦》译文，引起了很大反响，他翻译了原著40回左右即中断了这项工作。

1945年以后，才出现了《红楼梦》翻译的几种单行本。其中比较重要的是金龙济翻译本和李周洪翻译本，均是来自日译的重译本。中国的朝鲜族翻译家也从事《红楼梦》翻译的工作，并出版了两种译本，一是延边大学教授六人共译的《红楼梦》，由延边人民出版社出版；二是北京两位翻译家共译的《红楼梦》，由外文出版社出版。这两种翻译本后来又在韩国重新出版，起到向当代韩国读者介绍《红楼梦》的窗口作用。到了21世纪之初，才出现了由红学家翻译的全译本《红楼梦》，就是本人和高旼喜共同翻译的译本。

高淮生：我很想听您谈谈当初翻译《红楼梦》的动机。您的以上介绍，使我们对《红楼梦》在韩国的传播情况尤其《红楼梦》的翻译情况有了较为详细的了解。据您说，您与高旼喜教授共同翻译的《红楼梦》译本是第一部红学家翻译的全译本，这是值得注意的事情。

崔溶澈：是的，在我们的全译本出版之前，译者都不是专门研究《红楼梦》的学者，我认为还是有区别的，至少红学家翻译的全译本可以做到更准确地把握原本。我本人是很喜欢《红楼梦》的，并且，我的硕士学位论文、博士学位论文都是以《红楼梦》为选题的，一直以来，《红楼梦》是我的主要研究方向。所以，我本人早有翻译《红楼梦》的想法，只是时机不成熟。后来，我的一位时任出版社社长的学友跟我说，我们需要出版高质量的中、日、韩三国的文学经典代表作品，只可惜《红楼梦》这部经典作品至今没有根据中文版本翻译的译本，那些根据日文《红楼梦》译本翻译的韩文译本，已经不能令人满意了，希望你来做这项翻译工作。他们认为我做这项工作更合适，在他们看来，我更懂《红楼梦》。这个契机促成了我与高旼喜教授合作的《红楼梦》韩文全译本的诞生。我先翻译前八十回，高旼喜教授翻译了后四十回。

高淮生：你们的合作应该是出于某种想法吧？也就是说，《红楼梦》翻译不该一个人来完成，需要两个人来完成更合适。因为《红楼梦》前八十回和后四十回就不是一个人完成的。

崔溶澈：这不是我的原创，是借鉴英语本《红楼梦》的译者霍克斯的做法。霍克斯翻译了前八十回，他的继承人闵福德翻译了后四十回，他们合作翻译的《红楼梦》英文全译本影响很大。我当然很赞同这一做法，所以就这么做了，也没有考虑更多。但是，这样做并不代表我们对《红楼梦》一百二十回来源的问题的看法，那是另外一回事。

高淮生：您的全译本选用的是中国艺术研究院红楼梦研究所校注本《红楼梦》，请谈谈您的想法。

崔溶澈：这个校注本《红楼梦》是以庚辰本为底本的，要比程高本更接近曹雪芹的本意，而且这个校注本流行很广，影响很大，在韩国有很大影响。我们在海外的红学家只能利用中国红学专家或专门机构所做的版本来进行翻译而已，不太可能自己做出新的版本来加以翻译。

高淮生：您的说法我能理解，这就必然需要中国的红学专家或专门机构能够提供一种"最精善"的校注本，不过，这只能是一种美好愿望。这是由于《红楼梦》版本的复杂性，能够提供"相对精善"的校注本都很不容易了。美籍华人学者、历史学家、红学家唐德刚教授就曾说过，《红楼梦》是个无底洞，希望将来有大批专家通力合作，把各种版本集合在一起，来逐字逐句做过总校再做出最精辟的诠释来，那就是我们读者之福了。❶ 唐德刚教授的意见是很有代表性的，这的确需要大批专家通力合作来完成，不过，肯定不能一蹴而就。今天看来，再像红楼梦研究所校注本那样集合大批专家通力合作，似乎很难做到了，尽管这个校本并不是大家都满意的"最精善"的校注本。

---

❶ 唐德刚：《史学与红学》，广西师范大学出版社2008年版，第243页。

请问崔教授：您在翻译《红楼梦》的过程中遇到过怎样的困难？

崔溶澈：譬如《红楼梦》中的衣物服饰的描写、饮食方面的描写，用韩语准确地表达就很难。这就需要译者选择那些自然、贴切、可接受的表达内容和方式来翻译。然而，这样的翻译其实就是对曹雪芹的叛逆。严格来说，翻译《红楼梦》，都是曹雪芹的叛逆者，因为我们翻译的最后目的是要为韩国读者服务的，我们必须做这样的"叛逆"。否则，我们的译本就可能没有读者。

高淮生：《红楼梦》是世界级的文学经典，翻译它的确很难。所以，我对有勇气、有意志力做成《红楼梦》全译本的译者，始终心存敬畏。北京师范大学的童庆炳教授曾在谈及文学经典时说过，经典有两极，一极是文学作品，文学作品要在思想方面具有丰富的启示性和艺术方面的多样性；另一极是读者，读者愿意阅读，愿意接受。作为《红楼梦》的译者，既要忠实于曹雪芹，又不得已"背叛"曹雪芹，的确很不容易。

崔溶澈：童庆炳教授是我尊敬的学者，他的观点我很赞同。再譬如中国传统的俗语很难翻译，"说曹操曹操就到"这个俗语，韩语更贴切的表达就是——"说老虎老虎就到！"其实，《红楼梦》中的俗语往往找不到对应的韩语表达方式，于是，只能加入自己的解说、注释。这样下去，一个名词或词语就变成了一段小文章，无疑增加了译文的长度。就像对《好了歌》的翻译，更需要一段注解，不是甄士隐所加的注解，而是我们译者所加的另一种注解。由于它起名来自每行的最后一个字，但是，翻译之后的最后一个字，不可能称为《好了歌》。那么原书上的命名来源，译文中无法实现，因此需要加上适当的说明。

高淮生：由此可见，翻译《红楼梦》的过程也是考量译者智慧的过程。不同的译者会有不同的翻译策略，总之是为了既接近文本，又接近读者。从这个角度而言，"叛逆"也需要讲究策略。

崔溶澈：当然，我们东方文化背景的译者翻译《红楼梦》，要比其他文化背景的译者有比较容易的方面，譬如书名、人名以及典章制度之类，可以大部分承袭原书上的汉字，只要用韩文发音表达即可。但是西方语言的翻译，译者就需要非常辛苦、努力地表达这些名词，如《红楼梦》《石头记》、怡红院、潇湘馆、袭人、晴雯，等等。这些在霍克斯译本中，都有独特的表达，因此，我们应当理解他们的难处。不过，虽然是东方文化背景，也有不同的表达方式，或不同的词汇，例如，姨妈韩文中叫姨母，因此改称薛姨母，或按照王夫人的例，翻成薛夫人。姥姥原意为外祖母，刘姥姥就是板儿的外祖母，韩文中却改译成刘老婆，韩文中的老婆指老的妇女，并无自己妻子的意思。虽然许多汉字词汇较相似，但还有微妙的差异，应要更加注意。日文翻译本是更直接用汉字的多，但也有反映他们语言生活的习惯，由于常用邸宅，不太用府上，因此荣国府都译成荣国邸，而韩文本还是直接翻成荣国府了。

高淮生：《红楼梦》中大量诗词的翻译，对于外国译者来说，应该是最棘手的问题吧？有一位翻译家许渊冲教授曾经在《读钱漫笔》（按：该文是钱锺书研究文章）一文中说过：翻译的高下并不取决于译者的国籍，而是取决于：（1）译者的理解和文风与原作之间的距离；（2）译者的体会与表达能力之间的距离。一般说来，理解诗词的能力，中国译者远远高于外国译者；如果说中国译者能理解十之八九吧，那外国译者只能理解十之六七。而用外文表达的能力，外国译者一般高于中国译者；如果说外国译者能表达十之八九的意思，中国译者也只能表达十之七八。外国译者表达能力再高，总超不过他的体会；如果中国译者也能表达十之八九的原意，那他的译文就可能胜过外国译者的译文了。❶ 许教授的意思很明确：（1）中国译者的理解力远远高于外国译者；（2）同等表达能力前提下，中国译者的译文要胜过外国译者的译文。您同意许教授的看法吗？

崔溶澈：尽管说中国译者比外国译者更理解中文的正确意思，更清楚地理解中国诗词的微妙的内涵，但是，翻译毕竟是用外文解释的，给外文读者看的，因此更需要外文的能力，需要了解外文读者的文化背景，因此，外文翻译也更有利于外国译者。实际上，很难找到两种语言完全熟悉，竟能达到母语程度的译者，因此，中国译者从事翻译时，往往需要外国译者共同参与。譬如中国出版的英语翻译本《红楼梦》，由杨宪益及其夫人戴乃迪共同翻译。戴乃迪的母语是英语，如果没有太太的帮助，不可能达到如此完美的结果。当然，中国译者可以独立完成翻译，至于翻译的水平高下，至少对于翻译《红楼梦》而言，我坚持认为是很难达到如此完美的结果的。至于外国译者，他在进行翻译时，应尽可能参考中国学者研究出来的成果，

---

❶ 许渊冲：《读钱漫笔》，载《钱锺书研究》1992年第3期。

以免误解或翻译错误。如果初稿翻译理解有误的话，此后可以修补，因为翻译出来的是译者的作品，可以不断地修补，很少见初稿翻译得如此完整而不必再修补的翻译作品。因此，第一代翻译之后，还会出现第二代翻译、第三代翻译，不断地出现新的翻译，以迎合新的时代要求。

当然，译本出版之后，免不了会被评论，譬如香港的洪涛教授就写了一些文章找翻译的毛病，这对于此后的翻译工作，也很有帮助。但是，洪涛他自己却不能做到译者的水平。这是什么道理呢？翻译家就是艺术家！然而，中国译者是在"作文"，外国译者则是在"创作"！

高淮生：翻译家就是艺术家！这个说法容易被认同。为什么说外国译者是在"创作"呢？谈及"创作"这个话题，我在今年3月由《中国矿业大学学报》编辑部主办的"纪念曹雪芹诞辰300周年学术研讨会"期间，曾就《红楼梦》翻译话题访谈过德文全译本译者吴漠汀教授。他也认为：一个好的翻译家除了母语好之外，自己还应该是一个作家，这样就会加分。[1]

崔溶澈：我很赞同吴漠汀教授的观点。我在大学任教就长期讲授写作课，我觉得翻译同时可以提高写作兴趣和写作能力，而且对《红楼梦》的传播有益处。我正在策划做一个插图本《红楼梦》，把孙温的插图配上故事，韩国读者很接受这种形式，因为以前就有大量的这类作品形式，很受韩国读者欢迎的。我这样做，也是配合我们的这个全译本，更大范围地拓展《红楼梦》的读者群体。

高淮生：《红楼梦》一百二十回，孙温的插图也不够吧？

崔溶澈：当然，可以再配上其他画家的插图，做成一百二十回插图本《红楼梦》，可以普及韩国年轻读者。我希望，越来越多的韩国青年，尤其是大学生或中学生能够接受《红楼梦》这样的经典作品。

高淮生：韩国年轻读者阅读《红楼梦》的多吗？

崔溶澈：不多。不过不少人知道《红楼梦》是一部很好的小说，熟悉小说中的一些故事和人物，譬如贾宝玉、林黛玉。其实，阅读过《红楼梦》的人，能够很亲切地与中国读者交流。为了普及《红楼梦》的阅读，可以

---

[1] 高淮生，胡文彬，吴漠汀：《中、德学者红学对话实录——以〈红楼梦〉翻译为题》，载《中国矿业大学学报》2015年第3期。

像《三国演义》中的《赤壁歌》那样，需要韩国读者更要清楚、更要亲切接受《红楼梦》的人物和情节。在韩国，《红楼梦》远不如四大奇书流传得广，但是，《红楼梦》是对中韩文化交流上很有益处的名著。中韩建交前后，韩国著名的三星公司，曾在中国香港分公司接触中国内地的企业代表。他们在一个晚会上，有一位人士偶尔说出红学事件，大家竟不顾周围的外国客人，就热闹地谈论起《红楼梦》来。遗憾的是，当时韩国客人都不太理解这种讨论是怎么回事。这件有趣的事情发生之后，韩国公司代表这才意识到走近《红楼梦》是打开中国的一把新钥匙，便立即从本国特地购买数套翻译本，让分公司的职工阅读，以便容易应对中国人。这是一个很好的例子！

高淮生：《红楼梦》是一部文化小说，的确可以作为外国人很好地了解中国的一把钥匙。请问：以外国学者的立场，《红楼梦》的意义在哪里？

崔溶澈：我始终认为，《红楼梦》不仅仅是中国古典小说的名著，还是世界文学上的不朽名著，也是一部全人类的文化遗产。曹雪芹教给我们的是人类总需要爱情，在繁忙的现代社会里，爱情更是缺乏的。有人说《红楼梦》是爱情的圣书，爱情就是关怀人的，照顾人的。我们可以从《红楼梦》，得到许多安慰，同时获得许多智慧。

高淮生：您说过，眼看着《三国演义》以各种形式在韩国传播，然而《红楼梦》却远不如中国古代四大奇书在韩国读者中那样流行，心里很不舒服。我的确为您挚诚的态度和无私的精神所感动，也希望自己能够尽力为《红楼梦》的传播做一些力所能及的工作。

谢谢您接受本次访谈。更期待早日看到一百二十回插图本《红楼梦》出版问世。

2015 年 8 月 18 日访谈
2015 年 9 月 2 日修订
《中国矿业大学学报》（社会科学版）2016 年第 4 期

学术综述篇

《红楼梦》文献学研究笔谈

笔者按：2016年4月15日至17日，《河南教育学院学报》编辑部和《中国矿业大学学报》编辑部于河南郑州联合举办"回顾与展望——《红楼梦》文献学研究高端论坛"，研讨作为红学学科基础的红楼文献学建构问题。研讨会结束之后，笔者受《中国矿业大学学报》主编李金齐教授的委托，召集了郑州"高端论坛"的部分参会学者张庆善研究员、乔福锦教授、苗怀明教授、孙伟科研究员、张云编审、赵建忠教授、李晶副研究馆员做了"《红楼梦》文献学研究笔谈"，更为深入且详细地阐述了红楼文献学建构问题。笔者参加了"笔谈"，并整理了这次"笔谈"。"笔谈"的文字稿刊发于《中国矿业大学学报》（社会科学版）2016年第5期的《红学研究》栏目，《红学研究》栏目由著名红学家胡文彬研究员主持。

栏目主持人胡文彬（中国艺术研究院研究员）：

回顾百年红学历程，每个重要的转折时期都要谈到文献，譬如每当红学研究有所突破、有所前进的转折时期，都能看到新版本的发现、作者家世相关文献的新发现等，它们在红学发展上都起到了很明显的作用。无论是从专业的角度，还是个人实践的角度，现在提出《红楼梦》文献学建构，作为研究课题，已经到时候了。其实，从新红学发展的历程上看，胡适、顾颉刚最早开始系统地收集和整理红楼文献，并由此形成了红学的一种传统。到了周汝昌的《红楼梦新证》出版的时候，红楼文献的收集和整理具有了相当的规模。此后，周汝昌一直重视红学文献学的建设，他的重视无疑是有益于红学发展的，这也是我们通过各自的研究实践所能够深切感受到的。中国艺术研究院红楼梦研究所早期所做的几大红楼文献整理工程，同样是在为红学文献学打基础，是对红学文献学的贡献。当然，至少是在今年郑州举办的"回顾与展望——《红楼梦》文献学研究高端论坛"(《河南教育学院学报》编辑部和《中国矿业大学学报》编辑部联合)之前，一直没有对红学文献学从理论上展开全面系统的阐述，更没有从学科方面展开深入的思考。也就是说，系统化、理论化的整体性思考不够，红楼文献的整合不够。这次笔谈，是在郑州会议的基础上集中思考红学文献学建构问题，既是一种对于过去重视不够的亡羊补牢，又是对下一阶段高质量的红学文献研究的指导。统一认识，坚定信念，集中力量做下去，澄清那些被长期颠倒混淆了的认识和观念，一定会有益于红学学科的建设和发展。同时，对于目前存在的红学乱象也具有纠正的作用。需要说明的是，这次笔谈，不过是把几位热切关心红学文献研究的研究者的意见加以集中，以供大家进一步地讨论，希望能够达到抛砖引玉的效果。

一、《红楼梦》文献学研究的回顾与反思

张庆善（中国艺术研究院研究员）：从 20 世纪 90 年代以来，人们谈得最多的话题之一，就是红学史的反思与未来的展望，比较起来从文献学的角度反思总结红学则比较少。我们知道，对任何一个学科的建设，文献资料都是最重要的基础，而对红学来说，就更重要了。我认为今天我们从文献学的角度着眼于红学的发展，主要有三点：一是开拓红学文献发现的新领域；二是摆脱自传说的影响，把《红楼梦》当作文学作品来研究；三是坚持以科学的态度与方法研究已发现的文献。说到开拓红学文献发现的新领域，即新材料的发现，毫无疑问这是大家最期盼的事情了。当年傅斯年先生说到查找材料时，曾形象地说："上穷碧落下黄泉，动手动脚找东西。"今天我们找东西无疑比前辈们当年方便多了，不用"动脚"，"动动手"就够了。互联网、"互联网＋"、大数据等现代科技手段，为我们查资料提供了很大的方便。我们希望能有新的发现，特别是在有关曹雪芹与亲友的交游、与曹雪芹有直接关系或间接关系的人的文集、记载中，以及曹雪芹同时代人的相关记载等，或许会有新的收获。但坦率地说，再发现有价值的文献资料不容易，人们的期待与失望会大于收获。至于说因为有关曹雪芹家世文献史料的欠缺，而造成了什么危机，只能说是新红学"自传说"的危机，而不是红学出现了危机。摆脱"自传说"的影响，坚持把《红楼梦》

作为文学作品研究的方向，红学仍然充满魅力和希望。我觉得当下在红学文献研究中，最缺少的还不是方法和理论，而是老老实实的态度。坦率地说，现在的学术氛围并不是很好，学风不正，搞研究脱离"学术"，不实事求是。具体表现：一是对前人的学术成果置之不理，或是轻易否定；二是信口开河，凭空乱说。而一些媒体的推波助澜，更加助长了这些无根之谈的社会影响。这些现象，对推动学术研究，危害很大。这几十年来，新发现的文献很有限，学术作假的影响太大，各种假材料对学术研究的冲击也是很大的。当下要做的首要事情是"去伪存真"，尤其不能忽略"去伪"的工作，既然对新的文献资料的寻找不容易，那么，我们当前在《红楼梦》文献研究上面工作的重点，应该是对已有的文献资料的"去伪存真"，这是非常重要的工作，也是大有可为的工作。

苗怀明（南京大学教授）：在各类中国古代小说文献中，红学文献无论是在规模上，还是在数量上，都是最大、最多的；就其内容和形态而言，也是最为丰富和复杂的。从20世纪初以来，经过数代学人的不懈努力，红学文献的搜集、整理与研究取得了不少重要进展，已经有相当丰厚的学术积累，构成了一个相对完整、独立的文献体系。我曾在《二十世纪中国小说文献学述略》一书中设专章进行梳理和总结。红学文献研究也存在着不少问题，这些问题的存在制约着红学文献乃至整个红学的发展。其中，有如下一些问题是需要引起高度重视的：首先，红学文献是中国古代小说文献的一个重要组成部分。《红楼梦》是中国古代小说，其文献自然属于中国古代小说文献的范畴，这看起来不过是一个人人都知道的学术常识，但就红学研究的历史和现状而言，强调这一学术常识还是有必要的，我这样说是有针对性的和现实性的。尽管红学文献有自己独到的内容，具有自身的特殊性，但它仍遵从中国古代小说文献乃至中国古代文学文献的一般规律，红学文献的产生、形态、流传及保存等与其他小说文献存在许多共性，毕竟《红楼梦》也是一部小说，与其他作品在作者、成书、版本、流传等方面的社会文化环境是相似的。事实上，不仅《红楼梦》，《三国演义》《水浒传》《西游记》《金瓶梅》等作品的文献也都有自己的独到内容和特殊性，因此，不能片面强调红学文献的特殊性，而忽略了它与其他小说文献的共性，将其从中国古代小说文献中机械地分离出去。我之所以强调这一点，是因为不少红学研究者片面强调红学的特殊性，有意或无意地忽略了它与其他小说存在的共性。比如周汝昌在确认红学的概念和内涵时，不愿将红学等同于一般的小说研究。[1]将红学文献与中国古代小说文献人为分割开来，这是目前的一个现实。此举显然会造成红学文献研究的狭隘，这已经成为阻碍红学深入发展的一个障碍。事实上，文献层面的研究之外，红学研究也有逐渐脱离整个中国古代小说研究的趋势，形成红学研究与中国古代小说研究的人为分割，两支研究队伍之间缺少必要的往来和交流，这是一种颇为奇特的学术现象。这种分割从20世纪80年代以来逐渐形成，到目前也未有大的改变。这对红学研究是十分不利的，对整个中国古代小说研究也是不利的。其次，受时代文化及一些特殊因素的影响，红学文献不够系统完整，存在诸多空白。从现已掌握的红学文献来看，内容的分布是不均衡的，有关版本、评点、改编及传播方面的文献数量相对较多，而有关作者、修订者、评点者及成书、刊印等方面的资料较为缺乏。红学文献在时间上的分布同样不均衡，早期的文献特别是曹雪芹生前的文献较少，晚清以降的文献数量众多。再次，就现已掌握的红学文献来说，如何正确解读与有效利用也是一个大问题。其中一个突出的问题是研究者对现存红学文献的解读存在太大的差异，对一些重要的基础文献的判断完全相反，加上学术之外因素的介入和干扰，往往形成严重的对立，在争论过程中人身攻击、相互谩骂的现象并不少见。就以现存十多种脂本来说，有的研究者将其作为红学的基本文献进行研究、利用，有的研究者则将其一概视为伪作，弃而不用。其他红学文献如《春柳堂诗稿》《枣窗闲笔》等都存在这一问题。红学研究者之间之所以缺少必要的共识，有一个很重要的原因，那就是学术规范未能得到应有的重视和遵守。最后，红学文献研究者需要提高自身的学养，完善知识结构。文献研究是一门专学，应当受过系统、严格的学术训练，对红学文献、中国古代小说文献乃至中国古代文学文献有着全面、深入的了解，在此基础上才能对红学文献进行正确的解读与有效的利用，才能推动红学研究的发展。但令人遗憾的是，不少研究《红楼梦》成书、版本等实证问题的学人并没有受过这种训练，缺乏这方面的专业素养，因此发表的不少成果有违文献学的基本常识，显然无法得到文献学专业学人的认可，只能是自说自话。如果想突破目前红学文献研究的瓶颈状

---

[1] 周汝昌：《什么是红学》，载《河北师范大学学报》1982年第3期。

态，不再做重复劳动，研究者就必须具备更高的学术素养，要下更大的功夫，精耕细作，否则红学研究将原地踏步，继续走原先的老路，不断有人颠覆整个学科的文献基础，不断有人动摇红学研究的根基，形成一种恶性循环。

孙伟科（中国艺术研究院研究员）：红学离不开考证，考证又叫考据，换言之，离开证据、根据，是无法考证的，证据和根据来自文献，所以文献是考据的前提。但是当前红学，考证发展到了悟证阶段，即出现了没有文献、没有根据、没有证据也要考证的乱象。这种缺乏文献支持的凭空而论，被美其名曰：悟证。在当前红学中，悟证特别多，似乎也流行起来。举其显例，如周汝昌先生是悟证，刘心武是悟证，刘再复也是悟证，这些人公开表明自己运用的方法都是悟证，他们三个人代表了不同的方面。周汝昌的悟证更多地涉及作者的生平和曹贾互证（自传说），刘心武的悟证更多地涉及文本，将文本引到历史上去，将《红楼梦》的故事改造成为一个宫闱秘事，用历史故事分解小说故事。前二者的观点不管是在文学爱好者还是红学家中，都较少得到认同。周、刘的观点，与其说是一种学术观点，毋宁说是一种个人抒怀，或者文学创作。而刘再复的悟证则更多地是从文学作品出发对作品思想意义和形象塑造的哲学阐发，譬如说，贾宝玉是准基督，是准释迦，《红楼梦》中的贾宝玉具有宗教式的博大情怀和大慈悲精神。周汝昌、刘心武的观点，已经受到红学界内外许多研究者的批评。关键是他们混淆了学术研究和文学创作关系，这里不再重复。那么，为什么我也不能苟同刘再复侧重于文学方面的分析与评价呢？刘再复研究的对象不是作者和本子问题，刘再复没有做过关于作者的考证问题和后四十回续书的研究论文，而是侧重于文本感悟的文学阐释问题，理应获得更多的认同。因为文学阐释具有批评者的主观性，但这种主观性以尊重文本的客观性为前提，必须服从文学形象客观描写的制约，不能脱离文本而任意拔高或标签乱贴。刘再复对贾宝玉的评价，就是脱离人物形象分析的，是对人物阉割与拔高的混合，与我们已经达到的对《红楼梦》研究的时代水平、学术水平相脱节。红学中的文献偏少，而索迫甚急，导致了假说疯长。而假说长期得不到文献支持，必然使提出的假说完全成为创作之一种，而不是学术。联想无穷，或者想入非非，胡思乱想，这里展现的是研究者主观的个性或才情，并不是曹雪芹的才情与《红楼梦》文本的真实，所以求

"悟证"的论文应该归入研究者个人"创作谈"。说起悟证，从学术传统上来讲，还有些历史渊源。如梁启超说到中国旧学时指出：我国学者，凭冥想，敢武断，好作囫囵之词，持无统序之说。胡适提倡考证是为了避免武断、冥想的学术，更新传统学术，但考证派的集大成者，却又回到了胡适反对的原点上，这是历史对"悟证"莫大的讽刺。今天，关于《红楼梦》的作者说，新说不断，层出不穷。他们都凭空而论，与红学中的"悟证"泛滥不无关系。我们在许多关于作者的说法上，不要说考证了，根本就无证，但却敢于大胆地"悟证"。不要说二重证据法了，即便是一个证据都没有，但也敢说是通过考证（悟证）得出的结论。既然可以悟证，可以凭空而论，当然可以不尊重历史，不尊重史料，不尊重事实。俞平伯在1978年与美国汉学研究考察团成员见面时曾说过：二十年来，我根本就不写关于曹雪芹家世的文章。俞平伯的这个表态，特别值得我们深思。换言之，考证不少，甚至繁琐，但没有令人信服的结论，甚至考证完全变成了露才扬己、以势夺人、张皇自我，而这些问题又都是红学的基础问题，动摇基础就势必会伤害到这个学科。那么，文献研究或考证的目的究竟是什么？这还得回到对《红楼梦》对象的认识上。《红楼梦》是一部伟大的文学作品，是民族文化心理的典型文本，考证是为阐释作品的意义服务的，换言之，所有的研究都是为了更好地获得意义阐释、介入当代人的精神生活和精神创造而存在的。

赵建忠（天津师范大学教授）：红学中的"悟证"问题，涉及这样一个需要澄清的问题，即《红楼梦》解读过程中将文本与文献结合的方法是否都属于科学的考证？换言之，是否都有效？这个问题比较复杂，需要区别不同情况去条分缕析之。"悟证"不同于"实证"性质的辨析、注疏、考证、版本清理式的研究，它凭的是一种艺术直觉，周汝昌先生早年关于"曹荃和曹宣"的推考就是得力于"悟证"。周先生的红学代表作《红楼梦新证》"人物考"部分，曾指出史料所载的曹宣并非曹寅之弟，曹寅之弟名荃，字子猷，但曹荃并非其本名。经过仔细查证，周先生从《诗经》内终于查到了"秉心宣猷"的句子，并据此推出新结论：曹寅之弟实名为曹宣，字子猷，后来这个结论得到了红学文献的确凿证明。但这种"悟证"的成功个案，不能作为考证学的通则，因为个案成功带有一定的偶然性，尤其是这种方法还要有相应的条件制约，首先，这要得益于周先生自身的国学功底；其次，曹宣之名的最终被确认，是靠着《上元县志》"曹玺传"的发现。就普遍意义上说，红学研究中的"悟证"必须与"实证"相结合，才有可能最终获得成功。曹宣之名确证后，周先生凭借这种"悟证"又去设法证明"脂砚即湘云"，所谓曹雪芹"续弦妻"，就不能令人信服了，主要还是缺乏相应的"实证"。我坚持这样的看法，考证和材料如果不能服务于研究《红楼梦》本身，那么这样的文献钩沉、梳理就意义不大。人们之所以对那些连篇累牍的红学考证文章有成见，主要原因恐怕还是很少直接涉及《红楼梦》旨趣本身。诚如海外红学家赵冈所说，如果面包是面粉做的，研究面粉是有用的，如果面包是空气做的，研究面粉当然是错的。这个比喻，形象地说明了什么是真正有效的红学文献，而人们之所以提出"回归文本"，恐怕并不是嫌真正的红学文献挖掘得差不多了，而是很多文献离这部作品越来越远的缘故。正如汉学发展到后来，繁琐日甚，始于考据，止于考据。当然，笔者这里无意于否定红学文献，更不是对红学考证派全盘否定。从红学发展史的角度评价，新红学的历史功绩将红学研究纳入了科学轨道，即使单从"知人论世"的传统治学立场上讲，胡适以来的红学家对曹雪芹家世研究的意义也不可低估，这就是红学文献对解读《红楼梦》的有效性。所谓有效性，实际上就是让有用的红学文献能更好地为研究《红楼梦》文本服务。《红楼梦》这部作品的成书过程异常复杂，如果哪些是出自曹雪芹手笔，哪些是后人妄改，前八十回和后四十回有哪些异同，连这些最基本的问题都不能分辨清楚，红学就失去了稳定的研究对象，研究对象不稳定，所谓"回归文本"也就成为空中楼阁。我们可以指出某些红学文献考证对《红楼梦》研究有没有用，有没有效，但却不能指责红学文献及红学考证本身。红学中的有效文献应该指的是对《红楼梦》解读有实际价值的版本校勘、作者考证及相关材料的钩沉、梳理性质的工作，它应该服务于解读《红楼梦》而不是远离文本轴心。我近期所做的红学流派批评史研究项目正是对红学中的有效文献进行重新梳理，以期发现新问题，做出新解释，这个想法在《红学史现状及红学流派批评史的新建构》[1]一文中有较为充分的表达。

---

[1] 赵建忠：《红学史现状及红学流派批评史的新建构》，载《中国矿业大学学报》（社会科学版）2015年第6期。

二、《红楼梦》文献学研究的范围、对象、原则、标准、方法

乔福锦（邢台学院教授）：我从红楼文献学体系建构方面谈谈自己的看法。我在10多年前所开设的"红学概论"选修课中，曾以"红学基本文献"为单独一章，对红学研究文献作专门介绍。我以为，学科基本文献是学科形成的主要材料，红学基本文献，也是这门学科存在的文献基础。当时所讲的红学基本文献，包括作者家世及其生平文献、《红楼梦》版本文献与红学学术文献三大类。其中，第一类文献是红学学科背景文献；第二类文献是红学学科基础文献；第三类文献则是指红学史上所积累的学术文献。红学学科背景文献，几乎难寻边际。涉及面宽广，材料需要长期挖掘。红学学科基础文献即版本文献研究，是红学研究的核心文献。红楼文献学建构，很大程度上是以版本文献研究为中心或主体。学界一般认为，《红楼梦》版本有"脂本"与"程本"两大系统，现存早期抄本或"脂本"，共有10余种。这样的认识，现在看来的确需要修正。实际上，迄今所发现的《红楼梦》"原始版本"，可分为"旧时真本"、八十回"脂本"及与"脂本"有直接文献联系的百廿回"全璧本"三大类。其中旧时真本21种，脂本27种（包括现存脂评本10种、删评通行本5种、可辑佚本12种），与"脂本"有直接文献联系的百廿回"全璧本"9种（包括"全抄本"6种、初刊本3种）。三大类50余种"原始版本文献"，关系极其复杂，其源流考辨，需要专门进行。红学学术文献，包括学术史文献、专题资料汇编、学派文献、工具书、期刊文献等，同样需要系统梳理。如此看，作为红学学科分支的红楼文献学，确如学界同仁所讲，亟待进行体系建构。从现代学术视野及学科分类角度观，红学若要成为一门专业学问，也必须有相应的体系建构。如果说"红学"是当下中国人文学科专业目录之外的特殊"学科"，现代学术视野中的这门中华固有之学，至少应包括学科理论与方法研究、作者及其家世研究、版本文献研究、文本研究、红学史、红楼文化、翻译与比较研究、海外红学研究八个"学科"分支。目前学界所讨论的红楼文献学研究范围，已经超越以学术文本为中心的版本文献研究。由版本文献研究发展而来的红楼文献学，自然是红学学科系统的重要分支。学科自觉意识形成、学术方法论训练与学术体系建构，是红楼文献学学科建构

需要特别关注的三个主要问题。❶ 学科理论建设是学科体系建构的核心，是学科自觉意识确立的关键。方法论层面的思考，要关注同本土学术尤其是经学方法的历史联系。"脂学"与现代意义上的"小说研究"之本质区别，亦在于此。《红楼梦》的"拟经"文本性质，与文本结构相关，也与版本鉴定、源流考证、版本校勘、文献辑佚、文本复原等问题相关，因此必须将版本文献考辨与文本内在结构探索联系起来。版本文献整理研究，是红楼文献学学科体系建构的中心。文献学体系之整体建构，则需从古典文献学、古代小说文献学、红楼文献学三个层面依次展开。

高淮生（中国矿业大学教授）：《中国矿业大学学报》2016年第2期刊发了张云编审与纪健生先生合作的《〈红楼梦〉研究的经学取向》一文，作者认为：红学的文献，主题应该是所有与《红楼梦》的创作包括作者、文本、背景史料、取材内容、创作手法、思想内容、艺术价值、传播现象等有关的全部基础文献与研究成果，其中研究成果尤其重要。红学文献学的研究对象，不仅要包括起始文献，也要包括基础文献，更应包括后续的研究文献，尤其是除史料考证文献之外，还有大量的、不断产生的理论文献。从文献形态来说，应包括原创性文献、检索性文献、参考性文献以及有待发掘的潜在文献。❷ 我之所以同意作者的以上看法，是因为该文把红学的文献概括得比较全面。这篇文章在约稿时正是出于为今年4月郑州召开的"回顾与展望——《红楼梦》文献学研究高端论坛"做前期研究铺垫的。我在郑州会议上从"学术文献来源与辑佚"和"学术文献考辨与笺注"两方面谈了对现当代学术文献整理的一些看法：首先从学术文献来源与辑佚方面说，学术文献至少来源于学者的日记、书信、年谱、随笔、札记、评传、访谈、口述史、回忆录、资料汇编、档案材料、学术论著、手稿等。学术文献辑佚应当坚持的原则至少兼顾两个方面，即"有存则必录"和"保持公心，摒弃私见"。再从学术文献考辨与笺注方面说，考辨的原则至少应做到"可信度"和"有主见"的兼顾。至于笺注的内容，则应包括"资料来源""文字校勘""史料价值""内在旨趣"等方面。譬如钱锺书谈论《红

---

❶ 乔福锦：《〈石头记〉三期"脂评"考》，载《中国矿业大学学报》（社会科学版）2016年第1期。

❷ 乔福锦：《学理分歧·学术对立·学科危机——曹雪芹诞辰300周年之际的红学忧思》，载《中国矿业大学学报》（社会科学版）2015年第4期。

楼梦》的资料尽管已经被钩沉与阐述，但并不全面，钱锺书所著《管锥编》《谈艺录》《宋诗选注》《七缀集》《人生边上的边上》等仍有一些谈论《红楼梦》的资料没有全部钩沉。若从笺注内容所包括几个方面而言，仍有很大的补充空间。再如顾颉刚谈论《红楼梦》的资料同样在《顾颉刚书信》《顾颉刚日记》《顾颉刚年谱》《顾颉刚读书笔记》等著述中没有被全部钩沉，更不用说笺注了。

　　李晶（中国国家图书馆副研究馆员）：现存巨量的海外红楼文献更是有待于全面的整理和研究。自19世纪初至今，《红楼梦》在英语世界中的译介与传播已有两百年历史。从早期传教士汉学家的摘译、编译与介绍，到20世纪后半叶的三种全译本面世，英语世界中已积累起规模可观的相关文献。从文献构成来讲，可大致分为几部分：（1）早期的摘译、编译与简介，多见于英文报刊及汉语教材、文学史、百科全书等，如英国汉学家马礼逊、罗伯聃、包腊等人的作品等。（2）自19世纪末至当今的节译本、全译本与编译本，独立成书的出版物。（3）海内外学者对节译本、全译本、编译本的评述与介绍，多见于学术报刊。（4）海内外学者直接以英文撰写的研究成果，包括报刊文章与专著。（5）海内外普通读者、研究者以英文撰写的网络文献，多为在线资源，如英美一些高校网页的在线资料与英文版维基百科等。以上种种文献，可以大致分为翻译与介绍、研究两种，译文、译本之外，大量介绍与研究类文献反映出《红楼梦》及其他古典文学作品在英文世界的传播与影响，是有发掘与利用价值的。根据英文数据库中检索到的相关文章来看，如能择优译成中文，其规模足可编纂成书。惜乎这方面的翻译从事者较少，大量工作尚待进行。由于《红楼梦》研究文献的翻译带有一定特殊性，尤其困难，需要译者既具备相应的外语能力，了解外语中的社会、历史背景，熟练掌握翻译技巧，又熟悉古典文学的具体内容与相关研究状况，所以，这项学术工作才进展得如此缓慢。至于真正意义上的学术研究的大量出现，是20世纪之后的事情了。国内近年来对《红楼梦》的海外传播研究虽然不少，迄今为止，还是偏重对译本语言文字的评价为多，对英语世界学者撰写的研究成果关注相对较少，此类文献的翻译更不多见。我以为，《红楼梦》相关的外语文献的翻译，应注意求全、求精、求准确。两百多年来，外语世界中积累了大量的《红楼梦》研究文献，如果客观条件允许，我们应当尽可能地发掘并翻译出来，让这些文献以汉语形式出现，供古典文学界学者使用，进一步讲，也可供一般的读者、爱好者参考；目前在条件有限的前提下，应优先选择名家名作，根据文献本身的价值来择优先翻译一部分；无论文献价值大小，其作者对我国古典作品的理解与介绍是否客观、准确，中文的翻译都应尽可能地据实译出，力求准确，避免因译者的外语能力不足、文化背景隔阂或对古典文学作品本身了解不足而出现误解和误译。处于不同历史时期的研究者与译介者或许对《红楼梦》乃至中国文化的一些方面认知有偏差，可以理解，译者翻译此类文献时，应该从历史的眼光来看待、理解，把握住不卑不亢的文化立场，力求存其本来面目，以"信"为第一准则。

张庆善："求真""求博""求通"，我认为这是文献研究的基本原则和标准，这个原则和标准不是我的发明，是梁启超先生提出的。1923年1月9日梁启超先生在东南大学国学研究会所作的演讲中，明确提出："文献的学问，应该用客观的科学方法去研究。"如何做到用"科学方法去研究"呢？梁启超先生说：我们做这文献类学问，要悬着三个标准以求到达。哪三个标准呢？这就是：第一求真；第二求博；第三求通。我以为九十多年前梁启超先生对文献研究提出的这三个标准，对我们今天的研究仍具有重要的意义。说到文献的研究这些基本原则和标准，我们还会想到戴震的"学有三难"的著名论点，即淹博难、识断难、精审难，王力先生解释道：淹博就是充分占有材料，识断就是具有正确的观点，精审就是掌握科学的方法。无论是戴震先生的"三难说"，还是王力先生的解释，与梁启超先生的求真、求博、求通的标准都是一致的，这应该是当下红学文献研究中必须遵守的规则。梁启超先生在《清代学术概论》中，把阎若璩辨伪经称为"唤起'求真'观念"，并指出乾嘉学派治学根本方法在"实事求是""无征不信"。我们今天特别需要"唤起'求真'观念"。在文献史料的辨别中，一定要坚持严谨的治学态度，任何考证，都要凭材料说话，不能光靠"大胆地假设"。一般来说，早期的文献资料要比后来的价值大，直接的文献史料要比间接的材料价值大，能够互证的文献史料材料要比孤证可靠。当前，关系到《红楼梦》作者、《红楼梦》版本、后四十回续书、脂批等重要问题的考证和研究中，如果坚持实事求是的态度，并非不能做出科学的结论。比如《红楼梦》作者问题，曹雪芹同时代的人永忠、明义的记载明确说作者是曹雪芹，这无疑是论证曹雪芹是《红楼梦》作者的铁证，如果再与

《红楼梦》第一回中所说：曹雪芹于悼红轩中披阅十载，增删五次，纂成目录，分出章回，再把脂批中关于曹雪芹是《红楼梦》作者的批语联系起来看，曹雪芹是《红楼梦》作者应该说清清楚楚。任何要否定或怀疑曹雪芹是《红楼梦》作者的人必须首先否定永忠、明义的记载才行，而且还要提出新的可靠的材料，否则曹雪芹的著作权是不能否定的。

三、红楼文献学体系建构与红学学科重建

乔福锦：红楼文献学体系建构，也是红学学科建设的重要组成部分，同样需要整体性思考。本次郑州会议的议题，已然涉及红楼文献学体系建构的几个主要方面。除具体研究之外，文献研究史的梳理，红楼文献学总体学科建构及学科理论与方法论层面的思考，均有论文专门探讨。经过会议讨论，红楼文献学体系建构意识，已经初步形成。我曾以为，学理反思的基础上的学术史撰写，学科自觉基础上的理论建构与版本文献整理，是红学学科建设的三大基础工程。三大基础工程之中，历史反思是起点。实际上，只有越出现代西方意义上的"小说"与"文学"研究之樊篱，从华夏固有的经学本源中，从"脂系红学"成立及其学统形成的历史脉络中，才能最终寻到"红学"这门中华固有之学之所以成立的历史根基。这也是去年徐州会议以"历史反思"为主要选题的初衷，这次会议基本实现了这个初衷。如果说历史反思的目的在于清理地基，学科理论建构属于学科体系建构的蓝图描绘工程，红楼文献学研究则是红学大厦建构的材料工程。现存脂批证明，作为"红学"开山的脂砚之"学"，已经形成一个相当完整的体系。关于《红楼梦》研究的几乎所有问题，诸如作者、版本、文笔、叙述结构、历史本事、精神大义等，脂批中均有涉及。从乾隆末期至晚晴，以脂砚斋为学术开山的古典红学，学统逐渐中断。"脂系红学"的重建，正是红学本根寻找与学脉延续的逻辑起点。我曾在为高淮生教授所作《红学学案》书评中，表达过这样的意思：在"考镜源流"的同时"辨章学术"，在"拨乱反正"的基础上纠正百年来因西方"文化殖民"而造成的"文本误读"，从历史与文化、学术与思想还原的角度切入探寻《红楼梦》之"本事""本义"与"红学"之学科本质，从而完成文化自觉、学术自主基础之上的一门固有之学学科理论乃至学科体系的本土重建，进而为以经学为主

体的中华传统人文学术的当代重建提供一宗案例,是当今一代学人的责任与使命。红楼文献学体系建构,正是红学学科重建不可或缺的重要环节。❶据悉,《中国矿业大学学报》与《河南教育学院学报》编辑部2017年将再次在徐州召开会议,几位同道已达成共识,来年的会议应以学科重建或学科体系建设为主要议题。期待从红楼文献学体系建构与红学学科重建角度继续展开讨论,以便更清晰地勾勒红学发展转型期"未来展望"的基本构想。应当说,2015年3月的徐州会议、2016年4月的郑州会议,以及2017年将要召开的红学会议,它们是一个整体,最终落脚于红学学科重建。也就是说,"征文穷史海,考献探学林"都是为了红学学科重建。还需特别强调的是,一门学科的创建包括重建,初始时期的规划固然十分重要,分门别类的专题研究的展开更为关键;学科知识体系的建立离不开长时期的学术积累,包括红楼文献学体系建构在内的红学学科重建,同样是一项既要靠当下努力又需要几代人持续用功的事业!

张云(中国艺术研究院红楼梦研究所编审):红学从脂砚斋评点《石头记》算起,发展至今已有260余年的历史。以时序分阶段,可分为旧红学、新红学、当代红学;以流派分有评点派、索隐派、考证派、文学批评派之别;以学科结构论,则有作者研究(曹学)、版本研究、脂批研究、成书研究、探佚研究、续书研究、红学史研究、传播研究、红楼文化研究等诸多分支。可以说,红学的文献积累已相当丰厚,文献呈现也是各种各样。为了更有效地发挥这些文献的作用,给研究者提供一个可以概览的红学总图,红学文献学的建设已势在必行。我谈三个问题:首先,建立红学文献学的必要性与可行性。任何学科形成的知识、理论、方法等均体现为文献,包括已发表与未发表、已整理或未整理、已发现或有待发现的记录知识的载体,而且包括纸体之外的光盘、录像等数字化载体,甚至实物形态的载体材料。红学文献浩如烟海,其构成,既有基础文本文献、续书文献、研究文献、档案史料文献、检索文献、参考文献,又有翻译、改编、移植、制作等形式的文献。就文献介质而言,传世纸质文献与民间口头传说兼有,出土文物类则有西山黄叶村的书箱、通州张家湾的墓石等,更有伴随现代

---

❶ 张云,纪健生:《〈红楼梦〉研究的经学取向》,载《中国矿业大学学报》(社会科学版)2016年第2期。

科技发展起来的数字化、网络化文献。又由于红学的显学地位和它的广泛影响，红学文献层出不穷之际也成了假文献混淆视听之机。版本造假、评点造假、画像造假、文物造假等时有出现。可以说，红学文献是专科文献中最具特色的一种。多年来，红学史的撰写呈繁荣之势，这是红学成熟到一定阶段的标志。但是，因为红学史研究关注的是红学观念的变化、红学研究方法的变迁、红学流派的演变、红学人物的贡献，而不是红学文献的形态、类型、功能、特点、生产、分布、鉴别、检索。所以，红学史也好，各种资料汇编和工具书也罢，都代替不了作为学科的红学文献学。可以说，建立红学文献学已到了非做不可的时候了。其次，建立红学文献学，当落在学科属性与学科结构的设定上，这是我认为最难也是最重要的问题。红学文献学是全部红学文献的学术结晶，其学科结构应建基于普通文献学的学科规范之上，又能充分适应红学学术内涵与发展理路的特殊要求。文献学有普通文献学和专业文献学之分，红学是专门研究《红楼梦》的学问，红学文献学毋庸置疑当属专科文献学。我们初步设想，红学文献的生成与传播、红学文献的类型研究、红学文献的鉴定与整理、红学文献的编纂与检索这样的四大板块可以构成红学文献学的基本框架。就学科方法而论，除了传统的目录、版本、校勘、辨伪、辑佚等外，还应特别关注文、史、哲等人文社会科学的成熟方法及数字化技术、网络化技术等现代新兴学科的方法。文献学本体的目录学、版本学、校勘学、辨伪学、辑佚学，在红学领域形成一种中国传统学术的延续与补充；而文献形态学、文献解释学、文献传播学、文献工具书学等，则又可以使红学文献学特色迭出，生机焕发。说到底，"红学文献学"是个必须在理论和技术两个层面上都得下大力气的学术工程。这个工程的施工，首先要给出红学文献学的概念，再就是如何处理好普通文献学和专科文献学的关系问题，最后才谈得上如何科学地构建红学文献学的框架体系。以上这三个工程难点，我们有些初步的思考，有兴趣的朋友可以查阅我和杜志军即将刊发在《中国文学研究》上的《红学文献学论纲》一文。最后，红学文献学对红学学科建设与发展的意义。确立红学文献学体系与架构，其意义肯定是多方面的。比如，可以借以建立起红学历史与成果的总图；清理红学的发生、发展的线路，梳理问题、理论和方法，总结经验教训；理性地审视红学全部文献存在，发现问题，有针对性地予以调整，以利学科建设与创新；推动红学学科化与问题化的双向互动，有效地避免盲目劳动、重复劳动、无效劳动与内耗劳动等负面现象；真正明确红学为何、红学何为、红学为何为、红学如何为的问题，达成广泛的学术共识，推动当代红学健康发展。一句话，"红学文献学"的建立，必将推动红学作为小说经典、文化经典研究的学科发展，并为中国文献学做出应有的独特贡献。我曾在《〈红楼梦〉研究的经学取向》一文中，阐述了传统文献学在红学中的承传与确立的必要性，以及对于红学学科重建的实践价值，这篇文章中的观点可与以上发表的观点参看。

高淮生：由2015年3月徐州会议和2016年4月郑州会议的研讨可见，与会者已经达成了一个共识：今后红学的发展应以文献研究和文献学建构为基准厘清红学的学科性质、划定学科范畴、建构学科框架。同时，在研究中秉承客观理性、严谨审慎的学术态度，提真问题、做真学术，为红学研究开辟新的格局。❶ 这次郑州会议的主要议题是文献学，是接续2015年3月的徐州会议，徐州会议是做历史反思，历史反思必然要涉及学术史的话题。那么，反思以后就要清理以往的文献，以往到底有多少文献？哪些对红学这门学科的建构有积极意义？哪些不具有积极意义？文献学的建构只是第二步骤，或者说是第二部曲，我们还将继续讨论关于红学学科的建构问题。没有文献清理，讨论红学学科的建构就容易空，放空炮。可以认为：重新整理《红楼梦》文献并建构红楼文献学，正是为红学学科重建打下坚实基础。

《中国矿业大学学报》（社会科学版）2016年第5期

---

❶ 高淮生：《纵论红坛兴废，追怀曹翁雪芹——纪念曹雪芹诞辰300周年学术研讨会述要》，载《中国矿业大学学报》（社会科学版）2015年第2期。

"'周汝昌与现代红学'专题座谈会"综述

引 言

2016年10月29日,在北京朝阳区惠新里"湘西往事"酒店召开的"红学发展的希望及未来"专题座谈会上,赵建忠教授建议今后应不定期举办这样的专题研讨会,可以把问题谈得更透。这一建议得到了参会学者的一致赞同,两个月之后,"'周汝昌与现代红学'专题座谈会"顺利召开。2017年1月14日,在北京朝阳区惠新里"湘西往事"酒店召开"'周汝昌与现代红学'专题座谈会",这一天的座谈会严谨而活泼,大家畅所欲言,取得了一些可观共识。可见,这样的专题座谈会不仅易于交流看法、谋求共识,更易于营造良好的会风。

两次座谈会分别由两家学报编辑部主办,不仅体现了分工合作的团结精神,同时彰显了"学术为先,学术为公"的学术理念。乔福锦教授深有感触地说:"《百年红学》与《现代学案》是河南教育学院与中国矿业大学两家学报推出的在学界很有影响的专题栏目,两家学报所主办的两场座谈会相继在京召开,是学界同仁互助协作的充分体现。天津是周汝昌先生的故乡,天津市红楼梦研究会的加入,也使得这场学术座谈会增添了'家国天下'之特别关怀。'现代红学',我的理解,即指20世纪初直至当下的'百年红学',自然也包括'当代红学'。我时常想,现代红学史上,还没有任何一个学者如周先生这样,亲承过第一代'开山宗师'的教诲又与以下三代学人发生直接联系,以一身而亲历百年学术,见证学界'四世同堂'。即使从'古典红学'或'前现代红学'经'现代红学'而至于'后现代红学'的'长时段'观察,周汝昌先生也是一位具有关键性影响的学者。回想数年前，在悼念周先生的日子里，在与一位前辈专家的通信中，曾就周汝昌先生与现当代红学的关系，做过私下交流。随后与淮生兄的电话中我曾讲，不久的将来，'周汝昌研究'或许会成为红学研究乃至中国现当代学术史的一个重要专题。淮生兄进一步推断，'周学'（笔者按：'周氏红学'）成为红学的一个分支，也有可能。我对此是很赞同的。"

"'周汝昌与现代红学'专题座谈会"受到参会者的积极评价，陕西师范大学的贺信民教授颇为感慨地说："会风就是学风，这次座谈会会风很好！很难得啊！"

一、会议情况简介

2017年1月6日，座谈会筹办者陆续向参会学者发出"'周汝昌与现代红学'专题座谈会"邀请函，邀请函内容如下：周汝昌先生积60年之力精心构筑了一个宏富的红学体系，这一体系集红学考证之大成，影响了半个多世纪红学研究的理路和走向。当然，这一体系同时引来各种非议和批评。该如何在学理上审慎、理性地评价周氏红学在现代红学发展史上的功绩与不足，以及周氏红学对于今后红学研究的启示，这将成为红学学科建设不可回避的重要问题之一。鉴于此，《河南教育学院学报》编辑部、天津市红楼梦研究会联合主办，由《河南教育学院学报》《百年红学》栏目特约撰稿人高淮生教授主持了"'周汝昌与现代红学'专题座谈会"。这次座谈会同时也将揭开周汝昌诞辰一百周年纪念活动的序幕。素仰先生热心于红学事业，且对该专题素有研究，诚邀拨冗莅会，特致谢忱。本次会议主题：周汝昌与现代红学。会议议题：（1）如何评价周氏红学新索隐与考证的辩证关系？（2）如何评价《红楼梦新证》与红学四学？（3）如何评价周氏红学与中华文化之学？（4）如何评价周氏红学对于现代红学的影响？

"周汝昌与现代红学"这个话题吸引了众多学人以及红迷的关注，本次座谈会参会人数超出筹办者的预期，在"湘西往事"酒店的最大客房里汇聚着来自北京、天津、上海、辽宁、河北、河南、江苏、四川、山西、陕西、宁夏等省市的30余位学者、研究生，以及慕名列席的媒体人和热心的红迷。客房成了会场，参会者围坐在三张圆桌周围，济济一堂，畅谈无拘，别开生面。曹立波教授触景生情道:"红学会开了很多了,但是今天这个形式还是第一次,来了就坐在饭桌上,蛮有诚意的,这种圆桌座椅营造了一种很温馨的氛围。"

2017 年 1 月 14 日上午 9 时,高淮生教授主持座谈会:"今天这个专题座谈会的主题是'周汝昌与现代红学',这个话题大家很感兴趣。希望大家能够畅所欲言,积极发表不同的观点和看法。我们谈问题,不谈个人意气之争,不谈学派之间的争锋。"接着,《河南教育学院学报》编辑部范富安主编代表主办方致欢迎辞。张庆善研究员做了开场主题发言:"在传统的鸡年即将到来之际,我们聚集在北京,聚集在这么个特殊的'会场',举办'周汝昌与现代红学'专题座谈会,这无疑是一次很特别很重要的专题座谈会,吸引了好多位在《红楼梦》研究上卓有成就的著名专家学者,可见大家都是很重视这次座谈会的。我的感觉,这很有可能是红学史上非常值得记载的一次专题座谈会。在此,谨对主办单位对我的邀请,表示衷心的感谢!……非常感谢主持人安排我第一个发言,前几次开座谈会也都是安排我第一个发言,我想这是对我多少有一点照顾的意思吧,这是很感谢的。如果说前几次的'第一个'发言,还比较坦然,这一次就不是那么坦然了,倒有些忐忑了,但我绝对是坦诚的。不管我是讲了一堆'正确的废话',还是'满纸荒唐言';不管是抛砖引玉,还是竖了一块被'批判'的靶子。有一点我敢说,我是坦诚地说出了我的观点和看法,对本次座谈会的期待也是真诚的。我十分相信主持人淮生兄的胸怀和能力,也相信在座的各位的学术品格和学术能力。当然我不奢望一次座谈会能有多大的学术成就,更何况'周汝昌'是红学的大题目,怎么可能开一次座谈会就说完了呢。但我寄希望于这次座谈会,寄希望于大家以良好的学术品格、实事求是的治学态度谈周汝昌,坦诚相见,来一场君子之争,为研究'周汝昌与现代红学'这个大题目开个好头,为在红学界建设良好的学术环境做出我们的贡献。"

2017 年 1 月 14 日下午 5 时 40 分,座谈会圆满结束。天津市红楼梦研究会会长赵建忠教授代表天津市红楼梦研究会做了总结发言:"诸位师友的发言内容丰富、见解独到,主持人淮生兄的点评也很到位,本来我没什么可讲的了,但考虑到我们是此次会议的参办单位,就再补充几句。第一,会上有代表提到周汝昌先生属于民国学者,还有的代表将现当代红学划分为五代，对此我无异议，至少我们今天是'四世同堂'：在座的胡文彬先生是红学前辈、著名红学家，他是中国红楼梦学会和《红楼梦学刊》的创始人之一；张庆善老师颇具亲和力，自接替冯其庸先生担任会长以来，团结全国红楼梦学者开展了卓有成效的工作，有口皆碑，梁归智老师算他们这一代中红学上有突出实绩的20世纪80年代就成名的红学家；再往下，就是我们这一代了，包括在座的陈维昭、孙伟科、乔福锦、苗怀明、曹立波、段江丽、詹颂等学友；后面接上我们红学梯队的就是樊志斌、顾斌、马经义以及今天未能与会的很有潜力的青年学者高树伟、詹健等人了。会议的对话空间广阔，如对周先生倡导的红学四学、对红学考证与新索隐以及红学与国学大文化的关系探讨等都很深入。从某种意义上也可以讲，今天的研讨会发言，基本代表了当今红学界的周汝昌专题研究水平。第二，这次研讨会的会风非常好，可以说对周先生红学体系的评判是审慎的、理性的，代表们做到了畅所欲言，发言比较客观、辩证，对周先生及其观点既没有'捧杀'，也没有'棒杀'。从当代红学史走过的曲折历程看，红学批评中确实存在过很不正常的状况，即使如王利器先生这样学殖深厚的老一辈学者，在批评周先生的文字中也存在过意气用事的情绪倾向。但我们中青年红学研究者继承的应是老一辈的优秀学术成果、治学精神而不是那些历史原因造成的恩恩怨怨，红学争鸣要回归当年蔡元培、胡适论辩方式，观点不同也不妨碍友情。第三，毋庸讳言，周先生晚年的很多结论诸如脂砚斋系史湘云等，包括得出这一结论使用的'悟证'研究方法，以及他对刘心武'秦学'的支持，对王国华'太极红楼梦'的支持，对王家惠、曹颜即曹渊有可能导致否定曹雪芹著作权的支持等，在红学界产生了负面影响。但这可能与周先生奖掖后学、支持探佚有关，造成的后果未必是他的初衷。而且，我们也不能因此就否定周先生早年的红学成就，如《红楼梦新证》这样的划时代红学巨著，红学史早就有定论的。同时，周先生作为当代红学史上的'箭垛式'话题人物，他积半个世纪构建的红学体系，也不是靠一次研讨会就能把所有问题都能得到圆满解决的。明年恰是周汝昌诞辰一百周年，天津作为他的故乡，会举行纪念活动，届时欢迎大家光临。"

本次座谈会的会务工作主要由"红迷驿站"创办人顾斌承办，同时，座谈会的情况也均在"红迷驿站"做了及时的反馈。

二、会议研讨的主要问题

(一) 周汝昌是红学绕不过的话题

张庆善研究员说:"谈'周汝昌与现代红学'这个题目不容易,远比谈王国维、蔡元培、胡适、俞平伯等红学大师困难得多。这不是因为周汝昌先生的红学观点有多深奥,有多难解读,而是因为现在一谈周汝昌就容易引起争议,就容易闹'意气',很难把握在学术的范畴内讨论,所以说是左右为难。……我常在思考一个问题,为什么一谈周汝昌就会有那么多的'恩恩怨怨',总是那样愤愤不平呢?我认为这其中的原因是值得深思和研究的。其实研究周汝昌,应该与研究王国维、蔡元培、胡适、俞平伯、冯其庸、李希凡等红学大家一样,是红学史研究的应有之题,是绕不过的话题。因为这些红学大家都是在红学史上产生过重要影响的人物,研究他们不是简单地评价他们个人,而是研究红学史,关乎红学的发展。……其实谈'周汝昌与现代红学',远不止这几个题目,可以说'话题'很多,周汝昌先生无疑是当代红学史上影响最大、成就最大也是'话题'最多的红学家,因此,谈周汝昌先生不容易。我认为,要谈好'周汝昌与现代红学'这个题目,至少应该从两个方面来谈:一是充分肯定周汝昌先生在红学史上的地位,充分认识周汝昌先生对红学的贡献;二是全面细致地梳理围绕周汝昌先生的研究方法和学术观点产生的争议,即分析产生这些'话题'的原因、争论的要点,从而进行实事求是的评价分析。……诸如,关于'什么是红学';关于'还"红学"以"学"';关于后四十回是乾隆皇帝与和珅阴谋的结果;关于曹雪芹的妻子是史湘云,即脂砚斋;关于贾宝玉不爱林黛玉,爱的是史湘云;关于'木石前盟'和'金玉良缘'都是指贾宝玉与史湘云的爱情,史湘云才是《红楼梦》的主角;关于《红楼梦》的大对称结构,以及'十二乘九'的结构法;关于《红楼梦》早期抄本的汇校等。其他还有:关于'曹雪芹佚诗'的真假;关于'《八声甘州·蓟门登眺兼凭吊雪芹》'的真伪;关于王国华的'太极红楼梦'是不是'震惊人类的发现';关于曹雪芹祖籍'丰润说''铁岭说';关于曹渊即曹颜即是《红楼梦》的原始作者,等等。"

"周汝昌"这一绕不过的话题在本次座谈会主要集中于以下方面:

(1)"民国学人"的问题;(2)"诗性"学人的问题;(3)"悟证"的问题;(4)"理解的同情"的问题;(5)关于周汝昌先生的定位问题;(6)《红楼梦新证》的问题;(7)周汝昌先生的文品与学品。以上话题均更具有鲜明的话题价值。总之,周汝昌作为民国学人的精神气质、传统学养、述学方式均有别于当代学人,尽管这样的表述不可能获得所有人的赞同,但相当范围内的共识正在达成。

乔福锦教授是"周汝昌乃民国学人"说的积极倡导者,近年来发表的文章,以及学术研讨的发言,不断地重申这一说法。乔教授的学术史视野开阔,他提出了百年红学史"红学五代人"的大判断,在这"红学五代人"中,周汝昌先生是"第二代",也是一位具有关键性影响的学者。本次座谈会上,乔福锦教授又再次重申了他的这一观点,这一观点引起了相当程度的共鸣,同时也引起了一些善意的争鸣。

梁归智教授认为应从"知人论世""文、史、哲""理解的同情"三个方面观照周汝昌先生:"首先是知人论世。对周汝昌先生的知人论世,我们红学界就有很多的问题。正像乔福锦先生说的,《红楼梦新证》虽然是1953年出版的,它实际上完成于1947年,也就是说,它实际上是一部民国的著作。当然由于出版时的时代氛围,其中有了一些1949年以后的意识形态影响。而周汝昌先生,体现的也是民国学者的特点。所以,我们首先要把周先生看作一个民国的人,至少是这方面的色彩十分浓郁的文化人,和1949年以后的许多学者是不一样的。当然是说一种时代的文化氛围,民国时期的学人也各有自己的特点,并没有一种统一的什么'民国思维'。说周先生是民国人,这涉及他的教育背景,他的表达方式,他的言说方式,等等,特别是他的言说方式。樊志斌先生在'红迷驿站'微信群中说,周汝昌是个诗人。这话说得好,说到了根本,我认为这是抓住了要害的。我们要明白,他的表达,也是诗人型的表达,他强调启发性,强调意在言外,而不是我们后来强调形式逻辑、大前提、小前提那种表达方式。所以,我们首先要弄明白周汝昌他要表达的真实意思,他究竟是要说什么,而不能做形式逻辑的那种表面化理解。

"赵建忠先生在微信群里说,周汝昌割裂红外学和红内学,说《红楼梦》文本研究不属于红学,你能谈谈这个吗?好,就以这个问题为例。周汝昌先生在给我的著作《石头记探佚》作序的时候,第一次提出了红学有四大分支，即曹学、石头记版本学、脂砚斋批语研究、探佚学，'在关键意义上讲，只此四大支，够得上真正的红学'。如果我们从形式逻辑来看，这是明显不对的呀，红学怎么能够只限于那四个分支呢？《红楼梦》文本研究、主题思想、艺术特色、人物分析，这才是红学的根本呀。而且，你周汝昌后来不是又写了反响很好的《红楼梦与中华文化》《红楼艺术》吗？实际上，我们要明白，周汝昌说这个话，就是一个表达方式的问题。周汝昌真正的意思，并不是说红学只有那四个分支，文本研究不算红学，恰恰相反，他表达的意思是说，我们过去都是把一百二十回当作一个'整体'来阅读，没有分清两种《红楼梦》，而要真正地理解曹雪芹，读懂曹雪芹的《红楼梦》，必须首先要搞那四个分支，只有四个分支搞清楚了，才能明白前八十回和后四十回的区别，才能真正进入曹雪芹的《红楼梦》。他说'在关键意义上讲'，就是画龙点睛啊。所以，我们要理解他的表达方式、行文方式、治学方式，这对于我们现代人来说，是一个很大的隔膜。很多问题，都是从这里产生的。

"其实，历史的情状是十分复杂的，这种复杂性，并不是我们能够根据一些现有的文献，仔细爬梳，就能整出来，搞明白的。有个别批判周汝昌的学者，就有这样的问题，他好像深入了很多史料、资料，好像说的都有根有据，但到了关键地方，就一个跳跃，得出一个结论，表面看，好像分析出的结论都是有根据的，实际上完全不是那么一回事。比如说聂绀弩，据说他私下说过'周汝昌不懂《红楼梦》'，另一方面，周汝昌又说聂绀弩曾经写了一首诗称赞自己，就是：'少年风骨仙乎仙，三国红楼掂复掂。不是周郎著《新证》，谁知历史有曹宣。'于是有人就说，这首诗是周汝昌为了标榜自己，自己写的，冒了聂绀弩的名，因为反正聂已经去世了，死无对证。但周汝昌会这么无聊吗？我觉得这里面就是一个历史情状的复杂性。同样，《爽秋楼旧句》问题，以及曹雪芹佚诗的问题，我们也不能简单化对待。我首先要表明，周汝昌先生这样做是不对的，我这个立场从来没有改变过。不管什么原因，周先生这种做法是欠妥的，造成了一些很消极的后果。这一点周先生自己也是承认的，他也写过一篇文章表示道歉。但是，另一方面我们也要理解，这是不是周汝昌有意要造假？还是有着更复杂的一些情况？首先我觉得，这和周汝昌的才子气，以及他想留名后世的这样一种内心的欲望有关系。

"我再说一个情况，关于梅节先生。1995年我去美国讲课，回来时路过香港，梅先生约了几个朋友，还请我吃了一顿饭呢。但1986年哈尔滨国际红楼梦研讨会上，我曾经发言赞扬梅节先生批评红学界中的新索隐。前两年我看见张义春写的《红学那些人》那本书中，说梅先生在文章中回忆这一段，说我这个人有点笨，没听懂他的意思，他不点名批评周汝昌搞新索隐，而我还称赞他批得好。很搞笑啊！实际上，1986年霍国玲闯到会议上，宣传'竺香玉和曹雪芹合谋毒死雍正皇帝'的观点，是一种新索隐，我知道梅节先生批判新索隐实际上是指周汝昌，但霍国玲的索隐更奇葩，所以我发言称赞梅节先生批评新索隐。但梅先生却以为我没听懂他的话，认为我这个人智力比较低下。可见，历史的复杂性妨碍我们知人论世。只有在知人论世的基础上，才可能深入学术的核心问题，才能够对每一个学者有彻底的认识。

"其次是从文、史、哲方面看。这三方面也可以说是真善美，或可以说是考证、论证、悟证。对周汝昌批判的一个核心问题是说他悟证太多，考证比较随意。但实际上，文、史、哲这三者是不能割裂的。《红楼梦》比较特殊，因为《红楼梦》既是一个杰出的艺术品，又和曹家的历史密切地牵扯到一起，同时里面还有很深刻的哲学内涵。而研究者往往都是从自己比较擅长的角度切入，我们每一个人都有所偏好，但我们每一个人往往都不自觉。我觉得，周汝昌先生在文、史、哲三个方面都有相当的修养。这就是顾随先生当年所说的：'等慧地论文，龙门作史，高密笺经。'今天有人说这个评价太高了，《红楼梦新证》没有达到这样一个程度。但我们至少可以说，《红楼梦新证》有这三个方面的维度。而且，在周汝昌整个研究红学的过程中，他一直是努力把这三个维度结合起来的。我个人的看法是，周汝昌慧地论文第一，高密笺经第二，龙门作史第三。也就是悟证第一，艺术的感悟是别人难以达到的，取得了最高的成就。实际上，周汝昌的主要贡献不在考证，而在于艺术，在诗。而《红楼梦》的根本特点，是它是一部诗化的小说。所以，如果你没有能力领略《红楼梦》诗的本质，那么老实说，对《红楼梦》，你就有点隔靴搔痒。要把三个方面结合起来，才能探究曹雪芹《红楼梦》真正的价值。我想了一下，我们可以这样表述：曹雪芹原著是李贺、李商隐的诗，高鹗续书是白居易、元稹的诗。它们都是诗，都有很大的审美价值，但是，李贺、李商隐的诗和白居易、元稹的诗是截然不同的。

"最后是从理解的同情方面看。周汝昌的价值在于他留下的话题使红学受到了关注，并且永远是热点。比如红学的新索隐，此起彼伏，这难道是周汝昌造成的吗？从乾隆皇帝开始，索隐就没有间断过。那为什么现在成了热点呢？那是由于信息化社会嘛，是由于微信、博客、公众号太普及了，人人都可以表达，人人有发言权，整个社会结构变了，我们的主流和精英无法垄断了。这和周汝昌有什么关系？我们必须面对现实，每个人做好自己那方面的工作。文、史、哲的会通，对于大多数人来说，是不可能的，每个人都只能做好自己比较擅长的那种工作。但我们可以采取这样一种态度，首先要做到扬长知短。如果你能进一步，做到扬长补短，就更好一点。我们每个人都有局限，不可能是万能的，但要努力了解一下自己不了解的领域，那么也许你的观点会有某些变化。这样就更容易达到理解的同情。"

孙伟科研究员说："今天的一个收获是《周汝昌致梁归智书信笺释》这部书，它为我们进一步走进周汝昌、知人论世提供了很好的条件。我读了一些周汝昌先生关于《红楼梦》的著述，这些书信更见人格，更见性情。随着更多珍贵史料的出版和公布，红学中一些比较繁难的问题将会逐步简化明了。刚才梁教授发言说周汝昌做到了文、史、哲的会通，在诗的意义进行学术写作，这对我们理解周汝昌学术写作的特殊性很有帮助。对于'民国学人'问题，我是这么看的，周汝昌成功的一个重要方面是他的跨文体写作。他的文本是诗性的，不是那种中规中矩的论文格式。这种跨文体写作导致了传播的成功，收到了大众传播的效果。我不认为周汝昌因为是什么民国学人，所以写作就有了特殊性。他的修养肯定与民国教育有关，但怎样宣传自己的观点，周汝昌先生肯定是有很多考虑的。我在看林东海先生评说周汝昌的文章时注意到，作为周汝昌长期的同事与唱和的诗友，林东海首先说周汝昌很聪明，紧接着说人才在中等以上。我想林东海不是随便说的，他说是周汝昌的勤奋努力成就了红学家周汝昌。周汝昌先生的这种文体，是他苦心修炼、由内而外的结果，谋篇布局和行文风格均有对接受效果的充分考虑和谋划。周汝昌先生把学术作成诗，把论文写成大众读物，动辄销售十几万册，这不是随随便便的成功。周汝昌先生的红学研究和曹雪芹传记撰述过程中渗透着诗心、诗意、诗情，是其跨文体文本获得感染力和成功的关键。他自己也非常明确地回答过，究竟是做一个学问家呢还是诗人？他说他更偏爱成为一名诗人。这大概就是他一生为芹辛苦却少有权威论断而依然被尊称为大师的原因吧。"

段江丽教授认为："关于'民国学人'的问题，我觉得，即使放在民国学术背景之下，我们还是应该看到，周汝昌先生是民国学人中的个案，不能以个性代共性，或者说以共性掩盖个性。同样称得上民国学人的陈寅恪先生，其《元白诗笺证稿》《论再生缘》《柳如是别传》可以成为公认的'文史互证'的典范，周汝昌先生的'曹贾互证'却是被质疑的焦点，个中缘由，正是我们需要从学理上加以辨析和厘清的。至于'周氏红学'这样的概念，我以为应当慎用，这个'学'一泛化之后，又是更大层面的同化了，它的个性就不易显示出来了。"

范富安主编说："我谈两点。(1) 民国学人的问题。对于民国学人，我们这一代还算熟悉。他们中间的大多数写论文的路数和今天不一样，但也不能一概而论。有西方教育背景的和没有西方教育背景的不一样，这主要是说他们的表述与论说方式。有一段时间我沉溺于这种表述而难以自拔。这种言说方式的关键是逻辑性的把握和要件的推导是描述性的，不是简明的因果关系，其中很多文学性的语言，所以今天很多人不习惯。既然周先生的《红楼梦新证》成书于民国之前，这种表述就是难免的，或者说是一种风格。(2) 悟证的问题。周先生说得有点神秘，其实比较简单。周先生对于文字有着异常的敏感，所以他的作品鉴赏往往能发人深思，有时候可以一句话点醒梦中人。阅读周先生的诗词鉴赏类文字就可以了解。鉴赏靠悟，靠玩味，没有对于作品的体味，有时候一辈子也读不懂一首诗。所以悟证是长期积累，偶然得之。一个问题你想了很长时间，忽然，中间出现了桥梁，这就是悟。这也是研究者尤其是语言文字研究者的惯用手法。刚才樊志斌老师谈到陈寅恪的以文证史，其实以文证史容易，只要那个时代文学作品中出现了某种名物制度我们就可以说'有'，以史证文则难，你很难说文学作品的描述就是历史。"

樊志斌副馆员认为："关于周汝昌先生红学研究的讨论，很多是对其具体问题的分析与批评，如对《红楼梦新证》的批评。在这方面，最有代表性的当数王利器与杨启樵。王利器《红楼梦新证证误》所举的《红楼梦新证》问题对不对呢？对。杨启樵《周汝昌红楼梦考证失误》指出的《红楼梦新证》失误对不对呢？大部分也对。关于周汝昌先生《红楼梦新证》，包括其他相关具体研究的对错问题，都可以作为学术课题去讨论，这没有问题。但是，大家要抱有'理解的同情'，周汝昌先生写《红楼梦新证》的时候，是在课余时间，刊印时也没有专门的时间去修正、查核资料，所以，周汝昌先生自己也承认'每页都有错误那就对了'。他的问题可以讨论，但态度一定要公允。学界经常给周汝昌以'新红学奠基人''考证派红学集大成者''考证派红学的巅峰'这样的定位。实际情况如何呢？如果说，确实有新红学一说的话，新红学（论文化红学研究模式，相对于点评式红学研究）的奠基人也应该是王国维、蔡元培、胡适等，而不是周汝昌。周汝昌虽然致力于考据，但自己并不认为考据是研究的目的。他的所有资料收集、研究目的都是要为《红楼梦》的文本解读提供基础，为《红楼梦》的文化、艺术解读提供方便，也就是他所说的'新国学'问题。所以，周先生也不承认自己是考证派，他说自己是一个大大的索隐派。所以，这些提法如果作为表述方便没有问题，如果作为学术课题研讨，都是存在极大的不准确的。

"关于周汝昌先生的定位问题，我以为不外乎三个关键词：思想者、探索者、艺术家。周汝昌先生不是'红学'的考证家，他更多的是思想者，他提出的诸多方向和问题都是值得思考与深入研究的。我们研究清史的时候常常说，一个史学家不在于他解决了什么问题，更重要的是他提出了什么问题。梁漱溟先生所谓的思想家和学问家的区别，在周先生身上也有很好的体现，他一生没有放弃思考。周汝昌先生是'红学'的探索者，他的《曹雪芹传》的思考与探索，他对曹雪芹上银幕的探索，他对红楼梦研究方法的探索等，都给后人留下启示。哪怕这些探索是错的，也为后人证明此路不通。有错误的探索，比没有任何意义的、四平八稳的评论更有价值。周先生是'红学'的艺术家，我想这不必要再多探讨了，基本是一个共识。"

郑铁生教授说："我今天想谈的一个问题就是今天上午孙伟科谈的一个问题说是'走进周汝昌'。我认为，这个'走进'应该分两层意思：比如说《红楼梦新证》，前四次出版的《红楼梦新证》的结构变化很大，它的第一版和第二版的文字的差距几乎有一半，1976年版的《红楼梦新证》比1953年的那一版多出一半文字来，这是从文字上来讲。1976年版的《红楼梦新证》'后记'写了好几万字，洋洋洒洒。他在'后记'里对他的自传说进行了彻底的批判，对典型环境和典型人物的理论表示推崇。那是迫于什么呢？迫于'文革'之前那种政治压力而不得不这样做。这一版收录了李希凡评论周汝昌《红楼梦新证》的文章作为代前言。我曾经问过李希凡先生，我说：'李先生，当时你写这篇文章的时候有什么想法？'李先生非常明确地说这篇文章是受命而写的。可是，后来周汝昌把李希凡的'前言'以及'后记'中关于自我批评全部都删掉了，完全恢复了1953年的基本观点了。我为什么要讲这个问题呢？我认为现在很多人不管是推崇周汝昌也好或是批评周汝昌也好，但对周先生的著作读得很少（要么没读全，要么没有多读几遍）。他的代表著作是《红楼梦新证》和他的《曹雪芹小传》，这是他的核心著作，这些著作如果你不读的话，你根本就没有资格来谈周汝昌。这是我想讲的第一点。还有一点，梁归智教授的这本《周汝昌致梁归智书信笺释》出版以后，将会对周汝昌书信的出版和研究具有推动意义。你若是真正走进这些书信，会对周先生的整个精神世界尤其他的内心世界有一个比较深入的了解。"

胡文彬先生接着说："周先生存世的书信数量很多，我想一定会有很多具有学术性的内容。但是，我也了解到另外一点，就是相当一部分信件涉及一些人际关系。所以，究竟会在什么时候全部发表出来，我想这不是一个短时间能够解决的事情。我认为，撰写红学史比如高淮生写学案，我常常跟他提及这个问题，你要写的话，仅仅看那几篇文章或几本书，肯定是写不好的，要用他的口述、日记、书信、官方记载包括官方的档案。所以，我以为在目前的这种情境下，我们现在写红学通史，包括红学学案，如果根据的材料都是公开的，的确是有问题的。我跟陈维昭也谈过这个问题，你写的通史，不能是表面化的。因为作者或传主的好多文章都是冠冕文章，冠冕堂皇的文章而已，写进红学史里是没有价值的。"

李奎副教授则从教学活动中的调查方面谈了周汝昌先生的学术成果对"90后""00后"的深远影响。当今的大学生对周汝昌先生的熟知度最高，对《红楼梦新证》《江宁织造与曹家》《文采风流第一人：曹雪芹传》《恭王府与红楼梦》《红楼梦与中华文化》《红楼夺目红》等最为熟悉。并且，最喜欢周汝昌先生在《百家讲坛》中的演讲。如何引导大学生通过全面客观地了解周汝昌的红学成果进而真正了解红学这门学科，这是《红楼梦》或红学传播需要认真对待的问题，同时也是红学传承需要认真思考的问题。

（二）"周汝昌与现代红学"是一个可以作追溯与延展的话题

乔福锦教授："'周汝昌与现代红学'这一话题需要文化、学术与思想等层面交互论说。我想从以下三个方面谈一下自己的感想：一是'周汝昌红学'形成的历史文化背景；二是周汝昌先生与现当代'主流'红学；三是'周汝昌红学'与未来即'后现代'红学之学科重建。

"'周汝昌红学'的形成历史文化背景即近些年来逐渐升温的'民国热'，随之而来的'民国先生''民国范儿'等词语，也很流行。若从文化层面解读，从根本上讲，这种现象的出现，既是对那个既保存着'古典中国'文化风貌又对西方文明持开放态度的数千年所未有的特殊时代日益眷念之心绪反映，也是新时期中国学术文化界学理轨迹及精神脉络与1949年之前的历史文脉接通的表现。与'民国先生'相较，清代学者没有他们的世界眼光，后来的学人又无他们的传统根底，这样的评价，几乎成为当下人文学界的共识。我曾发表过20世纪'红学五代人'之判断。我觉得，'红学五代人'之代际划分，也可以成为中国现代学术史研究框架的世代坐标以及'现代学案'撰写的时间界标。因为'五代学人'之分际，施之于'现代新史学'与'现代新儒学'领域，同样有效。在'红学五代人'的论述中，我将周汝昌先生称为第二代红学家之典范，自然也将周先生划入'民国学人'行列（按：《红学学案》书评，涉及'红学五代人'旧说，发表时责编出于好心，将本属第三代之某专家前置于第二代行列，特此更正）。周先生之所以能够在红学领域取得令人无法绕行的巨大学术成就，很大程度上与他所诞生的特殊时代有关。在周先生身上不仅可以看到'民国学人'风范，甚至也可以看到'传统学人'的影子。我曾借周一良先生评现代中国第一代学术大家陈寅恪先生语，以'诗人之才、史家之学、儒者之心'来评价周汝昌先生，也是基于此种认识。

"周汝昌先生这样一位独具个性色彩的学人，很难被时代新说所同化，也注定要与红学第三代学人即20世纪50年代初至'文革'前进入大学读书并由此接受从苏联传来的西方文艺理论系统教育的一代新人发生学术冲突。这是历史的安排，也是他个人大半生际遇之必然。《红楼梦新证》完稿于1948年冬，出版已迟至1953年秋。幸运的是，时间还在'批俞'及紧接着大规模展开的'批胡'运动之前。1954年秋爆发的'批俞'及随后展开的'批胡'运动，不仅成为思想文化'改朝换代'的必要举措，也是民国学术基本终结的标志。以今天的眼光审视,周汝昌先生与第三代红学家的学术冲突,几乎是全方位的(必须说明,我这里所讲的与周汝昌先生发生冲突的第三代学人,主要指其中可以作为像余英时先生所讲的学术'典范'及其领军人物)。

"关于红学学科,作为第二代红学家之'典范'的周先生与第三代红学领军人物学术观点的分歧,从根本上讲,是基本学术立场、学术理念乃至精神底色的不同。基本立场、观念与为学态度的不同,才是学术研究与方法论层面分歧与冲突的背后原因。不从精神深层观察,或仅从个人恩怨角度作解释,肯定说不清问题的根本所在。由此我才多次对友人讲,已被视为'异端'红学家之代表的周汝昌与'主流'红学家即20世纪'第三代'红学家尤其是领军人物的冲突,乃是厘清'现代红学'包括当代红学学思轨迹以及学术论争何以产生的主要线索。'高楼秋夜灯前泪,异代春闺梦里词。'陈寅恪先生论《再生缘》之诗句,常使我与周汝昌先生的'晚年心境'连在一起。从某种意义上讲,周汝昌先生一人所面对的,不仅是特定时代所造就的一批人,是难以抗衡的体制化乃至庙堂化'学术'威权,更是一种已被西化乃至极端意识形态化治学理念。当然,讲周汝昌先生与第三代红学家之冲突,并无完全否定一代人的意思。现当代红学共同体,犹如一个'五世'绵延的大家族,一个百年'五代'学人,一代有一代的特质,一代有一代的命运,一代有一代的贡献。虽然第三代红学'典范'及其领军人物所能留下的多是'思想史'或'文化史'材料而非'学术史'实绩,'其言论愈有条理统系,则去古人学说之真相愈远'(陈寅恪先生语),但这一代学人中能够突破时代局限之杰出人物,学术贡献同样有目共睹。已经过世的蒋和森的《红楼梦论稿》,曾将无数读者带回古典中国的诗意梦乡;在座的胡文彬先生对港台及海外红学进行搜集、整理与公布;已然远离红学界的刘梦溪先生当年对于红学一科的学理思考,成为他整个中国现代学术思想史研究的切入点,刘先生在当下的学术影响,已远超红学一隅。这三位红学家,其实也代表了现代意义上的文、史、哲三种不同学术取向。正面总结这一代人的学术成就,是另一个话题。"

陈维昭教授:"我觉得这次会议的主题设计得非常好,'周汝昌与现代红学'。这其实是一个'周汝昌红学的现代性'的问题。

"我们可以从两个人物入手来看现代红学的现代性。第一个是王国维先生。王国维用叔本华的哲学来阐释《红楼梦》，用当时的西方哲学来解读《红楼梦》的人生终极关怀，这是他的红学的现代性所在。但王国维是用'六经注我'的方式，把《红楼梦》作为表达他的人生观的一个话题。他的《红楼梦评论》的得与失，学界已有共识。

"另一个人物是胡适先生。胡适的红学由两大部分构成：一是关于作者和版本的考证；二是'自传说'。在作者和版本的考证方面，胡适运用乾嘉学术方法，这种方法的基本精神是实证，这与五四时期的科学精神是相通的，在这方面胡适的红学体现出它的现代性。而'自传说'则是认为，《红楼梦》是曹家历史的一部实录。这个实录不是说，《红楼梦》的生活素材来自生活，而是一方面把《红楼梦》当成是曹家历史的如实记录；另一方面又把《红楼梦》当成历史文献去证明历史上的未知。这就是所谓的'以贾证曹''曹贾互证'。这种实录观念和研究方法来自传统史学，而与现代学术理念相悖。胡适的新红学由实证与实录两大板块构成，其实证研究契合了现代科学精神，其实录观念则有悖于现代学术理念，不具备现代性。实录观念无视研究者的主体性（包括他的全部历史、个体特点和价值取向），无视其主体性对其研究所产生的实质性影响，这与现代学术理念背道而驰。所以我说，新红学是实证与实录的合一，是现代学术理念与非现代学术理念的合一。

"'自传说'其实是一种索隐方法，它和蔡元培旧索隐派的不同在于，旧索隐派因为不知道《红楼梦》的作者及其家世，所以旧索隐派就往曹家之外的历史人物去索隐；胡适的'自传说'则往曹家家世的方向去索隐。胡适的'自传说'是1921年以来的新索隐的开山祖，它的特点是以曹学为根基。曹学越是发展，就为索隐红学提供越多的索隐材料，曹学与新索隐之间，相得益彰。其影响至今方兴未艾。

"周汝昌先生的红学继承了胡适红学的基本框架，即实证与实录合一，而对这两个方面都进行了发扬光大。周先生提出了红学的四大支柱：曹学、版本学、脂学、探佚学。在这四个方面，周先生的实证研究做出了巨大的贡献，这在学界也是一种共识。

"但是我们还要看到，实录观念和研究也是贯穿周先生一生的红学的。新时期以来，周先生一直致力于在曹学、版本学、脂学和探佚学之间建构关联性，把这四大块连成一个整体，这是周汝昌大大超过其他新红学派成员的地方。在周氏红学中，把这四块连成一个整体的是这样一种思路：以探佚学方法为核心去还原小说里所隐藏的曹家本事和《红楼梦》的八十回后原貌（两大还原）。当他在索解冯紫英脸上被刮伤一段故事的历史本事的时候，他不仅引入了清代史实（本事），也把脂批所提示的八十回后故事引入。红学的四大板块在这里连成了一片。而探佚学则是周先生后期红学的灵魂。

"为了加强其还原的可信度，周先生在20世纪80年代末开始谈'《红楼梦》与中华文化'，90年代谈《红楼梦》与新国学，'文化''国学'是那个时代的强势话语，但周先生的'文化''国学'却并不是一般人所理解的文化、国学，而是围绕着他的本事还原而展开。这使得他后期的红学的非现代性的特征越来越明显。

"但是我们又应该注意到，胡适、周先生这种有悖于现代学术理念的探佚红学在研究界、读书界却有着长久不衰的影响力。直到现在还有很多《红楼梦》爱好者热衷于这种方法，花了大量的时间和精力去索解《红楼梦》背后的'历史之谜'。这里就产生一个问题，为什么这种有悖于现代学术理念的观念和方法会得到很多研究者的喜爱？其间必定有一种无法抗拒的魅力。对于这些爱好者、研究者来说，'阅读'意味着什么？这是一个值得我们深入研究的问题。

"我们一般都会说，《红楼梦》是一部小说，就应该当小说读。但事实上，《红楼梦》究竟可以当什么书来读，这得由读者说了算。而这么多的读者愿意把《红楼梦》当密码来读，这样的一种文化现象值得研究。

"总的来说，我们对周汝昌先生的红学，应该多方面、多层次、整体性地去考察、去评判。对他在实证红学方面的非凡贡献应该给予充分的肯定，对他的实录观念和相关研究的有悖现代学术品格方面也应该给予应有的重视。而且应该把他的新索隐所产生的广泛社会影响作为一种文化现象（而不仅仅局限在文学领域）来分析，加深我们对当下大众文化的认识。

"今天我们讨论'周汝昌与现代红学'，既是对红学史的回顾与总结，也可以引发我们对未来红学的思考。未来红学可以如何发展？下一篇红学文章应该写什么？"

苗怀明教授说："感谢'"周汝昌与现代红学"专题座谈会'主办方的邀请，对于这个专题座谈会的举办，我是赞成的，认为很有价值，也很有必要。这次座谈会的核心话题是'周汝昌与现代红学',着眼点显然并不仅仅在周汝昌先生本人,而是以此为个案,对以往的红学研究进行总结和反思,在此基础上推陈出新,寻找红学研究的新路径。在红学史上,周汝昌先生是一个具有较大影响的标志性人物,也可以说是红学研究的'晴雨表'。之所以这样说,有三个理由:

"一是其从事红学研究的时间长。从20世纪40年代末到2012年去世,从事红学研究的时间长达60多年。这在现代红学家中是非常少见的,他是现代红学的参与者,也是现代红学的见证者。

"二是其红学著述数量多。其先后出版的红学专书有数十种,至于具体数量,因其晚期所出专书彼此之间存在大量重复,不能简单按种数计算。不管具体数量如何,其著述在现代红学家中是最多的,这是毫无争议的。

"三是其红学研究涉及面广。几乎所有重要领域都有涉猎,并提出许多新的观点,其中不少观点影响大,也引起了较大的争议。比如高鹗受乾隆指派篡改红楼梦说、脂砚斋为史湘云、贾宝玉所爱是史湘云而非林黛玉,等等。

"就我个人的理解,围绕着'周汝昌与现代红学'这个专题,有如下几个方面值得认真梳理和反思:

"一是《红楼梦》一书的性质。这部书到底是一部带有自传色彩的小说,还是一部带有小说色彩的自传?这个问题看似已经解决,但从具体的研究实际来看,未必尽然。周汝昌先生在其《红楼梦新证》中将小说中的贾府与历史上的曹家对应起来,甚至可以说是将两者之间画等号,这实际上是将《红楼梦》作为小说色彩的自传来看的。周汝昌先生的这种观点从胡适而来,将其推向极致,影响深远。直到当下为止,有不少人在研究曹雪芹的家世生平时,仍自觉或不自觉地将两者对应或等同起来。对于这个问题,有从学理层面进行厘清的必要。

"二是红学这一专学的性质。何谓红学?其内涵与外延何在?特点何在?与其他小说作品如《三国演义》《水浒传》《金瓶梅》的研究相比,有何特殊性?彼此之间的共性与差异何在?这都是值得认真思考的问题。周汝昌先生在20世纪80年代初曾提出这个问题,并引起争论。这个争论直到当下仍未得到很好的解决,研究者或强调红学的特殊性,或强调红学的共性,未能达成共识。总的来看,红学家较多地强调红学研究的特殊性。红学研究具有自己独特的研究对象和特点,这是毫无疑问的。但特殊到什么程度,是不是特殊到可以从中国小说乃至中国文学中剥离出来,与中国小说研究乃至中国文学并列。这个说法看似有些极端和荒唐,但实际上正是不少红学家的做法,只是他们本人没有意识到而已。

"三是红学研究的方法问题。红学研究有没有一套普遍遵从的学术规则与方法?众所周知,现代红学是在不断的论争中发展演进而来的,较之其他领域的专学,争论不仅多,而且激烈。究其根源,其中很大一个原因在于大家所用的方法不同。周汝昌先生的研究主要是实证研究,仅就文献的搜集整理而言,就有《红楼梦新证》《石头记会真》等多项成果,影响深远。在红学研究中,如何甄别取舍材料?对于自己的作品,比如补曹雪芹佚诗、爽秋楼歌句等能否收入具有资料性质的研究著作中?这在学界是有争议的。再比如作品的整理,周汝昌先生有《石头记会真》一书,该书校勘整理的原则、方法与一般文献学不同。这种校勘方法是否适用于《红楼梦》?是否可以应用到其他小说的整理上?同样也是值得讨论的。在文献材料的应用方面,周汝昌先生提出悟证说等观点。到底何为悟证?其与一般文献研究的方法有何异同?这些都是值得认真讨论的。

"四是红学的具体观点。周汝昌先生在其著述中提出许多问题和观点,比如曹雪芹的祖籍,比如曹雪芹的卒年,比如脂砚斋何人,等等。这些观点都曾产生了很大的影响,也引起了很多争议。对这些观点无论是赞成还是反对,进行红学研究都是无法回避的,同时也都有重新审视的必要。毕竟现在掌握的文献资料比过去要丰富得多,学术积累也日益丰厚,可以对前人的研究成果进行比较全面、深入的审视和评价。

"五是如何看待红学史。周汝昌先生是一位具有争议性的学人,他在被其他学人评价的同时,也在对其他学人进行评价,比如胡适、俞平伯等,他以自己的方式对红学史进行反思和总结。对他的这些评价,学界也有着不同的看法。这同样也是值得认真梳理的。

"总的来说,周汝昌先生去世后,为后人留下了很多东西,有他的著述,有他提出的许多观点,有由他引发的诸多话题。今天再做一味地赞成或轻率地否定的表态都是肤浅和简单化的,应该将周汝昌先生放在中国现代学术发展演进的背景下去观照,将其观点和方法放在红学研究的背景下去审视。"

马经义副教授认为:"对于周汝昌先生的红学评价,我觉得首先要有两个基点:第一,如何看待周汝昌红学研究的意义。我非常欣赏高淮生先生文章中的一段话:'他(周汝昌)这几十年的人生旅途也"随着中国局势的动荡而动荡",时世的推移把他推到"红学泰斗""红学大师"位置上去,他再也走不下来了。他作为一个"公共人"为这一显赫的俗世虚名付出了极大的代价:他正被赤裸裸地"消费"着,至今难以消退。'(按:'高淮生先生文章中的一段话'出自2012年6月1日所作《非求独异时还异,难与群同何必同——悼念周汝昌先生》一文。)我们今天能坐下来切磋'周汝昌与现代红学'不正是在'消费'着这位曾经的红学泰斗吗?红学有历史,这表明红学是活着的,红学史形成的根源不正是像周汝昌先生这样的学者给我们留下许许多多待释、待辩的话题吗?所以从这个角度而言,'周汝昌'三个字对于红学界,已经不是一个简简单单的人名符号,而是被赋予了一种学术色彩、精神色彩,甚至是生活色彩的立体感知。正因为如此,'周汝昌与现代红学'的意义也就深在其中了。无论周汝昌先生的红学体系是正确的还是错误,周氏红学体系已经成为红学历程中一个不可忽略的坐标系。第二,如何看待对周汝昌红学的继承。钱锺书先生说过,不管你对某学术观点是赞同还是反对,其实都是对这一学术的继承。我们今天彼此围坐在一起,雅谈'周汝昌与现代红学',无论你持有何种立场,有一点是可以肯定的:你对周汝昌先生的学术体系有过深入而系统的剖析。此间过程难道不是一种传承吗?肯定'周氏红学'的梁归智先生、邓遂夫先生有对周汝昌红学的继承,否定'周氏红学'的胥惠民先生、杨启樵先生同样有对周汝昌红学的继承。"

(三)追忆周汝昌先生的为学与为人,缅怀之情溢于言表

曹立波教授回忆了她与周汝昌先生的两段交谊:一是就北京师范大学图书馆藏八十回抄本问题请教周先生;二是在曹家家谱问题上受益较多。

曹立波教授颇有感触地说:"2001年春天,为了写北京师范大学藏《脂砚斋重评石头记》的查访录,即有关甲戌本的录副本之事,我特地拜访了周汝昌先生。2001年3月31日,经杜春耕先生联系,我得以去周汝昌先生家中拜访。主要询问了有关陶洙和甲戌本副抄本的情况。周汝昌先生说,陶洙1948年向他借走了甲戌本的录副本。周绍良先生说,陶洙整理的庚辰本1952年或1953年时卖给了(现在的)中国书店,陶洙去世的时间大概为

1954年。俞平伯先生1953年之前，辑录《脂砚斋红楼梦辑评》，手中已有了陶洙曾收藏的庚辰本（晒蓝本）、己卯本（上面有过录的甲戌本的文字）等版本。所以，师大本的整理时间当在1948~1953年。周先生对师大本的出版也提出希望：'师大的本子应及早出版，可以出两种本子，先出简装的普及本，慢一点出珍贵的收藏本。现在南图本和己卯本都要出，如果三个本子相互配合，同时出来，那么，2001年，红学会有一个划时期的标志。'

"拜访过程中，除了畅谈《红楼梦》手抄本的问题外，周先生对我的姓氏兴趣较浓。我的祖上是从河北迁徙到东北的，与曹姓相关联的信息，周先生颇为关注。我父亲对自己家族从河北到东北的经历一直想调查清楚，他退休后的第一件事就是寻根问祖。他冒着暑热查县志、访乡民，整理了家谱资料。当我把我们祖上在河北饶阳，与宋代曹彬有关之事讲给周汝昌先生的时候，周先生很感兴趣，并希望我们能去调查得再仔细一些。2001年5月30日，周汝昌先生的电话建议，我将其笔录如下：

'能去饶阳考察，非常好。如果令尊身体条件好，应多做点工作。这不光是你我个人的事，把曹彬后人的问题搞清楚，很有意义。这个主题，在我心中考虑多年了。多年以前，我去过灵寿，收集曹彬的资料，我当时在全国政协，到了那里，当成名人贵宾，县委、政协、文教局都出面陪同，这样，也有不利的一面，太官样、太正式，很不方便。你父亲去采访可以随便一点。考察时注意这样几方面资料：

'一是文献资料。文字记载，县志家谱，石碑雕刻，各种遗址、废墟等。

'二是口头传说。家长里短，一切有关的故事，哪怕当时听起来无关的，也应记下来。

'我希望对这样三个地方重点考察：

'第一是饶阳。把上一次去时没有收集全的线索连上，再看看能否发现新的线索。

'第二是灵寿。看看曹家（曹彬家）的大祖坟，无论残余还是完整，都要留照片。我当年去，有人说"文革"时大家谱烧了，但是否真的如此，很难说。深层访问一下曹姓本家，有文字、家谱，任何形式的记载都很宝贵。

'第三是宁晋。曹太后的坟在那里。如果有石碑，要留照片，或者拓印下来。文献记载、口头传说，可能看到、听到的一切。

'此外，再做一些扩展调查。如果发现上述三处以外的线索，应该追踪，尽量收集到研究你们这一血统的重要材料。找几位典型曹姓老人（中年人也可以）的半身像、免冠的头像。

'关于曹彬的后人。曹彬是宋代开国元勋。他有七个儿子，都是玉字边的（1璨、2珝、3玮、4玹、5玘、6珣、7琮），都是宋代名将。

'第三支曹玮，章武节度使，保卫河北省，是曹雪芹的宋代祖先。

'第四支曹玹，曹彬攻下金陵，活捉李煜，平定南唐之后，在安徽池州遇到曹姓本家，让第四个儿子曹玹修了十八支大家谱，分布在全国的曹姓当时都写进去了。我只看见安徽池州的一个分支。

'第五支曹玘，女儿是曹太后，嫁给了宋仁宗。儿子曹国舅，曹佾。

'如果在采访中发现曹彬其他四个儿子的线索，也应记下来。'

"父亲于1999年和2001年两次去祖籍饶阳考察曹姓家世，第二次的收获较大，这与周汝昌先生的提示有很大关系。周汝昌先生认为研究红学也要研究'曹学'，首先要研究宋代开国元勋武惠王曹彬的家史，因为《红楼梦》的作者曹雪芹祖辈是宋朝曹彬的后代。从以上两件事情上我感到周先生的确就像顾斌刚才所讲到的，他有一种精神，这种精神、这种学术上的热情，挺感染人的。他对年轻人的这种提携、关心，也的确挺让人感动的。由此我又想到：我们探讨的是文献、文本、文化三者的结合呢，还是文、史、哲的打通呢？真是值得进一步思考的，这是一个有关红学定位的大问题。（按：胡文彬先生在听了曹立波教授的叙述后说：'你讲得挺好，我们听得挺热闹。'限于篇幅，本文删去了一些生动的细节。）"

王彬研究员回忆道："我是研究叙事学的，《红楼梦》有很多叙事方法，它的叙事方法比较复杂，可以与西方的叙事方法比较研究，从中总结中西小说叙事的区别。我们单位是鲁迅研究院，是一个培养作家的学校。我请周先生到我们单位讲过课，我送过他一本《〈红楼梦〉叙事》，周先生就问了我一个问题：'你说《红楼梦》为什么是两个人写的？'我说：'从叙事学角度讲非常简单，任何一部小说都有一个叙事者，谁在讲故事？我们看前八十回是顽石，那么后四十回顽石不再出现了，高鹗把顽石出现的都给抹了，后四十回和前八十回完全不一样了，变成一个说书人在讲故事。我认为前八十回本是顽石在讲故事，后四十回本是说书人在讲故事。'这是非常简单的一个道理，我们换了一种方法，这个问题就迎刃而解了。周先生的方法是什么呢？我觉得他是索隐加考证，凡是他成功的地方，都是索隐和考证很成功。我举个例子，比如说周先生说《红楼梦》在北京西城，这考证非常成功。再比如说他对大观园布局的分布的考证，这也属于文学地理的考订，大家基本上都认可。所以，我觉得周先生在文学地理考证上做了一个非常好的范本，这个不仅是红学，也是文学地理研究的一个非常好的范例。那么，周先生的不足则在于考证和索隐结合得不够好，很多的问题属于过度阐释。"

任少东编审回忆了参与编辑周汝昌所著《曹雪芹小传》的细节，谈及帮助周汝昌补充一条例证的情景："周先生叮嘱一定要在这一条补充例证旁边加以说明，这使人很敬重周汝昌的客观求真精神。周先生的红学观点的确做到了'大胆假设'，可惜'小心求证'不够，由此出现了不少的错误和失误。当然，他的红学观点无论对的还是错的无疑为红学研究提供了可讨论的话题，拓展了红学研究的空间。令人感动的是，周汝昌在民间的影响很大，人们一提起周汝昌，很多人都知道他，这是客观存在的。所谓的'周氏红学'的说法，我看是很有道理的，将来人们一定还会再来研讨'周氏红学'。周汝昌先生从事红学研究60多年，出版了很多著作，可以这样说，周汝昌就是矗立在我们面前的一座丰碑，这是谁都能看到的。"

詹颂教授说："周先生的皇皇巨著《红楼梦新证》是我读的第一部红学著作，我的印象是他对研究领域的开拓贡献很大。我本人对于清代女性与八旗人士这两个群体（二者有交叉）的文学创作与评论颇有兴趣，在我着手研究他们对《红楼梦》的阅读和评论的时候，立即就想到此前读过的周先生的书和文章。《红楼梦新证》中《买椟还珠可胜慨——女诗人的题红篇》一文，就是当代最早全面研究清代女性《红楼梦》题咏的文章，自然也是后学研究的重要参考。乾嘉八旗女诗人佟佳氏的诗集中有仿红诗作，这也是周先生首先发现的。他著文称佟佳氏母子为'《葬花吟》最早的读者'，虽然周先生的这个表述不够准确，材料有待补充，观点有待修正，但其发现之功不可没。清代女性特别是八旗女性对于《红楼梦》的阅读和评论是一个冷门的研究领域，原始文献搜寻不易，而周先生即便在这种冷门领域也是开拓者和先行者。若非不惮劳苦繁难不懈搜求研索相关清代文献，断不能为后人留下如此丰富而有创见的红学遗产。另一个深刻印象是周先生对中国学术传统的坚持。周先生认为曹学是'最要紧的内学',这一观点有偏激之嫌,不过的确是出于对一些新式八股化的红学赏评之作的反感,从学术渊源上看,这正是孟子'知人论世说'在红学研究上的坚持。从周先生的《红楼梦与中华文化》一书可以看出,他的学术理念植根于我国源远流长的文史研究传统,不论时代风潮如何变化,这一理念一以贯之。这对于今天的红学研究者也是一个启示:不受时代风潮的左右,扎根于我国悠久的学术传统,当能有更大的收获。"

张志教授则从《红楼梦与中华文化》说起:"20世纪80年代中期,周汝昌先生在《红楼梦与中华文化》一书中提出了'《红楼梦》是一部文化小说'的著名观点,周先生主张从'文化'角度研究、认识《红楼梦》,我认为是紧扣了这部伟大著作的核心的。如果把这个观点放在今天来看,更显示出了周先生的远见卓识、不同凡响,那就是周先生'文化自信'的突出表现,并与当今时代风尚正好契合。我尤其感佩周先生在《红楼梦与中华文化》一书中一段发人深省的话:大家看法不同,见仁见智,平等商量,求同存异,乃为事之正常。我们的目的皆在于寻求真理,真理不是自封自是。我的拙见不一定对,只是作为'一家'之言,参加争鸣,响应'双百'的精神政策,自然不会有什么强人从己的意念存在。大家都来'说服'读者,而读者自有公论(经过一定必要时间的历史验证,公论更明)。我希望持不同意见的同志,也是这样看事情。我们每个人的学识水平都还很有限,在评量学术问题上不宜将自己估计过高,更不必自居'主'位,把不与己合的以及尚非己晓的学术见解当作'左道旁门''怪现象''不良倾向',以为'红学界又出了什么问题',而大惊小怪。倘能做到群言堂,则学术幸甚,'双百'幸甚。"

来自上海的余光祖先生则说:"我的感想是周汝昌先生一往情深热爱《红楼梦》的情怀,矢志不渝研究《红楼梦》的执着精神,将会长期影响红学研究。周先生始终认为'这前八十回和后四十回是绝对不能一视同仁',认定高鹗续作不仅无功,而且有罪,认为高鹗所续的后四十回'是歪曲雪芹的极严酷的恶毒货色'。尽管这种说法有点超乎学术的常规,但也从一个侧面反映出他深爱《红楼梦》的赤子之心。周汝昌先生于20世纪40年代开始就投身红学研究,直至2012年逝世,整整65个年头。很多时期,他的红学研究处于不太有利的处境,但他真是具有一种百折不挠、勇往直前的气概，有一种为曹雪芹和《红楼梦》鞠躬尽瘁、死而后已的献身精神。"

贺信民教授在追忆周汝昌先生的为学与为人时概括了四个方面："可亲的长者，可敬的老人，可爱的文化人，可说的红学家。说不完的《红楼梦》，说不完的周汝昌。"

三、座谈会侧记

（一）《周汝昌致梁归智书信笺释》一书引发趣谈

2017年1月14日晨，高淮生教授邀请乔福锦教授、陈维昭教授、苗怀明教授三人到宾馆附近的永和豆浆连锁店吃早餐，大家边走边聊，兴奋点集中在苗怀明教授所谈趣事——13日晚宴期间，参加宴会的学者提前收到梁归智教授签名的最新出版的《周汝昌致梁归智书信笺释》，这部新书是本次座谈会的馈赠礼品，不仅引起大家的兴趣，同时为本次座谈会增添了新话题。苗怀明教授与提前获得这部新书的其他学者的心情颇为不同，他一夜间翻阅了这本《周汝昌致梁归智书信笺释》，希望能够从中发现周汝昌先生评价苗教授的文字，结果令他大为失望，竟然一处都没有。苗教授此前尚颇费思量：是否赴京参会？原因正如苗教授所言：自己此前写过几篇有关周汝昌先生的文章，周家人不理解，惹出很大的不愉快。所以，有顾虑。对于这次座谈会，张罗其事的高淮生老师说，是纯学术性的，不会有个人恩怨，这才勉为其难地过来，倒不是因为心虚，而是担心惹上不必要的麻烦，耗费时间和精力。对于这个专题座谈会的举办，我是赞成的，认为很有价值，也很有必要。值得一提的是，四位教授谈笑风生的场景，恰被前来参会的樊志斌学友拍照存念。

（二）两段发言录音引发热议

顾斌在座谈会结束的第二天即征得发言人的同意，陆续把张庆善研究员和梁归智教授的发言录音发布到"红迷驿站"，引发了广泛的转发和可观的热议。

首先是对张庆善研究员发言的评价："很客观！很公正！'一代红学大师'的定位很高！"张庆善研究员发言道："周汝昌先生无疑是当代红学史上影响最大、成就最大也是'话题'最多的红学家，因此谈周汝昌先生不容易。……毫无疑问周汝昌先生在当代红学史上具有着不可动摇的地位，称他为红学大师、红学泰斗并不为过。……几十年来，周汝昌先生把全部心血倾注在《红楼梦》研究上，他不仅是红学著述最多的红学家，也是影响最大的红学家，他的影响力，对红学的发展起到了积极的推动作用，这也是对红学的贡献。因此科学地梳理总结周汝昌先生的红学贡献，应该是红学的重要课题。我希望能有人系统地做做这方面的研究，特别寄希望于年轻学者，这对红学的建设和发展是很重要的。"

当然，反响的另一种声音则认为："张庆善的发言实际上是'抽象的肯定，具体的批评'。这种议论显然是基于这样一种心态：周汝昌先生对红学的贡献无人可比，周汝昌是批评不得的！其实，这样一种心态同时忽略了这样一种现实：在批评周汝昌已经成为一种景观的学术背景下，哪怕是高度的'抽象的肯定'也是难能可贵的，是需要大视野、大格局、大胸襟、大境界的。为什么这样说呢？归根结底在于究竟是出于什么样目的而批评，是出于为红学事业的健康发展而批评呢，抑或是出于一己之恩怨或宗派之利益而批评。只要是完全出于为红学事业的健康发展而批评，就是一种大视野、大格局、大胸襟、大境界。可以说，无论是肯定或者批评，都不应该持双重标准。（按：所谓'批周景观'基本由两方面构成：一方面乃众所周知的批周'斗士'们分别出版了各自颇有影响的学术著作，诸如梅节著《海角红楼：梅节红学文存》、杨启樵著《周汝昌红楼梦考证失误》、沈治钧著《红楼七宗案》、胥惠民著《拨开迷雾：对周汝昌〈红楼梦〉研究的再认识》等。另一方面乃指红迷中出现的批周舆论。）"

其次是对梁归智教授发言的评价："学者态度，颇多启发。其中，'知人论世'一段阐述引起很多人的共鸣。梁教授说：酒逢知己千杯少，话不投机半句多！当讨论不能进行的时候，就暂时搁置吧！由于周汝昌先生是'箭垛式'的学人，对于他的讨论和评价，这种态度显然更为理性。"

（三）红迷群反响热烈

红迷群中的天津文史研究者宋健认为："第一，谈《红楼梦》谁绕得过去周先生？你就是批判他，否定他，也要把他的书看完再发言吧？第二，周先生在没有 e 工具的时代，挖掘出那么多资料，劳苦功高！尽管你可以说有些资料是没价值的。第三，周先生'引领'红学话题，使红学活跃，此哪怕谓之'鲇鱼效应'呢，也不是平常学者能制造的啊！周先生学问、才气、鉴赏力（尤其诗词方面）出类拔萃，没得说了。当务之急是认真检讨、分析，是哪个环节出了问题。"

安徽的"90后"红迷詹健则认为："周汝昌先生最大的贡献是提升了《红楼梦》研究的档次。周先生的聪明才智要高出常人一截，在某种人生经历或精神世界中可以和曹雪芹、《红楼梦》契合，使得他对《红楼梦》的艺术感悟、思想探索特别有会心，特别有深度。这似可归属于他的性灵，即悟性不凡，但考证更多注重的是积累，一些评论者忽略了这个积累性，好像是凭空产生。这种忽略学科发展的历史进程、忽视学识积累的复杂演变、不区分学人浸淫学问的时间长短等评价显然是不合适的。并且，将周先生的一些问题归结于他的境界太高我们理解不了，这分明不合适的，譬如他关于'曹宣'的考证，怎么能讲成是悟性趋导的呢？总是强调'悟性'这分明是唯心主义的态度，就算是清代的王念孙、段玉裁，近现代的陈寅恪、钱锺书，他们当然都是绝顶聪明之人，但他们付出的努力，看的书，积累的学识又岂是聪明能解决得了的呢？聪明会透支的，只有勤奋不会透支。"

顾斌则认为："周汝昌先生研究红学的历程，正是20世纪中国知识分子所经历的历程。周先生1953年出版的《红楼梦新证》，划出了红学研究的基本范围，给出了红学的学科定义，包括《红楼梦新证》之后的成果则构筑了红学研究的宏观体系。可以说，周氏红学影响了20世纪后半叶以及21世纪初红学研究的整体走向。即使微观分析，具体到红学研究中的一些细微问题上，也能找到周汝昌红学的影子。有一种观点认为周汝昌先生是一位诗人，我是不认可的，这是一种表面认识，并未真正看清周先生作为地道的传统学人的理性思维的本质。从周先生65载的《红楼梦》研究的历程来看，他每走一步都在给自己自觉建构的周氏红学大厦添砖加瓦，这种学术自觉和学术执着显然表明这样一个事实：周先生具有极强的理性思维。"

（四）贵州的青年学者郭征帆的书面发言

周汝昌先生是红学研究史上不可逾越的一位重要学者，也是一位充满了争议的红学大家。对周汝昌先生在红学史上的是非功过如何评价，不仅是一个学术问题，更是促成良好学风重塑的重要问题。他的成就有目共睹，而客观评价他的"过"，不仅不会影响他的红学功绩，更能让我们看到一个全面的、完整的周汝昌，同时也会使后学者少走、不走弯路和错路，激励我们在前辈学者开创的道路上前进,将红学研究引向更加深入的新天地。这或许就是研究周汝昌与当代红学的意义之所在。(按:郭征帆因临时有事而不能莅临会议现场,顾斌代为宣读了书面发言。)

(五)"北京大学与红学"课题引起参会者关注

天津师范大学文学院的朱锐泉博士发言中汇报了"北京大学与红学"课题构想,这一课题是在赵建忠教授的帮助下策划的。自民国以来,北京大学对于古代小说研究尤其是红学起到了重要的孕育、推助作用,可以说是扮演了"助产婆"的角色。周汝昌先生早年毕业于燕京大学西语系的出身背景,就应引起世人的重视。可见,"北京大学与红学"这一课题很有学术史意义。赵建忠教授推荐朱锐泉博士参阅高淮生教授的《红学学案》,并期望"北京大学与红学"这一课题早日顺利完成。值得一提的是,赵建忠教授在会场上不时地翻阅《红学学案》的情景被高淮生拍照存档。胡文彬先生在座谈会开始时提示参会者,2017 年是蔡元培先生诞辰 150 周年,《石头记索隐》发表 100 周年,值得做专题纪念。

(六)2018 年天津将举办纪念周汝昌百年诞辰活动

天津师范大学文学院郑秀琴副教授说:"周汝昌先生是我们天津人,也是我非常敬仰的一位学者,我认为我们无论在治学还是做人上都要向周老学习。明年是周汝昌先生诞辰 100 周年,我们天津市红楼梦研究会举办纪念活动,欢迎大家前来参加。"

(七)最生动的红学教材

中国矿业大学文艺学硕士生崔慕萱、王祖琪、葛安菁、马贞贞、拜剑锋等参加了座谈会的全程服务,会后,当他们整理各位学者的发言录音时,颇为激动地说:"这些发言录音就是最生动的红学教材。"

四、几点启示

(一)周汝昌是一个说不完的话题,最值得开掘的是其中有价值的方面

顾斌说:"周汝昌是一个说不完的话题,但如何从众多的话题中剥离出能指引今后红学研究方向的,以及更好挖掘《红楼梦》文学、艺术、思想价值的话题,这个值得思考。"

（二）红学的第二个百年需要更具活力的诸多"体系"以增强红学的生命力

高淮生说："红学今后的百年，看看能否诞生更有活力的多种体系来，这才是红学发展的命门。体系与体系的比武，总比观点与观点的论争，更有学术高度和境界。所以，我们倡导大家都励精图治，建立起自己的体系来。"

（三）态度决定高度，尤其对于现代学人的评价最需要博观、善待、理解的态度

孙伟科研究员说："我赞同淮生兄的观点，'从不让我的研究生做批评文章，倡导他们做学人学术研究，从而更好地学习，进而建立自己。'其实，批评更难做！如果一个人的学科知识体系不完善，对这个学科的历史不清楚，这个批判对象的理解不深入，实际上是没法进行批评的。红学是一个自我严格审视的领域，同时又是一个问题纠缠不清最多的领域，所以必须提升红学批评的水平。"

（四）学术共识不仅需要耐心，同时需要智慧

共识的达成需要时间，旧共识达成到被打破本身是一个过程。所以，新共识不可能一蹴而就，需要不断地创造实现的条件和机会。当然，没有共识，红学就不可能再有新的高度。

"'红学发展的希望及未来'专题座谈会"综述

引 言

  红学的发展历经百年,尤其近三十年来,各种回顾性思考与评论日渐成为学术热点。值得关注的是,近年来关于"红学究竟往何处去?"的研讨已经成为红学反思的热门话题。鉴于此,《中国矿业大学学报》(社会科学版)编辑部委托《现代学案》栏目主持人、中国矿业大学文法学院高淮生教授作为召集人,主办了"红学发展的希望及未来"专题座谈会。主要邀集了京津两地部分热切关注红学发展的学界同仁,相聚恳谈,出谋划策,共同展望红学的下一个百年。2016年10月29日上午在北京召开的"红学发展的希望及未来"专题座谈会,主要围绕两个议题展开讨论:(1)红学研究的方法和基本态度;(2)红学研究的瓶颈与突破。京津两地部分学者相聚恳谈,共同谋划红学发展的未来。与会专家达成了如下学术共识:不忘初心,返本开新;美美与共,理解包容;立足"当下",期待"突破"。

一、会议情况简介

  2016年10月29日上午,召开于北京朝阳区惠新里"湘西往事"酒店的座谈会,主要围绕两个议题展开讨论:(1)红学研究的方法和基本态度;(2)红学研究的瓶颈与突破。会议由高淮生教授主持,参加研讨的学者分别是中国艺术研究院张庆善研究员、胡文彬研究员、孙伟科研究员、张云编审、胡晴副编审,北京语言大学段江丽教授,首都师范大学詹颂教授,天津师范大学赵建忠教授,河北邢台学院乔福锦教授等,青年学人顾斌作为会议联系人参加了座谈会研讨。高淮生教授发表了主持人感言：近年来，我们积极地策划并主办关于"红学的回顾与展望"学术研讨会，主要目的在于营造一个认真反思"红学究竟往何处去？"的学术环境和氛围。2015年春天的徐州会议和2016年春天的郑州会议，两次会议都是围绕着回顾红学前一个百年和谋划红学下一个百年这一主要议题展开研讨的。可见，我们的视野涉及二百年的时间跨度。可以说，至少近五年内的思考应该都是围绕下一个百年的发展来展开的，今天的座谈会也不例外，以回顾为起点、为基础，集中讨论研究方法与态度、研究路径与突破等方面的问题。这一次的座谈会，可以看作明年会议的预热，按照我们的规划，明年会议的议题是红学学科建设，同样是谋划红学发展的未来。

　　胡文彬研究员在座谈会总结发言中说：今天是老中青三代人聚在一起，像今天这样大家都敞开自己的思想，谈出自己对当代红学的看法和意见，我觉得这样的机会十分难得。我们非常感谢《中国矿业大学学报》（社会科学版），感谢李金齐主编，包括淮生个人的努力。应该说李金齐主编和淮生在这个时候提出这样一个问题来讨论，还是蛮有一点政治眼光，蛮有一点战略眼光。大家想一想，今年正是习主席文艺工作座谈会讲话的两周年，十几天之前，就是习主席发表他的"文学情缘"的那篇长篇报道的时间。我们举办了今天这么一个谈话会，可谓时机恰逢。我为什么要提到这样的问题？是因为习主席在文艺工作座谈会讲话上，三次提到了《红楼梦》，讲了四个内容，这是和我们红学界息息相关的。而且，这个座谈会专门请了冯先生参加，我们的老会长，现在的名誉会长。文艺工作座谈会讲话说中国作家要提高自己、要走向世界，就必须向曹雪芹学习，向《红楼梦》学习。值得欣慰的是，习主席在谈他的"文学情缘"过程中再一次提到红学的问题。我认为，今天这个座谈会，可以看作我们学习习主席文艺工作座谈会上讲话的一个结晶。以上是我讲的第一点。第二点，我想借此机会念两段语录。一段是黎巴嫩作家纪伯伦的一段话："我们已经走得太远，以至于我们忘记了为什么而出发。"最近我们的报纸上经常出现习主席所说的一句话："不忘初心。"若从考证派的角度来看纪伯伦所说的这一句话，就是"不忘初心"的意思。第二段话，也是对今天会议的一个总结，就是费孝通先生在他文化自觉论中提出的十六字箴言："各美其美，美人之美，美美与共，天下大同。"我想，我们今天讨论的内容没跑出这十六个字的范围。我们提出来要百家争鸣，要看到不同意见各自的优点长处，这正是"各美其美"。我们要推崇那些为我们红学研究做出贡献的老一辈学人，现在有一种不好的风气，好像是不打倒别人的就不足以建立自己的权威，这些思想要不得。我觉得费先生的"美人之美"是值得我们提倡的。"美美与共"，各种不同观点都能够包容、容忍、容纳、共存，我觉得这种思想确实值得我们学界反思。能够达到"美美与共"，就会通过不断的努力达到一种大同，这种大同不仅要在我们国内学术界和红学界提倡，也要和国际的学术界共同分享。只有这样，才能不仅在国内把红学做好，也能够把《红楼梦》传向世界，这个任务落在了我们身上。我想只要大家取得共识，未来的红学一定会取得更大的成绩。最后，我想说的是，感谢《中国矿业大学学报》近年来对于红学的大力支持，不仅积极刊发了大批质量高的红学研究论文，还开设了《红学研究》专栏，这是值得特别表彰的。

二、会议研讨的主要问题

（一）探索红学发展及未来的立足点

张庆善研究员：这一次学术座谈会的主题是"红学的发展及未来"，着眼于红学的现状和未来的发展，这是很有意义的。我认为探索红学的发展和未来，要立足于今天，立足于对红学现状的科学分析和评估，立足于扎扎实实地搞学术研究。红学的现状如何，有哪些成绩，有什么问题，只有建立在对红学现状的科学分析评估上，我们的学术研究才能发展。不可否认，现在的红学现状确实存在很多问题，但我们不能否定新时期红学的成就，我们必须看到自 20 世纪 70 年代末 80 年代初开始的新时期红学，取得了前所未有的成绩，有人甚至认为是红学史上辉煌的时期。无论是在作者、家世、版本研究、脂批的研究上，还是在《红楼梦》思想艺术研究等方面，都产生了许多成果，尤其一批奠基性的学术成果如《红楼梦大辞典》《红楼梦》新校本、《脂砚斋重评石头记汇校》，以及《红楼梦学刊》《红楼梦研究集刊》的创刊出版、中国红楼梦学会的成立，等等，同时举办了许多次全国的和国际的《红楼梦》学术研讨会，红学真正成为一代"显学"。当然也存在很多问题，我们要认清阻碍当前红学发展的主要问题是什么。有人说红学面临着危机，真的是这样吗？我对红学的发展并不悲观。这些年来，红学的发展似乎平淡了许多，但任何事物的发展都不可能一直是高潮迭起，总是有高潮有低潮，总是曲折地发展。所以我们应该持平常心，客观地科学地分析评价红学的现状，探索未来发展的渠道。

孙伟科研究员：当前红学发展究竟处于一个什么历史时期和阶段？这是一个值得思考的问题。有人说红学发展处于衰落期，这主要因为：一是学术大师纷纷离去，二是《红楼梦》研究与时代的互动能力降低了。我的观点是，大师开辟了道路，而我们正在这条道路上迅跑，几十年来所取得的学术成就是值得骄傲的，与其他学科发展所取得的成就相比，一点也不逊色，所以衰落说不符合事实。红学作为一门学科，它的学术性越高，专业性越强，也就越是难以大众化，所以与红学刚建立时期的热闹局面相比，显得有些寥落，这不足为奇，反而是正常现象。

段江丽教授：红学的未来如何发展恐怕难以预设，目前要考虑的主要还是如何做好"当下"，做好承上启下的工作。说到"当下"研究，在总结与反思方面，我谈三点不成熟的意见。一是概念的梳理与辨析问题。一些基本概念需要做考镜源流的梳理、辨析工作，像曹学、红学这样的基本概念，既要对其产生的语境及基本内涵做还原性的考察与分析，又要充分认识到它们在具体使用过程中的发展演变情况以及着眼点等问题。比如说，应必诚先生曾提出应区分红学意义上的曹学研究与史学意义上的曹学研究，这一观点就很有启发意义。再比如，曹学与红学谁包含谁的问题，着眼点不同结论也就可以不同，着眼于作者曹雪芹研究的话，可以说曹学包含了红学；反之，如果着眼于《红楼梦》研究的话，则红学包含了曹学。二是研究方法问题。红学研究方法无外乎评点、索隐、考证、文学批评等几种。众所周知，自胡适以来索隐派受到了广泛的批评，不过，正如一些学者所提出来的，像蔡元培、潘重规这样的国学大师，坚持以索隐的方法解读《红楼梦》，这一现象本身就很值得思考和探讨。事实上，每种方法都有自己的特色和优长，也有需要警惕的陷阱。因此，不同方法之间应该彼此融通、包容、借鉴，取长补短，不应该互相排斥和否定。我的导师周先慎先生经常说，不一定做考证研究，但是，一定要懂考证的方法，并且了解相关的考证成果，这样才能更准确地解读文本。三是代表性个案或者专题研究述评问题。学术研究不可能也没必要每个人都"从头说"，而是需要在了解研究现状之后"接着说"或者"对着说"，因此，各类学术史、研究述评等都是后续研究的重要基础。红学研究成果汗牛充栋、浩如烟海，红学史、红学研究"述评"本身就是一项巨大的工程。在"全面""系统"总结不容易做到的情况下，或许可以采取化整为零、各个击破的方法，不同学者可以就一些典型的个案或者专题做梳理、总结，个案、专题研究再整合起来，自然就会推进、提高红学的整体研究。一些红学史上的"公案"，如果既有的材料和研究成果已经具有足够的说服力，就应该达成共识，被学术共同体接受。比如说，关于裕瑞《枣窗闲笔》的真伪问题，一直众说纷纭，青年学者高树伟《裕瑞〈枣窗闲笔〉新考》一文根据新发现的重要史料，摆事实讲道理，富有说服力地论证了《枣窗闲笔》确为裕瑞的亲笔手稿本，断非后人所伪托。至此，这一"公案"应该已经解决，没必要再做无谓的纠缠。还要强调的一点是，"述评"要有"述"有"评"，即既要有丰富、全面的"史料"，还要有客观、准确的"史识"。这方面高淮生先生的红学"学案"研究值得参考。总之，我们应该在总结、反思、借鉴的基础上，做好"当下"，为"未来"打基础。

（二）红学研究的态度、方法、路径

乔福锦教授：我说这样三个方面：第一，容忍、互动，这是态度；第二，比较、借鉴，这是方法；第三，返本开新，这是路径。其实路径本身也就代表了方向。在胡先生所编纂的《红学世界》书中，收录了一篇20世纪80年代初台湾举办的红学座谈会综述文章，题目是《〈红楼梦〉研究的未来方向》（署名痖弦等，原载台湾《联合报》1980年8月22—24日），这篇文章反思红学历史的同时，更关注红学的未来和方向。它非常地耐读，我在读这篇文章时曾做过大量批注。我觉得此文实际上也是新时期红学的开场白，可惜我们过去的关注度还不够。这篇文章影响了我三十多年，常读常有启发。今天的座谈，我愿意接着当年那场座谈会的话头来说。我从以上三个方面谈一谈自己的想法。我觉得，当下之红学研究，态度是第一位的，是学术探讨的前提。倡导以容忍代替攻讦、攻诘，即当年台湾那场座谈会的话题之一。新时期红学最好的时期是20世纪80年代初，从20世纪80年代中期开始，由于非学术因素的介入，红学界容忍之态渐失。从20世纪90年代年代初期开始，公开的攻讦成为风气。今日的中青年学人，应当坚守容忍的态度。如何容忍？当下看，主要体现在三个学术群体的互动方面。主流红学家（包括专业研究机构的学人及高校专业研究者）、民间学人（体制外红学研究者）、"异端"学人（传统书院式学人及学院边缘人，譬如以周汝昌先生为代表的旧式学者，我自己也属于这一群体）三者之间的互动。我觉得，在这三者之间的互动过程中，主流即体制内红学家的责任更大。容忍不止是允许别人说话，还包括允许别人说错话，然后，在互动的过程中把问题找出来，通过互动的过程展开批评，问题才能解决。当然，这说起来容易，真正去做却比较难，但只要反复地提倡，大家的心态就会逐渐地好起来，互动才能够实现。主流红学与欧阳健先生的论争，可为例。欧阳健先生的"程前脂后说"，我个人觉得是站不住的。如果他的观点成立的话，从清朝中叶或晚清以来所有清人诗文笔记里的东西几乎全部要否定，包括俄罗斯的版本也是造假，这肯定是说不过去的。但是主流红学家在"骂"人的过程中的确忽略了欧阳健先生论述中有价值的一面。欧阳先生其实是一个非常有思想的人，他的小说版本研究也是很有成就的。他的红楼版本考证，有许多有价值的地方，个别论述也难以推翻，否则他也不会一直坚持。我们应当倡导持不同观点的人坐在一起，大家心平气和地讨论，这样做不仅可以化解矛盾，也有助于学术问题的解决。我们的主流刊物要提倡平等讨论，骂人的文章尽量不要刊发。否则，是自甘堕落。

第二层意思就是"比较借鉴"。我举三个例子，具体说明外来理论与方法如何比较借鉴。一个是近现代的西方文艺理论，一个是后现代背景之下的接受美学，还有一个是法国学者福柯为代表的知识考古学。西方文艺理论的源头在古希腊，从古希腊开始，就要求文艺作品的高度概括，概括到一定程度，艺术就成了哲学，就是说艺术品最后要哲学化。这样的理论也曾经深深影响过红学研究。譬如李希凡先生当年写的文章，思想的穿透力非常之强。李先生引用的理论，是欧洲近代以来形成的文艺理论，核心是马克思主义文艺理论（后来的何其芳先生，也是如此，但态度更宽容一些，学理的支撑也更充足一些）。李希凡先生通过一部书来反映整个时代封建社会必然崩溃命运的讲法，实际上是试图把文艺哲学化，进而意识形态化。虽然在中国古代，有"文以载道"的传统，可是所载之道另有义涵，其中有独特的民族性内蕴，"文以载道"与意识形态化的论述还是不同的。我们的历史有自己的运行轨迹，学术文化更与西方不同，我们的小说尤其是《红楼梦》，产生于经史学术传统之中，文艺的哲学化，并不是我们的关注所在。所以我们说近现代的西方文艺理论拿过来以后也要比较，不比较轻易使用即容易导致错位。我的意思是，引用西方的理论，要自觉地跟中国的历史、文化与学术实际进行比较，比较的过程中来发现哪些东西我们能借鉴，哪些不能生搬硬套。第二个例子是接受美学。实际上，接受美学从传播学的角度看，确实有它的价值。这种理论肯定了后世阅读的文化再造功能，确有可取之处。但是它的问题出现在把原文本的背景、思想都给忽略了。好像我们谁都能随便解释《红楼梦》，《红楼梦》永远可以被阐释，文本的第一义并不重要。如此那就把真理的相对性绝对化了，什么都是相对的，也就把真理的唯一性、绝对性因素给抹杀了。所以在使用接受美学理论时要有警惕，一方面，要进行阐释，另一方面，也要讲还原。第三个例子就是现在学术界常谈论的福柯的知识考古学，虽有强调"话语"的"偏执"，但其方法的有效性却十分明显。比如李希凡先生的红学论说，从知识考古的角度分析，不仅要关注他说的话语本身意义如何，更要关注这种思想、这套话语形成的背景是什么。你必须要从他的时代、他个人的学术背景去分析他为什么去写这样的文章，创作这样的话语，重点要放在话语形成的背后机制上。再比如说周汝昌先生，当下的主流红学家并不理解他，不理解为什么他说的话就和别人不一样，甚至他的整个为学立场、态度、方法等和别人不一样。其实只有了解他话语背后的学识、教养、性情甚至是他的学问所形成的特殊时代，才能进入他的话语系统。在我看来，周汝昌先生应该算是民国时代的老辈学人，《红楼梦新证》实际完稿于1948年。《红楼梦新证》20世纪50年代初出版时，虽运用了一些马列及托尔斯泰的只言片语，其实是出版社为了"装饰门面"，为了顺利出版，从周先生的角度讲，也是在那个特殊时代保护自己的一种方式。外来的理论他并不一定理解，也不一定信服。这种用了之后和他自己的体系也根本捏不到一起。现在的问题在于我们要找到他话语背后的形成机制，这样才能理解他，才不会误解他。我们把知识考古学引用过来，目的是还原，这和引进接受美学的目的，方向正好相反。接受美学是往前阐释，知识考古学是往回找，要找到我们的原点。我们从方法上要借鉴外来的东西，但外来的东西拿过来以后一定要比较，比较以后才能借鉴。最后谈一下"返本开新"。所谓"返本开新"，即返回本源，开辟新的方向或路径。我觉得返本开新主要体现在三个方面，一个是返《红楼梦》产生的时代之本，一个是返《红楼梦》文本原貌之本，一个是返红学学科之本。先谈返时代之本，最近听到一句

"套话",我觉得说得有道理,可以借用,即"找到来路才有出路"。这与只有"返本",方能"开新",意思是一样的。不了解曹雪芹写《红楼梦》的历史背景、文化背景、学术背景,很难去解读《红楼梦》。第二个就是文本之本,《红楼梦》的作者当时怎样自觉地创造这样一个文本,这样一本天下奇书?这是文本第一义求证的学术前提。"假语存"而"真事隐","满纸荒唐言,谁解其中味?"曹雪芹当年忧心忡忡。实际上,关于回到文本这个话题已经谈了很多年,但我感觉还是不能很好地回到曹雪芹的原初思路。第三个是学科之本。红学的开山祖师是脂砚斋,这点毫无疑问。"红学"一词出现已至晚清,是在同"经学"比较的过程中出现的概念。《红楼梦》不仅不同于任何西方小说,在中国小说史上也是一个特殊存在。《红楼梦》一书有"文、事、义"三层蕴涵,红学一科也不能单从文艺学角度去理解与对待,这个学科本身有自己的独特性。要成为一门独立的学科,不只是历史久远,不只是有系统的文献,还要有研究对象本身的内核特质。红学这个学科联结着中国近两百余年的历史、文化与学术,这个学科要是能完成现代重建,就可以作为整个中华人文学术重建的一个特殊案例。未来红学存在的意义主要体现在这一方面,所以我觉得应当郑重对待这门学问。

  张庆善研究员:我们期待红学"突破",但不要太奢望。学术研究更多的时候是"常态",我们应该抱有平常心,一步一步地踏踏实实地推动红学的发展。尽管新时期红学取得很大的成绩,但很难说红学有了多大的突破。记得当年白盾先生发表过一篇文章,提出一个新的观点,认为《红楼梦》后四十回的艺术性不如前八十回,思想性超过前八十回,一时引起争论。甚至有人认为这是"突破"。虽然白盾先生的文章引起热烈讨论,有力地推动了后四十回的研究,但多数学者并不认可白盾先生的观点。就文本研究而言,远谈不上是"突破"。什么是突破?怎样才算是突破?我想"突破"应体现出一种质的飞跃,带有里程碑的标记才行。学术上的"突破",是需要历史机遇和历史条件的,是需要有重大发现,否则很难有什么"突破"。当年王国维的《红楼梦评论》,并没有产生重要影响,没有做到"突破",直到胡适《红楼梦考证》的发表,建立了新红学,才有了真正意义上的"突破"。后来,甲戌本的发现,又一次推动了《红楼梦》版本和成书的研究,使人们知道了《红楼梦》原来是这个样,这也是"突破"。现在提"突破",是奢望,是做不到的。在当下营造良好的学术环境,倡导实事求是的治学精神，对红学的发展和未来十分重要。如果没有好的学术环境，没有好的学风，不可能展开正常的学术研究，特别是正常的学术争鸣。没有正常的学术争鸣，就谈不上学术的发展，还谈什么未来呢！当然这不等同于和稀泥，对胡说八道、胡乱炒作的所谓"新说""震惊人类的重大发现"等非学术的东西，还是要坚持严肃的学术批评。我们还要重视红学知识的普及，重视《红楼梦》与当代文化建设关系的研究。我们已经进入了一个信息传播极其发达的时代，文学经典的传播当然要靠读书，读原著。但我们必须看到，文学经典的当代传播是多元的，许多人接受文学经典不完全是靠读书，影视、网络的影响越来越大，我们应该重视这种传播的多元化，研究文学经典的当代传播，使我们的学术研究真正能为广大读者阅读、欣赏、接受《红楼梦》起到一定的作用。

　　詹颂教授：我谈一下有关研究材料的问题。现在是大数据时代，文献检索空前便利，红学研究者正可借此有利条件做一番拾遗补阙工作。虽然前辈学者对清代红学文献的钩索几近竭泽而渔，但仍有遗珠。近年来，研究者们陆续发现了有关曹雪芹家族及其交游的新资料，朝鲜史料中新发现了有关程伟元的记载，清人的《红楼梦》评论资料也有待于进一步发掘。当然，尽管大数据时代为红学研究者提供了极大的便利，但也有它的陷阱。以古籍资源为例，近年来各种大型古籍文献数据库不断面世，读者可以方便地在网络上获取古籍的电子版。但计算机文字处理会有错误，研究者须核查原本。即便是古籍的照相版或扫描版也都有不同程度的失真甚至是版本信息缺失等问题，若不目验原本，就无法准确了解版本情况。因此，大数据时代的网络仅是获取研究资料的辅助工具，红学研究者利用网络资源须谨慎。

　　赵建忠教授：不久前在郑州举办的红学文献学高端论坛，就是专题研讨《红楼梦》研究中的文献学问题。本来新红学的创立对于纠正宋儒束书不观、游谈无根的流弊具有积极作用，因此，自胡适开始的红学已经有了自觉的文献意识，而且一个世纪以来，曹雪芹家世、《红楼梦》版本研究方面确实取得了有目共睹的学术实绩；然而，以文献爬梳、整理为基本内核的考证红学在当代却出现了新的危机。具体表现在：对红学文献过度诠释甚至曲解，如最近有的研究者效颦改革开放之初的戴不凡先生，也运用相关文献考证，但仅仅抓住《红楼梦》中的个别方言，就以偏概全得出结论

《红楼梦》作者为如皋人冒辟疆，还有轰动南方的《红楼梦》作者"洪昇说"，又把否定曹雪芹著作权的研究推向高潮。与此相关的，是近年来出现的红学文献的"悟证"问题。"悟证"不同于"实证"性质的辨析、注疏、考证、版本清理式的研究，它凭的是一种艺术直觉。尽管"悟证"确实出现过诸如周汝昌先生对"迷失曹宣"考证的成功个案，但也不能作为考证学的通则。再有就是红学文献对于《红楼梦》文本解读的有效性问题探讨。美籍华裔学者余英时曾指出："相对于研究题旨而言，材料的价值并不是平等的。"文献考证如果不能服务于研究《红楼梦》本身，那么这样的文献钩沉、梳理就意义不大。人们之所以对那些连篇累牍的红学考证文章有成见，主要原因恐怕还是其很少直接涉及《红楼梦》旨趣本身。红学圈内外不少人之所以提出"回归文本"，恐怕并不是嫌真正的红学文献挖掘得差不多了，而是很多文献离这部作品愈来愈远的缘故。梁启超在《清代学术概论》中论学术思潮，分为启蒙、全盛、蜕分、衰落四期，并以佛家"流转相"之生、住、异、灭概括，对照梁氏论述，也可以说今天的红学考证派已经走过了启蒙期、全盛期，进入了蜕分甚至衰落状态，但是否因此就按照余英时先生所主张的，请这个学派"功成身退"呢？恐怕也不能简单定论。问题的实质还是红学研究如何处理好文本与文献之间的相互关系。如前所述，郑州举办红学文献学高端论坛，专题研讨《红楼梦》研究中的文献学问题，就非常及时和必要。对其他红学流派的综合判断，亦当如此。只有这样，红学发展的正确方向才能把握好。

　　孙伟科研究员：人们经常会问，几十年的红学发展为文学提出了什么样的影响时代的命题？对文化建设以及对人们的精神建构具有什么样的影响？以上问题即涉及红学与时代的互动问题，这个问题正是我们需要解决的。这个问题不是文学方法所能完全解决的，还要在哲学、美学的高度上来加以阐释。红学几十年的研究积累了大量的成果，但影响力不理想，这使我们不得不思考《红楼梦》的传播和红学成果的普及问题。应该说，当代红学的中心问题之一是传播什么和怎么传播的问题，我们对此应该有充分的准备、研究和服务意识。早在冯其庸、李广柏的《红楼梦概论》中，就有对于《红楼梦》思想性质是启蒙的人文主义思想的定位，但这些思想被有些人认为是远离文本、远离人物形象的说法。更有甚者，认为文学的思想性、思想价值怎么说都可以，大而无当，不具有科学性。我们的红学刊物，发表了许多中规中矩、技术规范的文章，所有引证都有根有据，所有的推理都貌似合乎逻辑，但是却没有思想活力，缺乏对话能力，没有认识的穿透力，没有新鲜的面目，没有对时代精神的回应，更没有对《红楼梦》思想的准确定位以及《红楼梦》思想价值的概括、提升和总结。我们的红学过于蛰伏于考证研究了，现在许多媒体主要是强势媒体所宣传的所谓考证新成果，譬如在作者问题上的纠缠不清，实际上都是些伪考证，值得我们充分警惕。孔子删诗成就了《诗经》，我们研究《红楼梦》也要上升到"为往圣继绝学、为生民立命"的高度。此前，国内一些学者如邓晓芒、刘小枫、李劼、成穷等侧重于《红楼梦》哲学阐释，做了一些这方面的工作。希望我们今后的研究真正实现红学的跨界研究、跨学科发展，实现考证、辞章、义理的贯通，为红学的未来发展开辟新道路、新境界。

胡晴副编审：我已经做了十几年的《红楼梦学刊》编辑，对红学研究最基层的基本情况有所了解，我就从这些年的期刊文章方面谈一点感想和设想。如果说现在的红学研究存在问题的话，也可以从现在的学术文章的质量上去把把脉。就我所看到的问题而言，最主要的问题就是缺乏新意，有不少几十年前就已经谈过或者已经说尽的题目，现在还在不断重复地出现，甚至谈得还不如前人透彻，有的观点还有偏颇。其中暴露出的问题就是作者对自己所作的题目和研究领域的文献材料掌握不够全面、扎实，这归根结底还是研究态度的问题，缺乏严谨诚实的研究态度，太过于急功近利。我觉得还是要善于寻找现阶段红学的生长点，从红学发展的进程来看，不同历史阶段会有相对突出的问题，学术热点和研究兴趣也会随着时间推移而有所转换。以前的版本、家事考证曾经是红学发展的突破口，而最近一段，据我看红学史、红学人物、翻译传播就相对比较突出。从我的研究兴趣的角度说，更期待的还是方法和理论上的突破，我个人认为我们在这些方面还有很大的空间可以提升。

（三）关于"红学""曹学""红学索隐派"的认识与评价

张云编审：我谈一下更具体的概念辨析问题，这一问题看似微小却事关重大。1980年6月美国威斯康辛召开了第一次国际红学研讨会，会议的最后一项议程就是"回顾红学成就与展望红学未来"。在那次会议上，周汝昌、余英时等先生就红学和曹学的问题进行过讨论。时至今日，红学与曹学的命名与指称以及两者之间的关系，依然还是问题。关注《红楼梦》研究的学人对什么是红学、什么是曹学，大体都有自己的理解。对一般读者而言，红学和曹学似乎都有其自明性，认为两者是一而二、二而一的关系。对绝大多数的研究者来说，研究《红楼梦》也只是研究些具体的问题，大家并不关心自己研究的问题到底该归于红学还是归入曹学。一句话，红学和曹学都是研究《红楼梦》的，没有必要分而别之。然而，当我们倡导红学学科建设以及强调方法论的时候，红学和曹学的概念以及两者的关系，就又成了亟待解决的"问题"了。1963年，顾献樑在《"曹学"创建初议》一文借鉴"莎学"，提出过文艺学的"曹学"。他力主《红楼梦》研究应该是文艺批评的，他推崇的是王国维的《红楼梦评论》，认为作者考证、本事考证都当是为文艺批评服务的。考证的"新红学"尽管有它的价值和贡献，却仍是"文学史"和"文艺批评"的"附录"工作，而之前的"旧红学"往往连"附录"的意义也没有，不过是文学游戏而已。顾氏认为，红学不论新旧，差不多都是以"真"为第一，以"历史"为主，根本不重视《石头记》的文艺价值，故而提出：以曹学取红学而代之。现在我们认知中的"曹学"，是研究《红楼梦》作者曹雪芹相关问题的学问，冯其庸《曹学叙论》便是如此。他认可曹学的独立，指出曹学与红学是并列共生的关系。我们常见的说法：红学是研究《红楼梦》这部作品的学问，因其作者是曹雪芹，曹学自然是红学的有机组成部分；曹学是研究曹雪芹这个作家的学问，因其唯一的作品是《红楼梦》，红学又是曹学的有机组成部分。综而言之，关于"红学""曹学"，以往的表达上，概念的界定都有些含混，历次争论并没有取得基本的共识。在致力于学科建设的今天，我们对红学和曹学的命名进行历史的回顾，对两个概念做名实的考辩，对两者的分合等关系进行深层的理据分析，给出我们的意见，这对《红楼梦》研究的学科化、规范化是有助益的。我非常希望在红学研究的回顾和反思中，有人能就红学和曹学作篇大文章，从学理上，从学术史方面，给出相对清晰的界定和解说。

赵建忠教授：我就以当前红学研究中的争议性个案，谈谈我的想法。譬如一提到红学索隐派，尤其是近年来中央电视台《百家讲坛》播出著名作家刘心武的系列"秦学"讲座后，很多研究者对这种探考《红楼梦》的模式普遍抵触反感，于是在特定的学术背景下写出了不少批判索隐派红学的文章，有的确实直击其要害，但很多文章观点失之偏颇。刘心武是以传统红学索隐为基本方法，并与1987版《红楼梦》电视剧热播以来迅速勃兴的红学探佚相结合，他设法在浩如烟海的史籍中寻觅秦可卿的所谓"原型"，企图证实《红楼梦》中隐去的所谓"真事"。发展到末流的红学探佚，就其本质而言，是传统索隐派在当代变异了的新形式，两者是某种程度的殊途同归。其实无论是对《红楼梦》进行索隐还是探佚，都带有某种程度的想象性质，这就不可避免靠猜测立论，得出的结论实际是歪曲了这部作品。但我们是不是因为刘心武染指《红楼梦》，就草率地把红学索隐派一笔抹掉？这就需要认真研究、辨析。应该指出的是，"索隐"与红学索隐派还不能简单同日而语，"索隐"较早运用在史学领域如《史记索隐》，探求本事、史料还原，这种研究模式也取得了一定的学术成果。从文化渊源上考察，索隐派走的是"西汉今文经学"的治学路数，这一派对"五经"中的《尚书》《春秋》等史书的阐释有其合理性，然而运用到文学领域如对《诗经》的解读，汉儒解经就不那么准确了。"今文经学"对文学作品的随意注解当然是不足取的。具体到红学研究中，这一派关注较多的是《红楼梦》中存在的大量隐语和可以任意解释的象征意象，也就很容易在解释作品时陷入猜谜和牵强附会。不管《红楼梦》中存在多少历史信息，它一旦被天才的作家所整合，就形成了新的意义单位，与原来的所谓"本事"其实已经无甚关联。当然，指出了红学索隐派的症结所在，并不是将其全盘否定，至少在《红楼梦》阐释史上，这个学派对于纠正此前红学史上的评点、题咏、杂评家们对作品释义的发散性，还是起到一定约束作用的，尽管是以浓缩了《红楼梦》博大精深的历史容量为代价。如果红学界组织召开一次"红学索隐派"专题研讨会，同时吸收史学界朋友加盟，那么对这个学派的认识应该会更客观、辩证。

詹颂教授：我也就如何看待红学史上的索隐派谈一点看法。提到索隐派，我们立即想到蔡胡之争，想到胡适先生对索隐派的"猜笨谜""笨猜谜"之讥。这大约也是新红学大行于世之后学界对索隐派的普遍看法。但是在读了潘重规先生的红学著作之后，我开始重新思考胡先生的这个评价。潘先生被学者们称为新索隐派，他的索隐指向作品本事与主旨等多方面。他认为《红楼梦》的作者是明遗民，主旨是反清复明，他从《红楼梦》中找到了隐藏的明清易代史。潘先生是黄侃、王伯沆先生的高弟，一位在经学、小学、敦煌学等多个领域有杰出成就的学者，为什么解读《红楼梦》也走了索隐的路子？我认为至少可以从以下几方面来看这个问题：第一，文本因素。《红楼梦》作者自称此书"实录其事",但"将真事隐去",这岂非明示读者去探寻隐藏的真事?而《红楼梦》丰厚的内涵也足以激发读者的索隐兴趣。自《红楼梦》问世之日起,索隐即如影随形,这大概是一个重要原因。潘先生认为胡适先生的"自叙传说"其实也是一种猜谜,并非毫无道理。第二,学术传统。本事索隐在中国历史与文学研究中源远流长,潘先生的索隐是这一传统的延续。他的索隐建立在大量史料比对的基础上,并不是随意的比附。他还专门探讨了中国文学与文字中隐藏艺术的传统,为索隐找到了充分的理据。他是自觉的索隐派理论奠基者,虽然他对研究者将其归入索隐派并不接受。第三,家国巨变与个人遭际。大陆易帜,潘先生流寓台岛,此时解红,抉幽发微,寄托遥深。此外,索隐也与中国人的文化心理有关。索隐往往比其他类型的《红楼梦》研究更容易受到读者的关注,这是一个耐人寻味的现象。索隐派在以新红学为正统的红学史书写体系中基本上是一个干瘪的反面标签式的存在,这无助于人们了解这一重要派别产生的根源以及它的流变、特点与影响。如果研究者不囿于成见,对蔡元培、潘重规先生这样的一代大家做深入的个案研究,对这一派别做多方面、多角度的考察与分析,红学史的书写将更为公允、厚重。

(四) 建议与倡导

赵建忠教授:这次关于红学发展方向的座谈会,虽然人数并不多,但却聚焦了当前红学的很多具体问题。我觉得学术旨趣相近的同道学友小范围内研讨,进行"窄而深"的研究,效果会更好些。伤其十指不如断其一指,专题研讨可以把一个一个的问题谈透了,这些专题集中起来就形成了一个拳头的力量。我提个建议:今后应不定期举办这样的专题红学研讨会,下一次专题红学研讨会可以在我们天津举办,希望大家出个题目。

张云编审:这次座谈的议题是"回顾、思考、展望——红学发展的希望及未来",这一议题可以说涵盖的内容相当广泛,就如《红楼梦》是长销书一样,该议题也堪称长青话题了。因为对红学做全方位的回顾与反思,是红学学科建设和发展的基础,也是红学生命力经久不衰的保证,所以我们在如此大的议题之下,每次会议选取一两个具体议题作深入细致的探讨,确实非常必要且务实。

顾斌:新红学发展至今,建立了百年基业,可谓硕果累累,但不能否认今天仍存在一些制约着红学往前走的因素。首先表现为红学的严肃性、专业性正在被娱乐化取代。比如有的读者有续写情结，不管续写得多么离奇，都称为学术；有的人偏好于揭秘趣味，用历史人物或者历史事件来演绎《红楼梦》的故事，无论怎样牵强附会，都冠名索隐红学；还有的人喜欢用现代的思维方式去解读红楼人物，职场红楼、戏说红楼等不一而足，美其名曰《红楼梦》研究的时代性解读；出书，讲学，作品受到广大消费者的欢迎，实质都是建立在解读《红楼梦》文本基础上的文学再创作，这种创作可能会运用到红学研究的成果，但是这样的作品本身不属于红学研究的范畴。红学研究是一种严肃的专业的学术活动，不是全民皆宜的娱乐对象。其次表现为红学界内部的学术失范。比如学术腐败，学术作伪等。为了升职、晋级，有些研究者恶意抄袭他人的研究成果；有的学者，急于出成果，立新说，不惜伪造材料，编造证据；还有的学者不遵循学术规范，为了达成某种既定的结论，故意混淆是非，作虚假论证。这些都是急功近利的表现，背离了红学研究的初衷。关键是这种行为对正常的学术环境是致命的破坏，遏制了红学的发展和进步。红学是真正的学者之学，要求研究者秉持学术道义、学术规范、学术良心和学术使命。红学娱乐化的倾向，红学利己化的行为不利于红学的发展。我以为，建立健康的学术环境，正常的学术秩序，需要建立纯洁的学者队伍。红学的学术共同体今后的学术活动应当在这方面有所作为，并且敢于作为。

三、几点启示

（一）不忘初心

红学的来路何在？红学是从中华文化传统中生长出来的一门学问。"不忘初心"既可以理解为不忘中华文化传统，又可以理解为不忘传承中华文化传统命脉的学术使命。或者说，红学是从《红楼梦》这部伟大著作而来，"传神文笔足千秋，不是情人不泪流"，热爱这部经典著作，陶冶中华人之心性。红学成立至今，始终与中华人之精神生活以及文化生活息息相关。

（二）美美与共

红学长期存在着"批判多于反思，反思多于建树"的景况，所以才会引人感慨"剪不断，理还乱，是红学"。"红学"之乱或可归于红学"批判"过程中的个人或宗派的意气或偏执，或可归于政治批判对学术批评的"僭越"。这就需要研究者具有这样一种自觉：少些重复无聊的争议，多些深细明辨的考论；少些个人意气之争执，多些拓展新境之建树；少些非学术的"火药味"，多些"奇文共欣赏，疑义相与析"的态度和情愫。总之，努力做到"美美与共"，才能形成红学的学术共同体的团结局面。

（三）立足"当下"，期待"突破"

红学发展一百年，积累了大量的文献，同时积累了大量的有待解决的问题。当务之急是集中精力整理这些文献，同时尽可能地解决那些遗留下来的问题。譬如《红楼梦》校订本，越看问题越多，越细看毛病越多，能否集中学术力量校勘出一部真正有益于大众读者的《红楼梦》通行注释本？这一学术工作既是文献整理过程，又是问题解决的过程。

《中国矿业大学学报》（社会科学版）2017年第1期

"《百年红学》创栏十周年暨《红学学案》出版座谈会"实录

编者按：2013年4月17日上午，由中国红楼梦学会、中国艺术研究院红楼梦研究所、《河南教育学院学报》共同主办的"《百年红学》创栏十周年暨《红学学案》出版座谈会"在中国艺术研究院举行。我们盛邀中国红楼梦学会会长张庆善，全国高等学校文科学报研究会理事长蒋重跃、执行秘书长刘曙光，著名红学家李希凡、蔡义江、胡文彬、吕启祥、杜春耕、陈熙中等三十余人参加座谈会。本刊主编、《百年红学》栏目主持人张燕萍和中国艺术研究院红楼梦研究所所长、《红楼梦学刊》主编孙玉明共同主持会议。本期的《百年红学》栏目将这次会议以实录的形式（根据会议录音整理）展示给读者，和大家共享。

2013年4月17日

张燕萍（开幕式主持人）：各位领导、各位专家，上午好！在这春光明媚、万物复苏的季节，由中国红楼梦学会、中国艺术研究院红楼梦研究所和《河南教育学院学报》共同举办的"《百年红学》创栏十周年暨《红学学案》出版座谈会"在中国艺术研究院召开。今年是曹雪芹逝世250周年，学术界有一系列的纪念活动，已度过十个春秋的《百年红学》栏目在此时召开座谈会，更有其特殊意义。今天参加会议的人员除了我们河南教育学院党委书记白威凉、主管院长李树桦和学报哲学社会科学版的全体编辑，我们还有幸邀请到在京的享有盛誉的红学家，全国高等学校文科学报界的领军人及红楼梦研究所、《红楼梦学刊》的专家学者。我作为学报的主编，诚挚地感谢大家的到来，期盼各位领导和专家在接下来的座谈会上为我们《百年红学》栏目的可持续发展出谋划策，提出宝贵意见，让《百年红学》

这株被大家呵护了十年的小树更加茁壮成长。

（下面是开幕式上领导和专家的讲话，略去主持人语。首先由河南教育学院党委书记白威凉致欢迎词。白威凉向与会的专家学者表示了诚挚的欢迎，着重回顾了学报及《百年红学》栏目成长和发展的历程。）

中国红楼梦学会会长张庆善做了主题讲话。他十分感慨地说："今天，在这里举办这个座谈会，我觉得非常有意义。会议只是一个高校学报的一个栏目的学术座谈会，听起来好像是个不大的内容，那么，为什么会来这么多专家学者？会有这么高的层次？为什么大家对它高度重视？这本身说明大家对《百年红学》栏目的高度肯定。确确实实，这十年来，《百年红学》栏目做出了突出的成绩。因此，我借此机会，代表中国红学会，代表红学界的朋友，对《河南教育学院学报》的《百年红学》栏目成功创办十周年表示衷心的祝贺！这里，我特别想提到一个人，就是白威凉书记。他对《河南教育学院学报》的工作给予了高度重视和坚强有力的支持，对《百年红学》栏目也给予了非常有力的支持，可以说，没有白书记这些年来给栏目那么多的特殊政策，栏目做不到今天。（白威凉：这是我应该做的。）这是一件值得我敬佩的事情。我还要提到两个人，一个是闵虹，一个是张燕萍。她们以及她们带领的团队在做这个栏目的时候，有一种精神。我在红楼梦研究所、《红楼梦学刊》编辑部的范围内也曾经讲过，她们有一种锲而不舍、执着追求的精神，做事情非常认真负责，敬业、专业。没有这种精神，不可能把这个栏目办得这么好。所以，从闵虹到燕萍到这个团队，都是我非常敬佩的，非常感谢这么多年你们为红学事业所做的这么多贡献。栏目做得这么好，除了有这么多人的关心与努力，和栏目坚持正确的学术方向是分不开的。记得当年创立《百年红学》栏目的时候，我和闵虹多次谈过，提出栏目宗旨就是要认真地总结、反思百年红学发展的历史、经验、教训，坚持红学发展的正确方向。这十年来，我看《百年红学》栏目发的文章就坚持了这样一种学术规范和学术方向。这个话，大家听着好像很熟，但红学研究领域确确实实有不尊重学术规范、不坚持正确学术发展方向的问题，因此，这在红学研究中确确实实是一个非常非常重要的问题。坚持正确的学术方向，对健康的学术发展有着重要的意义。这方面《河南教育学院学报》的《百年红学》栏目做得很好。刚才，燕萍谈到这次会议还有一个很有意义的主题，就是纪念曹雪芹逝世250周年。50年前的1963年，在周总理和陈石副总理的亲切关怀下,举行了纪念曹雪芹逝世200周年的纪念活动,当时,在故宫文华殿还举办了一个非常大的曹雪芹纪念展,所以,延续下来,我们今年举办曹雪芹逝世250周年纪念活动,是合情合理的。250周年是一个整数,很值得我们去纪念,借此机会,也和各位通报一下,我们今天这个座谈会,实际上揭开了曹雪芹逝世250周年系列纪念活动的序幕。今年8月,如果一切准备顺利的话,要开一个纪念大会和一个学术研讨会,要举办一次纪念展。当然这次展览和50年前那次不太一样,要体现出红学家的参与。我特别希望红学家们为曹雪芹逝世250周年留下一个历史的东西,希望大家能够积极参与和支持这件事。同时,还想出一本纪念集,一方面,总结红学发展历程,特别是新红学以来的红学发展历程,总结百年红学的一些经验教训;另一方面,认真研究当下的红学,对未来的红学发展有一个美好的展望。我希望,通过这样的活动,使《红楼梦》研究能够更深入一步,使红学知识能够得到更为广泛的普及,使红学发展能够沿着正确的道路进行下去。在今天的座谈会上,对《百年红学》栏目创栏十周年表示祝贺,同时,也希望大家共同努力,为红学事业的发展多做贡献。"

全国高等学校文科学报研究会理事长、《北京师范大学学报》主编蒋重跃教授作了发言,他首先代表全国高等学校文科学报研究会对《百年红学》栏目创栏十周年和《红学学案》的出版表示衷心的祝贺。他说:"我非常高兴能够参加这样一个高端的学术活动,尤其是刚才听了张会长讲座谈会又是纪念曹雪芹逝世250周年系列活动的序幕,更感到它的重要。我想简单谈一下《百年红学》栏目的成功对于高校学术期刊的意义。《百年红学》是《河南教育学院学报》创办的一个专题栏目,十年来取得了优异的成绩,受到了红学界的赞扬,也受到了高校学报界同行的肯定,曾经两次获得全国高等学校文科学报研究会的'特色栏目'奖,是全国高校学报'特色栏目'中的优秀代表。《百年红学》的成功说明综合性高等学校社科学报创办'特色栏目'不但必要,而且可行。大家知道,在我国的学术研究和学术期刊界有一个问题一直困扰着人们,就是一方面有许多学术专题研究成果需要发表,另一方面却没有足够的与之相适应的专题性的学术期刊来提供发表园地。这样的课题、研究领域有许多。有的是人物方面的,涉及思想家、教育家、文学家、政治家,等等;有的是地域文化的;还有的是行业的,如冶金、纺织、印刷，等等。在各个主题、各个专题之下，研究队伍相对集中，但问题在于，与之相匹配的专题性的学术期刊严重不足。怎样才能更有效地把中国的优秀的专题研究成果发表出来，以满足社会发展和学术研究的需要呢？在现有的管理体制下，唯有在综合性期刊中创办专题栏目这条路子是比较切实可行的。随着高等教育的快速发展，如何提高高校的研究水平和教学的学术含量，成了摆在高校管理部门和期刊人面前的一个大问题。提高学报的学术水平是当务之急，除了少数办刊历史悠久，学术资源丰厚的大刊、名刊，众多的创刊时间相对较短、经验相对欠缺、资源相对薄弱的学术期刊，要想在短时间内取得整体进步，有一定困难。如果结合各自的实际，发挥某一方面的优势，创办特色栏目，先把一个或少数几个栏目办好，然后，再把优势扩展到全刊，最终推动全刊的整体进步，这也是切实可行的。正是因为以上这两点，2003年以来，教育部哲学社会科学名刊工程里专门设立了名栏建设计划。到现在已经评选出两批共40个栏目作为教育部重点建设的名栏。同时，全国高等学校文科学报研究会在2006年和2010年两次评估活动中，也专门设立了'特色栏目'一项，以鼓励高校学术期刊在创办'特色栏目'上大胆探索。我觉得，河南教育学院的领导和办刊人很有眼光，名栏工程是2004年开始的，你们2003年就已经办起来了，这个眼光是非常敏锐的。政府主管部门和行业组织的这些举措，极大地激发了高校学术期刊创办特色栏目的积极性。目前，许多高校学术期刊都在想办法、出主意，一个争相创办特色栏目的活动，正在蓬蓬勃勃地开展起来。毫无疑问，《河南教育学院学报》的《百年红学》是其中的一个优秀代表。创办特色栏目当然要有热情，但也不能脱离实际，要认真研究选题的可行性，切实掌握研究的基础和学术队伍的实际情况，保证刊发的学术成果是水到渠成的，而不是揠苗助长出来的，简单地说，就是要在特色和水平两者之间形成一个合力、张力或者说平衡，这样才叫质量，才值得去做，才有望获得成功。从十年来走过的历程可以看出，《百年红学》栏目在追求特色和水平之间的平衡上做出了可贵的努力，取得了非常好的成绩，应该给予充分的肯定。他们的办刊经验值得总结和推广。"

蒋重跃理事长接着又讲到学术研究与学术平台的关系。他说："学术研究和学术期刊具有共生的关系，一方面，学术期刊要为学术研究服务；另一方面，学术研究也要支持学术期刊的发展。只有这样，才能推动学术研究整体的进步。创办'特色栏目'是高校学术期刊服务作者、服务学术、提高质量、扩大影响的一条切实可行之路，我们热切地盼望高校学术期刊能够结合各自实际，因地制宜、因时制宜，开展创建'特色栏目'的活动，以此带动学术期刊的整体发展。我们同样热切地期盼学术界的专家学者也来关心和爱护学术期刊这块学术园地，并给予大力的支持，就像各位红学专家爱护《百年红学》栏目一样。只有这样，我们的学术事业才能蒸蒸日上，取得更大的成绩。"

接下来，全国高等学校文科学报研究会执行秘书长、《北京大学学报》常务副主编刘曙光教授在讲话中说："非常荣幸参加《百年红学》创栏十周年暨《红学学案》出版座谈会，我代表《北京大学学报》对座谈会的成功举办表示衷心祝贺！我来参加这个会，诚惶诚恐，也没有准备讲话。我对红学是一个外行，而且到会的专家，像李老师（李希凡），在我心目中都是高山，我是来学习的。《河南教育学院学报》的《百年红学》栏目办得非常好，给我的印象非常深刻。《河南教育学院学报》在全国非常有影响。一般来说，学报办得好，有多方面的因索。第一，是学校领导高度重视，在人力、物力、财力方面大力支持。办一个刊物最难的是有所为有所不为。有所为，容易；有所不为，难。一个学报拿这么大的篇幅来做《百年红学》，必须有魄力。这需要学校领导的大力支持。在这方面，我觉得白书记是很有魄力的。第二，是主编的素养。主编是刊物的灵魂，从闵虹教授到张燕萍编审，她们都是专家型的主编，了解学术的前沿、动态，决定了学报的品位，引领着学报的方向。第三，是编辑队伍建设。据我了解，《河南教育学院学报》的编辑都是年富力强、很有经验的。第四，最难的，是作者队伍建设。刚刚蒋教授提到，办一个栏目，办一个名栏，一般来说，是利用学校的优势学科来办，或是历史传统，或是地域优势。《百年红学》开始办的时候，我有种担忧，河南教育学院对于红学的研究力量是不是非常的强？十年的历史表明，我的这种担忧是多余的。经过十年的发展，这个栏目已经有了稳定的作者队伍。主编和编辑了解全国的学术状况，了解全国哪些科研机构、哪些高校有这方面的专家学者，而且能够把他们变成自己的、稳定的作者队伍，让栏目有了稳定的稿源。这个栏目的成功，不仅仅是举全校之力来办，而是举全国之力，这个全国之力主要是指红学研究的专家学者。这说明河南教育学院的领导、学报的主编和编辑，就像孟子讲的'一乡之善士斯友一乡之善士，一国之善士斯友一国之善士，天下之善士斯友天下之善士'，能够和全国的专家学者交朋友，这是值得我们办刊人学习的。正如刚才白书记讲的，这个刊物的主编、编辑，'十年如一日，十年磨一剑'，刊物办得非常成功。祝愿这个刊物越办越好！"

河南省高校学报研究会会长、《郑州大学学报》主编辛世俊教授因故未能到会，于会前发来了《十年辛苦不寻常——〈河南教育学院学报·百年红学〉创栏十周年暨〈红学学案〉出版座谈会致词》。座谈会上，由《河南教育学院学报》副主编孟俊红代读了这篇热情洋溢的致词，辛世俊在致词中说："作为《百年红学》栏目成长的见证人，我由衷地为她十年的成就和辉煌感到高兴。2002年，时任主编闵虹教授与我讨论创办《百年红学》栏目的可行性，得到了我的支持和肯定。我的理由主要有两个：一是从学术批评史的角度来看，《百年红学》不是一般的红学研究，而是对中国百年红学研究的反思、批评，在学术上具有重大价值；二是从学报的发展来看，以特色栏目带动学术质量的提高，是学报发展的方向。我当时对闵虹主编提出了要办就要'高起点'、学术上要有'高品位'。现在看来，当年河南教育学院的决策是正确的。小学校办出了一个大栏目，《百年红学》栏目在学术界、出版界、学报界以她的高质量、高品位赢得了普遍赞誉，获得了很多荣誉。

"'十年辛苦不寻常。'《百年红学》栏目取得的辉煌成就有很多经验值得总结，除了领导的支持，就是编辑部同仁的艰辛努力。我深深地敬佩闵虹主编的敬业精神和奉献精神。她为这个栏目付出了太多的心血，她以一个学者和主编的勤奋与努力赢得了学报界同仁对她的尊重。

"'创业难，守业更难。'办好学报，关键在人，在主编。学报界经常发生因主编的更换而使栏目夭折的事情，闵虹主编因工作需要离开了她心爱的岗位。《百年红学》能否持续下去？这是我最担心的，可喜的是她的继任者张燕萍主编接过重担，一路前行，并有所突破和发展，这是最值得赞叹的！

"党的十八大报告在谈到文化建设的时候指出：'建设优秀传统文化传承体系，弘扬中华优秀传统文化。'还告诫我们：'实践发展永无止境，认识真理永无止境，理论创新永无止境。'我衷心希望《百年红学》在新的历史起点上，进一步解放思想，勇于创新，不断开拓红学研究的新领域，继续为弘扬中华传统文化做出新的贡献。期待新的十年有更辉煌的成就！"

接下来的座谈会，各位专家对《百年红学》栏目的成长、当今红学研究的现状、红学学风的建设等问题发表了各自的见解。为了保持与会者讲话的原貌和风格，按发言顺序实录如下（根据录音整理，略有删节）。

孙玉明（座谈会主持人）：下面大家就围绕《百年红学》栏目的特色及红学研究畅所欲言。时间上稍微掌控一下，前面每人控制在十多分钟，如果后面还有时间，大家随便说。索性也不点名，从蔡先生这里转圈吧？要不中午不给饭吃。（笑声，掌声。蔡义江说：李先生先来吧。）

李希凡：刚才几位先生都讲了《百年红学》十年来的成就，讲得很好，我就谈得具体一些。最近两三年我已经收不到学报了，不赖学报，人家都给了，是我们院里给丢了。前些年的《百年红学》我都看过，的确，编辑部、主编有意图，每期都有特点。特别是高淮生这个论题，还是挺吸引红学界的。栏目有了这个，增色不少，很吸引大家注意。可能他评价的人，大家有不同意见，有不同看法。他的书现在已经出来了，我给他通过信，不知道他年纪多大，大概有四十岁左右？（高淮生：我虚龄五十一）。虚龄五十一？我还以为你是四十多岁。不止他，几乎是在座的、北京的写红学文章的人，都在栏目上发表过文章。老蔡跟吕先生发表的多一点吧。这个栏目办得很有特色。我原来不知道它在学报界影响那么大，但我看过寄给我的其他学报，有的也有红学栏目，的确都不如《河南教育学院学报》的《百年红学》。这个团队是应该表扬的，从闵虹主编到张燕萍主编，都应该表扬。她们很认真。我发表过一两篇文章，她们查对原文，查对得很仔细，认真核对版本，这是我第一次经历的，人家原来没有人管这个。这个栏目办得非常之好，在全国的红学界都很有影响。我们搞的是学术，而不是解密呀什么东西。我希望栏目能够继续坚持正确的学术方向，对百年红学的研究有所推动。

蔡义江：今天参加这个会非常高兴！想不到《百年红学》栏目的虎将都到了，闵虹、张燕萍，还有毕凌霄，都来了，还有几个我叫不上名字。《百年红学》这个栏目实在办得好，这和刚才我提到的那几位的努力是分不开的。这个栏目办得好，实事求是、求真务实的定位非常关键。庆善刚才讲，今年准备搞曹雪芹逝世250周年的纪念活动，要我们写点文章。我想写

《红楼梦研究与科学发展观》这么一个题目。科学发展观,最精华的就是"实事求是",就是"求真务实"。讨论什么东西都要从最根本的地方出发,就是从事实、证据出发。当然,即便这样,推论出来的观点,每一个人可能都不一样,但要使真理在讨论中得到发展,这是非常重要的。没有这样的学术规范的话,讨论起来就不科学。当前的红学研究的社会环境,或者说学术研究环境,并不是非常好,这有两方面的问题。一方面,前段时间把学说、文化方面的问题过多地和政治搅在一起,强调阶级斗争、学术要为政治服务。这个影响是很大的,一直到今天,我们很多人的思想还是脱离不开这种模式。我把自己归为想脱开僵化的思想而没有完全脱开、还想突破的这一类。我到浙江大学——我的母校,做了一次学术讲座❶。在这个讲座里面,有一个小题目,叫"《红楼梦》与莫言"。人家说,这怎么对得起来?十万八千里!在莫言得诺贝尔奖以后,我看了他十几部小说,基本上重要的都看了,有一个很大的感受——小说居然可以这样写。这是很大的突破,是个异类。莫言的东西对我们今天讨论《红楼梦》有没有启发呢?有,就是在突破原来的思维、方法上面。莫言的小说是异类,是魔幻现实主义;《红楼梦》在当时的文学史上也是异类,也是一个重大突破。《红楼梦》虽然不能称为魔幻现实主义,但可以称为"梦幻现实主义"。曹雪芹写的《红楼梦》不是他的某一段现实生活的回忆。他没有什么回忆,在我的研究中,他赶不上那个风月繁华的时期。它是个梦想,是曹雪芹在他脑子里形成的一个梦。所以讲座的大标题是"一个苦难童年的梦——曹雪芹与《红楼梦》",《红楼梦》不是幸福童年的回忆,而是苦难童年的梦。另一方面,更严重的,是目前随着我们社会的发展,学术方面也出现了自由化,或者说是商品化,或者说是娱乐化。这个倾向更严重,所以五花八门的奇谈怪论都出来了。《红楼梦》是谁作的这个问题,其实是明明白白的,是有过结论的,在《红楼梦》创作当时就有人记录的,上面都讲得清清楚楚的。但是今天还有不同的说法,有十几种之多,还有人统计有二十几种,这不可以信。我讲这些要干什么?要讲《百年红学》,讲他们学报。我觉得《河南教育学院学报》是在向实践科学发展观努力,而且取得了很大的成绩,

---

❶ 2013年3月11日晚,蔡义江先生在"浙大东方论坛"(第108讲)作的题为"一个苦难童年的梦——曹雪芹与《红楼梦》"的红学讲座,可参看《红学专家蔡义江做客"浙大东方论坛"》(http://www.zdxb.zju.edu.cn/article/show_article_one.php?article_id=12537)。

这在总体上表现了一个编辑的思路。文章当然要有水平，但是更重要的是从事实出发，求真务实，实事求是。这个精神，我觉得他们是把握住了。在我看来，在今天的学术界，坚持这一点是很不容易的。

这里还有一个《红学学案》的问题，我也讲讲。《红学学案》这样的文章，花费多大的力气，搜集多少的资料，我都写不出来。为什么呢？因为有些搞红学研究的人跟我的观点是针锋相对的，我怎么写他呢？违心写不可能。淮生现在写的十二个人里面，观点互相冲突的很多。既要客观，不能因为观点不同，就抹杀人家的成就；又要保留人家的特点，是赞同他，还是批评他，措辞是很难的。但是高淮生同志有一个办法，他用别人的、其他名家的说法来谈这个特点，至于怎么评价你自己去看。譬如有位学者（按：即梅节先生）的文章里面往往有刺激性比较强的、对抗性比较强的语言，淮生引了吴组缃先生的信及沈治钧同志《红楼七宗案》里的材料，让读者评判。作者在褒贬问题上面有困难，但是提供了这些东西，读者可以自己判断这样的一种尖锐的、带刺激性的风格是好的特点，还是不好的、要改的。《红学学案》写出来就很不容易了，这是一个很大的贡献。

我希望栏目以后坚持这个方向继续办下去，把我们今天的有些不好的风气尽量克服掉。譬如说，批评与自我批评，现在提倡这个风气的很少。要么捧杀，要么骂杀，这不行！百家争鸣，跟资产阶级自由化，跟西方的自由化，没有监管的、不要引导的自由化，有什么差别？没有很好地讨论。媒体，报纸、刊物、电台……如何正确地引导，也没有很好地解决。所以你看，在红学界掀起风浪来的，都是我们主流的媒体。没有很好地、正确地引导，乱七八糟的东西就都出来了。强调百家争鸣，但百家争鸣还要有个监管问题。海纳百川，这是一个比喻，就是说心胸要宽阔，但并不是说什么河流进来都可以。我说的这些，都是《河南教育学院学报》在努力做的，今后要坚持。

吕启祥：蔡先生不愧是中国红学会老的一位副会长，不愧是老的政协委员和政协科教文体委员会的委员。他始终关注学风，有一个很宏观的视野，有一种很开放的态度。蔡先生把莫言的作品几乎都读了，我非常佩服他这样一种精神。因为搞红学和古代文学的人很少有这样子的。在蔡先生的带动下，我也多少读过几本。我问蔡先生："你读了以后有什么感受？"蔡先生讲了一句话："哦，原来小说还可以这样写。"另外，他说，莫言对于一些"极左"的东西是深恶痛绝的。我们这一代人受到"极左"东西的影响是很深的,蔡先生讲,要从这里摆脱出来。对我来说,就更是如此。我很赞成蔡先生刚才关于学风的说法。时间宝贵,我只说两句话。一个叫作彰显特色,一个叫作持之以恒。这八个字,并不是我自己送给这个栏目的,而是这个栏目十年来所呈现给我的。

首先说"彰显特色"。老实说,一个地方学报,要办一个红学栏目,我觉得是很不容易的。红学很显,但非常嘈杂,各种各样的观点、各种各样的文章,多得不得了。红学的刊物也非常多,北京有,上海有,贵州有,我也说不清楚,胡先生比我清楚得多。有一些学报也有红学栏目,但怎么能够办起来,站得住,让人能够看得下去?我觉得一定要有特色。如果没有特色,每期凑几篇,肯定弄不好。这个栏目创建伊始,就有非常明确的特色意识。我曾经在《河南教育学院学报》百期座谈会上讲过,对红学这个学科来说,因为它"显",写的人非常多,所以要做研究之研究。就是说,对于已经做出来的那些东西,你要筛它一下,哪些东西在学理基础上是能站得住的,哪些东西是陈陈相因,是人家说过了,又炒炒剩饭,是过眼烟云就过去了的。研究之研究很难做。研究之研究,或者说学术史的研究,是一个学科发展到一定程度的要求,是一个学科成熟的标志。在这个问题上,我觉得《百年红学》是非常具有这种意识的。正因为有了这个特色,就像刚才老李说的,让人觉得你的东西是有新意的,有自己的独特视角。

有关红学史的意义,也就是我刚才说的研究之研究,你们现在推出的"当代学人的红学研究综论"系列是一个突出的亮点。在滔滔红学这么多栏目里面,没有特色,就站不住,就不能够使红学界来关注。所以没有彰显特色,就没有这个栏目。这是我讲的第一句话。

下面一句就叫"持之以恒"。做一期、两期不难,难的是五年、十年这样做下来。尤其是高淮生的这个题目,就是要连续不断地、持之以恒地做。特色不坚持,马上就会褪色。任何事情不持之以恒的话,肯定不能成功,也结不出果子。十年真是很快,因为我都没想到,怎么就十年了?在这十年当中,《百年红学》栏目的文章不能说是篇篇珠玑。篇篇珠玑是不可能的,任何一个刊物都不可能所有文章都高质量。一个刊物,一个特色栏目有某些文章是确实有特色的、确实站得住的,或者是某一个创意持之以恒地做,结出果子来,这就很不容易了。没有这种持之以恒的精神,把这个特色坚持下去，也就到不了今天这一步。所以，我觉得持之以恒这一点特别重要。没有后面这个，你的特色也就不存在。我就只想说这样两句话。这是栏目呈现给我的，我就想用这样两句话作为你们这个十年的一个总结。我想，今后还是要坚持彰显特色和持之以恒。

关于《红学学案》，我接着蔡先生稍微说两句。非常惭愧，说句实在话，我本人对于这个栏目并没有什么支持，虽然经常收到刊物。对于淮生的这个选题，开始的时候，淮生也知道，我是泼冷水的。我说，"淮生，这个很难做，吃力不讨好"。他来跟我要旧书，我说，"你写别的先生吧，我就免了"。他就是不管，就是实干，做了，也写出来了。写出来以后，不能不看一下。有的地方，我也给他提了一些意见。我很怕溢美呀，我说，"你写别的先生都行，但有的问题，我也没有多少研究，有的你可以去掉，有的你不应该有这样的评价"。他还是听意见的。写出来之后，从发文章到成书他又做了一些修改。关于这本书，老实说，我从没有信心，认为是吃力不讨好，到后来他做了，并且持之以恒地做，现在书出来了。每一篇，或者说总体上，不论红学界内外有多少不同的意见和非议，不论有多少摆不平，有一点我是佩服而肯定的，就是实干。实干兴邦嘛，我觉得学问也一样，实干兴学。你不干，你不下功夫去读，你不实实在在地概括，你怎么知道做得怎么样呢？淮生还是比较年轻的，五十左右的人，他现在有精力这样做。书出来了以后，我说，"我真是没想到，你能结出这样一个果子"。所以，实干才能兴学。整天空疏地在那里说，什么事情也做不成。淮生实干这一点，我真是钦佩。当然他还有更大的规划，那么，我希望淮生能够听方方面面的意见，能够坚持不懈地做下去，有不合适的可以修改，无论是对于选题，无论是对于每一篇。老实说，他已经写出来的，我没有每篇看，大致看了，觉得是不平衡的。我个人感觉，写蔡先生、胡先生那两篇，是比较好的。但是有些篇是很难驾驭的，是非常难的。刚才蔡先生也讲了，淮生有种办法，用别人的评价来评。这就产生一个问题，你高淮生到底怎么看？做学术史，自己还是要有主见，要有概括力的。现在这个书，大题目基本上能够彰显传主的特点，有些小题目概括得不够好。当然，这些大、小题目能这样概括出来就不易，大体上还是可以的。有些篇，我本人也觉得是很不容易驾驭的，我真是很佩服他有这样的学术勇气，祝愿他能够不怕非议，能够听取各种赞成的、不赞成的意见，把这个事情做下去。《百年红学》栏目给了淮生很大的支持，那么，淮生呢，也给了《百年红学》栏目很大的支持，应该说是相得益彰。淮生，在这里，我也祝贺你的书，也希望能改得更好，我把刚才的两句话，"彰显特色，持之以恒"，也送给你。

杜春耕：《河南教育学院学报》的《百年红学》，我认为办得确实不错。他们的刊物我还管代发，吕先生他们都知道，都是将军、元帅的子女或是上层拿走了，很多外国学者也来拿。《百年红学》栏目好在哪儿呢？一个刊物要有比较长久的生命力，跟选题有关系。《河南教育学院学报》就抓住了《百年红学》这个选题，抓住了《红楼梦》研究之再研究，比如《红学学案》的系列文章，我认为抓得是比较好的。

刚才蔡先生讲了关于《红楼梦》作者问题的很多说法，我认为《红楼梦》作者问题是《红楼梦》研究里边最重大的问题之一。《红楼梦》的作者这个问题是值得研究的，大家都承认曹雪芹是《红楼梦》的作者，但曹雪芹到底干过什么？除了曹雪芹之外，有没有人干过《红楼梦》一些工作？这些东西是可以研究的。我认为，《红楼梦》研究里面，要反对那些五花八门的说法，像那种十几个、二十几个作者，越说越玄乎的，要去掉。但是，很多东西都是围绕着作者问题来做的。这个问题假如不解决的话，我认为，《红楼梦》的研究是不可能生存下去的。《红楼梦》这本书本身有很多矛盾。矛盾哪儿来的？你要解释啊。这里面很自然地就提出了作者问题，曹雪芹到底干了多少的问题。也可能我是错的，我干了二十多年红学了，研究的问题就是一个，就是解释《红楼梦》里面为什么有这些矛盾。我不愿意出书，也不愿意做文章，我净到外面去讲。老胡知道，我们有个沙龙，把红学的头面人物基本上都聚在一块儿了，辩论就辩论了几年。《红楼梦》的作者问题是可以讨论的，但讨论不是否定曹雪芹的著作权，而是讨论曹雪芹怎么把这本书一步一步地变成一本永垂不朽的最伟大的作品。我认为，这个问题是值得研究的，不要因为有人否定曹雪芹的著作权而不允许讨论《红楼梦》这本书是怎么写的。俞平伯到临死的时候就讲了一句至理名言嘛，"曹雪芹写《红楼梦》的时候不是白纸一张"。也就是说，曹雪芹是在有字的稿纸上面写《红楼梦》的。这就是俞平伯快要离开人世的时候，他解释不了《红楼梦》中很多现象的时候得出来的结论。有人说，俞平伯昏了头了，老糊涂了，其实不是。这可能是俞平伯的一个大体会。现在《红楼梦》的研究是绕不开这些非常敏感的问题的。我认为，《河南教育学院学报》的《百年红学》要进一步地扩大影响、进一步地延长寿命的话，就是要找"白刀子进去、红刀子出来"的题目。比方说《红楼梦》的作者问题。曹雪芹把不是特别悲的一个东西，逐步改成了一个大悲剧。在这个过程里面，我认为，曹雪芹的著作权得到了最大的支持。没有曹雪芹"批阅十载、增删五次"，就没有《红楼梦》，咱们也早就不说了。所以说，作者当然是曹雪芹啊，曹雪芹就是作者嘛。像这些，有很多人不敢研究，都在背后说，要写文章却不敢写，生怕写出来被人说是邪门歪道。我认为，要抓住主题，敢于讲真话，现在咱们的新总理提倡要敢于说真话嘛。《红楼梦》研究要敢于说真话，不要戴帽子。是有乱说的，乱说的并不妨碍不乱说的。《百年红学》栏目办得很好，坚持下去，一定会更成功的。

陈熙中：首先，我对《百年红学》创栏十周年和《红学学案》的出版表示衷心的祝贺。刚才前面的许多先生讲的意见，我觉得很好。他们都肯定了《百年红学》的成绩，也肯定了《红学学案》的创新，我觉得很好。这个栏目是很有特色的，办得也很成功，比好几个省的红学刊物，影响要大，甚至大得多。我现在想到一个问题。刚才蔡义江先生、杜春耕先生讲得都很好。蔡义江要突破束缚，他也有束缚，就是有些问题不能讨论，是有定论的。这是有问题的。问题是怎么讨论。现在学风不好，戏说现象严重。蔡义江我们见面、开会都在讲这个，我很同意他科学发展的观点。我现在想到一个问题，就是在《红楼梦》研究里面，还有一些人，他们很认真的，还很严肃，不是商业化的，但是他们的逻辑思维非常的奇怪，匪夷所思，这个问题值得讨论。他们很正常，搞别的专业，可能很有成绩，但是研究《红楼梦》，我认为是白费时间。很正常的一个人，一研究《红楼梦》就变得非常奇怪。也许别人觉得不是很奇怪，我觉得非常奇怪。所以，我就想，这不是什么自由化不自由化的问题。为什么我们在这里讨论这样的问题？就是希望能够有人写文章，或者很多专家来讨论这个问题，使后来的人能够有一些基本的常识，能够懂得一点，这也是一个引导嘛。（按：陈熙中教授发言时向《红学学案》作者高淮生教授提出了一个重要疑问："欧阳健你写不写？"高淮生教授做了回应："有待斟酌。"这一段问答比较尖锐，编者善意地回避了。）

胡文彬：说句实在话，今天我来参加这个活动，我不是从一个研究者的角度，而是从自己从事二十多年的编辑工作，一个老编辑这样一个身份，来参加今天这个活动的。从《河南教育学院学报》开始刊登红学文章到今天，这十年的时间，他们都寄给我样刊，每一期都收到，但是，有的时候收得晚了，我一着急，就打电话了。当然，这中间也有丢失的，确确实实有丢失的这种情况，但后来都补了。《河南教育学院学报》开辟红学专栏以来，十年之间，有两本结集，《百年红学》和《红学学案》，这很不容易。就我所知，从最初红学有自己的专刊到今天，一共有二三十种，死亡的有一半儿，还有一半儿还活着。从油印稿到报纸，一直到刊物，从民间家庭红学到街道红学，再到《红楼梦学刊》这样高级的专业刊物，在这个发展过程中，还有一批高等院校的学报参与到红学研究这个重镇当中来。比如说《北方论丛》，那是我亲自和张锦池到戴不凡家里去要他的稿子，后来组织成那一场著作权之争，再后来出了一本书，叫作《曹雪芹著作权争论集》。哈尔滨师范大学的《北方论丛》编辑部抓住了这件事情，发动红学界，大家都介入，几乎我们红学界都卷入了，后来出了一个集子。那么，第二家呢？就是南方的《汕头大学学报》的《百家言》，吴颖创办的，发表了一大批红学专家的文章。学报当中，还有《南都学坛》《咸阳师范学院学报》《辽东学院学报》，这些学报都相继发表了一大批红学文章，甚至设计成专栏，都坚持了几年，但是最终没有坚持下去。我觉得《河南教育学院学报》能够抓住一个专栏并很好地坚持下来，很了不起。专栏对于一个学术期刊来讲，就是一个窗口，一面旗子。就像报纸办副刊一样。当年，毛泽东就是非常愿意看副刊的，特别愿意看《光明日报》的副刊。在进入北京以后，我经常读《人民日报》希凡他们办的那个副刊《大地》。对于一个报纸来讲，是怎么样办好副刊的问题；对于一个学报来讲，是怎么样办出名栏的问题。今天这个会的意义就是，要像《河南教育学院学报》那样，紧紧地抓住自己创造的这个专栏，坚持下去，不动摇。这一点，不但我们办红学专刊的这些杂志应该学习，所有的大学的学报都要办出自己的特色。如果能够有一个，比如说"地方文化史"这样的研究专栏，学报就很受欢迎。像南阳师范学院的《南都学坛》，搞汉画像这一类研究，《洛阳师范学院学报》的河洛文化，这就很有特色。这是我第一点体会。

　　第二点体会，编辑应该认真负责，有敬业精神。我当了二十年编辑，在我的领导范用、沈长文他们的教导之下，我的体会就是，当个编辑就要认真负责，要有敬业精神。杂志办好办不好，跟每一个编辑都有关系。每一个编辑,是不是敬业,是不是负责任,关系到这个杂志的生存和生命。所以,我觉得,我们应该从《河南教育学院学报》的《百年红学》创栏过程当中和所取得的成绩当中撷取一些经验和教训,把我们自己的刊物办出名牌、名栏来,办得更好。这一点,我的感受可能更深一些。我希望我们红学界这些专刊能办出特色来。

第三点,就是出了两本书,两个成果,怎么来评价这两个成果?都是《百年红学》这个专栏出的,都是成绩,但是也有一个比较。我认为,第一本《百年红学》出了很厚一本子,但是它的学术含金量,相比较而言,还不是那么足,而今天的第二本《红学学案》,其学术含金量,开创意义,与以往的红学文章比,价值要高得多。特别这个开创的意义,当我们把所有的、红学界写的红学史都拿到一起来看的时候,就更清楚了。已经出版的这些红学史著作,基本上是从事件和文献两个方面来做的。陈维昭的《红学通史》,基本是走大事件的这样一个路子,《红学:1954》也是事件性的专题。所以,红学史到了应该改革,应该打破过去的、旧有的局面的时候,应该出现一种新的创造。高淮生开始了第一步,开始了试验,这个就应该鼓励。张燕萍能够提出这样的一个构想,也是值得我们当编辑的人来学习的,应该得到肯定。对于高淮生来说呢,我觉得,确确实实,刚才大家说的都是实在话。有的时候,你要借着别人话说,可我就等着看你高淮生怎么说,这是在你这本书中经常遇到的一个问题。当然,有的时候,比如这期你写梅节,那确实是太难。高淮生引了吴组缃先生的信及沈治钧同志的《红楼七宗案》里的材料。借用了几位先生的话,把这个事解读得就比较好,使得梅节这个话马上就消融了,使得一种对立的情绪就化解了。我觉得这个办法是好办法。但是,你老是借别人的话来说传主,最后,我就老想看,你高淮生到底要说什么?你说到位没呀?写史,不外乎是史才、史德、史识,就这三个方面吧。我就觉得,你有才华,文字挺漂亮,写得还不错;史德嘛,基本上也应该是肯定的;但在史识上,还要下功夫呀。我是学历史的,那些大史家,基本上都会强调史识,这是非常重要的。你要给人做结论,没有相当的实力,做不出好的结论。我希望以严要求的这样一种标准,使你这个路越走越好。最后,我自己非常感谢《河南教育学院学报》、红研所、红学会能够给我们提供这样一个交流的机会,使我们大家能够畅所欲言。

李明新:感谢中国红学会,感谢河南教育学院邀请我来参加这个会。

首先要对《百年红学》创栏十周年表示祝贺，对高淮生教授《红学学案》的出版表示祝贺。咱们这个栏目是对红学传承的贡献，是对红学研究的贡献，也是对红学队伍的贡献。既然来了，既然给我这个机会，张庆善会长、孙玉明所长，我还是想介绍一下我们学会的一些情况和我们的一些想法，以期得到老师们的支持和帮助。我们北京曹雪芹学会是2011年3月才正式成立，到现在，也就两年多一点，加上我们的筹备期，也就三年的样子，我们出版了五期《曹雪芹研究》，举办了江西进贤、庐山和镇江三次全国性研讨会，三届曹雪芹文化艺术节，今年要举办第四届，11月还要和苏州第十中学举办《虚白斋尺牍》的出版发行研讨会。我们愿意为学者、为有志之人搭建平台。既然叫学会，还是要以学术研究为核心，这个核心应该是纯粹的，不掺杂其他的东西，要形成一种机制，形成一定的社会影响力和向心力。去年，我们还成立了曹雪芹文化发展联盟。今年，我们又刚刚组建了曹雪芹文化发展基金。我们把自己定位在搭建平台，在传播上去发力，同时为《红楼梦》、曹雪芹这个主题去做好事情。北京曹雪芹学会从组建到现在，得到了中国红学会的支持、帮助。每次我们的重大活动，庆善院长、玉明还有伟科他们都去参加。在座的老师们也都给了我们帮助、扶持，这些我们都铭记在心，没齿不忘。在此，我希望，在我们今后的工作中，能够继续得到中国红学会的指导和帮助，得到各位老师的支持。

曹立波：和刚才各位老师的感慨是一样的，一晃十年了。对我来说，这十年的成长和三个刊物有关，而且这三个刊物的亲人今天都在，我就一一感谢一下吧。首先就是《红楼梦学刊》，几乎每年都要写一篇文章；再有就是《北京师范大学学报》；当然，值得一提的就是《河南教育学院学报》。2004年在《河南教育学院学报》发表的一篇文章，感觉上和在中华书局出版书的时候，老编辑的严要求是一样的，后来，我的学生陆续在贵刊上发表文章，得到很多帮助，所以我要感谢这个刊物。学报寄给我的期刊，我很珍视，放到现在都已经成为资料集了，每次学生写文章就到上面去查，尤其是一些综述。

关于特色，我觉得有两个特色让我印象很深，一个是文献的综述，尤其是能够接纳一些研究生写的综述，我的感觉还是很好的。后来胥惠民老师出《二十一世纪红学研究》的综述，我觉得从提供资料，或是从提供线索的角度来讲还是很有意义的。当然，最近这两年，学报又进一步提升了，系列性更强了，尤其是高淮生老师的文章，就像是写史书。胡先生刚才也谈到了，孙玉明老师的《红学：1954》是断代史，给人横截面的感觉。淮生老师的书就相当于人物列传了，通过一个个人物的传记来展现一幅幅丰富多彩的历史画卷，还是很有意义的。再有，他的《红学学案》里涉及的这些人该怎么去写。有些先生的著作我也都看过，但是从什么地方切入？闭起眼睛想，这些先生各有各的特色，蔡先生的艺术鉴赏，胡先生的文化视角。我是张锦池老师的学生，他的书我读得是很多的，如《红楼十二论》，但是高淮生抓住结构的视角，真是抓住了张先生的特色。接下来是吕先生女性的视角，还有李希凡先生现实主义的角度。还有冯先生，高淮生独到地抓住其思想的视角，真是很有启发意义的。在研究当代红学的时候，在给学生叙述当代红学研究特色的时候，高淮生先生的书应该会成为学生必读的参考书。希望《河南教育学院学报》的《百年红学》这个平台能够提供更多的新鲜的研究成果。关注一下当代红学还是蛮有意义的，我觉得自己跟新世纪红学的发展共同成长。《百年红学》跟新世纪红学是同步的，这个十年的变化印证了新红学的发展历程，也就是对于文本、文献、文化的回归这个主题，体现的还是很突出的。

孔令彬：各位老师，各位前辈，我在红学所访学一年，恭逢很多盛事，参加了很多老先生的聚会。从我本人来说，能到红学所来做访学，是很荣幸的事。今天参加这个座谈会，我本来是没有任何准备的。作为红学所的旁听者，也是没有资格讲的，我是个小后生嘛。但是我还是有些感触，我就说一点吧。我通过自己几个月的经历，发现红学界在做很多很有意义、很实在的事情，在为红学的研究，为红学史将来的撰写添砖加瓦。我今天所看到的、所听到的，会留在我的记忆当中。当然，大家做的更重要，给我们后辈留下了很多可资研究的论题。《河南教育学院学报》所做的这些，一定会为红学的发展，为红学史添上重彩。这是我简短的感受。

孙玉明：以上讲话的都是我们邀请的专家，下面，伟科说两句吧，这是我们红研所的。

孙伟科：那我就说两句。从红学的角度来讲，《百年红学》的选题很好。红学发展到今天，面临着与她相似的整合任务。红学相关的论题、专案研究很多，《红楼梦》文本中间，不同的专家说法也很多，积累了很多观点，材料也是非常广泛的。在这种情况下，《河南教育学院学报》近年发了很多文章，都是学案的梳理，这个梳理实际上也在从自己的角度尽量地占有全面的资料，为学者避免学术研究从零开始提供了很好的平台。所以，《河南教育学院学报》做出的这些贡献是有助于红学健康发展的，是有助于红学在学术上向更高台阶迈进的。刚才专家也说到了，从《百年红学》到《红学学案》，学术进步的历程是很艰难的，是一次飞跃。迈出这一步，应当是充分肯定的。另外，《河南教育学院学报》确实坚持了学术至上的办刊方针，编辑没有很多束缚，在学术问题的探讨上持一种比较开放的态度。可能有些文章不符合哪一个专家、学者的观点，有对立、对抗，这才是对话的前提。如果有些问题大家都处于默然的状态，反而不利于学术氛围的活跃。坚持学术至上，就要提出一些尖锐，甚至是能够成为热点的问题，吸引更多的学者、学生把目光转向这里。

　　说到高淮生的著作，我也有一点感想，说出来，看是不是见笑了。高淮生的《红学学案》引起了反响，他的书出来后，有很多人都看到了，有很多反馈声音，这些反馈声音也让我有一些思考。各方面的意见都有，很遗憾我没有全面看，但却很认真地看了一部分。就他写的人物，我想谈这样三点。第一点就是当代学人评价难写，这是大家公认的。一个是，大家认为当代史没法写，因为你在庐山之中，怎么能看得清真面目？再一个是，传主本身就在，要是跟他互动不够，怎么能够揣摩到他在当时历史场景中的意图？这个意图在今天很可能有变化了，现在描述的意图可能已经不是当时的意图，所以，这个情况是复杂的。但我的看法是，正是因为当代史难写，所以才要写。现在众说纷纭，就连传主都不同意，那正好提供了超越的机会。现在犯了一个低级错误，那以后就可以不犯了嘛。假如我们都说当代史很难写，都不写，那超越的机会也就不存在了。所以我觉得在这个问题上也要持开放的态度。淮生有不畏难的精神，我很向往。第二点，切入点在哪里？淮生的写法，往往是从别人的分析找切入点。这好像是一种手法、写法吧，叫"借力打力"，这当然是一种选择。我感觉淮生有这样一种想法，就是想通过争论中的分歧点找到一种引线，但是更多的时候是他引到了哪里？引到了曲终奏雅。所有的分歧、争论到最后都是到了这里。我为什么想到曲终奏雅呢？林木西先生在说到周汝昌先生遗诗案的时候，他说是曲终奏雅。红学中的所有争论是不是都是曲终奏雅？我觉得是值得思考的。在这个问题上，我是站着说话不腰疼，你在辛苦地工作，我们站在一边评点。这样的评点，也经过一些思考，所以还是说出来吧。有些问题该复杂就复杂，该简单就简单，有些问题把争论弄进来后，反而把简单问题弄复杂了。所以我觉得有些东西还是要直面，既然是当代史，把它作为史来写，你承续史的写法和传统，要有点自觉。中国史的写法应该继承，要敢于下判断，把真相通过自己写的进一步披露、分析出来。第三点，淮生这样一种做法还有非常重要的价值，就是他坚持学术立场的写法。为什么这一点我要说一说呢？今天，红学当代人物，我们不写，别人都在写。别人用戏曲化的手法写，用漫画法的方法写，从揣摩人格的角度写，写的有些东西很不堪。当我们这边没有、拿不出一个有分量的东西的时候，其他的论调就要占领市场了。污损我们红学界大家、人物的说法太多了，甚至一些学术杂志，也在污损我们当代红学学术人物，弄得我们红学界学术人物要不就是"极左"、愚奴，要不就是心理变态、投机取巧。类似这样的说法，你稍微留心一下，能看到很多文章。所以，在这时候，淮生从学术的角度来写，这样的写作应当支持，否则就被别的声音淹没了。淹没后就是我们红学界不断被丑化，南方的报纸，还有所谓的激进的记者，丑化我们的人物太多了。所以，如果这个领地我们不去占领，如果这个声音我们不去发，后果会很严重。我们红学界集中了很多专家，当然应该发言、发声。自己不对自己做评价，别人的评价就来了。现在年轻人的看法很容易被这种文章的论调影响，所以我们要用自己的声音去代替抹黑我们的声音，代替漫画式的说法、戏曲化的说法。我就说这么多。

　　任晓辉：各位老师好！我在研究所学习十年，基本和咱们《百年红学》创建的十年是同步的。这十年也是我与红学界的朋友共同成长、共同进步的十年。栏目已经十年了，我也和大家一起走过了十年。学刊两月出一期，学报也是两月出一期，所以每两个月都会有一种期待：学报会有什么样的好文章给大家看，又有什么样的热点议题给大家欣赏。所以，学报成了我们喜欢《红楼梦》、看《红楼梦》、读《红楼梦》人的一种期待。十年来，栏目逐渐成熟，我们看到的文章越来越多。几乎每期都有三五篇文章，这三五篇文章都有我们汲取营养的地方。我对闵老师和张老师她们编刊物的辛苦很了解。因为红学上争论的地方很多，热点也很多，编辑起来很困难。能够在这份学报上读到我们希望看到的文章，是一件非常高兴的事情。近两年，淮生老师一直在写学案，对一些学人做评价，我只是向淮生老师提个简单的建议。对学人做学术上的评价，正如刚才伟科老师所讲的，非常难，能不能在淮生老师精力允许的情况下，和这些学人再做些近距离的接触？比如说，我现在陪冯先生的时间比较多，和冯先生交流的过程中，可以做些记录、做些录音，他们口述的东西，可能更适合他们目前的心态。你这本书出来后，我也拿给冯先生看了，但全部看也不可能，写他自己的部分他肯定是要翻翻的。翻完后，他有个小小的感觉，有些方面可能还没有涉及。冯先生在红学方面，可能有很多东西远远超过你写的这个面。他自己对自己在红学方面的想法，基本上做总结了。你在这时候和他近距离接触，做学案就会有更直接的资料。其他学者也可能是这样，譬如说，你和胡老师联系多的时候，写胡老师的文章可能就会写得更好。相反，只靠资料整理、电话、通信的方式，把握起来有可能就会有遗漏。好多老先生在给自己总结的时候，有自己的思路。像李院长的书，我们看李院长的书的时候，发现李院长对自己有很完整的把握。和这些老先生做近距离接触，可能就会做得更完整。我就提这些想法。非常期望《百年红学》在十年的基础上做到百年去。

孙玉明：现在请高淮生谈谈他是如何"作案"的。

高淮生：刚才玉明兄说了让我谈谈我是如何"作案"的。说实在话，我做这个"案"的时候，一开始是有一点鬼鬼祟祟，好多东西我不敢公布，但有一点是必须把握的，那就是我"作案"以后要把"作案"的文章寄给各位先生。这里向各位传主老先生表示歉意，没有提前给您打招呼。

我谈这么几点。首先是对会议的主办者能够邀请我参加这个会，感到非常感动和深深的谢意。我在书的后记里有一首小诗，我说："如果/感念/成了一种习惯/就像/农夫山泉/有点甜。"我这些年辛辛苦苦地做这些工作，其实是抱着一种感动在做，因为每一位先生给我的一点点支持，将使我在书斋里、在电脑前，至少坚持两个星期。两年前，我爬六楼一点都不喘，现在爬六楼有点喘。我为什么要这样做？其实就像我在后记里说的，想为红学这块建筑工地做个打工者。大家知道，农民工进城使城市的基础建设得到了改善，在我们对农民工可能抱着歧视态度的时候，其实我们是受益者。所以，从这个意义上，城市人应该反思、应该反省。红学是块学术工地，按照梅节先生的说法，红学其实还处于正在形成和更新的过程中，没有定型。但是在形成过程中，怎么面对走过来的路？我的设想是，从当代往前推到胡适、俞平伯。对一百年的路，我们该怎么对学人进行梳理？梳理过后干什么呢？留下一些可以供后人参考的文献资料，让后人读这段红学史的时候，不会再产生更多的疑惑和争论，也就是说减少无谓的疑惑和争论。我在阅读的过程中，越读越有责任感，所以我的学术责任是在读的过程中建立起来的。我非常感谢《百年红学》栏目给我提供的这次机会。应该说，两位主编都给了我写作的精神动力。闵虹主编连续几年给我寄刊物，我一篇文章都没有给。我也不是说我写的文章有多好，但是我觉得总要给篇文章吧，那么后来就坚持，就一发不可收。我所有在栏目上发的文章都是由张燕萍主编来编辑的，她在编的过程中真是很负责，除了核对大量的文献外，我们经常为了一个字、一个词的运用，或一个问题的阐释，打电话进行争论，直到达到共识为止。在这个过程中她给了我机会，我由此得出感想：一个人要做出一件大事，除了才力，还要有三点，第一要有眼光；第二要有魄力，光有眼光、没有魄力，你干不了呀，坚持不下去呀；第三要有运作能力，你得坚持具体地去做。张燕萍说："我们学报财力比较困难，虽然付不了你可观的稿费，但我可以给你提供足够的版面。"第一期写蔡先生的文章发出后，只给了我二百块钱稿费，说实在话，和我付出的心血相比，反差是非常大的。我当时心里有没有落差呢？当时有一点，我的文章，一篇最少是两万字，写周先生的文章我写了三万七千字，每篇二百块的稿费，我心里实在是非常失落的，但是张燕萍的诚意、魄力和严谨的治学精神感动了我，我坚持做下去了。她诚恳地说："其实您的文章，给您四千五千都不算多。"后来从第二篇开始，我在你们学报算是第一个吧，说是特稿特处理，给我一篇一千块钱，不论是写三万字还是四万字，一篇都是一千块钱。我说这已经是比较多了，最起码我可以用这一千块钱买两只烧鸡补补吧。还有，我用这些钱可以买书，现在我手头的书有些是在网上采购的，有些是老先生给我寄的，比如，吕先生寄，胡先生给我寄和送。尤其最感动的是李老师也给我寄书，而且每次通信他都非常地支持我。您知道吗？李老师，我给您写信的时候，没想到您会给我回信。您给我回信之后，我感动得几乎睡不着觉。（李希凡：我现在又给你回信了，但是没有人帮我发出去，还在家里，我现在找不到邮局。）谢谢！我非常理解。总而言之，我说的意思就是，《百年红学》栏目和我共同把《红学学案》做出来，我觉得我们是在共同为红学做事。真的，张燕萍在写我的访谈录采访我时，我说谁来写并不重要，假如说现在有人愿意来接替我，那就来写，不要高淮生也可以。但是，毕竟我是因为红学评的教授，因为红学别人知道了我，那么我要感恩曹雪芹，感恩《红楼梦》，我是因为这种良知在做事情。我实话实说，不是因为我境界多高，所以，我写完之后，自己就咏了首诗："喜酿新醅待客尝，今番作计费思量。留仙饮罢长歌去，蛮素排场正换妆。"我的学术自信到底从哪里来？我的写作要对得起曹雪芹，对得起《红楼梦》。我是要做到这两个对得起，当然还要对得起我写的传主，每一位传主都有他的学术个性，我不可能面面俱到。我还要谈谈我的想法。前言一万多字压缩到九百多字，就想减少很多问题，由易到难。如晓辉兄说的，我将来一定要做，等全部完成后，一定要补案，其实不光是冯先生、周先生的要补，胡先生的要补，蔡先生的要补，李老师的也要补，因为他们的很多东西没写到，而且现在他们有人还在写东西。如果天假予我体力，我一定要补。我的长寿基因是有的，我的祖上有活到一百多岁的，有九十多岁的，我估计活到八十多岁、九十多岁，应该问题不大。但是我就害怕我的体力跟不上，如果哪天我没有写下去，那就说明我的体力跟不上了。现在我除了上课，天天泡在书斋里。我是希望用这种精神把我对红学的热爱，对曹雪芹的热爱，对《红楼梦》的热爱，以及对各位学术前辈的热爱，通过我的笔写到书里，让后人减少误解。我今天就讲到这儿。谢谢大家！

孙玉明：好，我们下面请《河南教育学院学报》的原主编，栏目的首任主持人闵虹女士讲两句。

闵虹：今天坐在这里，我真的不知道该说什么好，只有两个字"感谢"。首先我要感谢的是我们学校。感谢我们学校的领导，感谢我们编辑部所有的同志。今天很遗憾，我们编辑部的沈敏没有来，所以我总有少一人的感觉。我觉得我很幸运，遇到了白威凉书记，他是办过学报的老前辈，又是一个才子，遇到他才使我们《百年红学》有了后来的发展，有了今天这样一个成绩。而且，我们教育学院的党委领导班子、行政领导，都对我们学报非常支持。今天李树桦院长也来了，他见证了我们五年、十年这两次庆典、座谈。作为个人，我真的是非常感谢。刘金海院长、李金铭院长没有来。这个栏目开栏时，李金铭院长是主管院长，他要求把这个栏目排在第一。当时我还不敢，他第二期就要求我提上去。他是纯粹学理工的，这就像白书记讲的，一个高校的领导可以不懂超女，不懂足球，但不可以不知道、不关心《红楼梦》。我们院领导都有这样的水平。这是我要感谢的。当时我们还有一个兼职的编辑夏启良老师，可能很多发过文章的老专家都看过他的名字，他主要负责校对。在我们学报二十五周年的时候，他曾经说过这样几句话："二十五载，敝帚自珍，仰我星辰，敬我嘉宾，付我艰辛。"我觉着他说的已经代表了我们编辑部，代表了全体学报人的心路历程，也代表了我们《百年红学》全体编辑所付出的努力和艰辛。所以，在这里我要很好地感谢各位学报编辑，尤其是要感谢我的继任主编张燕萍。她是我多年的好友，上世纪我们就认识了，后来她调到编辑部接手《百年红学》。从今天来看，她比我做得更好，更有魄力，所以我非常感谢她。以上是我第一个要感谢的。第二个要感谢的，就是我们的红学前辈和专家，在座的李希凡先生、蔡义江先生、吕启祥先生、杜先生、陈先生、胡先生和我的好朋友曹立波、李明新、张石，还有今天没有来的冯其庸先生、张俊先生、段启明先生、张书才先生，还有段江丽、俞晓红、殷梦霞……对我来说，真是如数家珍，为什么呢？栏目创办以后，他们给予的支持、赞赏，我真是无以言表。对我个人是如此，对栏目也是如此。所以在这里我真的要很好地感谢他们。冯其庸先生在我们河南开会时曾经说："中州万古英雄气，都到红楼梦里来。"把中州万古英雄气都融到《红楼梦》里来的，是各位专家学者，你们帮助我们做到了这一点，使我们努力去达到这种境界。作为专家学者，这里还有一个人没有到场，上次也没有到场，我很遗憾，这就是胥惠民先生。我们这个栏目没有他，开办是没有勇气的。要吃螃蟹，得有人帮着逮螃蟹。胥惠民先生帮着我共同策划、论证了一年多，这个栏目才开起来。为了开栏这一期文章，我们就探讨了大半年，修改恐怕都有十次左右，才发出来。我非常感谢他。刚才说到五年的时候我们出过一本书，其实不是一本书，是两本书，那一本没有出成。当时我们想先出《百年红学》，后出"综述"。由于没有沟通好，胥惠民老师将综述拿到辽宁出版了，这是我终身的遗憾，这是应该由我们来出的。那么今年在十年的时候，我们又出版了《红学学案》，我是非常感慨，就想到了胥老师。第三个要感谢的是我们的学报界。刚才听了辛世俊老师的那份贺词，他说得很对，2002年的时候我多次跟他探讨这个问题，他非常支持，而且他说你开这个栏目，起点一定要很高。他不但支持，而且开了两期后，他就在河南高校学报年会上要求我发言，结果一炮打响，从那个时候这个栏目就一直走着比较顺畅的学报之路，用今天的话说就叫"炒作得非常成功"，所以我非常感谢他。还有刘献，他虽然离开我们河南学报界，但对我们非常支持。省委宣传部、省教育厅、省新闻出版局等部门领导，都给了学报很大的支持，给了教育学院很多的荣誉。所以我对他们非常感谢。今天来的全国高等学校文科学报研究会的理事长蒋重跃先生、秘书长刘曙光先生，还有前面的三任会长，潘国琪先生、杨焕章先生、龙协涛先生，都给了我很多的支持，给了学报很多的荣誉，在各种场合对我们的栏目进行宣传。我非常感激大家对我们"第四世界"学报的关注。第四我要感谢的是今天在座的任晓辉先生。我来之前刘金海院长特别交代，要感谢晓辉。我们几次来北京，他帮我们办了很多的事情。这样的朋友，真的是需要感谢的，包括今天做主持人的孙玉明先生。还有，今天没有来的外地的一些朋友，他们于公于私给了我个人很大的帮助，所以我要感谢他们。

最后我想说关于学报的未来的发展，这要说到高淮生老师了。2010年的一次会上，我说，王熙风说了"你喝了我们家的茶，就是我们家的人"，你看了我们这么多年学报，你竟然不给我们一篇文章?！他说我一定给，结果年底前文章发来了，是写蔡先生的，我们又反复沟通，就拿写蔡先生的这篇做了开篇。再后来我就离开学报了，主要是张燕萍做的工作，具体的情况我就不太了解了。但是今天看到书我大吃一惊。呀！短短的时间就成了厚厚的一本书，所以我特别感谢高老师，真是没有想到，我只能说是没有想到。这也是我最后要感谢的，感谢他为《百年红学》栏目付出的艰辛和努力，也感谢他的这种尝试，也希望他在后面的阶段做得更好。更冷静一些，更理性一些，多和学者沟通，把学案做得更好。

张燕萍：刚才闵虹的一席发言，能够感觉到她对我们《百年红学》栏目，对红学领域的专家、朋友是一往情深，感谢了方方面面。闵虹对《百年红学》栏目付出了心血，她这么执着，其中的艰辛不亲力亲为是体会不到的。这次座谈会，我自己感觉是享受了一次精神大餐，除了各位红学家对栏目的肯定评价、寄予的厚望外，还有对红学研究新思路、新方法的指点，同时也体会到几位老前辈对今后红学研究学风的忧虑。好在我们的座谈会安排了会议录音、录像，回去后，我们要认真地整理会议的内容，冷静思考，融会贯通，完整地把握专家们提出的关于红学研究的发展方向，将所有的收获落实到我们今后的办刊之中，以新的成绩回报各位红学家对我们的厚爱和支持。在此我代表我们编辑部的全体编辑对各位专家表示真诚的感谢！

　　附注：这次座谈会的主要发言者中蒋重跃理事长、刘曙光秘书长、杜春耕先生、闵虹女士此前没有收到作者惠寄《红学学案》一书，所以，他们难以就《红学学案》发表中肯的意见。这次座谈会的顺利召开，主要得益于张燕萍主编颇费心力的筹划，她理应获得"第一功臣"的褒奖。

《河南教育学院学报》（哲学社会科学版）2013年第3期

红学专论篇

《红楼梦》序文新论

一

所谓序亦作叙,属于序言一类的文章包括序言、前言、引言、弁言、代序、编者的话、凡例、出版说明等,是向读者说明有关本书情况,譬如出版意旨、编次体例和作者情况等的文字,包括对作家作品的评论和有关问题的阐述研究文字。从形式上看,序文虽无学术文章的固定样式,实则常常包含序作者的较为深刻的理论见解、理论建树,这体现在诸如序言、前言、引言、代序等序文作者对作家作品的评论和有关问题的阐述研究方面。自有《红楼梦》序文以来,包括旧红学时期诸如程伟元、高鹗、戚蓼生、王希廉等清代《红楼梦》续作者和评点家序文,以及新红学时期至今的诸如胡适、俞平伯、周汝昌、冯其庸、蔡义江、王蒙等现当代《红楼梦》校订者和评点者的序文,它们在一定程度上反映了红学发展不同阶段《红楼梦》接受者的红学观念或小说理论观,因而不仅具有小说批评和小说创作的借鉴价值,同时具有学术史价值。通过对《红楼梦》序文系统的学术史的整体观照,有助于加深对《红楼梦》思想价值和艺术价值的深入认识和深刻理解。值得关注的是,《红楼梦》在我国古代长篇小说传播史上可谓版本众多且情况复杂,因而《红楼梦》序文也种类众多且复杂,这些序文尤其以版本辨析、校勘说明、文本考订等居多,其中不乏对《红楼梦》中的诸多问题包括思想内容、艺术表达、小说理论等方面的阐述,并不乏见地超卓的精妙序文,譬如尤为人所称道的戚蓼生序文和王蒙序文等,其中所涉及的问题具有进一步深入研讨的价值。冯其庸曾在《快读〈红楼梦〉王蒙评》一文中说:"首先让我拍案叫绝的是王蒙的'叙'。大家知道,在清代最有名的《红楼梦》'叙'要数戚蓼生的那一篇了,总共只有467个字,却让你回味无穷,真是'万千领悟便是无数慈航矣'!自乾隆以来,可以说至今没有一篇'叙'文及得上它。有之,则就要数王蒙这篇'叙'了。"[1] 冯其庸认为自有《红楼梦》序文以来最好的文章当属戚蓼生和王蒙撰写的序文了,笔者深以为是。遗憾的是,尽管《红楼梦》序文不仅数量多而且有些序文质量很高,然而,更全面而深入的研究成果仍不充分,据文献资料检索可知,尽管石建初的《中国古代序跋史论》一书中"清末长篇小说序跋特点概说"一节谈及"《红楼梦》序跋变化与发展"[2],但主要是对《红楼梦》序跋变化与发展以及少部分脂评八十回本和程高一百二十回本序跋的简要梳理和介绍,还没有能够系统梳理和深入研究序文中的小说理论方面的建树。不过,其中对《红楼梦》序跋已经经历的四个阶段的划分是合理的、值得推介的,即"一是以传抄为标志的脂砚斋评阅八十回本阶段的序跋,二是以活字排印为标志的程高整理过的一百二十回白话文本阶段的序跋,三是以石印和铅印并行为标志的各家评批一百二十回本阶段的序跋,四是新中国建立后以校勘铅印与照相影印为标志的整理本阶段的序跋"[3]。另有为数不多的针对戚蓼生序单篇序文集中研讨的论文较为深入,譬如邓庆佑的《戚蓼生研究》(上)[4]、《戚蓼生研究》(中)[5]、王人恩的《戚蓼生〈石头记笺释〉》[6]、张朝阳的《浅析"戚序"对曹雪芹小说美学的发掘》[7]等,其中对戚蓼生《红楼梦》艺术评论的研究有所展开,而对于"戚序"之外的其他单篇序文的深入研究还未及展开,至于从序文这一切入点对其中蕴含的小说观、红学观进行学术史研讨的成果更是寥若灿星。本文拟就序文所关涉到的《红楼梦》功能论以及思想艺术论等方面作一简要评述,以期获得对《红楼梦》序文的深入理解。

---

[1] 冯其庸:《快读〈红楼梦〉王蒙评》,载《红楼梦学刊》1995年第4期。
[2] 石建初:《中国古代序跋史论》,湖南人民出版社2008年版,第675~710页。
[3] 石建初:《中国古代序跋史论》,湖南人民出版社2008年版,第677页。
[4] 邓庆佑:《戚蓼生研究》(上),载《红楼梦学刊》2003年第1期。
[5] 邓庆佑:《戚蓼生研究》(中),载《红楼梦学刊》2003年第2期。
[6] 王人恩:《戚蓼生〈石头记笺释〉》,载《社科纵横》2005年第6期。
[7] 张朝阳:《浅析"戚序"对曹雪芹小说美学的发掘》,载《美与时代》2007年第3期。

二

《红楼梦》序文大致可分为新旧红学两个时期，这两个时期所关注的问题和表达的思想观念既有相同之处，又有明显的不同之处。这些序文中对于小说一般功能诸如认识功能、教育功能、审美功能、娱乐功能等的阐发的侧重点有所不同，总的说来，对《红楼梦》的认识功能、教育功能涉及较多，尤其对认识功能的重视更为突出，影响也更为深远。而对《红楼梦》审美功能、娱乐功能认识较少。旧红学时期对《红楼梦》的教育功能尤为重视，高鹗《红楼梦序》道："虽稗官野史之流，然尚不谬于名教。"[1] 高鹗首倡"不谬于名教"说，这一观点具有很大的影响力，此后如鸳湖月痴子道："似作者无心于《大学》，而毅然以一部《大学》为作者之指归；作者无心于《周易》，而隐然以一部《周易》为作者之印证。使天下后世直视《红楼梦》为有功于名教之书，有裨学问之书，而不敢以无稽小说薄之。即起作者于九京而问之，不引为千古第一知己，吾不信也。"[2] 可以看出，自觉注重《红楼梦》的教化功能也成为此后的评点家的阅读习惯。譬如王希廉就指出："《南华经》曰：'大言炎炎，小言詹詹'。仁义道德，羽翼经史，言之大者也；诗赋歌词，艺术稗官，言之小者也。言而至于小说，其小之尤小者乎？""《红楼梦》为小说耶？夫福善祸淫，神之司也；劝善惩恶，圣人之教也。《红楼梦》虽小说，而善恶报施，劝惩垂诫，通其说者，且与神圣同功。"[3] 小说虽"小"，其劝惩垂诫的教育功能是不能小视的，"且与神圣同功"。对于王希廉的这一认识，有学者指出不能仅仅斥之为"散发着封建道学气息的批评"[4]，虽然其说教意味很浓厚，然而这一认识无疑是摈弃了传统的小说为小道而不足观的狭隘偏见的，是对小说价值的一种认识深化。当然，提升小说价值的认识并不始于对于《红楼梦》的评点，早在李贽、金圣叹时期就已经注意到了，而重视《红楼梦》教育功能是自高鹗以来以至于今一直葆有的观念。

---

[1] 朱一玄：《红楼梦资料汇编》，南开大学出版社2001年版，第45页。
[2] 朱一玄：《红楼梦资料汇编》，南开大学出版社2001年版，第707～708页。
[3] 朱一玄：《红楼梦资料汇编》，南开大学出版社2001年版，第577～578页。
[4] 段启明，汪龙麟主编：《清代文学研究》，北京出版社2001年版，第662页。

《红楼梦》教育功能又集中体现在"有益身心、明德复性"上,这一认识由戚蓼生首倡,梦觉主人继起,而这两位的序文尤其值得重视。如冯其庸指出:"在现存《石头记》或《红楼梦》钞本的叙言中,最值得称道的,是戚蓼生写的叙和梦觉主人写的序。"❶戚蓼生指出:《红楼梦》写人、写景、写情、写境均能"靡靡焉几令读者心荡神怡矣,而欲求其一字一句之粗鄙猥亵,不可得也"。❷因无"一字一句之粗鄙猥亵"而"令读者心荡神怡",自然能够有益读者身心。梦觉主人则将上古之书、《春秋》《尚书》之书与《红楼梦》对举,以"述者逼真直笔,读者有益身心"而直接谈及前者之写法与功用,也相对地评价了"惟取乎事之近理,词无妄诞"之《红楼梦》与之相同的功用。❸当然,戚蓼生和梦觉主人所强调的侧重点有所不同,戚蓼生更注重《红楼梦》的审美娱乐身心的功用,而梦觉主人更强调《红楼梦》的道德教化身心的功用。梦觉主人所强调的《红楼梦》之道德教化身心的功用更具普遍性,譬如五桂山人《妙复轩评石头记序》道:"予赋性迂拙,小说家无所好,于《红楼梦》之淫靡烦芜,尤鄙之",而当"强读及数行,振振骇;读既终,而欣欣油油有所会,曰:'三百篇固各自蔽一言,《红楼梦》固不淫靡烦芜,而整齐严肃也。'遂因新之之所好而好之",五桂山人为什么对《红楼梦》这部小说由"鄙之"到"好之",原因在于张新之毕其数十年之精力所作《红楼梦》评点能"洗作者蒙不洁,而新读者之耳目,换读者之心思"。❹《红楼梦》能让读者摈弃"不洁""淫靡"之想,其有益于身心之功用显见,故有此说。我们知道,张新之《红楼梦读法》最强调这部小说"镌刻人心,移易性情"的作用,他的《妙复轩评石头记自记》道:"伏念闲人不文,本不敢出以问世,特以斯评能救本书之害,于作者不为无功,观者不为无益,人心世道有小补焉,则灾梨枣也无不宜。"❺张新之于"人心世道"有益的观点就今天读者立场而言也是有启示意义的。

《红楼梦》阅读的过程也是一己修身的过程,蒙古族哈斯宝在他的序中说他读了这部《红楼梦》,喜欢爱慕,便加批译了下来。"这种修心之道也

---

❶ 冯其庸:《论梦叙本——影印梦觉主人序本〈红楼梦〉序》,载《红楼梦学刊》1989年第2期。
❷ 朱一玄:《红楼梦资料汇编》,南开大学出版社2001年版,第561页。
❸ 朱一玄:《红楼梦资料汇编》,南开大学出版社2001年版,第562页。
❹ 朱一玄:《红楼梦资料汇编》,南开大学出版社2001年版,第705~706页。
❺ 朱一玄:《红楼梦资料汇编》,南开大学出版社2001年版,第700页。

是消遣一生之道……思量我现今该如何是好。除了读古人书，修自己心性，趁这时光作一番译著之业，聊以消遣此生……并且遗留个后来羡慕向往的人。"❶ 孙桐生也谈了同样的感受说："少读《红楼梦》，喜其洋洋洒洒，浩无崖涘，其描绘人情，雕刻物态，真能抉肺腑而肖化工，以为文章之奇，莫奇于此矣，而未知其所以奇也。……自得妙复轩评本，然后知是书之所以传，传以奇，是书之所以奇，实奇而正也。如含玉而生，实演明德；黛为物欲，实演自新……就其涉，可以化愚蒙；而极其深，可以困贤智。本谈情之旨，以尽复性之功，彻上彻下，不独为中人以下说法也。至其立忠孝之纲，存人禽之辨，主以阴阳五行，寓以劝惩褒贬，深心大义，于海涵地负中自有万变不移，一丝不紊之主宰，信乎其为奇传也。"❷ 由此看来，张新之所谓"换读者之心思"可以理解为"修自己心性"，以使不生"不洁"之讥以及"淫靡"之想，以至于"明善复初，见天地之心"。若观者能由《红楼梦》之书的阅读而受益，也便是有补于"人心"，进而有补于"世道"，"劝惩褒贬，深心大义"了。这可以看作梦觉主人所称道《红楼梦》之"辟旧套开生面"的重要体现之一，也是孙桐生所称道的"作者立言救世苦心"。对《红楼梦》的教育功能的关注显然是与中国传统的"文以明道""文以载道"的文艺观相联系的，中国古代三大文学观影响深远，诸如"言志说""载道说"和"缘情说"等，其中"言志说"的某种程度的教化性，最终演变为"文以载道"的文学工具化和教化的倡导，于是，《红楼梦》中那些个要么说不清、要么说不尽的文学性"志"，便被"劝善惩恶""明德复性"等非文学性的"志"所遮蔽，由此可以看出，旧红学时期的序作者对《红楼梦》的社会教化为标准的评价越高，其评价对于《红楼梦》的认识的时代局限性和盲点越大。

而对《红楼梦》的认识功能的关注，在从戚蓼生的序文中已经有了含蓄表达："乃或者以未窥全豹为恨，不知盛衰本是回环，万缘无非幻泡，作者慧眼婆心，正不必再作转语，而千万领悟，便具无数慈航矣。"❸ "盛衰本是回环，万缘无非幻泡"，是从佛家的眼光认识《红楼梦》的。这一认识与梦觉主人"警世说"有相通之处："夫木槿大局，转瞬兴亡，警世醒而益

---

❶ 朱一玄：《红楼梦资料汇编》，南开大学出版社2001年版，第700页。
❷ 朱一玄：《红楼梦资料汇编》，南开大学出版社2001年版，第708~709页。
❸ 朱一玄：《红楼梦资料汇编》，南开大学出版社2001年版，第562页。

醒；太虚演曲，预定荣枯，乃是梦中说梦。"❶ 舒元炜序同样谈到这一基本认识："是书成而升沉显晦之必有缘，离合悲欢之必有故，吾滋悟矣。"❷ 曹雪芹因展示了社会生活的盛衰无常以及世俗社会的世态炎凉，才使评者产生以上的认识。这一认识是对世事盛衰、人生变换的朴素理解，代表了旧红学时期对《红楼梦》认识功能理解的基本立场。其实，梦觉主人的"警世说"直到新红学时期仍然被读者接受，不过是换个说法罢了。譬如王蒙的序说："《红楼梦》是一部令人解脱的书。万事都经历了，便只有大怜悯大淡漠大欢喜大虚空。便只有无。所有的有都像是澹妄直至欺骗，而只有无最实在。便不再有或不再那么计较那些小渺的红尘琐事。便活得稍稍潇洒了——当然也是悲凉了些。"❸ 这段话是在告诉人们：醒悟于"所有的有都像是澹妄直至欺骗，而只有无最实在"，进而"不再那么计较那些小渺的红尘琐事"，最终实现"活得稍稍潇洒"的人生境界。王蒙的序对《红楼梦》认识功能问题谈得十分机智，他通过谈自己对《红楼梦》这部书的认识和领悟来阐明《红楼梦》的认识功能时往往视野更加开阔，王蒙说："《红楼梦》是经验的结晶。人生经验，社会经验，感情经验，政治经验，艺术经验，无所不备。"❹《红楼梦》能帮助你以自己的经验去理解《红楼梦》的经验，进而丰富你的人生经验，这一认识更为朴素，也更为符合文本事实。而影响最为深远的关于《红楼梦》认识功能的认识即"把《红楼梦》作为历史来读，有分析有批判地正确理解这部作品，可以帮助我们加深对于中国封建社会内阶级矛盾和阶级斗争的认识"❺。这一认识是引入阶级斗争立场的必然结果，是更加现代化的立场，是对人性论立场的政治反拨。当然，这种对于《红楼梦》的认识功能的表述，仍然说明这样一个事实，即"以文为用"的文学观的反映。王先霈把至今仍发生影响的中国古人对文学的几种态度归为"以文为用""以文为哭"和"以文为戏"等，他强调了"以文为用"文学观注重文学社会性、伦理性、政治性的一面。❻笔者以为，这个"用"应当包括文学的认识作用等，"以文为用"的文学态

---

❶ 朱一玄：《红楼梦资料汇编》，南开大学出版社2001年版，第562页。
❷ 朱一玄：《红楼梦资料汇编》，南开大学出版社2001年版，第564页。
❸ 王蒙：《〈红楼梦〉王蒙评点》（修订版），上海文艺出版社2005年版，第1页。
❹ 王蒙：《〈红楼梦〉王蒙评点》（修订版），上海文艺出版社2005年版，第1页。
❺ 《〈红楼梦〉再版说明》，人民文学出版社1964年第三版，第3页。
❻ 王先霈：《中国古人对文学的几种态度》，载《华中科技大学学报》2005年第5期。

度是一种对文学采取的实用态度,其中包含对文学的教化作用和认识功能的强调,这种"尚用"的文学态度早在孔子那里就有经典的表述,即"兴、观、群、怨"说,其中的"观"即强调文学的认识功能。由于这种"尚用"的文学观至今仍有广泛的影响力,所以,无论主张把《红楼梦》作为历史来读,或主张"百科全书"说等,尽管具有忽视文学审美性的倾向,人们仍然津津乐道。以至于众多的序文很少重点阐发诸如《红楼梦》的审美功能、娱乐功能等,也就是"以文为戏"("戏"即审美功能、娱乐功能)的观念和态度没有被充分阐发,尽管序文作者主观上并未忽视《红楼梦》的审美价值,而客观上却给人以搁置或悬置了《红楼梦》审美功能和娱乐功能的印象。

三

序文中的小说思想论和艺术论涉及了《红楼梦》题旨、《红楼梦》文化意义、《红楼梦》情节结构、《红楼梦》人物塑造、《红楼梦》艺术方法、《红楼梦》语言风格等方面的问题,显然要比《红楼梦》功能论要广阔得多。笔者试以戚蓼生的《石头记序》和王蒙的《〈红楼梦〉评点序》为典型个例,简述序文在小说思想艺术论方面的贡献。首先最值得关注的是戚蓼生的《石头记序》,周汝昌称戚蓼生序"笔调非凡,见地超卓,已足名世不朽"[1],冯其庸同样认为这是清代最有名的《红楼梦》序文,这样的序文称为经典文章当是无疑的了。童庆炳在《经典的解构与重建〈红楼梦〉、"红学"与文学经典化问题》一文中指出:"文学经典有两极:一极是作品的艺术品质,即作品的艺术原创性、意义的丰富性、艺术描写的特点、艺术展现的辽阔空间和艺术语言的生动性等。只有高度的艺术品质所产生的艺术魅力,才能征服一代又一代的接受者,才能保证作品经得起历史和时间的冲刷而作为文学经典保留下来。""文学经典的成立不仅需要文本的艺术品质第一极,还需要'文本接受'这第二极。如同'接受美学'所阐明的那样,当一个文本被阅读之前,还不能成为审美对象,文本的艺术品质再高,也是没有意义的。只有当文本被读者阅读之后,其艺术世界被具体

---

[1] 周汝昌:《红楼梦新证》,人民文学出版社1976年版,第951页。

化之后，那么文本才构成审美对象，才真正成为作品。对于文学经典来说，它必须经过历代读者的持久的阅读、评论和研究，特别被一些具有权力的人、具有学者资格的人所评论和研究，才能延续它的经典地位。"[1] 笔者认为，童庆炳关于文学经典的评论一样是适用于戚蓼生的《石头记序》这样的文章的，可以说，《红楼梦》的艺术品质经过戚蓼生这样有学者资格的人的评论，从而确立其经典地位（清代评点家和当代评点家也可以看作这一类人，至于具有权力的人如毛泽东的评红论红对《红楼梦》经典地位的延续所起到的作用越来越被认可）。那么，究竟这篇序文有哪些突出贡献呢？多年致力于戚蓼生研究的邓庆佑便认为，戚蓼生是一个真正读懂了《红楼梦》的人，他对《红楼梦》的评论，不仅深刻且有着突出贡献，它是历史上第一个真正伟大的红学家。[2] 戚蓼生的突出贡献至少体现在三方面：（1）戚蓼生是用绛树高超的歌唱才能和黄华高超的书法艺术来比喻《红楼梦》作者曹雪芹杰出的艺术成就，对曹雪芹的艺术才能和《红楼梦》的艺术成就作出了崇高的评价；（2）对《红楼梦》的写作手法和总体艺术构思，作出了深刻的分析；（3）对《红楼梦》的阅读和欣赏，提出了很好的见解。[3] 另一位学人王人恩认为戚蓼生的突出贡献体现在以下三方面：（1）《红楼梦》如"《春秋》之有微词，史家之多曲笔"，这在红学史上第一次提出了史传对小说具有深刻影响的高明见解，对后来的《红楼梦》研究者影响甚大。（2）《红楼梦》既能一声两歌，一手二牍，又能"两歌而不分乎喉鼻，二牍无区乎左右"，超迈前人而直臻妙手天成之境。质言之，《红楼梦》成功的原因在于作者能够继承以前一切优秀文化的优秀传统而又能创造出全新的作品的意思在内，这是非常值得珍视的见解。（3）戚蓼生似乎已感悟到《石头记》作者与盲左、腐迁一样是"翻过筋头来的"，已经接触到了"发愤著书"的理论核心，令人钦佩。（4）戚蓼生"作者有两意，读者当具一心"的一段表述很有启示意义，他提醒读者应当努力抓住作者的创作主旨和小说的基本倾向，才能"得作者微旨""得此书弦外之音"的主张，应

---

[1] 童庆炳：《经典的解构与重建〈红楼梦〉、"红学"与文学经典化问题》，载《中国比较文学》2005年第4期。
[2] 邓庆佑：《戚蓼生研究》（上），载《红楼梦学刊》2003年第1期。
[3] 邓庆佑：《戚蓼生研究》（中），载《红楼梦学刊》2003年第2期。

当说对今天的红学研究仍具有非常重要的现实意义。❶ 像戚蓼生序文这样对《红楼梦》艺术论作出精辟评论的序文并不多，所以，理应受到高度重视。由此可知，邓庆佑和王人恩对戚蓼生序文所作的深入研究的笺释具有可贵的学术史价值，这样的阐释还有待遇进一步深化。

再一篇值得关注的《红楼梦》序文即当代著名作家王蒙的《〈红楼梦〉评点序》，冯其庸认为王蒙这篇序堪比戚蓼生的那一篇，一则王蒙与戚蓼生都"具有很高的鉴赏力和很高的文字功夫"；二则王蒙序文与戚蓼生序文都具有令人"回味无穷"的意味。冯其庸甚至赞道："《红楼梦》也真幸福，前有戚蓼生的'序'，可以作为有清一代的代表。后有王蒙的'序'，可以作为我们时代读《红楼梦》的代表。所以，曹雪芹似乎也可以减轻一些他的'谁解其中味'的慨叹了！"❷ 那么，王蒙这篇序文有哪些突出贡献呢？首先，一篇当代著名作家的《红楼梦》序文受到一位著名红学家的极力推介，这本身表明它是一篇当代红学批评史上的不可多得的好文字，王蒙接续了戚蓼生，他"完成了这样一件当代红学史上的大事"。其次，王蒙与戚蓼生一样，能够"一下抓着痒处了"，也就是能够揭示《红楼梦》主旨和艺术表现的关键点。譬如王蒙说："《红楼梦》是经验的结晶。人生经验，社会经验，感情经验，政治经验，艺术经验，无所不备。《红楼梦》就是人生。《红楼梦》帮助你体验人生。读一部《红楼梦》，等于活了一次，至少是活了二十年。"如冯其庸所赞叹："这段话说得多么好啊！最后两句是警句……多精辟的思想，多精警的语言……这话实在是读《红楼梦》而能深入肌理之言。""《红楼梦》是一部执着的书。这话，更抓住了《红楼梦》的根本。"再次，王蒙与戚蓼生侧重于《红楼梦》艺术成就的阐释不同，他更侧重于《红楼梦》思想意蕴和文化精神的阐释，而且"他是解味较深和较多的一人"。最后，王蒙对《红楼梦》所作的评论，随处散发着理解的智慧和意趣。他的理解深刻而广博，他的理解多感、深沉、真切、大气。并且如冯其庸所称道："王蒙说得直截，说得现代化，说得容易叫人理解……王蒙说得真深刻、巧妙而又易入。"❸ 可惜的是，至今为止难见对这篇令冯其庸拍案叫绝的王蒙序文的进一步的研究成果，尽管在对王蒙的红学观研

---

❶ 王人恩：《戚蓼生〈石头记笺释〉》，载《社科纵横》2005 年第 6 期。
❷ 冯其庸：《快读〈红楼梦〉王蒙评》，载《红楼梦学刊》1995 年第 4 期。
❸ 冯其庸：《快读〈红楼梦〉王蒙评》，载《红楼梦学刊》1995 年第 4 期。

讨的文章中会涉及该文。冯其庸是对王蒙序文评论的第一人，期待有学者能接续冯其庸的评论继续做出精彩的有益于红学批评史的阐述。

那么，笔者倡导对诸如戚蓼生序文与王蒙序文这样经典序文展开深入研究的意义何在？首先在于探明他们各自的《红楼梦》接受的心理动因，这一发生学视角的研究有助于红学批评的深化，有助于对《红楼梦》接受规律的认知；其次在于通过对戚蓼生与王蒙序文的阐释，感受其阅读《红楼梦》的气度和眼光，理解其《红楼梦》批评的思维方法，即不受当时的观念模式规约的超越的批评力；最后在于更好地读懂《红楼梦》，由于他们的评论均能够揭示《红楼梦》主旨和艺术表现的关键点，这就为读者读懂《红楼梦》，即准确地把握和深刻地理解《红楼梦》的思想主旨和艺术精神提供了导读性的范本。笔者认为，《红楼梦》序文具有帮助读者领会欣赏小说意蕴和艺术特征的功能的作用，譬如其中阐明《红楼梦》主旨、分析《红楼梦》人物、揭示《红楼梦》文法（主要是小说的叙事法则）、评价《红楼梦》艺术成就等方面的看法，均可以帮助读者领会欣赏《红楼梦》，也就是说可为"小说鉴赏学"提供丰富的文艺鉴赏资源和批评文献。当代文艺鉴赏学作为一门独立的科学至今尚在探索之中，更是需要大量的取之不尽的文艺鉴赏资源和批评文献以建构其体系，而文艺鉴赏学体系的建构将有益于提升当代审美教育水平。

笔者同时认为，如果能将《红楼梦》序文的第四阶段与前三个阶段进行比较研究，同样具有重要的红学学术史意义。第四阶段的序文即新中国建立后以校勘铅印与照相影印为标志的整理本阶段的序文，不仅数量多，涉及的问题以及争论的问题也多，大都是在对《红楼梦》深入研究基础上的评述。其中值得关注的譬如何其芳《红楼梦》"代序"、俞平伯《红楼梦八十回校本》"序言"、启功的《红楼梦校本》"序"、《红楼梦》校注组的《红楼梦》校注本"前言"、周汝昌《蒙古王府本石头记》"序言"和《周汝昌校订批点本石头记》"序言"、冯其庸《重校八家评批红楼梦》"代序"和《瓜饭楼重校评批红楼梦》"代序"、蔡义江《蔡义江新评红楼梦》"前言"、梁归智《脂砚斋重评石头记庚辰校本》"序"、白盾《新版〈红楼梦〉》"序"，等等，这诸多的序文资料均有待于进一步地研讨。其实，深入研究《红楼梦》序文还有另一方面的意义，即辨析这诸多序文写作水平上的高低优劣，可作为今后《红楼梦》序文写作的借鉴，有助于写出比肩戚蓼生序文甚至超越戚蓼生序文的文字来，进而为读者鉴赏《红楼梦》的思想艺术提供导读性范文，以及为红学研究提供学术史方面的文献资料。

　　《红楼梦》序文作为红学史的宝贵文献应当值得重视，这些文献同样可以看作每一时代序文作者对《红楼梦》的接受认知的历史，不仅集中反映了当时序文作者的红学观、文学创作观，而且更有助于读者加深对《红楼梦》的认识和理解，以及有助于读者对小说创造规律的深入理解和把握。如果读者用精力和心力去发现并辨析其中的精彩细节，就一定能积累关于《红楼梦》思想意旨和艺术精神的经验识见。这样做的终极目的只有一个，即读懂《红楼梦》、彻解《红楼梦》的"其中味"，而红学之所以存在的根本目的也就在于使读者读懂《红楼梦》、彻解《红楼梦》的"其中味"。

　　　　　　　　　《曹雪芹研究》2011年第4期

《红楼梦》题名研究论略

《红楼梦》题名问题是红学的一个十分有趣且意味深长的学术问题，任何一部古代小说的题名问题都没有形成如《红楼梦》题名问题一样的学术争议。《红楼梦》题名问题涉及面很广，为《红楼梦》正名的学术争议大多集中在《红楼梦》题名与成书的关系、《红楼梦》题名本义与寓意（文化意义）、《红楼梦》各题名的取舍等方面。这些问题的研讨都与正确理解曹雪芹的创作和《红楼梦》的题旨有至关重要的关系，所以，至今仍为关心曹雪芹和《红楼梦》的人们所重视。

一、《红楼梦》题名与成书

《红楼梦》题名有《情僧录》《风月宝鉴》《金陵十二钗》《石头记》《红楼梦》等多种，为什么一部小说会有如此多的题名？究竟《石头记》是本名还是《红楼梦》是本名？《石头记》为什么要改为《红楼梦》？诸如此类的问题引起人们对红楼梦成书过程的关注，而这一关注又是有意义的，因为，"事实上，'红学'史上的每一次重大突破，往往都与成书研究取得的新的进展密切相关，或者那'突破'的本身就是成书研究的重大成果"[1]。

如果从胡适的"高鹗续书"说算起，《红楼梦》成书研究应始于新红学成立之初。此后成书研究一直被关注，并形成"二书合成"与"一稿多改"两种观点或两个学术流派。"二书合成"派主张《红楼梦》由两部书合成，譬如由曹雪芹的《风月宝鉴》与他人的《石头记》两部书合而再创作成的；"一稿多改"派主张《红楼梦》由曹雪芹在其《风月宝鉴》基础上加工改

---

[1] 沈治钧：《〈红楼梦〉成书研究·段启明序》，中国书店出版社2004年版。

写而成，即由《风月宝鉴》升华净化成《红楼梦》或由《风月宝鉴》而成《石头记》，再由《石头记》而成《红楼梦》。"二书合成"与"一稿多改"两种观点的具体详细的争论情况可参阅沈治钧《红楼梦成书研究》一书中的"《红楼梦》成书研究综述"一章的评述。"二书合成"说与"一稿多改"说此消彼长或相互对峙，表明《红楼梦》题名与成书研究的学术自觉日益增强，也表明《红楼梦》题名问题的学术意义之重大。

  沈治钧《红楼梦成书研究》一书，第一次将版本研究、作者生平研究、文本研究融于一体，系统、全面、深入地探讨了《红楼梦》的成书问题。作者围绕着"一稿多改"这一观点，从体例情况、时空设置、情节人物、文献史料四个方面，就《风月宝鉴》到《红楼梦》的发展演变过程展开了全面的论证，在诸多方面提出了独到的见解。该书第二章的第二节"从《风月宝鉴》到《红楼梦》"，就是从作品的题名问题入手集中讨论成书环节及其排列顺序，并认为"设想这五个（或其中的某几个）题名在一定程度上反映了作品创作过程的实情，是富有想象力的，同时也是有较为充足的理由的"。"题名多到异常的地步，必有特殊缘故，个中原委恐怕是要通过成书过程的探究才能显现的。"❶沈治钧坚持"一稿多改"说，认为小说是由旧稿《风月宝鉴》和《石头记》过渡到《金陵十二钗》，最后经过"披阅""增删"形成今本《红楼梦》的。而梅节在《〈红楼梦〉成书过程考》一文中提出：曹雪芹写作《红楼梦》有三个阶段，即上三十回、中五十回、后三十回，曹雪芹创作的第二个阶段正式定书名为《红楼梦》，加强了"红楼梦"的主线，而另外两条主线如"石头—记""风月—鉴"则渐退居次要地位，而脂砚斋不同意改名《红楼梦》，坚持用《石头记》的名字定名自己的抄本和定本，《红楼梦》因此出现两名和两个版本系统，这是与《红楼梦》的成书过程紧密联系的。梅节一改红学界把《红楼梦》版本分为脂本和程本两个系统的惯例，将《红楼梦》版本分为《石头记》和《红楼梦》两个系统，并指出《石头记》和《红楼梦》同源异名各自流传（对曹雪芹的正本《红楼梦》而言，脂砚斋《石头记》是录副本）❷。《红楼梦》是作者每增删一次，就增加一个题名，还是根本就是不同题名小说的合成，是

---

❶ 沈治钧：《〈红楼梦〉成书研究·段启明序》，中国书店出版社2004年版，第55、57页。
❷ 梅节，马力：《红学耦耕集》，文化艺术出版社2000年版，第175、180页。

成书过程考证的首要任务。

可以说，关于《红楼梦》题名与成书的各种观点歧见纷呈、不一而足。那么研讨《红楼梦》题名与成书过程的目的和意义是什么？就是为了搞清这部小说的著作权问题，成书过程的研究有助于著作权问题的解决，即有助于廓清笼罩在著作权上的迷雾，这已成为共识。不仅如此，成书过程的研究还有助于更明确地把握小说的主题和艺术魅力，譬如朱淡文在考索《红楼梦》成书过程时就认为：作者增删剪接旧稿的目的"都在于尽可能地增强《红楼梦》的艺术魅力并深化小说的重要主题：贾氏家族衰亡史和封建时代女性的悲剧命运，以及作为贵族阶级的叛逆者贾宝玉的人生悲剧。《红楼梦》的成书过程正是它的思想艺术价值不断提高的过程。对此过程研究的不断深入，必将进一步帮助我们探索曹雪芹创作《红楼梦》的主观命意，并推进对《红楼梦》客观意蕴的研究和评价，有助于一般文学创作和理论研究的发展"[1]。由于《红楼梦》成书问题被喻为红学界的"歌德巴赫猜想"[2]，于是，关于《红楼梦》题名与成书过程的目的和意义是什么的答案总有新的看法，这些新的看法与已有的看法共同形成红学研究的独特景观。

一部小说的作者不确定，在进行文学批评时难以知人论世，就必然影响对这部小说的文本阐释的价值评价。所以，《红楼梦》著作权上问题的解决对展开《红楼梦》小说批评而言十分重要；况且，成书研究"在欧美学术界，这属于文本史（textual history）的研究范畴，历来也是颇受重视的"[3]，所以，《红楼梦》题名问题因直接涉及成书研究便显得十分有意义。

二、《红楼梦》题名本义与寓意（文化意义）

《红楼梦》题义首先出于甲戌本第一条"《红楼梦》旨义"中，即《红楼梦》是总题名，《风月宝鉴》是戒妄动风月之情的，《石头记》是自譬石头所记之事的，《风月宝鉴》之名得自贾瑞正照风月鉴之情节，《金陵十二钗》因记金陵女子而得名、以红楼梦十二支曲为准（闺阁昭传），而《情僧

---

[1] 朱淡文：《红楼梦论源》，江苏古籍出版社1992年版，第245页。
[2] 马瑞芳：《从〈聊斋志异〉到〈红楼梦〉》，山东教育出版社2004年版，第188页。
[3] 沈治钧：《〈红楼梦〉成书研究·段启明序》，中国书店出版社2004年版，第30页。

录》则于第一回交代因空空道人检阅抄录石头所记后"因空见色,由色生情,传情入色,自色悟空"而改题之名。五个题名是否分别具有不同"旨义",读者见仁见智,或赞成,或反对,这不仅取决于人们对《红楼梦》成书的理解不同,也取决于人们对《红楼梦》这部小说阅读的视角、领悟的能力与境界不同。一般认为,就其多层丰富的内蕴而言,《红楼梦》和《金陵十二钗》对应的是文本对女子和青春的颂诗与挽歌;《石头记》则外化了作者无材补天、幻形入世的惭愧、悔恨和超越;《情僧录》和《风月宝鉴》则凝淀了作家对世事人生的哲理性沉思。❶ 而人们往往从更深刻的方面理解这些题名的题义,这不仅出于对曹雪芹的敬仰,更主要因为曹雪芹寄托遥深的命意引起人们的深入联想与推论。譬如朱淡文对《风月宝鉴》题义的理解独具深意,认为不能狭隘地理解"风月"一词,因为其中石头与绛珠草的爱情悲剧系写"儿女真情"的文字,不可与传统风月故事等同。且曹雪芹对"风月"的理解也与流俗不同,他是将所有的男女情爱都划归"风月"以内。第五回太虚幻境宫门上的对联可证,曹雪芹所谓的"风月"乃对所有男女情爱的概括。❷ 这样的深入联想与推论层出不穷,譬如梅新林认为:"五个小说名称,的确具有不同的旨义,根据思凡、悟道、游仙三重模式引申出来的贵族家庭的挽歌,尘世人生的挽歌,生命之美的挽歌的对应性转换原理,五个名称的对应关系如下:《石头记》是记石头幻形历劫故事的,也是感慨作者身世的,因而对应于'贵族家庭的挽歌'这一主题。《风月宝鉴》是以'木石前盟'故事为内容,是戒妄动风月之情的,因而对应于'尘世人生的挽歌'这一主题。《金陵十二钗》是写金陵十二女子,'使闺阁昭传',是对以金陵十二钗为代表的所有女儿的献祭,因而对应于'生命之美的挽歌'这一主题。以上三个书名为基本书名,正好与思凡模式——儒家世俗哲学——贵族家庭的挽歌;悟道模式——佛道宗教哲学——尘世人生的挽歌;游仙模式——道家生命哲学——生命之美的挽歌的对应性转换相契合。其余的《情僧录》与《红楼梦》则分别介于主题Ⅰ与主题Ⅱ、主题Ⅱ与主题Ⅲ之间。"❸ 这种主题结构多义性求深之解对于我们理解《红楼梦》的题旨与文化精神具有启示意义,当然,其释解方式与结论也并

---

❶ 俞晓红:《从〈红楼梦〉题名的变迁看作品的主题倾向》,载《学语文》2003年第3期。
❷ 朱淡文:《红楼梦论源》,江苏古籍出版社1992年版,第200页。
❸ 梅新林:《〈红楼梦〉哲学精神》,学林出版社1995年版,第357~358页。

不一定被普遍接受。譬如沈治钧就曾指出："至于说这是为了体现'主题多义性'云云，堪称卓见，可惜只有深受西方文艺理论熏陶的新派作家才能具备这种眼光。若云两百年前的曹雪芹已有此现代意识，恐有拔高之嫌。"❶

　　求深之解乃当下理解《红楼梦》的题旨与文化精神的时尚做法，阐释的心理动机在于挖掘《红楼梦》所隐含的丰富的文化信息。譬如李劼认为：《红楼梦》三个书名包括《红楼梦》《石头记》和《情僧录》相互照应，形成综合巨大的含蕴，这三个题名分别揭示了解读该小说的三个关键着眼点：梦、石、情；而所谓石者，灵也。梦意、情境、灵性是这部小说的真正含蕴，三者融为一体，梦、灵、情呈现出这部小说的三层意境。同时又指出："事实上所谓梦、灵、情，亦即小说《石头记》《红楼梦》《情僧录》三层命名，同时标记了其文本结构和人本意味。""从小说这三层命名所标出的梦、灵、情意象既标画了小说的文本空间又指示了小说的人本倾向。这三个意象的这种纲领性使一部浑然天成又精雕细刻的旷世之作具有了在不同层面上被阐述的可能，亦即在灵的层面上揭示其神明意味，在梦的层面上品味其诗意境界，在情的层面上领略其历史颠覆。这种宗教的、审美的、历史的三维组构又正是这部小说作为文化灵魂的意味所在，也是本著将小说称为人类历史文化的全息图像的原因所在。《红楼梦》的这种全息性使之成为一部末世《圣经》的形象，屹立于人类命运的转折路口，可说无喜无悲，也可说大慈大悲。"❷ 这种求深之解的合理性出自《红楼梦》的题名本身潜藏着的多层内蕴的可能性，因为曹雪芹精于命名艺术之道，譬如《红楼梦》人物的命名就十分讲究，通常一个人物的命名既有本义，又兼顾隐喻象征义，即有世俗意义，又往往含有诗意，显示了曹雪芹在命名方面非凡的造诣。《红楼梦》题名的命名与人物的命名匠心与方法是可以通观的，题名的命名应该看作曹雪芹艺术创作的组成部分，是艺术创作的需要。这样的求深之解只要是出于力图探索作家创作之匠心与文化意义的需要，就没有超越文学批评的视界，因而也就具有批评的合理性。

　　索隐红学如蔡元培的《红楼梦》题名的隐喻象征意义的索解越来越受到更多的质疑，因为这一派的索隐已经越过文学批评的视界，进入玄想与

---

❶ 沈治钧：《〈红楼梦〉成书研究·段启明序》，中国书店出版社2004年版，第57页。
❷ 李劼：《历史文化的全息图像——论〈红楼梦〉》，东方出版中心1995年版，第1、2、250页。

比附的境地。譬如承袭索隐红学的思路会有更新奇的发挥，认为《石头记》由贵贱轻重着眼，暗示宝玉双重身份。《情僧录》将宝玉身世转换成生死问题。《风月宝鉴》又进一步将生死阴阳转换成男女问题。《金陵十二钗》则从儿女之情角度将作品题材具体化，将贵贱生死阴阳男女问题中的中心即宝玉前生为皇子这一点从特殊视角加以表现，最终都可以归结为"梦"，《红楼梦》是作者自叹身世之作，是作者皇子与帝王之梦破灭后的产物，五个书名之间的内在联系是围绕作者皇子与帝王之梦展开的。❶ 这样的索隐可以称作智力游戏而不再具有小说批评的功能了。

  俞平伯与周汝昌对《红楼梦》题名均从概念出处上索源，认为"红楼"乃旧时典故，红楼即朱门，即富贵之家，唐代诗人使用"红楼"一词句例不少，其本义是富家女子之居处。而两位先生又各有自己的发明：俞先生以为此"红楼"有虚实二意，"就虚者言之，'红'字是书中点睛处，为书主人宝玉有爱红之病而住在怡红院，曹雪芹披阅增删《石头记》则于悼红轩。此红字若与彼红字相类，自当别含义蕴，非实指也。上一字既虚，下一字亦然，不必以书中某处楼屋实之。若泛指东西二府，即朱门之谓耳"❷。周先生进一步落实"红楼"一词本是燕京典，"红楼"一词所代表的历史实体和概念是随着京都地点的变迁而转移的，唐代人用红楼写长安，宋代人用红楼则写东京汴梁城，而元以后又用红楼来写北京的事。曹雪芹是清代人，清代建都北京，那么曹雪芹用"红楼"一词来写富家女流，自然就是指北京的情境。❸ 这种历史文化考证因为顾及中华历史文化传统而不至于流于空疏。

  《红楼梦》几个题名究竟是作者为显示作品的题材及总体构思而精心设计出来的呢，还是成书过程中因作者不确定的取舍原因形成的呢？仍然是一个争论的话题。这种争论应该会随着成书问题研究的深入而更加明朗，当然，这需要时间。通过对《红楼梦》书名的文化渊源的探讨来透视它潜在的文化内涵和艺术魅力，是人们持久关注《红楼梦》题名这样一个十分有趣的学术问题的最终目的。

---

❶ 张晓琦：《〈红楼梦〉五个书名之谜》，载《龙江社会科学》1994年第4期。
❷ 俞平伯：《读〈红楼梦〉随笔》，陕西师范大学出版社2005年版，第249页。
❸ 周汝昌：《周汝昌梦解红楼》，漓江出版社2005年版，第133页。

三、《红楼梦》各题名的取舍

究竟哪种题名好？答案肯定是不同的，甚至完全相反的，这些答案各有各的道理，均表达了各自的不同的文化立场。

俞平伯认为：《情僧录》《风月宝鉴》《金陵十二钗》等是假想的名字，只用来表示本书某种的涵义因素，本不是书名，所以作者要删，而剩下《石头记》和《红楼梦》，《红楼梦》是包括了《石头记》的全书总称。《红楼梦》不仅是人世间、社会上流传的称呼，也是曹雪芹本人的称呼。❶ 言下之意，《红楼梦》才是最合适的题名。马瑞芳注重从知人即作者的角度谈《红楼梦》题名的取舍，也是善解人意的体察会意，"《红楼梦》虽有各种异名，但作者书斋叫'悼红轩'，作者最珍爱《红楼梦》这个名字，脂砚斋喜欢《石头记》这个名字，脂砚斋抄阅，书名就成了《脂砚斋评石头记》。"《红楼梦》《石头记》这两个题名都是曹雪芹确定的，非脂砚斋捉刀，"曹雪芹显然更喜欢《红楼梦》这个书名，否则《凡例》'红楼梦旨义'就应改成'石头记旨义'"。❷

在不同题名的比较中可以看出五个题名的不同价值，譬如朱淡文认为：《风月宝鉴》系曹雪芹创作过程中的一个稿本，其思想艺术水准远不及今本《石头记》，其内容不够深刻甚至有较多色情。❸ 沈治钧认为五个题名中《红楼梦》最佳，其他四个各有瑕疵，《红楼梦》能涵盖其他四个题名之义而合为总名，其他四个各有侧重点。《风月宝鉴》有艳情小说气息故冠于今本名不副实，《金陵十二钗》局限于女性形象而忽略了男主角贾宝玉，《石头记》固然浑朴自然却无法照应书中众多女性形象，至于《情僧录》则禅气重而不够含蓄蕴藉。❹ 这是从文本体察的角度得出的认识，注意到了五个题名各自的深意而有所取舍。

周汝昌在《红楼艺术的魅力》"《红楼梦》题名揣义"中认为：《石头记》更传统化，因为朴实无华；《红楼梦》则风流文采，其诗意、其画情、

---

❶ 俞平伯：《〈红楼梦〉研究》，复旦大学出版社2004年版，第234、236页。
❷ 马瑞芳：《从〈聊斋志异〉到〈红楼梦〉》，山东教育出版社2004年版，第190、227页。
❸ 朱淡文：《红楼梦论源》，江苏古籍出版社1992年版，第200页。
❹ 沈治钧：《〈红楼梦〉成书研究·段启明序》，中国书店出版社2004年版，第65~66页。

其心灵境界，都不可再寻它字别句来替代。况且，《红楼梦》题名又完全符合曹雪芹的心怀文境。❶ 而且，"红楼的光辉，自昔已然，于今为烈。这个非正名，具有本名所缺少的魅力，是此书几个异名皆难以取代的'红'名称，'红'实事。红楼，今后将会更红。红楼，千古常红，永不褪色"❷。周汝昌同意甲戌本脂批的意见，认为《石头记》是本名，而《红楼梦》非正名，这一看法涉及对成书过程的理解。但他对《红楼梦》这一题名从《红楼梦》的诗意及其整部大书的诗的结构、诗的意境，以及曹雪芹的心怀文境等方面评论题名的取舍问题的视角更具有中华文化的敏锐眼光。因为《红楼梦》各题名的取意，大都与古代诗词尤其唐诗意象密切相关。唐诗宋词中有不少的"红楼"诗词，由这些"红楼"诗句所构成的诗词意象与《红楼梦》意境的联系很密切，内涵也十分丰富，尤其这些"红楼"意象中鲜明而浓郁的悲情美与《红楼梦》中凄迷悲情的意境有着密切的联系。曹雪芹是以个人的生命体验"介入"到了唐诗宋词的解读，他以诗笔著《红楼》，自觉地将唐诗宋词中"红楼"意象所涵括的各种意态情志融入他的血泪之作中了，这更有助于形成《红楼梦》诗化的意境与风格。他的过人之处在于：他在解读唐诗宋词作品过程中，既能贴切入微地领会古代诗词的精神与精髓，又能借此用个人的审美感受去创作独具个性与生命力的小说意境（诗的意境），从而使解读与创作二者水乳交融，他在继承与发扬中国传统文学艺术与文化方面的独创精神令人叹为观止。

赵逵夫《〈红楼梦〉的构思与背景问题》一文认为：从记述作者经历的方面说，此书当名为《石头记》，而从文学构思的方面说，当名为《红楼梦》（第五回宝玉梦中所见各人的判词及"红楼梦十二曲"已总括书中主要女子的命运与结局）。可以说，《石头记》一名同作品的题材来源和人物的本事关系密切，而《红楼梦》同作者的整体构思联系紧密。所以，《红楼梦》一名更具文学色彩。❸ 这种两分法即兼顾文本故事与文学性两个方面，对于理解《红楼梦》不同题名是很有启发意义的。

---

❶ 周汝昌：《红楼艺术的魅力》，作家出版社2006年版，第249～250页。
❷ 周汝昌：《红楼夺目红》，作家出版社2006年版，第238页。
❸ 赵逵夫：《〈红楼梦〉的构思与背景问题》，载《社会科学战线》2003年第4期。

王蒙在《王蒙活说红楼梦》"关于书名"一文中不是从考证方面，而是从文学性、书名学的意义上谈了自己的看法：《金陵十二钗》取名不错，有气势也有魅力，或者说有"卖点"，可能由于只提十二个女性，嫌单纯了些；《情僧录》是十二钗的另一面，与十二钗互为对象，从情僧录（即贾宝玉）眼里看出去，是"十二钗"，从十二钗眼里看出去，只有一个贾宝玉。但情僧云云，多少有主题先行、装腔作势、与常识较劲直至洒狗血的嫌疑；最好的书名当然是《石头记》，石头云云，最质朴，最本初，最平静，最终极也最哲学，同时又最令人唏嘘不已，多少滋味、尽在言中。石头之大直击宇宙，直通宝玉，与全书的核心道具即宝玉的那块通灵玉息息相关。这样的名称只能天赐，非人力所能；《红楼梦》则比较中庸，红者女性，不无吸引力，楼者大家、望族，梦者罗曼斯、沧桑、爱情幻灭，总之与"石头记"相比，"红楼梦"还是露了点、俗了点。❶王蒙的观点即认为《石头记》的题名比《红楼梦》好的观点被部分人赞成，主要理由在于认为《石头记》的题名不仅点明了故事地点的原型，且赞美了宝黛忠贞如磐石的爱情，并突出了主人公宝玉的反叛性格以及他不拘礼法的傲骨本质。

　　然而，不赞成《石头记》的题名比《红楼梦》好的观点更是针锋相对，认为是《石头记》，还是《红楼梦》，其含义是很不一样的，这不仅因为《红楼梦》这一名字的文雅、迷离不似《石头记》的质朴、显露，更因为《红楼梦》一名契合了贯穿中国传统文化中"人生如梦"的儒道哲学思考与小说空、色、情这些主题架构相一致，从中不难看出，"梦"在语言和文化的所指和能指远非类似把玩的"石头"所能比肩。❷这是从《红楼梦》作为书名的寓意的广泛性和警醒功能深刻性方面认识的，《红楼梦》之"红楼"，言近旨远，寓意深刻为人们所普遍认识。

　　冯其庸在《甲辰本红楼梦序》中则认为：《石头记》是名，《红楼梦》

---

❶ 王蒙：《王蒙活说〈红楼梦〉》，作家出版社2005年版，第4~6页。
❷ 陈历明：《〈石头记〉，还是〈红楼梦〉——兼评〈红楼梦〉书名的翻译》，载《宁夏大学学报》2004年第2期。

是字，字是表名的，所以它对名有点解释的作用。因此它比《石头记》要更具体、更有内涵些。这并不是要说《石头记》这个名字好还是《红楼梦》这个名字好，名和字是一体的，互为表里的，不存在好坏问题，只存在功能问题。由于《红楼梦》这个"字"较富于内涵、较有吸引力，所以这个"字"就代替"名"而风行天下了。时至今日，《红楼梦》这个名字，几乎可以说是"红"遍全世界了。[1] 书名作为书之重要组成部分，应该用词最精练，信息量最大。它作为整体及这个整体同有关事物的相互关系的象征，它的概念、意义和价值远远超越了其自身。之所以"《红楼梦》这个名字，几乎可以说是'红'遍全世界了"，就在于用词最精练，信息量最大，并且有诗意馥郁的艺术意境和寓意。

当然，从读者接受的角度来评论《红楼梦》各题名的取舍问题也是一个重要视角，《红楼梦》作为书名流传的广泛性，以及由于红学这一学术影响的深刻性，都使《红楼梦》这一题名深入人心，获得读者的广泛的文化认同。胡文彬就认为："那种主张把《红楼梦》改回到'本名'《石头记》的建议似乎是很尊重曹雪芹的'本意'，但在我们看来，这种尊重，曹雪芹是未必同意的，今天的读者也未必欢迎这样好心的作法。"[2] 从脂砚斋最早将《红楼梦》作为小说书名到曹雪芹逝世不久永忠在《延芬室集》中"因墨香得观《红楼梦》小说"，以及明义《绿烟锁窗集》中《题〈红楼梦〉》诗二十首，《红楼梦》被作为小说的书名传播已有相当的范围了；而梦觉主人序本即甲辰本首题《红楼梦》，至两次以活字印刷即程甲本和程乙本，也以《红楼梦》为正式书名。可见，从抄本到刊印本印行，《红楼梦》已经成为这部小说最流行的书名了，也就是说具有悠久的读者接受历史，形成较为稳定的社会文化、审美心理的认知、感受定势，以及雅俗两种审美趣味的共同接受局面。

我们认为，《红楼梦》题名与成书研究是理解《红楼梦》这部经典之作的物质基础，《红楼梦》题名本义与寓意（文化意义）阐述是理解《红楼梦》这部经典之作的文化目的，《红楼梦》各题名的取舍评判是理解《红楼

---

[1] 冯其庸：《甲辰本红楼梦序》，书目文献出版社1989年版。
[2] 胡文彬：《〈红楼梦〉探微》，华艺出版社1997年版，第293页。

梦》这部经典之作的具体人文精神关怀的体现。由于《红楼梦》所叙述的生动故事象征隐喻地展现出的物质与精神世界十分宏阔，其思想文化意蕴的丰富性、多义性、复杂性，造成读者审美视角和审美标准的诸多不同，因而出现了对一书多名现象的索解兴趣。可以说，对《红楼梦》题名问题的学术研究不仅有助于理解与把握《红楼梦》的题旨与精神意蕴，也对当今的通俗小说创作具有显而易见的启示意义与借鉴价值。

《咸阳师范学院学报》（社会科学版）

关于《红楼梦》影视改编的思考

从《红楼梦》诞生以来的传播历史来看，诸如手写文本、印刷文本、影像文本、电子文本和网络文本等，无论是哪一种《红楼梦》传播形态都有各自存在的合理性与现实性。当然我们还是愿意承认《红楼梦》最佳的文本形态与传播方式只能是由方块汉字组成的小说文本这一艺术样式，而接受《红楼梦》的最佳方式也只能是阅读《红楼梦》小说文本这一方式。不过，随着社会的发展，尤其信息社会与影像时代的到来，影像不再是让人想象现实，因为它本身就是现实。影像已经成为我们生存环境中的文化现实，构成了我们的精神生活。于是，阅读小说文本日益为阅读《红楼梦》影像所替代，对《红楼梦》进行影像化的二度创作，也就成为大势所趋了。问题是如何才能把握好《红楼梦》这一经典小说文本与现代影视传媒的联姻关系，并成功利用大众传媒的广泛性、通俗性与直观性来有效解决中国古典文化精品的影像转化这一二度创作的难题。而经典小说的影像转化其实就是文学意义的转化过程，这一转化的过程却并不简单，因为影视所拥有的文学意义远未超过小说，这是一个不争的事实。

一、经典改编与《红楼梦》的适度诠释

（一）从小说文本到《红楼梦》影视改编：《红楼梦》的适度诠释

小说的载体是文字语言，它通常采用假定的空间，通过错综的时间顺序来形成它的叙述，并通过时间的演变来造成读者心理上的空间幻觉；而影视的载体是胶片影像，它通常采用假定的时间，通过空间的调度来形成它的叙述，并通过空间的演进来造成观众心理上的时间幻觉。质言之，影视改编的过程是一个从文字平面到形象立体、从静态到动态、从联想意象

到视觉形象的转化过程。因此，作为样式迥异的两种文艺形式，小说与影视之间便具有不可替代性和不相融合性，并由此派生出一系列不同的美学特点、规则和手法。小说作家可以用饱蘸情感和主观色彩的笔，去描绘一个经过他心灵熔铸的脱胎于客观世界的艺术世界，可以描摹意象，表现某种情绪，挖掘深层的意识，表达幻觉，展示出蕴含丰富、玲珑剔透的诗的境界，给人一种特殊的言有尽而意无穷的感受，这往往是影视艺术难以做到的。而影视艺术要凭借演员的表演来实现其创作目的，较多受到自身及外界现实条件的限制，譬如电影毕竟不能像小说那样反复地把玩、品味，尽量让主题单纯些、醒目些，使观众在短短的几个小时内就有较为全面的把握。正如美国著名电影理论家乔治·布鲁斯东所说："说某部影片比某本小说好或者坏，这就等于说瑞特的《约翰生腊厂大楼》比柴可夫斯基的《天鹅湖》好或者坏一样，都是毫无意义的。它们归根结底各自都是独立的，都有着各自的独特本性。"❶ 电影如此，电视剧亦然。

一般说来，小说通过文学语言所表达的内涵，要比相应的改编上银幕的影视丰厚得多、复杂得多。影视融时、空、视、听于一炉，让观众眼前"飞扬着一个个鲜活的面容"却又很难完全地把小说所蕴藏的丰厚、复杂的内涵都淋漓尽致地展现出来。观众在看电影时直接诉诸视听感官，而不如读者在读小说时可以反复玩味文学形象并通过自己富有自由度和灵活性的想法去补充完善。因此，从接受美学的角度讲，观众对银幕形象的接受也很难"忠实于"读者对原著文学形象的接受，这两种形象的"完全重合"，恐怕在事实上也是不可能的。所以，乔治·布鲁斯东在《从小说到电影》中说："电影对于小说，有一种根深蒂固的反感……因为语言有它自己的法则，文学作品中的人物形象在外形上的具体化往往叫人感到不满足。通过语言之幕出现在我们脑际的人物形象和通过视觉形象展开在我们面前的人物形象是有区别的。"❷ 他说得很有道理，所以小说改编尤其经典改编向来被视为畏途。但人们还是坚持不懈地对《红楼梦》这样一部名著进行着诸如戏曲、话剧、电影、电视剧等各种艺术样式的改编，或者说《红楼梦》为诸如戏曲、话剧、电影、电视剧等各种艺术样式的改编均提供了优秀的

---

❶ 乔治·布鲁斯东：《从小说到电影》，中国电影出版社1982年版，第6页。
❷ 乔治·布鲁斯东：《从小说到电影》，中国电影出版社1982年版，第25页。

脚本，从而为各种样式的改编提供了宽阔的演武场。截至目前，《红楼梦》的改编已是蔚为大观，有戏曲版、话剧版，也有电影版、电视剧版，而且前后改编已多达数十次。

据不完全统计，自1924年至今，若从梅兰芳版《黛玉葬花》（上海民新影片公司，1924年拍摄）正式算起，根据《红楼梦》改编的电影电视剧不少于三十部（详见附表1）。这些影视作品大多为爱情片，描绘宝黛爱情悲剧，表现反抗封建礼教的主题；或注重宝黛钗"三角恋爱"的处理而弱化了《红楼梦》丰富的题旨；更有甚者，有的制片人为迎合时尚，让"大观园"的人物一律穿上时装，女主人公林黛玉足登高跟鞋，头扎白绸结，不伦不类，令人啼笑皆非。当然其间也不乏优秀之作，而且在《红楼梦》改编史尤其是中国电影改编史上占有相当重要的地位。

附表1 《红楼梦》影视改编略表

年代	影片名称	出品公司	导演	演员	备注
1924	《黛玉葬花》	上海民新影片公司	—	梅兰芳	《红楼梦》故事第一次在银幕上出现
1927	《红楼梦》	上海复旦影片公司	任彭年	周空空	影片以刘姥姥一角贯穿始终，阐述了"昔日富贵，等于一场春梦"的虚无思想。本片是近代装，非老戏之古装
1928	《红楼梦》	上海孔雀影片公司	程树仁	夏佩珍	影片从元妃省亲写起，引出宝玉，描写他与黛玉和宝钗的矛盾冲突，一一展示黛玉葬花、紫鹃试探、宝玉生病、娶亲冲喜、黛玉焚稿、宝玉发疯、黛玉归天等重要情节，以悲剧收束全片。本片乃古装香艳巨片，非时装可比
1936	《黛玉葬花》	上海大华影业公司	金鹏举	李雪芳 冯侠魂	该片属于有声故事片，由李雪芳、高飞凤、冯侠魂主演
1939	《王熙凤大闹宁国府》	上海新华影片公司	岳枫	顾兰君	其时正是主演顾兰君最走红的黄金时期，她以精湛的演技，将美貌、泼辣、工于心计的凤姐刻画得栩栩如生，入木三分，公映后赢得一片赞誉

续表

年代	影片名称	出品公司	导演	演员	备注
1943	《红楼梦》	上海中华电影联合股份有限公司	卜万仓	周璇 王丹凤 袁美云	影片在丁香花园搭景拍摄，历时四月余，力图"反映出一个大家庭的丑态"，"暴露出封建制度的罪恶"。公映后轰动一时，报刊誉其为"精细的磨炼，精湛的成绩"
1948	《红楼残梦》	上海国泰影业公司	何兆璋	欧阳莎菲	影片迎合时尚，流于家庭爱情片
1951	《红楼二尤》	上海国泰影片公司	杨小仲	言慧珠 林默予 路珊	
1951	《新红楼梦》	香港长城影片公司	岳枫	李丽华 王丹凤 严俊	
1962	越剧版《红楼梦》	上海海燕电影制片厂	岑范	徐玉兰 王文娟	"天上掉下个林妹妹"，这个唱词几乎全中国的人都很熟悉。一部戏，便贯穿了一个戏种的历史；一部戏，就几乎容纳一个戏曲的全部精妙。这样的情形，只有《红楼梦》和演绎它的越剧
1962	黄梅戏版《红楼梦》	香港邵氏影业公司	袁秋枫	乐蒂 任洁	故事从林黛玉进贾府一直说到贾宝玉出家，全片不到2个小时，却高度概括了大观园众生相，又突显了宝玉、黛玉和宝钗的三角恋
1963	《尤三姐》	上海海燕制片厂与香港金声影业公司	吴永刚	童芷苓 王熙春	
1975	《红楼梦》	香港无线电视台	钟景辉	伍卫国 汪明荃	
1977	《金玉良缘红楼梦》	香港邵氏兄弟影业公司	李翰祥	林青霞 米雪 张艾嘉	该片与越剧电影《红楼梦》颇有几分相似，亭台轩榭，花谢花飞，无一不是人工化的片场景物，却能在镜头流转之中，氤氲回荡出一个形神俱似的故国精魂

续表

年代	影片名称	出品公司	导演	演员	备注
1977	《红楼春上春》	香港寰宇影视公司	金鑫	张国荣	
1978	《新红楼梦》	香港今日电影公司	金汉	凌波	
1987	央视版《红楼梦》	中国电视剧制作中心，中央电视台	王扶林	欧阳奋强、陈晓旭等	36集电视连续剧，影视改编的经典；至今为止的20多年来，1987版《红楼梦》在全国范围内共重复播出了700多遍，并掀起了一个红楼梦文化热潮
1989	《红楼梦》	北京电影制片厂	谢铁骊	刘晓庆等	6部8集系列故事片《红楼梦》，全长735分钟，号称中国最长电影巨著

名著影视改编的视频化将静态的文学阅读变为动态的视频欣赏，通过有声有色的影视普及文学，是文学发展的新动向、新趋势。事实上，无论是《红楼梦》小说文本的阅读，还是《红楼梦》影像等媒体的传播，都存在着一个对这部经典的重新诠释的问题。换言之，古代经典是通过不断的阅读、改编即不断转换与重新诠释来实现其与当代社会的对接，即将古代经典当作当代作品阅读与接受。问题在于诠释的维度是否适度，因为诠释得适度才可以避免《红楼梦》改编于作品意义结构之外添加乃至创造出一些新的意义维度，过犹不及均不符合原著意义诠释的需要。读者与改编者的意图要接受本文的制约，接受诠释的界限的规约。可以肯定地说，改编者如无法和作者沟通，也就是没有共同话语，无法对话（理解和诠释都是一种对话），其所诠释的意义可能是无限丰富的但却与作品无关。"诠释一个作品时，还是有'过度诠释'的问题，会有一个公认的度。这个'度'不在于作者的意图，不在于作者想写什么，也不在于读者的意图，这个读者想把它看成一本什么样的作品。'度'应是在作品本身，作品的语言本身所能接受的限度。""例如《红楼梦》，说它是阶级斗争的历史也好，什么什么的历史也好，都可以说。硬说这就是一本侦探小说，恐怕别人是不能接

受的。这就是诠释的'度',过了这个'度',就是'过度诠释'。"❶

《红楼梦》改编至少需要处理好以下问题:如何沟通改编者的当代理解及诠释与经典原著的主旨?如何统一改编的当下价值(成功、轰动)与改编的艺术永恒性追求?如何呈现原著的精神文化意义与价值以规避只重视视觉效果而导致的"文化近视"倾向?或者说影视的视觉效果如何凸现艺术的精神旨趣,而不仅是呈现感官刺激?如何兼顾原著的文学审美价值(诗意意义)与大众趣味(大众时尚)?或者说如何将文学性(亦即文学的纯粹性)中诗意的语言呈现于"镜像阅读"过程之中?处理好这些问题,《红楼梦》的镜像诠释便因其对这部经典的重新诠释的意义与价值的可接受性而有益于塑造我们民族的、审美的观念和价值。因为今天的影像在不断地改变我们的生活方式,同时也在塑造我们的观念和价值。而既尊重作者、改编者、读者(观众)的心理意愿、情感倾向、文化性格等差别,又能保持一种同情的理解与对话,即改编者、读者(观众)对于作者的理解以及改编者、观众之间的理解则是处理好上述问题的前提,因为理解与对话是从不同的角度进入作品,进入作者的内心世界,进入人类共同的精神空间的重要条件。

(二)电视连续剧:改编《红楼梦》的最佳艺术样式

改编《红楼梦》的必要性取决于改编者能否具有对于这部经典的新发掘、新认识、新境界,这一认识已被人们广泛接受。并且,由于现当代电影电视等影像传媒的异常活跃,"镜像阅读"成为这一时代的一种需要、一种渴求,一种有效的阅读途径,它将阅读带入了一个多彩的"视界"中,并成为人们认知艺术的重要途径。所以,置身于这样的时代,对改编《红楼梦》的必要性的置喙,应当让位于当下能否寻找到一种"最佳"的艺术表现形式。

纵观《红楼梦》影视改编史,我们发现如果要进行片断式(或局部性)的改编适合采用电影表现形式,而如果要进行整体式(或全局性)的改编,则适合采用电视连续剧这一表现形式。

改编的整体式(或全局性):20世纪80年代的36集电视连续剧及6部8集电影《红楼梦》是整体式(或全局性)改编的代表性作品。应当说,

---

❶ 乐黛云:《诠释学与比较文学的发展》,载《求索》2003年第1期。

整体式（或全局性）改编的难度是非常大的，因为《红楼梦》人物众多、情节复杂，小说中所叙多是儿女、家庭琐屑之事，且善于虚处传神，具有浓郁的抒情风格和诗化意境，若"逐节铺陈"极易成为"无梁之屋"。梅兰芳之所以放弃连台整本《红楼梦》的排演计划，除旦角难于凑足之外，更主要的恐怕还是故事过于琐细，戏剧冲突不易处理。即便容量已经够大的36集电视连续剧及北影厂的大制作在戏剧冲突的展开、非现实成分与现实成分的融合等方面也存在着诸多令人不能满意的地方。

改编的片断式（或局部性）：有清以来的绝大部分红楼戏，如《黛玉葬花》《黛玉焚稿》《红楼二尤》《千金一笑》《晴雯撕扇》《晴雯补裘》《宝蟾送酒》等，均可划归片断式改编，其中也包括相关的电影戏曲片。此类片断式改编的特点是截取小说原著中脍炙人口而又富于戏剧性的段落，小处落墨，精雕细琢。除了拍摄资金方面的考虑外，影片时间跨度不大，情节简单，人物性格也基本稳定，前后左右可以比较的参照形象不多，不仅便于演员进入角色，而且利于创造发挥。也正因为这一点，在《红楼梦》的众多改编作品中，以电影改编最为常见。譬如1927年由上海复旦影片公司拍摄的电影《红楼梦》在撷取片断方面就值得我们借鉴。它不仅大胆剥离女娲补天神话、绛珠还泪故事以及太虚幻境等超现实成分，而且还将元妃省亲、抄检大观园、宝玉中举等重要事件一一舍弃，将贾元春、史湘云、秦可卿、妙玉、尤三姐、贾雨村、芳官、秋纹等一系列主要或次要人物一一抛弃，整部影片成了刘姥姥"有首有尾"但显然经过瘦身处理的"一场春梦"（所谓"以刘姥姥入梦始，以刘姥姥出梦终"）。梦中刘姥姥三进荣国府，这是贯穿全剧的主要线索。影片表现的两大重心——王熙凤"三次阴谋竟丧三命"及宝黛爱情悲剧的曲折发展，全部由刘姥姥的"三进"融为一体，头绪集中，情节紧凑。所谓凤姐的"三大阴谋"，一是毒设相思局害死贾瑞，二是醋海兴波逼死尤二姐，三是"移花接木""以钗代玉"，致使黛玉玉殒、宝玉出家。宝黛爱情方面的主要情节则是宝玉摔玉、宝玉挨打、黛玉葬花、紫鹃试莽玉、掉包计、焚稿断痴情、宝玉出家等。

不过，尽管这种电影片断式的改编可以换来影片试映时诸多观众的唏嘘甚或眼泪，但与原著含蓄深厚的悲剧底蕴相比，还是明显流于狭隘、浅俗、直露。因此，目前改编全本《红楼梦》的最佳艺术样式应当是具有容纳量大、传播面广、时间可长可短等突出优势的电视连续剧。只要在人力、物力允许的情况下,它更容易为反映《红楼梦》这样的长篇小说提供广阔的再创造的天地,也更容易为当代的普通大众所接受、所欣赏。

二、红楼影像与《红楼梦》的镜像阅读

(一) 镜像阅读:新的时尚阅读行为

"读图"时尚的流行,正在悄悄地改变人们的阅读习性,其潜在的后果之一是重图轻文的阅读指向。当代学者越来越清醒地认识到:"读图时代"的读图隐忧乃图像对文字的"霸权"造成了对文字的挤压,从文化活动的对象上说,文字有可能沦为图像的配角和辅助说明,图像则取得文化主因的地位;从文化活动的主体上说,公众更倾向于读图的快感,从而冷落了文字阅读的爱好和乐趣。尤其是太多插图进入文字著作中,搅乱了文字原有的叙事格局和逻辑,中断了文章的内在文脉,将读者的注意力从文字引向图像本身,也暗藏着破坏了读者对文字沉思默想式的感悟方式的可能性。从美学角度来说,文字和图像本来各具特色,图像以其直观性和具体性见长,而文字以其抽象性和联想性著称。文字读物可以唤起读者更加丰富的联想和多义性的体验,在解析现象的深刻内涵和思想的深度方面,有着独特的表意功能。图像化的结果将文字的深义感性化和直观化,这无疑给阅读增添了新的意趣和快感。[1]

时至今日,《红楼梦》这部中国古代经典小说的文字阅读正在被影视剧欣赏式的"镜像阅读"所取代,即"镜像阅读"已成为现代大众接受《红楼梦》的主要途径。《红楼梦》与影视传媒的大规模联姻,使得《红楼梦》得以最大限度地利用影视传媒与生俱来的逼真性、直观性与趣味性等天然优势以实现其真正意义上的大众普及。由于改编者对小说原著的影视化处理,"红楼影像"实现了诸如各种各样的影视技术手段、蒙太奇手法、演员的形象魅力和表演技巧、富于感染力的音乐歌曲等艺术手段的熔铸,从而有可能最大限度地争取观众。事实上,相对于小说原著中以文学语言描绘

---

[1] 周宪:《"读图时代"的图文"战争"》,载《文学评论》2005年第6期。

的红楼人物来讲，现代普通受众所理解的《红楼梦》更多的是以形象化的图像形式呈现出来的，他们对红楼影视演员的熟悉远超过了对小说文本内容的了解。在所有《红楼梦》影视中，王扶林执导的36集电视连续剧和谢铁骊执导的6部8集系列彩色影片堪称佼佼者，其规模之大、拍制之认真、影响之广泛等都是空前的。全本一百二十回《红楼梦》改编为影视，只有这两次改编实践，尤其36集电视连续剧第一次"首尾全龙"地把《红楼梦》搬上了屏幕，并以最大众化的音画传媒形式赢得《红楼梦》空前的艺术效果，其所造成相当规模的轰动效应在红学史、电视史上均堪称盛景。因此，1987版36集电视连续剧具有经典改编的范式意义，至今具有讨论的"话题"价值。

（二）红楼影像（1）：1987版36集电视连续剧

36集电视连续剧的编剧们是参考了大量的文献资料与红学界诸家多年的研究成果的情况下，在忠实于曹雪芹《红楼梦》原著前八十回的精神实质、主题思想、人物性格、故事情节、语言风格的基本原则下进行大胆改编工作的。其实《红楼梦》改编的成败与否，除了"忠实于原著"即忠实于对原著题旨和主要人物精神意蕴指向及其主要人物形象的正确理解和把握外，关键还在于能否自觉地"忠实于电视连续剧特有的审美规律"，这一规律择其要者大致有三：

其一，人物形象性格突出，主要人物贯穿始终。人物性格的刻画，可说是电视剧制作的中心，一部好的电视剧，总是力图以活灵活现的、性格鲜明的人物形象取悦于观众，并达到与观众的认同。因为观众看电视连续剧最关心的莫过于主要人物的命运遭际和情感纠葛，如果主要人物中途便销声匿迹，那就势必切断观众的审美情节链条。36集电视连续剧中欧阳奋强版的贾宝玉、陈晓旭版的林黛玉、邓婕版的凤姐王熙凤、张莉版的薛宝钗、沙玉华版的刘姥姥……都深深地占据了几代电视观众的心灵。

其二，故事情节有删有减，经典情节不可删减。这样做的结果，是突出原著中的重要故事情节和主要人物性格，并加快故事情节的发展和人物出场的时间，防止了情节的细碎、冗长、缓慢。与此同时，从小说《红楼梦》提供的"素材"——情节片断中，要着力寻找能够转化为"最电影化"的动人细节，使之成为红楼影像序列中最为感人至深的重点段落。譬如对于小说《红楼梦》中的某些经典的"意象化情境"，诸如"宝黛同观《会真记》""黛玉葬花""宝钗扑蝶""湘云醉卧芍药裀""龄官画蔷""宝琴立雪"等，36集电视连续剧对此是花了大力气的，但仍感觉不尽完美，即诗意氛围有待进一步强化，而强化的途径仍需从虚处传神上用功。

其三，剧情结构精心提炼，适度"陌生化"处理。《红楼梦》作为小说不可能为拍摄者提供现成的剧情结构，为了满足连续剧在人物刻画、意境升华、故事发展、影像造型、结构完整等各方面的需要，就需要提炼若干新鲜的情节片断，以更加丰富和完善银幕上各种人物性格和心态的艺术再现。如原书中贾宝玉娶薛宝钗是史太君、王夫人做主，王熙凤使调包计而成，36集电视剧改为奉旨完婚，突出了封建统治者对宝、黛的迫害和对自由、民主的扼杀。情节结构精心提炼既强化剧情感染力，又服务于突出作者原著主旨的需要。而适度"陌生化"处理既指相对于小说文本的陌生化，也指相对于以往"红楼"影视的陌生化，1987版《红楼梦》电视连续剧在相对于以往"红楼"影视的陌生化方面比相对于小说文本的陌生化做得更好。

1987版《红楼梦》电视连续剧也留下一些缺憾，譬如：（1）太拘泥于原著，影响了"文学语言"向"影视语言"的转换，视觉冲击力遭到很大程度的削弱；（2）开掘原著内涵有待于深入，尤未集中组织更丰富多彩的矛盾冲突，整个情节显得平和；（3）丢弃后四十回而另行改编，对于经典原著改编而言，是需要斟酌的；（4）在求助于文学的叙事结构和叙述方式方面仍显不足；（5）诗意情境与电视画面的意境感仍未做足（这是《红楼梦》这一诗性文本的需要）。所有这些不足之处，正是重编重拍《红楼梦》时必须着重关注的问题。

（三）红楼影像（2）：1989版6部8集电影片

谢铁骊执导的北影厂6部8集《红楼梦》以大投资、大制作、大气魄，首次将全本《红楼梦》搬上银幕，是我国电影史上的首创，被认为是"迄今为止最接近、最能把握原著精神的一次改编"[1]，"展示了原著所特有的高雅、抒情、哲理化的艺术风格"[2]，是忠实于原著程度最高的整体式（或全局性）改编之一，其成功之处表现在三个方面：

---

[1] 王云缦：《影史自有价值在——电影〈红楼梦〉之我见》，载《红楼梦学刊》1990年第4期。
[2] 沈天佑：《电影〈红楼梦〉之我见》，载《红楼梦学刊》1990年第4期。

其一，生活化。相当时期以来影视界古装片盛行，但普遍存在舞台味、演员表演程式化、刻板化、塑造的人物感情失真等弊端。而谢铁骊将"景物推远，人物拉近"，即景物（包括环境、陈设、服饰、妆饰以及人物的步态等）尽量与现实拉开，避免现代化，使影片具有历史感。而人物的感情真挚饱满，人物交流真实。

其二，艺术化。谢铁骊具有对全片的总体艺术把握，深入细致地、多层次地揭示贾府是如何从赫赫扬扬的钟鸣鼎食之家落入衰败的境地。比如元妃省亲虽轰轰烈烈，实际上是回光返照。这不是一场简单的礼仪戏，它的内涵是喜中含悲，天伦和礼教的相悖。元春入宫多年，第一次回家见亲人，孤零零一个人在空荡荡的大殿里静待；她的祖母却从五更起就率领儿孙们在寒风凛冽中迎候。最后允许接见了，又要举行跪拜典礼。元春撕心裂肺，连续说出了三个"免"字。这几个"免"，就是这场戏的核心。再如听到元妃死于宫中，老祖宗悲恸不已，却立即遭到太监制止。导演这里特别强调了违背常理的"不许哭"。老祖宗在宫中不能哭出声，只见她用手绢捂住嘴，紧接着转入宝玉卧室，哭声才爆发出来。这一抑一扬，深刻揭露了封建礼教的冷酷无情。氛围的渲染是极为重要的。谢铁骊努力将原著中的各种气氛、丰富的感情色彩运用电影的手段诸如镜头、音乐、音响加予渲染，赋予深刻意蕴，悲剧气氛布满全局，贯穿全片。高潮出现在第6部：黛玉离世、宝钗大婚、大观园寥落荒芜、家境败落，接着是"抄检""祭天""散资"、老祖宗归天，最后宝玉出家回归太虚幻境与影片开头相呼应。

其三，民族化。运用世界电影先进的技术、技巧为我国电影民族化服务，是谢铁骊导演追求的目标之一。为此，在导演构思、摄影构图、营造时代氛围和人物造型各个方面均汲取了我国优秀的民族文化艺术中的营养。国画的意蕴对导演的创作有很大的启发：宋代画家张择端的《清明上河图》、明代画家仇英的人物画以及明清仕女图画卷等对处理"太虚幻境""贵妃省亲""晴雯补裘"等重点场景均有很好的艺术效果。《红楼梦》中小说诗词歌赋占有很大比重，是小说的有机组成部分。影片为了力求表达出诗词歌赋的意境，让观众通过银幕充分感受到了诗情画意。如第1部"宝玉迎雪"中，贾宝玉在微醉中奔向园内，如痴如醉地任雪花飘洒落满全身，直至变成一个雪人，然后镜头转入贾府门前的两尊覆盖着白雪的石狮子，宝玉伫立在白茫茫的大雪中，仿佛自己已经离开了污浊的现实，他的思想进入了圣洁世界。柳湘莲说贾府只有大门外的两个石狮子是干净的，"宝玉迎雪"的渲染，令人领会到贾府还有一个宝玉也是干净的。古典戏曲尤其是京剧艺术的优良传统也是谢铁骊学习、汲取民族艺术净化的一个方面，比如"元妃省亲"中贵妃进府、入厅等场面的构图，就借鉴了中国传统戏曲中的处理方法。

应该肯定，电视剧《红楼梦》改编有必要借鉴电影版《红楼梦》以上三个方面的优点与经验（尽管电影版《红楼梦》尚有不尽如人意处），以实现电视剧《红楼梦》的完美改编为终极目的。

三、视觉文化转向与新版《红楼梦》影视拍摄的参考维度

视觉文化颠覆了传统艺术观念，导致了关于美和艺术的审美观念在当代的转型。其更深层的原因在于两个方面："其一，现代世界是一个城市世界。大城市生活和限定刺激与社交能力的方式，为人们看见和想看见（不是读到和听到）事物提供了大量优越的机会。其二，就是当代倾向的性质，它渴望行动（与观照相反）、追求新奇、谈吐轰动。而最能满足这些迫切欲望的莫过于艺术中的视觉成分了。"[1] 在人们普遍对新鲜的视觉效果和娱乐方式感兴趣而忽略自我内在情感的表现与升华的背景下，新版《红楼梦》应在注重视觉造型与视觉冲击力的同时，力争基于大众审美期待又高于大众审美期待，既通向娱乐，又通向美感，即通过经典化的影像艺术营设促进人的审美情感塑造的氛围。市场是顺应大众审美趣味的，反之也可以通过引导大众审美而改造市场，并广泛影响其关于自己生活世界之意义的理解和解释。虽然视觉文化以图像的直观性实现了审美的大众化、全民性，但人们日常趣味的丰富多样性往往因"时尚""流行"的追逐而出现单一化倾向，并于模仿中逐渐丧失了自我真实的审美趣味，也因此失去审美的主体性，其结果，只能接受被图像"物役"的事实而再无任何作为。这其实是由于制作人、策划人等的控制、操纵、利用导致的结果。因此，"打造影视精品"不仅只是号召，而应成为制作人、策划人等的责任担当。那么，出于"打造影视精品"的需要，新版《红楼梦》的制作应该努力兼顾大众

---

[1] 贝尔：《资本主义文化矛盾》，三联书店1989年版，第154页。

化的审美个性与民族性的审美传统，并统一到文学经典之中，以完美的精品提升人们的审美趣味。我们理解的"影视精品"应能够留下人们永久的怀念，能够使人们感受到"诗意"的氛围，而当人内心充满"诗意"时，才能获得纯正的审美趣味。相反，浅俗低级的感官刺激或快感不仅使大众的审美趣味庸俗化、审美感官钝化，消解民族性的审美传统精神，也根本难以提升人们的精神旨趣，并难以塑造我们关注伦理价值、关注人性体验、关注诗意意义的观念，以改善我们的生存模式、生活质量和社会境遇。

如今，"打造影视精品"已经成为当前《红楼梦》影视拍摄的共同呼声，不仅受到大众的热烈欢迎和支持，也受到文化界、艺术界的关注。但有一点是非常清楚的，此番新版《红楼梦》的重拍，既不再是1987版《红楼梦》拍摄时的深受国家意识形态的影响，也不再是文化界、艺术界的一次文化启蒙活动，而是投资方的一次商业娱乐行为。而由于作为工业时代大众即时性文化消费产品的影视往往因遵循大众文化消费的原则更注重娱乐性、商业性和消遣性，结果包括《红楼梦》在内的许多种大众文化消费难以避免这种趋势，那么，消费大众便无法获得真正意义上的审美享受、真正意义上的自然新鲜的审美体验、真正意义上的情感乃至心灵的愉悦。就像丹尼尔·贝尔在《资本主义文化矛盾》中所描述的那样："文化大众的人数倍增，中产阶级的享乐主义盛行，民众对色情的追求十分普遍。"[1] 人们的价值取向将日渐远离严肃与深沉，转向世俗生活的沉沦。这就不仅归咎于大众审美期待的"近视化"，而更应归咎于制作人、策划人等自己的技术水平有限、思想水平有限、道德修养有限和审美修养有限。

《红楼梦学刊》（社会科学版）2016年第4期

---

[1] 贝尔：《资本主义文化矛盾》，三联书店1989年版，第37页。

《红学学案》外编
——红学名家与《红楼梦》研究

名家与红学系列之一
——李希凡先生与《红楼梦》研究

笔者于 2010 年 9 月开始撰述"红学学人综论系列",至 2012 年 10 月结稿为止,共计撰述 12 位学人的"综论",形成了红学史新著即《红学学案》,该书由新华出版社于 2013 年 2 月出版。这是一部"学案"性质的红学学术史著述,是一部以"学人"为主线而撰成的红学史著述。这部著述试图择取那些具有突出学术个性和学术贡献之学人,考量其学术业绩,并由此考察红学发展演进之迹。《李希凡的红学研究》是《红学学案》中的一章,这一章大体概述了李希凡先生的学术贡献和学术个性。

12 月 22 日上午 10 时,笔者收到李希凡先生写成于 12 月 15 日的来信,这封长信发表了先生对《李希凡红学研究综论》一文的一些意见。《李希凡红学研究综论》刊发于《河南教育学院学报》2011 年第 5 期,标题为《坚守成说、拓展新境:李希凡的红学研究——当代学人的红学研究综论之五》。笔者于信中得知:李希凡先生年届 84 岁高龄,2011 年是他的本命年。先生能够给我回信谈他的一些看法,以及对我文章的不同意见,我很感意外,当然更为感念。我的回信表达了衷心祝愿先生健康长寿的心愿,以及由衷的敬意。

先生信中称:"我不觉得成为'红学'的一家,有什么光荣。"这种情形,笔者不止一次地从其他先生的文字或谈话中看到或听到了,似乎都希望与"红学家"划清界限,如避瘟神一般。譬如,张毕来先生说自己是个红学"票友"（按：贵州省红楼梦研究学会主编《红楼》，2011年第4期）；周思源先生则说自己是个红学"票友"，并解释说"红学加（夹）"，"夹塞"之意（按：《红楼梦创作方法》，文化艺术出版社1998年）；胡文彬先生则称自己是"红边"看客（按：《冷眼看红楼》"后记"，中国书店出版社2001年），胡先生的著作或拟写的书名总喜欢"红边"这个词，如《红边胜语》《红边展痕》《红边书话》《红边影视》等。还是由周汝昌说出了其中一个奥秘："'红学'是个挨'批'的对象，欲发一言，愿献一愚，皆须瞻前顾后，生怕哪句话就犯了'错误'。"（按：《红楼夺目红》，作家出版社2003年）所以，真正的红学家却害怕自己被称作"红学家"，不能不说是一种特殊的人文景观。刘梦溪先生曾一而再地说要"告别红学了"（按：《红楼梦与百年中国》"题序"，河北教育出版社1999年）。可是，为什么总"告而不别"呢？还是因为割舍不了其中的"红楼情结"。正如1987版电视剧《红楼梦》作曲家王立平所说："我是一朝入梦，终生不醒。"

2011年12月23日上午，笔者写成回信一封，与李希凡先生交流《李希凡红学研究综论》一文的写作心得包括写作原则和方法。先生尤不喜我于该文中引"李杜文章万口传，至今已觉不新鲜"（赵翼"论诗"绝句）以评论其早年的红学思想，便与我谈及"李杜文章在，光焰万丈长"（韩愈《调张籍》）这两句诗语。我于是挥毫洒墨，将这两句诗语写成一则条幅附于回信中奉寄，尚不知先生收到之后作何感想。

李希凡先生称自己的红学观点应属于红学的"毛泽东学派"，这是名至实归的。他说："前两年我看过一本《毛泽东读〈红楼梦〉》（按：董志新著，万卷出版公司2009年出版），讲得很详细，有不少是我头次听说。我认为，是可以称为红学的'毛泽东学派'的，我和蓝翎文章中的观点应属于这一学派。"李先生的这一声明的确体现了他始终如一的学术个性，以及红学研究的鲜明旨趣。正如他在《红楼梦艺术世界》"后记"中所说："自1954年与'红学'结缘以来，我仍坚持50年代提出的那些基本观点，虽则平生谬误甚多，但从不善变，如某些人昨日自称马克思传人，今日又依附异国的金元豢养，'告别革命'，是所不齿也。本书以三十年前纪念曹雪芹逝世二百周年的《悲剧与挽歌》作为代序，所收十五篇文章，虽间断写出，却自觉一以贯之。"可见，李希凡先生一直都葆有着坚持发掘《红楼梦》的思想价值和艺术价值的学术真诚和责任，尽管曾一度因彼时的政治环境的影响而不免有过度阐释之弊。

总之，李希凡先生自1954年与"红学"结缘以来，这位曾经声名远播的"小人物"已然对现代红学史产生了不可磨灭的影响。其实，何止红学影响呢？"李希凡"三个字，已然成为现代思想史、现代文化史的一个不容忽视的文化名片。

2014年7月10日晚21时草于槐园

补记：2013年3月11日晚，笔者读李希凡先生惠寄的《往事回眸——李希凡自述》，第245页谈到何其芳先生在文学研究所召开的一次学术研讨会上对李希凡、蓝翎的观点批评，当时李先生很不服气。据李先生说，他一直以来与何其芳同志的争论皆由于此。李先生当年参与与何其芳先生的学术论争不仅是坦率的，而且颇有些傲气！由此可见，李先生在给我的第二封信中说："你很坦率，也很傲气，但是我喜欢！"这样的评论的确是真切的，是发自内心啊！

李希凡先生在《往事回眸——李希凡自述》第432页谈到鲁迅对《红楼梦》的"崇高评价"之后说："用不着我'接着说'，我是永远说不出鲁迅对《红楼梦》这种真知灼见的评论语言的。因为我没有伟大作家深入作品的敏感和体验，而且鲁迅是无可逾越地表述了《红楼梦》在中国文学史上的独有的价值。"这一段提到了"接着说"的问题，这又是对我发表于《河南教育学院学报》2011年第5期"百年红学"栏目的《坚守成说、拓展新境：李希凡的红学研究——当代学人的红学研究综论之五》一文"接着说"的回应。李先生所表现出的坦率与傲气，我同样是极为欣赏，并引为模范！

是的，如李先生所说，尊师在情，并不在一味地恭维，尤其学术上的恭维！

2017年1月21日下午于槐园

名家与红学系列之二
——胡文彬先生与《红楼梦》研究

《胡文彬红学研究综论》刊发于《河南教育学院学报》2011年第1

期,标题为《"两点两论":胡文彬的红学研究成就——当代学人的红学研究综论之二》。不久,新浪博主文熙发表了一篇读后感即《这两天读了两篇红学好文章》(博文发于2011-07-01),摘要如下——

> 一篇是发表在《河南教育学院学报》2011年第1期上的《"两点两论":胡文彬的红学研究成就》,作者是中国矿业大学文法学院教授高淮生。文中介绍,胡文彬的红学研究大体可用"两点两论"来表述。所谓"两点",即两个基本关注点:一是《红楼梦》与红学传播交流史,二是《红楼梦》版本包括抄本与程高本研究;所谓"两论",即"红楼人物论"和"红楼文化论"。"两点两论"可谓胡文彬文学批评观点和学术思想的集中体现,也是胡文彬解悟《红楼梦》的着力点。"胡文彬红学研究的兴趣很广泛,可谓文献考证(包括文学考证)与文学批评兼善,而且成果颇丰,在新时期红学学人中虽非仅见,亦不多见,用红学名家吕启祥的话说,可以建一个'胡文彬文库'。"虽然读过一些胡文彬老师的书,但这篇文章让我更加了解胡老师红学研究的体系。这样一个红学大师却极其平易近人,他的红友来自不同阶层。

应当说,文熙谈论阅读《胡文彬红学研究综论》后的感受还是很准确的。她所欣赏的这篇综论文章,此前已经获得了红学名家吕启祥先生的多次肯定,认为"这一篇写得好"。中国社会科学院近代史研究所研究员、胡适研究专家宋广波兄同样给予这篇综论文章以积极的肯定。

2010年12月8日,《胡文彬的红学研究综论》结稿,并即刻发给主编张燕萍女士,此后才将写作完稿的信息告诉了胡先生,很期待先生的指导意见。2010年12月29日,收到先生的电邮,内容如下——

> 29日信诵悉。这几个月够你辛苦了,要看很多书,综合,评论,我想你该休息一阵子,放松一下。然后再看再写,实现"一本书"的愿望。我相信你会调整好的。
>
> 写评论要有内容、言之有物,又要评到要害处,对读者有启迪才能达到目的。当然,我并不赞同一味地"歌功颂德",要敢于说真话,指出不足,乃至错误,这需要勇气和识断力。你写我当然高兴,但不希望拔高,拍马屁的话更是说不得。我说自己是一个红边看客不是自谦,而是实话,是我一直坚持的真话。

胡先生的这封信后不久，便把阅读综论文章之后的意见发给了笔者，现摘录如下——

你写了这么长，而且还能写下来，一定累坏了。待见面时一定浮一大白，以表谢忱。

你的许多分析入情入理，只是批评的地方太过含蓄，一不留神就会滑过去了。不过，我注意到了，很希望再直接些，分析还可以深一些，让我有一点痛感就更好了。

把这一组一组文章写下来，可以集成一本书，是一个很有眼光的选题。最近我思考，红学研究界缺少像你一样的批评家，能坐下来深入研究红学的过去、现在，同时也能指出未来的方向。总结过去是为了未来，为了整个红学事业的发展。这种研究要站得高，还要认真地读，全方位地思考，这比做一个专题的考证、评论还要困难。你已开始了"玉田稻"的试验，如此下去必然会收获"玉田胭脂米"，祝愿你成功！

胡先生这封信对于"红学学人综论系列"即《红学学案》撰述的影响很大，他那"'玉田稻'的试验"的期许，不仅可以看作是对于笔者撰述红学史课题的极大鼓励，同时还应当看作是对于红学发展的殷切期待。

2012年10月4日，笔者给胡先生发去为《红学学案》书稿完成而作的七绝，诗曰——"喜酿新醅待客尝，今番作计费思量；留仙饮罢长歌去，蛮素排场正换妆"。10月11日，收到胡先生的电邮——

你的诗甘醇厚重，字词考究，读来朗朗上口，学人诗味浓重，改稿更含蓄了些，将来不妨书写一幅置于卷首，当可为大作增辉！

第二本已开笔了，可以从前十二篇中吸取些经验，为你后期减轻些负担。但我更关心你的身体承受力，连续写作极易疲劳乃至透支体力，还是要加强活动，营养方面也需加强，如此方可葆旺盛的精力去阅读与思考。万勿疏忽，切记、切记。

笔者即刻回复道——

您的建议很好，我也觉得这首绝句写出了我的心声——为了学术，为了我的人生！我采纳您的建议，把它收入书中。我一定努力将后面的写好，不辜负您的期望！

以上几段追述，姑且可以看作是对文熙博主"这样一个红学大师却极其平易近人，他的红友来自不同阶层"评价的几行注脚吧！

2012年11月28日晚19时，吟成一绝《咏红香书巢》，"红香书巢"乃胡先生书斋，先生上次通话嘱托笔者吟咏一首，再写就书法一幅。书法作品写成后，便交寄先生教正了。诗曰——

　　红楼梦里品仙茗，香满书巢自多情。谁解人生痴共悟，孤楼幻境总零丁。

　　2014年7月14日晚22时草于中国矿业大学文昌校区槐园

名家与红学系列之三
——蔡义江先生与《红楼梦》研究

《蔡义江红学研究综论》刊发于《河南教育学院学报》2010年第6期，标题为《蔡义江的红学研究——当代学人的红学研究综论之一》。这篇综论是"红学学人综论系列"即《红学学案》的第一篇，当然，也就引来了些许"物议"——"立案未显等级、取舍尚有可议"。按照有些学者或读者的思考习惯："立案"的第一人应当在周汝昌和冯其庸之间选定。

笔者的考量并非有意地打破这样的"思考习惯"，而是从如何撰述"相对精善"的红学学术史的角度考量的。这在《红学学案》"后记"已经交代——

　　读者诸君若问：既然是"学案性质"的写法，可曾考虑立案的"排序"呢？我的回答是：实在地说，此一难题非笔者之心力或精力所能胜任。无论序"齿"也罢，序"爵"也罢，序"泰山""东山"也罢，皆非本项学术史课题所要亟待解决的首要问题，首要的问题则是如何写得好，以及写出来能否立得住。

当然，《蔡义江红学研究综论》撰述的缘起仍有必要简略交代，即2010年8月3~5日北京"纪念中国红楼梦学会成立三十周年暨全国《红楼梦》学术研讨会"期间，《蔡义江新评红楼梦》（龙门书局2010年7月版）签名售书，乃购得一部，得先生签名："高淮生兄惠正 蔡义江 二〇一〇年八月于北京"。我当即道："回去将认真拜读！"蔡先生则郑重其事地说道："我倒是期望能有人撰写批评文章！"我脱口而出："学生愿为！"此诺既出，一发不可收，"当代学人的红学研究综论"系列的开端此后诞生。笔者这次大会发言的讲题即《红楼梦学刊三十年学术考察》，主旨即倡导红学界应格外关注"当代红学史"尤其"现当代红学学人"的研究。

值得一提的是，《蔡义江红学研究综论》刊出后，随即得到红学名家吕启祥先生的肯定，认为"这一篇写得好！"无独有偶，对这篇综论的肯定还来自胥惠民先生的当面奉告。事情是这样的：2013年11月22日至24日，河北省廊坊市新绛贵宾楼酒店举办"纪念伟大作家曹雪芹逝世250周年大会暨学术研讨会"，一天晚上，笔者到蔡先生的房间里聊天，胥惠民先生随即不期而至，他见面就对笔者说："你写蔡先生的那篇写得好！写周汝昌的那篇还不够充分！"

《蔡义江红学研究综论》之所以被认可，主要因为该文鲜明地呈现了蔡先生的红学概貌，并彰显了蔡先生的学术个性。当然，评述文字之生动活泼、撰述笔法之契合立案学人的学术风貌等，可能也是加分因素。

蔡先生红学研究的主要代表作即《红楼梦诗词曲赋评注》（又称《红楼梦诗词曲赋鉴赏》）、《〈红楼梦〉校注》（修订本《蔡义江新评红楼梦》）等，这些代表作能够充分彰显蔡义江鲜明的学术个性：详于文本辨析，精于艺术鉴赏；持论平易，烛隐探幽。

《红楼梦诗词曲赋评注》流播甚广，而《蔡义江新评红楼梦》则堪称"当代评点四家评之一"。（按：笔者曾著文将蔡义江"新评"与周汝昌"校评"、冯其庸"重校评批"和王蒙"评点"合称当代《红楼梦》评点"四家评"，因"四家评"于当今评点影响最大，故有此称。）蔡先生"新评"的鲜明特征在于以"艺术鉴赏家"的质素和视角把握《红楼梦》的"意义"和"艺术价值"，注重对《红楼梦》文学审美价值的精微欣赏，而非对《红楼梦》思想价值的深刻阐发。这种善于将艺术鉴赏力和判断力与精神世界的经验整体结合起来批评文学作品的批评方式，正是蔡义江所擅长的批评方式，也即将考证文本、分析文本、评论文本合一，或即将历史考证与文学批评结合的"文学考证"模式。

蔡先生始终坚持自己的学术个性，对那些"大谈义理"者也有明确的批评。先生毫不隐晦地说:"因为崇敬曹雪芹与《红楼梦》,很多人都喜欢往高处说,我觉得多半言不由衷。在我看来雪芹和世上许多大文学家的特点在于是一面'镜子'而非'灯塔'或'火炬',所以巴尔扎克不妨是保皇派,托尔斯泰有时像'一个傻头傻脑的地主'(列宁语),他们的了不起,在于反映、表现而非说明、指导。有些会讲、会写的名人,谈红楼,好说假话、大话、势利话,其实与真正的研究、科学的真理并无多大关系。"(2011年9月25日信)

2013年5月15日,蔡先生给笔者的信则很好地回答了"物议"者提出《红学学案》"立案的标准是什么?"的问题。先生说:"选学案也如选诗,好诗漏了不要紧,个人所见不同;坏诗恶诗一首也不能选,选了就表明你不懂诗。"蔡先生的这番话铮铮有力,不仅顿开笔者之茅塞,且顿释笔者之履冰之怀。由此可见,蔡先生对红学史的思考同样葆有可取的"新见"。

2014年7月14日晚22时草于槐园

名家与红学系列之四
——梅节先生与《红楼梦》研究

《梅节红学研究综论》刊发于《河南教育学院学报》2013年第2期,标题为《考论立新说,辨伪以求真:梅节的红学研究——港台及海外学人的红学研究综论之二》。该文此后引起了较广泛的关注,当然,首先是梅节先生自己的关注。

2013年4月17日上午,中国艺术研究院召开由中国红楼梦学会、中国艺术研究院红楼梦研究所、《河南教育学院学报》共同主办的"《百年红学》创栏十周年暨《红学学案》出版座谈会",座谈会上,蔡义江先生谈及该文的写法时说:"高淮生同志有一个办法,他用别人的、其他名家的说法来谈这个特点,至于怎么评价你自己去看。譬如梅节先生的文章里面往往有刺激性比较强的、对抗性比较强的语言,淮生引了吴组缃先生的信及沈治钧同志《红楼七宗案》里的材料,让读者评判。作者在褒贬问题上面有困难,但是提供了这些东西,读者可以自己判断这样的一种尖锐的、带刺激性的风格是好的特点,还是不好的、要改的。"胡文彬先生谈及该文的写法时说:"比如这期你写梅节,那确实是太难。高淮生引了吴组缃先生的信及沈治钧同志的《红楼七宗案》里的材料。借用了几位先生的话,把这个事解读得就比较好,使得梅节这个话马上就消融了,使得一种对立的情绪就化解了。我觉得这个办法是好办法。"蔡先生和胡先生以上所谈的内容主要是两个方面:一是"梅节的红学研究"很难写;二是"借力打力"的写法可取。

2013年4月26日,梅节先生发来《梅节的红学研究综论》一文读后感:"读了两遍,一再击节。当然,其中也有了解不深的地方,如以'忠厚待人'责我,我是不接受的。"显然,梅先生是有意见的,于是,进一步的解释也就有必要了。

2013年4月28日晚20时,笔者答复梅节先生的意见如下(摘要):

先生对拙文的赞誉和不满都是自有道理,我将既自戒不躁,并反省自查,不当之处,还请先生不断教我为盼。

先生的学术个性正是敢于对抗权威、敢于摸老虎屁股,好说刺激的话。这般话语能给人以"忠厚待人"欠当之嫌,这也是写先生的"综论"最难写的环节,我是这样理解的,可能并不准确。所谓有欠"忠厚",此处并非就是给先生日常为人定论,先生宽以待人,尤其是对后生,这一点不仅沈治钧(按:沈治钧在所著《红楼七宗案》中表达了对梅先生的敬重)深有体会,我同样有深刻体会。我的《学案》前言即已申明——"只涉及学术事实的述评,不涉及人格价值评价",至于究竟做得如何,我只有听大家的评价了。而学术辩论说"刺激的话",就此一点而言,自然会给读者不够"忠厚"的印象,这是读者接受的问题,不是先生是否接受的问题,先生以为有道理吗?胡适"劝告一切学人不可动火气,更不可动'正谊的火气'",应当也是出于这般考虑吧!

尽管先生的"信仰"乃"嫉恶如仇、刺伪颂真",但并非所有的读者都作如是观,譬如周汝昌,包括拥护他老先生的师友群众等,先生以为对否?其实,这里涉及如毛泽东所说的"动机"和"效果"如何统一的问题,好的动机不见得就能有好的效果!

我在《梅节综论》中有这样一段话——"至于'不失忠厚'这一条,则是梅节受到一些人'非议'的关键之处。如何做到'忠厚'呢?

不妨以'了解之同情'作为基础"。我是在呈现我所看到和听到的事实，这是写史者的"实录"，至于"褒贬"，我是留给读者去做，留给时间来评判！

如果先生再容比较地讨论一下鲁迅的个性，也许会更加释然了——鲁迅如果仅仅做学问，继续写他的"小说史""诗歌史""戏剧史"，或者古籍整理，尽管可以成就学问大家，甚至"大师"，却绝对不能成就一位如此不可替代的"思想家""革命家"，而他成就自己的主要成果便是他的"杂文"——如匕首，如投枪，犀利无比，刻毒无比，他骂梁实秋"丧家的""资本家的""乏走狗"一节，至今令人胆寒！如果先生在学术"斗士"方面尚可与鲁迅略作比较，我以为，如果先生按照读者的"要求"变得那么地"忠厚"起来，甚或"乡愿"起来，先生的"布衣红学家"的个性何以成就呢？这是"性分"所致，同样是个性追求所致。所以，一个人成就了自己的某方面个性形象的同时，往往又难以兼美其他的方面——这是"悖论"，这一"悖论"也有读者的评论参与所造成！

梅节先生是以"布衣红学家"称号享誉香港学界的。笔者《梅节红学研究综论》一文中这样诠释"布衣红学家"一词："布衣"者，不仕之谓，不谈政治，游于体制之外。钱穆曾在《现代中国学术论衡》中论及中国政治之学时道：梨洲晚年，则为《明儒学案》，此书亦深具作意。明儒亦承元儒遗风，以不仕为高。盖梨洲为《明儒学案》亦显有提倡不仕之意。梅先生称自己的研红是"业余性质"，其实决非实情，身为"布衣"，文却求真——敢于说真话，说实话，说刺激人的话。然而，喜欢直言正道的梅先生同时又是宽以待人的长者，笔者对此难以释怀。

自《梅节红学研究综论》撰述以来，梅先生一直给予了热情的关心、真诚的答疑。尤其《红学学案》出版之后，又给予了很高的褒扬。诸如此类的厚爱之举，着实令笔者感动与鼓舞。譬如，先生来信告诫："半世纪或一世纪后，人们欲了解二十世纪红学研究成果，再不会去翻那些汗牛充栋的专辑专书，而是看先生的学案或几本红学史。所以先生撰此学案，责任就非常重大。传世之作，不要急于求成，慢工出细活。"（2012年12月24日信）譬如，先生说："其实，红学现在仍是摸索、开拓、成型阶段。"这是对百年红学发展的整体性认识，无疑对《红学学案》究竟该立案考述哪些学人这一敏感问题具有明显的参考价值。再譬如，梅先生欣然为拙著《红学学案》题词——"石归大荒，情系红楼；江山异代，千古评章！"（2013年秋题词）可圈可点者，历历在目也！

梅先生曾在《海角红楼》一书"序言"中一往情深地说："我不知道这本书的出版能有几个读者，但我写这些文章是花了心血的。有些文章触犯一些人，包括朋友。但我不敢现在就作对与错的结论。我把《海角红楼》当作一只纸船，让它载着无可言说的恩恩怨怨，漂向红学的书海，浮也罢，沉也罢，找到自己最后的归宿。"笔者对此深为感慨，曾在《梅节的红学研究》一文"结语"中说："是啊！如果这一只纸船果真有了性灵，不妨任尔自沉自浮也罢。至于'归宿'，或竟沉陷于渠沟深处，或随那一叶浮萍归之于大海，幸与不幸，心有所系而已。"（《河南教育学院学报》2013年第2期）笔者的确很欣赏梅节先生的"纸船"之喻，因为读之令人动容！

2013年12月5日，笔者书写了自拟对句寄奉梅先生——"布衣能守弘道愿，红海漫游凭纸船！"

2014年7月28日9时于槐园

名家与红学系列之五
——周汝昌先生与《红楼梦》研究

2012年5月31日傍晚，频频收到来自师友和学生们的信息：周汝昌先生驾鹤仙逝了！于是，即刻打开电视机，期望听到关于周先生的这一消息。接着，再与胡文彬先生通话，谈及此事以求得印证。笔者的遗憾以及遗憾之外的情绪难以名状。

笔者自2010年9月以来，一直专注于撰写《当代红学学人的红学研究综论》系列文章（2013年2月结集《红学学案》，由新华出版社出版），这一系列学术传记式的文章是在《河南教育学院学报》的"百年红学"栏目连载（该刊一年六期双月刊，该栏目是全国社科学报优秀栏目）。此刻，笔者撰写的《非求独异时还异，难与群同何必同：周汝昌的红学研究——当代红学学人的红学研究综论之十》一文（三万七千字）正由张燕萍主编审校。笔者的第一反应是：真是太遗憾！周先生再不能"听读"这篇长文了。

笔者为什么会有如此这般的第一反应呢？那是因为此前9篇"综论"刊出后，均交寄"传主"提出"宝贵意见和建议"，除了冯其庸先生没有反馈其"宝贵意见和建议"（据此后吕启祥先生给笔者的电话来看，冯先生知道了《冯其庸的红学研究综论》这篇文章并把"意见"告知了吕先生），其他8位"传主"均反馈了"宝贵意见和建议"。张燕萍主编的遗憾是与笔者大体相同的，于是，我们一番沟通的结果是：《周汝昌的红学研究综论》这篇文章很长，本期（2012年第4期）"百年红学"栏目就只刊发这一篇吧，并为这一篇特加一则"编者按"。"编者按"道："本刊《百年红学》栏目连续刊发的'当代学人的红学研究综论'系列（十二篇）已发表了九篇，正当我们编校本文之际，惊闻周汝昌先生与世长辞，不胜感慨。一代红学大家虽离我们远去，但遗留下的研究成果和学术课题将有不尽的发掘空间。如期刊载本文，以寄《百年红学》栏目对周汝昌先生的缅怀之情。"需要说明的是：《周汝昌的红学研究综论》提出了周汝昌研究"专学"的概念，这一概念是笔者此后提出"周氏红学"的初步构想。

2012年6月1日上午9时49分，笔者在前一晚酝酿的腹稿基础上，一挥而就这篇题为《非求独异时还异，难与群同何必同——悼念周汝昌先生》的纪念文字。现摘要如下：

> 季羡林曾在《站在胡适之先生墓前》这篇祭文中说过：历史毕竟是动了。不过这"毕竟是动了的历史"仿佛是重复着过去的身影。近读余英时《重寻胡适历程》一书，其中一节谈及胡适先生就任北京大学校长的短暂经历，令我回望起周汝昌先生来。
>
> 其实，周汝昌先生的"俗世地位"也早已在他的成名作《红楼梦新证》出版以后便已达到了"高峰"。《新证》受到了他的老师胡适之先生的高度嘉许，周汝昌先生生前也一直以为荣耀，并在2005年撰著《我与胡适先生》一书，将这种荣耀广布人世间。他这几十年的人生旅途又的确"随着中国局势的动荡而动荡"，他是如此地"身不由己"。时世的推移把他推到这个"红学泰斗""红学大师"位置上去，他再也走下不来了，他作为一个"公共人"（public man），自然要为这一显赫的俗世虚名付出极大的代价：他被俗世大众赤裸裸地"消费"着，没完没了，甚至被娱乐至死也不会轻易散场的。看官，不信么？咱们就拭目以待吧！

仰望着西归鹤影，不禁怅然地想啊：没有了周汝昌的当代红学，将来的"家境"又将是什么景象啊？黯然地"告别红学"么？抑或孤独地"自娱自乐"么？

有人曾在胡适之先生仙逝之时撰写一副挽联道：先生去了，黄泉如遇曹雪芹，问他红楼梦底事；后辈知道，今生幸有胡适之，教人白话做文章。

笔者郑重恭敬地拟仿一联，泣悼周老先生千古：先生去了，黄泉如遇胡适之，问他新红学底事；后辈知道，今生幸有周汝昌，教人脂砚即湘云。

这篇纪念文字公布之后，竟收到一些反响，其中一条意见说："今生幸有周汝昌，教人脂砚即湘云"这句话很不妥，"脂砚即湘云"正是周汝昌的唯心主义观点典型代表。显然，提出这意见者并没有读懂笔者的这篇纪念文字，此刻的任何解释其实是多余的。

说起"周氏红学"，笔者在《周汝昌的红学研究综论》中曾有如下述评："周汝昌积六十年之力精心构筑了一个看似精密的宏富的红学学科体系，至于这一体系的集红学考证派大成之功无人可与匹敌，这一认识已然成为常识。遗憾的是，通观其红学体系则可谓：体大而虑不周备，证悟而辨难精审；摒弃小说学而显门户之见，出入新索隐则又悖乎常理。"当然，这一认识还将有待于深化。为了更充分、更全面、更准确地认识"周氏红学"，同时也是为了更充分、更全面、更准确地认识"百年红学"，笔者作为"百年红学"栏目特约撰稿人召集筹办一场将于2017年1月14日在北京召开的学术座谈会："周汝昌与现代红学"专题座谈会。该座谈会的邀请函道："周汝昌先生积60年之力精心构筑了一个宏富的红学体系，这一体系集红学考证之大成，影响了半个多世纪红学研究的理路和走向。当然，这一体系同时引来各种非议和批评。该如何在学理上审慎、理性地评价周氏红学在现代红学发展史上的功绩与不足，以及周氏红学对于今后红学研究的启示，这将成为红学学科建设不可回避的重要问题之一。鉴于此，《河南教育学院学报》编辑部、天津红楼梦研究会联合主办，由《河南教育学院学报》的《百年红学》栏目特约撰稿人高淮生教授主持了'周汝昌与现代红学'专题座谈会。这次座谈会同时也将揭开周汝昌诞辰一百周年纪念活动的序幕。素仰先生热心于红学事业，且对该专题素有研究，诚邀拨冗莅会，特致谢忱。"参会学者都葆有一个共同的期待："周汝昌与现代红学"专题座谈会的成果将为"周氏红学"的研究开出新局，并将为"百年红学"的研究开出新路。

当然，对于"周氏红学"的批评和批判一直也没有歇息过，其中尤其以"批周四斗士"的文章更具影响力。"批周四斗士"源自蔡义江先生写给笔者的《我的红学简况和对红学的展望》一文，该文作为《红学学案》的附录文献，主要交代"传主"的学术简介，是《红学学案》的重要组成部分。蔡义江先生说："红学的现状却是令人忧虑。越荒谬的东西越走红的怪现象越演越烈，近期也看不出有好转的迹象。我曾经对红学的前途表示过乐观，相信真理终将战胜谬误。从长远看，必定如此，尤其在今天恶劣的气候下，仍有一批不为名利所惑、坚持走科学发展正道的红学研究者，其中像北京语言大学沈治钧教授、新疆师范大学胥惠民教授，在我看来，可称得上是与红学歪风邪气作斗争的勇敢斗士，还有清史研究功力极深、只凭证据说话的杨启樵教授等，都对维护红学的健康发展作了杰出的贡献。"以上这段文字交代了三位"红学斗士"，梅节先生同样以批周闻名于红学界，是故有此"批周四斗士"之说。他们的代表作分别是：《海角红楼：梅节红学文存》（梅节著）、《周汝昌红楼梦考证失误》（杨启樵著）、《红楼七宗案》（沈治钧著）、《拨开迷雾：对周汝昌〈红楼梦〉研究的再认识》（胥惠民著）等。

笔者对于"周氏红学"研究或批评的态度是在2013年的河北廊坊市新绎酒店召开的"纪念曹雪芹逝世250周年"大会上开诚布公地做了一番表达：

> 《学案》究竟该如何写？我在写作过程中建立了这样的信念：既要有仁厚之德，又要有智慧……学术是我所要的，友情，就是人间情谊，也是我所要的……我们既要学术，又要友情即人间情谊，这就需要智慧。譬如周汝昌的学术观点，可以批评商榷，但是，用大批判的方式不可取。全盘否定，彻底打倒，再踏上一只脚，置之死地而后快，这样就可以吗？最起码周汝昌不是阶级敌人，用阶级斗争的方法肯定是不可取的……学术争议就好比夫妻间的矛盾，至少有三种解决办法：一种是拳脚相加，大打出手。这种办法的结果要么是打一辈子，要么是马上散伙；一种是互揭隐私，互相声讨。这种办法的结果必然是增加互相的不

信任；一种办法是谈判。谈判需要智慧，要能把各自的利益降到最低，达到彼此都能接受的程度，这样才能和谐。红学里的打打杀杀，无休止的争吵，摧毁的是读者的阅读信念。

笔者十分赞同胡文彬先生的一句话：《红楼梦新证》哺育了几代人啊！是啊！这位六十年痴情于《红楼梦》的"解味道人"毕竟哺育了几代人，他矢志不移地"借玉通灵存翰墨，为芹辛苦见平生！"（《诗红墨翠——周汝昌咏红手迹》，书海出版社2004年出版）

2016 年 12 月 25 日 17 时写于槐园书屋

名家与红学系列之六
——崔溶澈先生与《红楼梦》研究

笔者与韩国著名学者崔溶澈教授的近距离交往是近两年的事情，此前的几次红楼梦国际研讨会期间见过面，彼此没有交谈。他留给笔者的第一印象：儒雅。记得2009年蓬莱国际红楼梦学术研讨会期间，笔者曾主动找他聊了几句，因为笔者对于儒雅者天然地葆有一种亲近感。

机缘凑泊，2015年8月16日至17日，徐州工程学院主办第十一届国际《金瓶梅》研讨会，会议由吴敢先生策划，会议主旨是金学研究三十年的回顾和总结。笔者参加了研讨会，其间，苗教授怀明兄给我建议：可以做一期崔溶澈教授《红楼梦》韩文译本的访谈。此前，笔者已经发表了《中、德学者红学对话实录——以〈红楼梦〉翻译为题》（《中国矿业大学学报》社科版2015年第3期）。笔者于是主动联系了崔教授，他欣然接受邀请，对话便安排在18日下午3时，徐州云泉山庄崔教授下榻的8421房间。彼此谈得很畅快，相互题词留念。此后，笔者盛情邀请崔溶澈教授闲暇时可前来中国矿业大学做学术交流，并希望向学校图书馆赠一套《红楼梦》韩译本，以丰富"红楼梦特藏室"的馆藏。同时期待能够为《中国矿业大学学报》（社科版）赐稿，譬如先做一篇韩国读者接受《红楼梦》的调查文章。当谈及笔者《红学学案》进展情况时，毫无讳言地告知海外学人立案的规划和设想，即时机成熟，撰述一部《红学学案》的海外卷。当笔者告知崔教授可作为韩国学人首选立案时，他很谦虚地说："实在感激，也是光荣。但是由于我的研究没那么丰富，远不如红学大家的深刻内容，就感到惭愧而已。我自己的研究成果，除了部分成果出版之外，还没完整地整理出来，最近才有意要做认真收集整理。"笔者恳切地希望崔教授早日出版全部的成果，可为笔者撰述《红学学案》的海外卷提供丰富的文献资料。

2015年9月22日下午，笔者收到崔溶澈教授从韩国快递的韩文全译本《红楼梦》一函6册，令笔者欣慰。

10月29日上午11时，笔者为文艺学硕士研究生讲授《红楼梦研究》课后，即刻开车去徐州东站（高铁站），并带上两位听课的研究生王祖琪、朴佑丽同学一起接站，朴佑丽同学是位韩国留学女生。但见崔溶澈教授背着鼓鼓的一个大背包，穿着高领大皮鞋，走起路来很有力量，据他说这是服兵役期间锻炼出来的。

10月29日下午3时，崔溶澈教授受邀在中国矿业大学镜湖大讲堂做了一场题为《〈红楼梦〉与四大奇书在韩国》的学术讲座，该场讲座由校团委主办，由笔者主持。接着又安排崔教授于10月30日上午做了一场《中国文化在韩国》的学术交流，本次学术交流由文法学院中文系主办，也由笔者主持。30日中午，则于徐州非遗技艺传承企业"大张烙馍村"民俗酒店设宴款待崔教授，品尝地道徐州风味菜肴，崔教授情不自禁地感慨道：美食在中国！饭后，回到南湖校区笔者的办公室喝茶聊天，并写字留念。下午4时，笔者开车送崔教授到徐州东站以返回北京，彼时，崔教授正受聘北京大学做短期讲学。这次会面，笔者送给崔教授一大包书刊。他同时又希望笔者为他查询中国各地红学活动情况，包括红学会、刊物、人物等。遗憾的是，因笔者至今总是忙忙碌碌的，并未能兑现崔教授所愿，心中愧意至今尚存。

2015年11月2日，收到崔教授邮件：

> 高教授：您好！来信及照片都收到了，谢谢。这次在徐州，能够获得您和贵校师生的热烈欢迎，我非常感激，永远难忘。希望有机会再次访问贵校，保持联系。祝您秋安！崔溶澈拜上2015-11-2。

笔者即刻回复：

> 崔教授：徐州之会十分愉快！希望明春于徐州再叙旧谊。希望您领导的红学会生机勃勃，需要我出力之处，敬请吩咐！祝好！高淮生呈2015-11-2。

2016年1月11日，收到崔溶澈创办的"韩国红楼梦研究会"的会刊《红楼》创刊号电子文档，《创刊致词》中刊出了笔者此前在南湖办公室为崔教授书写的一幅字："红学传海东"。本期《红楼》上同时刊发了崔教授的《2015年曹雪芹诞辰300周年纪念研究活动》一文，其中详细记述了笔者与崔教授关于《红楼梦》韩译本的访谈，以及崔教授在镜湖讲堂的讲座现场，并配发了相关照片，其中访谈的照片由崔夫人所拍照。这一期《红楼》刊发了韩文全译《红学：学理分歧，学术对立，学科危机》一文，该文作者乃邢台学院乔福锦教授，原题为《学理分歧，学术对立，学科危机——曹雪芹诞辰300周年之际的红学忧思》，曾刊发于《中国矿业大学学报》2015年第4期。该文是乔福锦教授于徐州会议之前精心构思的力作，同时也是2015年3月徐州会议的重要论文。尤为难得的是，在笔者的邀请下，崔溶澈教授欣然同意参加将于2016年4月举办的"历史回顾与未来展望——《红楼梦》文献学研究高端论坛"（河南郑州）。

2016年1月27日晚，与胡文彬先生通话，希望胡先生写一份专家推荐意见，申报3月启动的教育部哲学社会科学研究后期资助项目，书稿即《港台及海外红学学案》（该项目已经获得批准，2018年结题，原计划这一部《学案》于2016至2017年之间出版，不得不延迟了）。胡先生欣然同意，接着又谈起他从20世纪70年代初期开始一直关注海外学人的红学研究，出版了《红楼梦在海外》《红学世界》《台湾红学论文选》《香港红学论文选》等多部编著，在这一研究领域具有学术开创以及开拓意义。胡先生对《港台及海外红学学案》也有两点评价：（1）作为学术史，由以往的个案研究到整体学人研究，开拓了红学史研究新体例；（2）收集资料方面下了很大功夫，微观研究与宏观研究很好地结合了。胡先生又说：至今所见海外红学研究大多是资料的整理归纳，基本上属于文献学范畴。《港台及海外红学学案》则以文献为基础，开展学术史研究，学理性更强了。下一步再扩大一些，拓展一些，兼顾国别的丰富性，譬如法国的李志华、英国的霍克斯、韩国的崔溶澈等，都可以写进来。胡先生的这一番话，无疑坚定了笔者撰述一部《红学学案》的海外卷的信念，这一信念同时也与笔者近年来潜滋暗长的为《红楼梦》海外传播做些事情的想法有关。如果崔教授获悉胡文彬先生的这一建议，或可消除一些不安的担忧吧。

2016年4月14日，受笔者邀请，崔溶澈教授如约前来参加郑州召开的

"红楼文献学"会议，赠予笔者《红楼梦的文学背景研究》（硕士论文）和《清代红学研究》（博士论文）两本学位论文复印稿，令笔者感到喜悦。

本次"红楼文献学"会议上，崔教授提交了很有学术分量的会议论文即《韩国红学文献的整理与研究》，该文切实地开启了韩国红学文献系统整理与综合性研究的序幕。

当然，在这次会议期间，笔者也曾对崔教授提出了一个请求：《海外红学学案》出版之后，希望为拙著写一篇书评。记得《红学学案》第一部出版不久，乔教授福锦兄所写书评曾引起较为广泛的关注，笔者至今是心存感念的。

《中、韩学者红学对话实录——以〈红楼梦〉翻译为例》刊于《中国矿业大学学报》（社科版）2016年第4期，崔教授收到样刊后一定会很高兴的。

笔者与韩国著名学者崔溶澈教授的近距离交往之后，他留给笔者的更鲜明的印象：邻居家的小哥。这位小哥常常笑容可掬，质朴而绝无机心。

2017年2月13日10时写于槐园书屋

一代人有一代人之学术

——从《红学学案》到《金学学案》

自王国维《红楼梦评论》发表以来，红学发展已经历了一百多年；若从脂砚斋评点《红楼梦》算起，即"旧红学"与"新红学"时期合而观之，红学发展业已经历了二百几十年了。无论是评点、题咏、索隐，抑或是小说批评和考证等，红学在各分支领域均取得了相当可观的成果。这二百几十年的红学，尤其是自王国维《红楼梦评论》以来的新红学，可谓头绪纷繁、论争与公案迭出，"你方唱罢我登场"，真是好不热闹。特别是近一百年来的红学思潮，由"盛"而"衰"，由"衰"而"盛"，若不从各个方面并以各种视角将这一百年来的红学思潮很好地整理一番，实在使人徒增"剪不断，理还乱，是红学"之感慨。笔者以为，既然历史使人明鉴，瞻前顾后，目标明确，"红学"若无"史"可鉴，它的发展也就没有方向；当然，"金学"若无"史"可鉴，它的发展也同样没有方向。为什么这样说呢？这是基于以下的考量：一则，《红楼梦》和《金瓶梅》均为明清小说的代表作，是中国古代小说中的"经典"，谈《红》论《金》，人之同好；二则，《金瓶梅》和《红楼梦》均实实在在地留下了太多的谜，这些谜必然会引起人们"解谜"的兴趣；三则，"红学"和"金学"皆为当今"显学"，且并称为中国古代小说研究的"重镇"，都有很大的研究空间；四则，"红学"和"金学"都与"世道人心"密切相关，谈"红"论"金"，可知世道人心；五则，"红学"和"金学"的历史都比较长，又都在20世纪的70年代末80年代初开出了新局面；六则，"红学"和"金学"各自领域的研究成果多，研究名家多，研究方法类似。如此等等，说明"红学"和"金学"的类比性很强，尽管"金学"尚且比不上"红学"那样地"红"。然而，对它们分别进行客观准确的学术史梳理和洞观，则势所必然。徐朔方在为吴敢著《20世纪〈金瓶梅〉研究史长编》所作"序言"中曾说:"《金瓶梅》这部曾经声名狼藉的著作,在20世纪的学术研究中走过了曲折的历程。对这个研究领域的得失作出全面详实的、合乎实际的总结和评价,显得尤为重要和必要。"❶ "红学史"著述已见规模,"金学史"著述有待跟进。

一、《红学学案》——换一种眼光看"红学"

20世纪80年代以来,红学史著述收获了一批成果,譬如郭豫适的《红楼梦研究小史稿》和《红楼梦研究小史稿续编》,韩进廉的《红学史稿》,刘梦溪的《红楼梦与百年中国》,欧阳健的《红学百年风云录》,白盾的《红楼梦研究史论》,陈维昭的《红学通史》等,这些红学史著均具有一定的著述规模,并以各自所取的视角和方法梳理了红学的发展历程,呈现出红学的基本面貌。然而,这些是否就令人满意了呢?答案是否定的,并不能完全令人满意。原因何在?尽管各有所长,但确又各有所短,不仅兼善不易,并且精善不易。具体表现为:或因时代局限的"政治意识形态"影响太深而视野褊狭,或因局促于门派之内而有"传声筒"之嫌,或因综述资料而乏"好学精思"的识见,或因格局不大而难呈红学之气象,或因体例不新而有落入格套之弊,如此等等,不一而足。是故,红学史著述必然有待于继续追求"精善"和"兼善"。众所周知,历史有三个主要的方面:时、事、人,以"时间进程"为主线,可以是通史的写法,以"事件始末"为主线,可以是专题史的写法,以"人物"为主线,可以是"学案"的写法。近几十年出版的红学史著述基本上是前两种写法,而第三种写法至今还没有见到。也就是说,红学史常见的写法基本上是或"通史"写法,或"专题史"写法,譬如郭豫适的《红楼梦研究小史稿》和《红楼梦研究小史稿续编》、韩进廉的《红学史稿》、陈维昭《红学通史》均为"通史"写法,而刘梦溪的《红楼梦与百年中国》则是有别于"通史"的"专题史"写法。尚未看到这种"以学人为主线,逐一立案考述"为旨趣的红学史著,于是,《红学学案》的撰述则立意出新,试图写出"似旧而新"的"学案

---

❶ 吴敢:《20世纪〈金瓶梅〉研究史长编》,文汇出版社2003年版,第1~2页。

体"或"学案性质"的红学史著述,以"学人"为主线建构红学史著述新体例、新格局。这一写法实为红学史撰述的新尝试,尽管受《明儒学案》和《宋元学案》这一传统学术史著述之启示,一旦引入红学学术史撰述,则因革取舍之处显而易见。庶几可不拘格套,另辟蹊径,换一种眼光看红学。

红学史究竟该如何写?怎样写得相对精善?这是一个足以引起人们极大兴趣和热情关注的话题。譬如黄霖曾在《红学通史》"序言"中说:真不知维昭他当下还想写些什么?还能写些什么?如今,一打开他的目录,疑云顿释,深以为他确实有东西写,而且有必要写。这倒不是说,前贤所著不行,而是每一个时代都有每一个时代的著作⋯⋯怎样与时俱进,以一种更新、更好的理论与方法来阐释一部红学史⋯⋯一部红学史,就应当把有关红学的方方面面都纳入编史者的视野。❶ 黄霖的这段话实际上提出了编史者必须考虑的几个相关问题:还想写些什么?还能写些什么?确实有东西写吗?而且有必要写吗?怎样写更好?这些问题是每一位试图著述红学史者都必须回答的问题。《红学学案》的撰述试图尝试性回答黄霖所提出的几个相关问题,至于究竟回答得能否令人满意,或多大程度上令人满意,则是需要假以时日或许可以得出某种结论。如果急于在当下便仓促地做出或"肯定"或"否定"的评价,似乎显得为时过早。譬如吕启祥在发表她对"学案"写法的观感时说:"整体设想和学术追求则是很有意义的,将随时日推移而彰显。"❷ 既然是"将随时日推移而彰显",那么,时间的检验就显得最关键了。不过,肯定《红学学案》的整体设想或写法"很有意义"的评价则并非为时过早,也并非过誉,共鸣者在在有之。如乔福锦在揭明《红学学案》这一写法的学术意义时说:"以学人为中心的学案体著述,是中华传统学术的一份珍贵遗产,至今仍具有难以替代、可以借鉴的特殊价值与意义。以当世学者为中心的学案体红学史著述,意义更为特别。只有写及红学家个人,才能写出有生命气息的红学史著作。红学史论著,已有通史、专题史等多种体例,唯独不见以红学人物为中心的专著面世。"❸ 由

---

❶ 陈维昭:《红学通史》,上海人民出版社2005年版,第1~2页。
❷ 张燕萍:《〈百年红学〉栏目主持人与高淮生教授访谈辑要》,载《河南教育学院学报》2012年第6期。
❸ 张燕萍:《〈百年红学〉栏目主持人与高淮生教授访谈辑要》,载《河南教育学院学报》2012年第6期。

乔福锦的以上表述可见，若从实开红学学术史撰写之新风气这一层面上说，《红学学案》的整体设想或写法理应受到学界关注。因为这一新体例、新格局无疑对当下的学术史撰述具有启示意义，前提是如果承认这一写法尚可作为一种学术史的一种体例而存在。其实，对于"学案"这一写法的肯定或否定，不妨可以看作是对中华传统学术的一种态度，当然也可以看作是对今后红学史撰著的一种态度。值得关注的是，认同"学案"这一写法的学人则越来越多，譬如段启明也曾这样说："通史"自当以"个案"为基础，这一"模式"是完全正确的。❶

《红学学案》既然是红学学术史的新写法、新体例、新格局，那么，首要考虑的问题便是如何才能确保这一写法的生命力，也就是说，如何能够确保"写出来能够立得住"。如胡文彬认为这一写法需要写作者："能坐下来深入研究红学的过去、现在，同时也能指出未来的方向。总结过去是为了未来，为了整个红学事业的发展。这种研究要站得高，还要认真地读，全方位地思考，这比做一个专题的考证、评论还要困难。"❷ 这一写法之所以最担心能否"立得住"是因为它的"困难"程度之大，这不仅只靠一种学术勇气即可解决问题，它是对撰述者"才学识胆"的全面考验。胡文彬把《红学学案》的写作视为"玉田稻"的试验，只有"站得高"，"认真地读"，并且"全方位地思考"，方可能会收获"玉田胭脂米"，他这些说法是可信的，也是具有鲜明的指导意义的。

二、《金学学案》——"红学史"新写法的移植

《金学学案》可谓《红学学案》写作模式的全方位移植，即《红学学案》的学术理念、写作原则和写作方法以及整体构想等都对《金学学案》具有直接的借鉴意义。记得黄霖曾就如何写出一部"相对精善"的红学史发过感慨：每一个时代都有每一个时代的著作……怎样与时俱进，以一种

---

❶ 张燕萍：《〈百年红学〉栏目主持人与高淮生教授访谈辑要》，载《河南教育学院学报》2012年第6期。

❷ 张燕萍：《〈百年红学〉栏目主持人与高淮生教授访谈辑要》，载《河南教育学院学报》2012年第6期。

更新、更好的理论与方法来阐释一部红学史。❶ 黄霖这一针对"红学史"编撰的期待，同样适用于"金学史"的编撰，即"怎样与时俱进，以一种更新、更好的理论与方法来阐释一部金学史"。当然，黄霖的期待是基于《红学通史》之前已经问世了多种红学史著述的学术现实提出的，而"金学"的情况则并不相同，至少在吴敢的《20世纪〈金瓶梅〉研究史长编》出版之前尚无一部金学史著问世。并且，至今也尚未再出版一部"更新、更好的""金学史"著述，尽管这样的一部"金学史"著述可能正在酝酿之中。如吴敢所说："《金瓶梅》研究史，或者说《金瓶梅》研究的研究，或者说'金学'史，已经引起不少《金瓶梅》研究者的关注。但对20世纪《金瓶梅》研究百年的回顾与思考，似还没有完整详实的记述。"❷ 可见，"金学史"著述的学术空间是很大的。那么，为什么"金学史"著述没有呈现出"红学史"著述的情形呢？我们从邓绍基对《金瓶梅》研究史的判断中或许可以获得一些感性认识，他说："在《金瓶梅》的研究史上，真正的繁荣期是出现在20世纪80年代以后。《金瓶梅》研究的学术积累并没有也不可能像《红楼梦》那样多，这有历史原因。《金瓶梅》研究在'五四'并没有出现可能出现的新局面，而主要在改革开放时期，由《金瓶梅》研究者来开创，恰恰是金学研究的重要特征、重要优点。我感到，《金瓶梅》研究事业正走向繁荣昌盛。我认为，衡量一门学问繁荣昌盛的主要标志有两条：一是它所需要的基本资料的整理出版，由不完备走向完备，由不丰富逐渐走向丰富，这是一个标志。二是出现一大批著作、论著，其中有优秀的乃至权威的研究论著。作为同步现象，也就会出现一大批研究人才，乃至是权威的人才。"❸ 由邓绍基的上述评论可见，"金学"的学术积累明显不如"红学"是导致"金学史"著述"晚出"与"少见"的根本原因。尽管如此，"金学"的这一客观环境和学术背景毕竟成就了吴敢的《20世纪〈金瓶梅〉研究史长编》这一首部"金学史"著述，的确值得金学同仁欣慰，也值得明清小说研究者关注。笔者设问：既然能够成就一部《研究史长编》，是否可以成就另一种写法的"金学史"著述呢？回答是肯定的，《金

---

❶ 陈维昭：《红学通史》，上海人民出版社2005年版，第1页。
❷ 吴敢：《20世纪〈金瓶梅〉研究史长编》，文汇出版社2003年版，第1页。
❸ 中国《金瓶梅》研究会（筹）编：《金瓶梅研究》（第十辑），北京艺术与科学电子出版社2011年版，第3页。

学学案》就是一种新写法、新体例、新格局、新史述。

《金学学案》对《红学学案》写作模式的移植可以从以下几个方面来理解：第一个方面，《红学学案》写作所坚守的两个基本"原则"同样适用于《金学学案》。这两个基本"原则"即一则"仰视其人格、平视其学术、俯视则不取"的心理原则，二则"非遇亲者而谀之、非遇疏者而略之、非遇强者而屈之、非遇弱者而欺之"的撰述原则。需要交代的是，第二个原则是对黄霖所指出的"遇亲者而谀之、遇疏者而略之、遇强者而屈之、遇弱者而欺之"的不良"史德"的反其意而用之（笔者按：黄霖所概括的"十六字"见《红学通史》"序言"）。《红学学案》之所以规定这两个"原则"是基于觉悟于长期以来的学术积弊而拟定的，当然是为了使《红学学案》的撰述能够"立得住"而设定的。当然，至于"这'两个原则'究竟是否可取或缜密呢？当留待时日以检验。由第一个原则可知，《红学学案》撰述只涉及学术事实的述评，不涉及人格价值评价。由第二个原则可知，《红学学案》撰述'不惟是非成败定褒贬，而以学术贡献论高下；秉持了解之同情，摈弃学派性偏见'。具体言之：或评其学术之新见，或述其学术之方法，或彰其学术之个性，或辨其得失之因缘；但凡涉及学术论争，必兼顾各家之说，不专一家之言"（《红学学案》"前言"）❶。《红学学案》之所以取"仰视""平视"的态度，而不取"俯视"的态度，乃出于一种对学术中的"意气之争"和"大批判式"论争的厌倦；《红学学案》之所以强调"史德"原则，乃出于"独立之精神，自由之思想"的学术考量。所以，从《红学学案》到《金学学案》都必须坚守这两个基本"原则"，也才能使所撰述的"学术史"有可能实现"相对精善"或"相对兼善"的学术追求和学术目标。而追求"学术史"撰述的"相对精善"或"相对兼善"，当然可以视作是对其学术价值尤其学术史恒久价值的追求和期待。

第二个方面，"如何写得好"以及"写出来能否立得住"这两个方面既是《红学学案》需要考虑的问题，同样也是《金学学案》需要考虑的问题。《红学学案》的"后记"中有这么一段话：读者诸君若问：既然是"学案性质"的写法，可曾考虑立案的"排序"呢？我的回答是：实在地说，此一难题非笔者之心力或精力所能胜任。无论序"齿"也罢，序"爵"也罢，

---

❶ 高淮生：《红学学案》，新华出版社2013年版。

序"泰山""东山"也罢，皆非本项学术史课题所要亟待解决的首要问题，首要的问题则是如何写得好，以及写出来能否立得住。至于可能遭遇诸如"立案未显等级、取舍尚有可议、识见有待出新、体大而难驾驭"之"物议"，势必难以规避。然而，作为一位编史者，冷静地去面对吧！[1] 笔者以为，《金学学案》的写作过程中势必同样会遇到诸如所谓"排序"问题，以及立案取舍、识见出新等问题，这些问题处理不好，同样会遭到各种"物议"。诸如"金学史"上有必要"立案考述"的"金学学人"有那么多吗？究竟哪些位值得"立案"呢？这确实是需要编述者严肃而审慎地考察、辨别的，否则，难以使遴选的"金学学人"客观真实全面地呈现"金学史"的整体面貌和真实面貌。所以，正如笔者在撰述《红学学案》过程中所感慨的那样：这并非仅仅是某哪一位学人的学术工作，而是"红学"学人普遍关注的学术工作。同理，《金学学案》的撰述过程也并非笔者一人之学术工作，而是值得"金学"学人普遍关注的学术工作。至于《金学学案》运作的过程，参照《红学学案》的做法，即以"学人综论"的论文形式先期在期刊上发表，此后进行不断的修订完善，最后结集出版。这一"学人综论"系列论文的第一篇即《考辨张竹坡家世生—平撰述〈金瓶梅〉研究长编——吴敢金学研究综论》，已经刊发于《徐州师范大学学报》2013年第3期。同样值得指出的是，这一写作过程同样并非关注所谓的"排序"问题，而是本着成熟一位写一位的原则，所谓"成熟"，即在资料阅读、构思酝酿、识见出新等方面的深思熟虑。

　　第三个方面，《红学学案》"立案考述"的工程是分期进行的，每一期12位学人，拟写60位学人，由今推远，试图建构一座红学史大厦。《金学学案》也将分期进行，每一期12位学人为一编，由今推远，试图建构一座金学史大厦。不过，由于"金学"并不如"红学"那样"发达"，尤其学术史积累不够富足之缘故，《金学学案》究竟应当为多少位学人"立案"，则有待于不断求教于方家。笔者在《红学学案》的构思写作过程中，遇到过这般质疑：红学的历史上经得起推敲的"红学家"能有多少？由此观之，金学的历史上经得起推敲的"金学家"自然也就历历可数了。这的确是一个极为敏感的问题，这类问题处理不好，不仅关涉《学案》撰述者的"清

---

[1] 高淮生：《红学学案》，新华出版社2013年版。

誉"，最要紧的是影响一部学术著述的学术价值。倘若《学案》的学术价值遭到怀疑，即便写出来了，也是没有什么意义的。

读史明鉴，鉴古知今，学术无"史"，则学术发展方向不明。《金学学案》将与《红学学案》一样，均为"鉴古知今"提供足资借鉴的学术史文献参考，当然，若能备查于后世，则说明这一种写法尚有学术之生命力。笔者赞同这样一种说法，即学术史者即学术思想史。无论如何"纯粹"的学术史或哪一种写法的学术史，都应在考察学术现象的过程中表达或归纳出具有普遍意义的学术思想，即一部学术史著述不仅需要探源溯流、提要钩玄，更需要发覆心曲、论见新识。如果《金学学案》（包括《红学学案》）尚有可取之处，则不仅在于其所具有的文献"备查"之功用，还应在于其所具有的"好学精思"之思想力量。徐朔方曾在《20世纪〈金瓶梅〉研究史长编》"序言"中说："学术史主要是'述'，但综述诸家，绝非不下断语。断语要下得确切，撰述者须有精审的辨别力。"❶ 可以说，如果学术史著述只有"述"而没有"识见"，是难以经得起推敲的。

有一种观点说：当代人写当代人，没有学术价值。这种说法有没有一定的道理呢？当然是有的了。何以见得呢？众所周知，阮元曾说过：学术乃百年之后论升降。当代人写当代人，自不免诸多顾忌或禁忌，或者"捧杀"，或者"棒杀"，这种情形在"红学"中已经显见，"金学"也非"净土"。学风关乎世风，世风骄妄，学术岂能幸免。也可见，持这种观点者不免有出于一种为学术大计考虑的隐忧，其用心不能说不够仁厚。不过，笔者还是认同红学名家胡文彬的看法，胡文彬说："至于问到我对当代红学的看法，我的陋见是一代人有一代人的红学，各自都有自己的贡献，今天未必比昨天差。对过去不必一棍子打死，全盘否定那是自我矮化。"❷ 当代金学同样也应作如是观，一代人有一代人的金学，各自都有自己的贡献，今天未必比昨天差。

《河南理工大学学报》（社会科学版）2013年第2期

---

❶ 吴敢：《20世纪〈金瓶梅〉研究史长编》，文汇出版社2003年版，第1页。
❷ 高淮生：《红学学案》，新华出版社2013年版，第317页。

附录篇

现代学案述要

引 言

　　学术史至少有三种写法：若以"时间进程"为主线，可以是"通史"的写法；若以"事件始末"为主线，可以是"专题史"的写法；若以"人物"为主线，可以是"学案"的写法。"中国之有学术史，梁启超以为始自黄宗羲《明儒学案》。若论及现代意义的学术史，梁氏的《论中国学术思想变迁之大势》实为开山作。"[1] 现代学术自清末民初迄于今，已历百年，各种学术史著述屡屡闻世，然而，因种种主观客观之缘故，相对精善且能令读者口舌生香者则并不多见，学案体学术史尤其如此。其实，学案体史著是中华传统学术史撰写的特殊方式，至今仍具有难以替代的学术价值。

　　现代学案，顾名思义即为现代学人之学术志业立案考述。或考述其一生之学术志业，或考述其专攻之学术志业，披沙拣金，知其人而论其学。是故，现代学案不同于"学术通史"或"学术专题史"，乃换一种眼光看学术，即为现代学术寻找真实而鲜活的为学传统，这是它的立意所在。

　　现代学案体制，虽旧弥新。一则现代撰述之形制略不同于《明儒学案》之形制；二则现代学案之旨趣较之《明儒学案》略有所增益。无论形制之新变，抑或旨趣之增益，皆显见现代学案撰述者之学术史立意。

---

[1] 夏晓虹：《阅读梁启超》，生活·读书·新知三联书店2006年版，第266页。

一、立案原则

现代学案立案的原则似应坚守以下两个基本原则：一则"仰视其人格、平视其学术、俯视则不取"的心理原则；二则"非遇亲者而谀之、非遇疏者而略之、非遇强者而屈之、非遇弱者而欺之"的撰述原则。以上两个原则中，所谓"仰视"者，乃敬畏其学品与人品之可敬者，此乃基于笔者撰著红学史著述《红学学案》（新华出版社2013年2月出版）之经验。所谓"平视"者，即学术平等之谓，无所谓"门户"，亦无所谓"权威"，此乃笔者通观若干学术史包括多种红学史之体察。两个原则可作为现代学案之通则，以确保学案之可信。乔福锦教授曾对两个基本原则之确立有如此评价："如此之开宗明义，即本于'史德'之自我要求。中国传统史学，既有'不虚美、不隐恶'，秉笔直书的传统，又允许不得已而'隐曲'为之的'春秋'笔法的存在。敬畏历史，对于历经磨难的前辈学人的'了解之同情'，亦是历史研究者应具备的素养。既有'脱俗谛之桎梏'而追求'独立'之精神，又具兼容并包之胸怀，同样是具备'史德'之表现。"[1] 乔福锦教授的评价既可谓《红学学案》撰述之注脚，且普适于现代学案之撰述。学案非媚世之文，亦非贬人之具，"捧杀"与"棒杀"，实违其本旨。由以上两个原则而论，"专家的偏执，哲人的傲慢，文人的轻率"[2] 均需摈弃殆尽。

钱锺书先生说："然不论'文'之为操行抑为著作，无不与'德'契合贯穿；'大人'、'小人'，具见何德，必露于文，发为何文，即征其德，'文''德'虽区别而相表里者也。"[3] 钱先生又说："一切义理，考据，发为'文'章，莫不判有'德'无'德'。"[4] 由此观之，学案的两个基本原则实在具备判"德"之功效。

笔者在《红学学案》写作过程中一直在思考"学术究竟该怎么做"的

---

[1] 乔福锦：《学科重建与学术转型时代的"建档归宗"之作——高淮生教授〈红学学案〉读后感》，载《河南教育学院学报》2013年第3期。
[2] 乔福锦：《学科重建与学术转型时代的"建档归宗"之作——高淮生教授〈红学学案〉读后感》，载《河南教育学院学报》2013年第3期。
[3] 钱锺书：《管锥编》，中华书局1986年第二版，第1504页。
[4] 钱锺书：《管锥编》，中华书局1986年第二版，第1506页。

问题，包括学术史该如何写即学案该如何写。笔者以为写作者应建立这样的信念：既要有仁厚之德，又要有智慧。所谓"仁厚之德"，即钱穆先生所说"温情的敬意"，也即陈寅恪先生所说"了解之同情"；学术是我所要的，友情，就是人间情谊，也是我所要的。这样的信念应该成为学案写作所坚守的基本原则，若无"大人"之厚德，何以成就传世之文章或学术？

二、立案人选

百年学术，学人济济；遴选之难，可比选诗。"选学案也如选诗，好诗漏了不要紧，个人所见不同；坏诗恶诗一首也不能选，选了就表明你不懂诗。"[1] 譬如钱锺书先生《宋诗选注》坚持不选文天祥的《过零丁洋》《正气歌》两篇，引来质疑之声。钱先生认为，这两首并非上品，堆砌典故，有引喻失义之弊。尤其《正气歌》并不怎么样，只是道学气浓重，居然有那么多人喜欢它！要记住，一个作家最有名气的著作，未必是他最好的著作。一部作品出名，常常是因为政治和社会各种因素造成的。[2] 由此可见，立案人选的高度敏感性将直接影响学案的学术史价值。笔者在《红学学案》撰述过程中，逐渐建立起这样的认识：学案的学术质量，应取决于撰述者之努力（德才学识），以及所立案学人之努力（学术成果和学术个性）之"兼美"。当然，后者对于前者具有主动性、选择性、导向性。

乔福锦教授认为："学人入选标准，应以传承有本、自成一家、具有学术影响为原则。"[3] 笔者认同这一观点，简单地说：学术贡献、学术影响、学术个性不仅要突出，而且应为百年学术发展过程所不可或缺。即学案要能够为立得起、站得住之现代学人"昭传"，而不必为因政治和社会各种因素造成的所谓有些名气的学人"立案"。立案的标准应当以学术为先，或为某一学科领域之有贡献学人，或为某一时代学术之代表学人。

或有学者曾就笔者《红学学案》发表了自己的看法：《明儒学案》虽体

---

[1] 这段话出自前任中国红楼梦学会副会长蔡义江先生给笔者的信（2013年5月15日）。
[2] 丁伟志主编：《钱锺书先生百年诞辰纪念文集》，生活·读书·新知三联书店2010年版，第274页。
[3] 乔福锦：《学科重建与学术转型时代的"建档归宗"之作——高淮生教授〈红学学案〉读后感》，载《河南教育学院学报》2013年第3期。

例可嘉，而四库提要已有"门户"之讥……案（笔者按：指《红学学案》）作为健在之红学数个"权势人物"立传，具体行文，又是电脑时代写作的方便与率意，其实是在为他们撕狗肉账与念太平经。❶ 以上看法尽管尖锐直露，似有三点值得注意：一则学案易见"门户"；二则学案选人宜谨慎；三则学案应以论"学"为要。其中尤以"门户之见"戒之实难，但凡"门户之见"，终究有害于学术公心，而述史者才学识之外，有公心则最为紧要。

应当引起重视的是，立案之人选最易遭到"物议"。由笔者之写作经历而言，无外乎"立案未显等级""取舍尚有可议""识见有待出新""体大而难驾驭"之类。这般"物议"的存在并非可有可无，往往的确兼有告诫之意，即时刻提醒撰述学案者要审慎以待，所立案之学人、所做之评价要能够立得起、站得住，或者说要能为现代学人正形象。

三、立案写作

立案之写法则因立案之对象以及撰述者之趣尚而不尽相同，当然，学案之旨趣不变，为现代学术建档归宗的宗旨不变。总之，应以"昭传"其荦荦大端之学术识见以及精神气象为首务，至于细枝末节处，若能见出大立意，则必录无疑。

（一）选材

立案之材料至少包括以下方面：（1）学人之著述；（2）学人之书信、日记、札记、随笔、回忆录（包括口述文献）等；（3）各种评价性论争性文献资料；（4）相关的足以参证所立案学人之"学"与"人"的资料。以上递次所列材料便构成了文献资料的系统性，这些资料不仅有待于不断地发现，同时有待于重新辨析以及重新评价。笔者在写作学案文章时不仅阅读所立案学人的论著成果，还要阅读其书信、日记、回忆录、传记包括口述文献，并同时阅读他人的相关评论文章尤其论争性文章，这是写出一个立体生动学人之必要准备。当然，如果不能搜集到书信、日记、回忆录、传记等文献资料，这就需要从学人论著以及他人评论文章的字里行间找寻所需要的有关所立案学人"学"之性分与"人"之心理两方面的信息，进

---

❶ 这段话出自淮北师范大学古籍整理研究所纪健生先生给笔者的信（2014年4月26日）。

而深入全面地了解其从事学术研究的心理动机,即心路历程。如若不能考辨其为学之心路历程,也就难以呈现其立体生动之形象。学案之为体,既能昭传案主之为学业绩,又当昭然以揭其"精神之蜕迹,心理之征存"。❶当然,正如"诗文斟酌推敲,恰到好处,不知止而企更好,反致好事坏而前功弃。锦上添花,适成画蛇添足矣"❷。

选材之难尤其难于辨识,不尽信书,斯为中道。钱锺书先生说:"顾尽信书,固不如无书,而尽不信书,则又如无书,各堕一边;不尽信书,斯为中道。"❸选材首要之务在于辨识可信之材料,如何辨识?文献的考证辨伪以存真。王水照先生在《钱先生的两篇审稿意见》一文中说:"研究者、解读者与面对的史料、文本之间,横亘着三重障碍:一是无法彻底了解古人的具体语境;二是无法摆脱已有的对该史料的认识和解读,会自觉或不自觉地受其影响;三是无法脱离自身的时代、环境、经历、学养的限制,由此造成的'文字之执'是必然存在的。钱先生经常告诫我们不要死于古人句下,不要迷信'票面价值',要穿透文字表面而看其底蕴真相,所言具有普遍的指导意义。"❹吴孟复先生则说:"读诗话者,要在善观其通,且取其切近有用,一些门面之语,不必纠缠。"❺"门面之语"往往言不由衷,无论是何种心理驱使而为,无疑最易惑人,难免欺人自欺,选材之时不仅需要辨识的功夫,更需要舍弃的勇气。

辨识的勇气更在于揭出仿造、滥造者,如钱锺书先生说:"余则更进一步解曰:诗文之累学者,不由于其劣处,而由于其佳处。《管子·枢言》篇尝谓:'人之自失也,以其所长者也',最是妙语。盖在己则窃喜擅场,遂为之不厌,由自负而至于自袭,乃成印板文字;其在于人,佳则动心,动心则仿造,仿造则立宗派,宗派则有窠臼,窠臼则变滥恶,是则不似,似即不是,以彼神奇,成兹臭腐,尊之适以贱之,祖之翻以祧之,为之转以败之。"❻若详细考辨一位学者一生或某一领域之学术志业,因"自袭"而

---

❶ 钱锺书:《谈艺录》,商务印书馆2011年版,第654页。
❷ 钱锺书:《谈艺录》,商务印书馆2011年版,第574页。
❸ 钱锺书:《管锥编》,中华书局1986年第二版,第98页。
❹ 丁伟志主编:《钱锺书先生百年诞辰纪念文集》,生活·读书·新知三联书店2010年版,第111页。
❺ 吴孟复:《吴山萝诗存》,黄山书社2015年版,第259页。
❻ 钱锺书:《谈艺录》,商务印书馆2011年版,第441页。

成印板文字者历历可见，因尊崇宗派而"成兹臭腐"文字者亦历历可见。尤可见学案文章之难，更难在直言正道之勇气。

钱锺书先生认为："同一书也，史家则考其述作之真赝，哲人则辨其议论之是非，谈艺者则定其文章之美恶。"❶ 由钱先生以上表述可见，同一种著述，观察视角不同则选材的旨趣不同，学案虽以传信纪实昭传后世为第一义，然辨其议论之是非，以及定其文章之美恶，且不可视若无睹。何以如此？笔者以为，学案应考察所立案者至少两个方面的"兼美"：（1）考据、义理、辞章之兼美；（2）人与书之兼美或合一。这既是现代学案所应确立的一种学术史理想，又是评价学案人物的一种标杆或学术境界。此一理念姑可看作现代学案撰述者所追求的学术"倾向性"，虽不能至，当心向往之。

（二）结体

由于现代述学文体随时变易所致，现代学案结体略不同于《明儒学案》显而易见。加之所考述学人之学科归属各异，以及当代写作者对于现代述学文体之习惯各异，于是呈现出灵活多样的著述面貌。当然，其现代述学之大体则不变。

1. 辨章学术，考镜源流。现代学案的引言部分应大概交代学人之学科归属、学术传承以及学术环境，撮要简述其代表性成果，略加考述其学术之动机或心理背景，概述其学术精神、学术个性以及学术影响等。

2. 述评成果，提要钩玄。现代学案的主体部分应主要包括两方面：一方面即述评学人之成果，另一方面即述评学人之述学方法。具体而言，即述其学术新见，明其学术贡献，详其学术大端，略其述学枝节，尤不可陷入琐屑饾饤。荦荦大者为之揭出，徐则不论。钱锺书先生说：古人立言，往往于言中应有之义，蕴而不发，发而不尽。康德评柏拉图理念，至谓：作者于己所言，每自知不透；他人参稽汇通，知之胜其自知，可为之钩玄抉微。❷ 所谓钩玄，即抉微作者每自知不透之义，此乃可见学案撰述者之才学识。所谓提要，不啻归纳其述学要点，尤需揭出其述学关键。至于述评学人之述学方法，此乃学案所必须之着力点。可以说，归纳评述传主于为

---

❶ 钱锺书：《钱锺书集：写在人生边上；人生边上的边上；石语》，生活·读书·新知三联书店2002年版，第102页。
❷ 钱锺书：《管锥编》，中华书局1986年第二版，第45页。

学过程中所做出的方法论贡献,将对学术发展具有非同寻常的意义和价值。许倬云先生曾这样说:"中国近代学术的不能有健全的发展,大半该由空疏之士负责,小半当由做了细功夫却不更进一步系统化的人士负责。"❶ 所谓"系统化",即理论化之过程,即对文献材料的整理归纳过程,它是提出理论性解释的基础,也即"概念化"之基础。余英时先生在谈及陈寅恪先生之学术实践时说:"陈先生的概念化来自中国的深厚传统,因此才能反照这个传统,使它重新发出现代的光芒。"❷

3. 指陈得失,明确褒贬。以论代史固不可取,然以引述代论断亦不可取。或显其一隅之偏好,或辨其得失之因缘。即便其思考未必周全,着眼洞见则不可或缺。若"只看担上之花,拾牙余之慧,实未细读"❸。但凡涉及学术论争,则兼顾各家之说,不专一家之言,皆因学术问题,各陈所见而已。若涉及臧否褒贬,无论"捧杀"或"棒杀",均不可取。学术史的确需要分出高下方可见其独特贡献,学人之述学究竟是"照着讲",抑或是"接着讲",辨识其在学术史上之或进步、或徘徊、或退步之情状,以供后学明鉴。陈平原教授说:"以'作人传,立学案'为编撰体例,既可扬长——借大量细节凸显传主的学行,便于读者接受;又可避短——鸿篇巨著的'综论',非目前学界所能承担。只是有一点,没有学术史视野的学案,很可能见木不见林,深陷入主出奴的意气之争。"❹ 所以,应将"传主"置于学术史进程中凸显其学术贡献、学术影响、学术个性或学术精神之得失优劣,以彰显学案之学术史存在价值和意义。

4. 道其未尽,引发思考。现代学案的结语部分或能尽发"太史公曰"赞论之遗意以结案,或能以零余之材料发挥其"拾遗补缺"之效(补证主体部分钩玄抉微之未尽),或能揭出所立案学者之"治学要诀"以闻世,或能由所立案学者之"人""文"关系提出问题以引发思考,如此等等。总之,结语之谈,关合全篇;若行文得体,可成学案余响。

(三)笔法

所谓笔法,或指称学案写作的策略,或指称学案写作的表达方式,前

---

❶ 梁实秋,许倬云等:《再见大师》,岳麓书社2015年版,第163页。
❷ 彭国翔编:《卮言自纪——余英时自序集》,北京大学出版社2012年版,第98页。
❸ 钱锺书:《谈艺录》,商务印书馆2011年版,第621页。
❹ 陈平原:《学者的人间情怀》,生活·读书·新知三联书店2007年版,第114页。

者应有定规，后者略可不同。陈平原教授说："作为史家，必须坚守自家立场，既不高自标榜，也不随风摇荡，更不能一味追求文章之'酣畅淋漓'。有时候，论者之所以小心翼翼、左顾右盼，文章之所以欲言又止、曲折回环，不是缺乏定见，而是希望尽可能地体贴对象。"❶ 以上陈述之关键词包括："自家立场""左顾右盼""体贴对象"等。"自家立场"，乃良史之必备，即"独立之精神，自由之思想"；"左顾右盼"，引申言之即"读出门道，评其关键；瞻前顾后，左顾右盼"。此法乃明察其秋毫以独立识断之权变，可力避为案主"撕狗肉账""念太平经"之讥；"体贴对象"，应以"温情的敬意"设身处地为对象着想，尤以把握对象之为学动机或心理活动最为难能可贵。

唐德刚先生《从晚清到民国》自序："笔者不学，在个人拙作中，虽因时跻电脑时代，检索日益方便，而不愿再循繁琐史学之旧辙，然无征不信之史学清规，则绝不敢逾越也。至于褒贬古人，月旦时贤，虽每以轻松语调出之，然十思而后言，语轻而义重，亦未敢妄下雌黄也。"❷ "无征不信"，可指称写作之策略，"月旦时贤"，可指称写作之表达方式。尽管识见评断寓于材料之中乃人所共知，但因文体或对象不同，其表达识见评断之具体笔法则略有异处。笔者以为，写作学案类文章，免不了要用上春秋笔法，此乃笔者《红学学案》著述之习用写法。2013年4月17日由中国红楼梦学会、中国艺术研究院红楼梦研究所、《河南教育学院学报》共同主办的"《百年红学》创栏十周年暨《红学学案》出版座谈会"上，孙伟科研究员曾将《红学学案》写法总结了两句话：借力打力，曲终奏雅❸。这两点总结得好，因为更适用于褒贬古人、月旦时贤。刘勰《文心雕龙》说："褒见一字，贵逾轩冕；贬在片言，诛深斧钺"❹，此可为妄下雌黄者明鉴。"借力打力"，既可以把问题讲充分，又给人以思考的空间；"曲终奏雅"，则有助于规避"棒杀"之武断，并体现"温情的敬意"之精神。"借力打力"和"曲终奏雅"联系起来说，或可看作"奇文共欣赏，疑义相与析"。

---

❶ 陈平原：《燕山柳色太凄迷》，载《读书》2008年第12期。
❷ 唐德刚：《从晚清到民国》，中国文史出版社2015年版，第1~2页。
❸ 《河南教育学院学报》编辑部：《〈百年红学〉创栏十周年暨〈红学学案〉出版座谈会》，载《河南教育学院学报》2013年第3期。
❹ 刘勰著，周振甫注：《文心雕龙注释》，人民文学出版社1981年版，第169页。

四、立案意义

现代学案可谓现代学术史所不可或缺之写法，即盘点某一门学科或某一学术领域之家底，为现代学术建档归宗。它既是对学术遗产的审视，同时又是对学术遗产的保存。

学风关乎世风，由所立案学人所浸染之学风，可知世风之升降显隐。众所周知，一个时代有一个时代的学术，每一个时代学术脱不开彼一时代价值观和主流意识形态之影响，而影响之大小，则因人而异。因人而异之表现则大体由学人之人格独立性或自由精神所决定。其独立性或自由精神强些，则所受影响便小些；其独立性和自由精神弱些，则所受影响自然大些。这种情形，均可从学人之学术成果中体察。所谓世风骄妄，则学风无信；世风敦厚，则学风无欺。乔福锦教授在评价《红学学案》时曾说："我以为，这部学案体新著之问世，对于学科历史反思、当下问题检讨及未来路向选择，具有重要意义与特殊价值。对于时下学风、文风及中青年一代为学方向之改变，同样会有极大帮助。这些看法，即使短期内难以获得更多认同，时间也会给予证明。"❶ 现代学案史著之重要意义与特殊价值并非短期内即可获得认同，这与当代学术研究之风气息息相关。

笔者曾在接受《燕山大学学报》学术访谈时说：只要红学值得"立案"的学人还在，"红学"也就还在。我是很希望能尽快读到更多的别具一格且能令人"口舌生香"的红学著述，尤其红学史著述，从而增强红学的学术活力，并使红学事业能够兴旺发达。❷ 由红学推而言之，人文社科各学科领域的存在依据以及生命力皆取决于值得"立案"学人的数量和质量，尤其质量，这是不言而喻的。可以肯定地说，学术若无"史"可鉴，它的发展也就没有方向，由此正可见现代学案之价值和意义。

结　语

应当明确的是，学术史研究与拓新性专题研究相比毕竟属于"二等学术"，不过，的确需要非同一般的德才学识才能做得好。学术视野应追求

---

❶ 乔福锦：《学科重建与学术转型时代的"建档归宗"之作——高淮生教授〈红学学案〉读后感》，载《河南教育学院学报》2013 年第 3 期。
❷ 高淮生，董明伟：《红学学术史研究的新路径——〈红学学案〉著者高淮生教授学术访谈录》，载《燕山大学学报》2013 年第 2 期。

"博观"，治学方法应强调"圆照"，史家见识应达成"通识"，史家心性应具备"仁德之心"，这是成就"立得住"且"相对精善"之学案史著的几大要素。或者说，现代学案之写作，非做到"考据、义理、辞章"三者兼美以及"人书合一"之境界，则不能成就其精善之美。现代学案是楷模《明儒学案》以及《史记》纪传的"另一种学术史"，同样是"辨章学术，考镜源流"，则以兼顾"正襟危坐"而"意蕴宏深"与"口舌生香"而"通邑大都"之美，洵非易事也。由此观之，学案史著洵非"二等"之德才学识所能为。

再者说，若由学术乃百年之后论升降言之，现代学案似难成立。皆因距离所立案学人之时日未远，自不免诸多顾忌或禁忌，或"捧杀"，或"棒杀"，此种情形更是在所难免。当代人能否写出相对精善的现代学术史？孙伟科研究员则认为："我的看法是，正是因为当代史难写，所以才要写。现在众说纷纭，就连传主都不同意，那正好提供了超越的机会。现在犯了一个低级错误，那以后就可以不犯了嘛。假如我们都说当代史很难写，都不写，那超越的机会也就不存在了。所以我觉得在这个问题上也要持开放的态度。"❶ "超越"者，"承前启后"之谓也；"超越"者，"创新"之谓也。善哉此言之中肯，洵非器量格局之拘忌者所能道。

梅节先生曾对笔者写作《红学学案》给予如此告诫："传世之作，不要急于求成，慢工出细活。"❷ "慢工出细活"正道出了现代学案写作的"时态"，即它不是"过去完成时"（对已经刊出的学案文章而言），而是"现在进行时""将来完成时"。"传世之作"所传究竟为何？请以钱玄同之说以应答："要之，太史公书之好处全在其作意，最大者如所谓'述往事，思来者'。盖史公深明历史为记载人群遥代之迹，使人得鉴既往，以明现在，以测将来，决非帝王家谱、相斫书也。"❸ "现代学案"若果能"传世"，必当于"述往事，思来者"之"作意"求之而已。

补记：该文是为《现代学案》栏目建设而精心撰写。《现代学案》宗旨：致力于考述清末民国至当代学人之学术成果，表彰其学术个性，昭传其学术精神，以为现代以至未来的中国学术提供可取的典范或范型，并为人文社科的各学科之学术史撰述提供鲜活的学术个案史料。《现代学案》栏

---

❶ 《河南教育学院学报》编辑部：《〈百年红学〉创栏十周年暨〈红学学案〉出版座谈会》，载《河南教育学院学报》2013年第3期。
❷ 这段话出自香港红学家、金学家梅节先生给笔者的信（2012年12月24日）。
❸ 杨天石：《钱玄同日记》（整理本），北京大学出版社2014年版，第314页。

目开设已经两年余，计 12 期，立案考述了自民国至今的 22 位学人之学术志业，他们依次是余英时[1]、陈寅恪[2]、徐筱汀[3]、佟晶心[4]、陈庆年[5]、梁启超[6]、白盾[7]、叶昌炽[8]、冯叔鸾[9]、张岂之[10]、钱南扬[11]、叶舒宪[12]、夏书章[13]、安若定[14]、谢国桢[15]、徐调孚[16]、苏渊雷[17]、匡亚明[18]、王謇[19]、熊十

---

[1] 高淮生：《倡导新典范，启示后来者：余英时的红学研究述论》，载《中国矿业大学学报》（社会科学版）2014 年第 1 期。

[2] 乔福锦：《华夏人文学术之现代重建——陈寅恪先生人生志业考论》，载《中国矿业大学学报》（社会科学版）2014 年第 1 期。

[3] 赵兴勤，赵韡：《徐筱汀戏曲研究的主要特色与学术贡献——民国时期戏曲研究学谱之十六》，载《中国矿业大学学报》（社会科学版）2014 年第 1 期。

[4] 赵兴勤，赵韡：《佟晶心戏曲研究的学术取径与创新意义——民国时期戏曲研究学谱之十八》，载《中国矿业大学学报》（社会科学版）2014 第 2 期。

[5] 杨翔宇：《陈庆年史学志业述略》，载《中国矿业大学学报》（社会科学版）2014 第 2 期。

[6] 周生杰：《巨灵与泰斗：梁启超史学研究述略》，载《中国矿业大学学报》（社会科学版）2014 年第 3 期。

[7] 吴夜：《白盾红学思想述略》，载《中国矿业大学学报》（社会科学版）2014 年第 3 期。

[8] 周生杰：《孟晋超群：叶昌炽藏书研究成就与影响》，载《中国矿业大学学报》（社会科学版）2014 年第 4 期。

[9] 赵兴勤，赵韡：《冯叔鸾"戏学"的丰富内蕴及文化旨归——民国时期戏曲研究学谱之二十》，载《中国矿业大学学报》（社会科学版）2014 年第 4 期。

[10] 藏明：《"三结合"的学术视阈和学术方法——张岂之先生史学志业述略》，载《中国矿业大学学报》（社会科学版）2014 年第 4 期。

[11] 苗怀明：《开拓与总结：钱南扬先生南戏研究述略》，载《中国矿业大学学报》（社会科学版）2015 年第 1 期。

[12] 王倩：《探寻中国文化编码：叶舒宪的神话研究述论》，载《中国矿业大学学报》（社会科学版）2015 年第 1 期。

[13] 王锋，郭哲：《中国当代行政管理学的开拓者——夏书章先生行政管理思想述论》，载《中国矿业大学学报》（社会科学版）2015 年第 2 期。

[14] 胡可涛：《复兴中华 重铸黄魂——安若定的"大侠魂主义"述略》，载《中国矿业大学学报》（社会科学版）2015 年第 2 期。

[15] 商传：《谢国桢史学志业考述》，载《中国矿业大学学报》（社会科学版）2015 年第 3 期。

[16] 赵兴勤，赵韡：《徐调孚戏曲活动述论——民国时期戏曲研究学谱之二十一》，载《中国矿业大学学报》（社会科学版）2015 年第 3 期。

[17] 藏明：《苏渊雷先生学术志业述略——以"易学"为中心之考察》，载《中国矿业大学学报》（社会科学版）2015 年第 5 期。

[18] 王永久：《匡亚明教育思想与实践考论》，载《中国矿业大学学报》（社会科学版）2015 年第 4 期。

[19] 周生杰：《扶轮风雅见襟期——苏州近代学者王謇学术志业述略》，载《中国矿业大学学报》（社会科学版）2015 年第 5 期。

力❶、唐德刚❷、冯友兰❸等。其中,尤其以"余英时之红学述论""陈寅恪之史学考论""钱南扬之戏曲学谱""梁启超之史学述略""叶舒宪神话学述论"等个案可为范文示例。当然,若由《现代学案述要》一文所阐述之述学要义和述学理想考量,则犹有继续改进之处。学无止境,日新又日新,述学亦当如是观,若能抵达"相对精善"以及"人书合一"之境界,则足以慰藉述学者立言之心矣。

《中国矿业大学学报》(社会科学版) 2016 年第 3 期

---

❶ 高旭:《熊十力视界中的〈淮南子〉》,载《中国矿业大学学报》(社会科学版) 2015 年第 5 期。

❷ 李春强:《文学立场、文化切入与文体新造——唐德刚〈红楼梦〉研究述略》,载《中国矿业大学学报》(社会科学版) 2015 年第 6 期。

❸ 陈豪珣:《旧邦新命:冯友兰哲学志业述论》,载《中国矿业大学学报》(社会科学版) 2016 年第 2 期。

不忘初心　吾道不孤
——聆听"高淮生教授与红楼梦"讲座有感

王祖琪

2016年10月18日16时,文法学院中国语言文学专业高淮生教授登坛做题为"高淮生教授与红楼梦"的主题讲座,开启了图书馆"知学讲堂"的第一课。

装帧精美的纪念书签,温馨整洁的半开放式讲堂,提前预约的现场参与方式,实时大屏幕直播的现代化传播方式……使得听众们可以与红学研究名家面对面,可以与学术零距离亲近。"知学讲堂"让我们这些幸运的首批听众过足了一把"学术瘾"。

8年前,中国矿业大学人文大讲堂——镜湖讲堂开坛,高教授正是首场讲座人。在那次讲座开始前,高教授做了两首《镜湖讲堂题咏》绝句,其中一首即"镜湖堂上说惶恐,引玉抛砖我不羞。莫道红楼天地小,九州四海大红楼"。这一回的"知学讲堂"开坛,高教授一往情深地再次吟咏了这首绝句,娓娓道来中,不由得令人神往不已。

一、书山有路灵为径

"书山有路灵为径,学海无涯乐作舟!"这是高教授改编的一联对句,也是一直支持他35年来孜孜以求地读书和从事学术研究的一个理念。

百年红学,纷纷扰扰,各种研究视角,各种话语交锋层出不穷。在书山学海中如何独辟蹊径,寻找属于自己的"红学之路"?高教授的《红学学案》找到了一个突破口,以学人为研究对象,构建独辟蹊径的红学学术史范式,为后人的研究奠定坚实的文献基础。在学术研究之余,高教授以那不断发酵的学术影响，积极投身于红学学科建设之中。他连续两年策划了分别在徐州举办的"纪念曹雪芹诞辰300周年学术研讨会"以及在郑州举办的"《红楼梦》文献学研究高端论坛"，全国红学专家聚集起来，总结红学的过去，反思红学的现在，畅想红学的未来。与此同时，《中国矿业大学学报》（社会科学版）也积极开设"现代学案"栏目，由高教授主持，专注于呈现现当代学人之学术业绩和学术个性，为此后人文社科的学科史积累丰富的文献档案资料，这是一档学术性很纯粹的栏目，赢得了学界同仁的赞扬。近两年，高教授的学术影响更是走出国门，韩国著名红学家、翻译家崔溶澈教授主编的红学学术杂志《红楼》连续两期报道了高教授本人的学术业绩以及他的学术活动。

读书不可读"死"，学问不可言"苦"。只有保持深爱，保持灵性，才能攀登书山，畅游学海。高教授的红学研究是一种创新的眼光与思路，也为我们这些后辈学子提供了一种可借鉴的研究方法。

我们每一个来参加讲座的听众，都是怀着对《红楼梦》的热爱，对高教授人格的敬佩以及学术的憧憬而来。高教授与《红楼梦》的缘分成为大家最感兴趣的话题。在讲座上，高教授回顾了自己走上红学之路的心路历程。

高教授与《红楼梦》的缘分缘起于即将步入大学的那个暑假，初中班主任王老师送了他一套人民文学出版社出版的《红楼梦》。在此之前，高教授曾被风靡全国的越剧电影《红楼梦》深深吸引，为黛玉洒泪，为宝玉感怀。当有机会接触这套经典名著，高教授立刻就陷入了进去。"演员要想把戏演好，就要把心扎在舞台上。读书人要想读好书，则要一头扎进书中。沉溺在《红楼梦》中，是一件多么浪漫的事。"一梦三十余年，从此以后，高教授整个人格、情怀、学术便与《红楼梦》紧密联系在了一起。1998年高教授受邀为大学生做了一场经典导读的讲座，大家一致要求讲一讲《红楼梦》，那次讲座的讲稿整理之后，便成为发表在《红楼梦学刊》1999年第1期上的学术论文《红楼之"淫"的启示》，这第一篇研究《红楼梦》的论文，也就宣告了他红学之路的正式开启。

高教授将自己与《红楼梦》的因缘归结于缘分，这是多么美妙浪漫且精准的表达。"缘分"二字是世间一切美好的注脚。绛珠仙草与神瑛侍者的生生世世是缘分，曹雪芹感念闺阁而"昭传"红楼人物是缘分，我们今天能够坐在这里聆听高教授的讲座亦然是缘分。

二、常怀千岁忧

古乐府有歌曰"人生不满百,常怀千岁忧",自古以来,有独立人格的有识之士就常怀对于宇宙人生世间万物的忧患之情,高教授便是这样一位具有忧患意识的学者。

谈到《红学学案》的创作动机时,高教授说自己是受钱锺书先生《谈艺录》的影响。《谈艺录》不仅是一部文学艺术著作,更是一部"忧患之书"。忧患意识最能促使人不断地反思,进而不断地成长。回顾百年红学,热热闹闹,也存在很多积压许久的历史问题。如何厘清纷繁复杂的线索,如何为红学铺就一条崭新的平整大道,是有责任心、有担当、有眼光的红学研究者需要首先考虑的问题。《红学学案》就是被这种忧患之心驱使着,做了一次有益的尝试,一次卓有成效的尝试。

高教授谈到,他是 20 世纪 80 年代的大学生,那是中国真正的启蒙期,从抗日救亡到民族富强,中华民族一路走来,到了 80 年代又是一个转折点。青年大学生开始重新思考民族的未来,思考自己的使命。可惜的是,今天的大学生却失去了这种激情与热血。高教授给自己的定位是,自己在做学者之前首先是做一位高校的教师,"寓教于乐,寓教于美"。

高教授让大家思考学术的三重关系,首先是学术与致用的关系。华罗庚先生曾为我校题辞"学而优则用,学而优则创",这更倾向于工科而言。那么,对于我们人文社科类学科,应该如何"用"?又如何"创"呢?这是困惑我许久的问题,高教授解决了这一疑团。他谈到,现在的大学生并不能完全理解"学"与"用"之间的关系,比如参加很多的社团活动,好像每天都在忙忙碌碌,可最终并没有什么收获。但其实"用"并不是功利性的,也不是立竿见影的。今后在座的大家不一定都会从事学术,但是无论是从政从商还是从教,都要读书,都要思考,需要涵养心性。这样才能成为政治家,成为儒商,成为教育家。

第二,是学术与人生的关系。学术与一个人的学养和性分密不可分,学术研究的内容也在不断影响着人,不断塑造着人。静下心来,学术会促进人生的发展,反之,浮躁的学术也会导致浮躁的人生。高教授以自己的"学案"体红学史研究为例,这个选题本身就是在与红学大家们对话,在这个过程中也在不断涵养自己的心性，不断学习大家们的个性品格和学术方法。

第三，是学术与时代的关系。高教授谈到，今天我们的经济迅速攀升，国力不断增强，可是我们的文化自信却不够。文化自信来自学术，来自有创新意义的成果，这就需要我们从读书开始，要有独立思考的能力，敢于质疑和批判。高教授的这段话对我的触动很大，我们作为当代大学生，不仅仅应该把目光拘泥于自身，而应该置身于整个时代，常怀忧患之心，勇于担当，不忘使命。通过读书，通过研究，不断提高文化自信，尽自己最大的力量去产生影响，即使一开始只是微弱荧光，也终能照亮一片天地。

三、如果感念成为一种习惯

高教授曾写过一首现代小诗"如果，感念，成为一种习惯，就像，农夫山泉，有点甜"。

在讲座中，高教授不断重复说着的词汇即"感念"，感念一路走来那些可敬的师友们的陪伴与支持。为了让大家更加直观地认识各位前辈学者，高教授将自己珍藏的与师友们交往的照片和书信手迹都拿到了现场，让我们能够和这些珍贵的鲜活文献零距离接触，感受他们之间的交谊与情怀。

高教授饱含感情地介绍这些学人，他们可敬的品格，深厚的学养，各具特色的学术主张，影响着我们每一位听众。其中，有几位先生给我留下了深刻的印象，首先，是胡文彬先生，他是高老师十多年的良师益友。高教授总结这位红学家"看书多，写书多，忧患多，朋友多"，老先生如今近八十岁了，依然笔耕不辍，保持着不断地读书和思考的好习惯。这是老一辈学人的风范，读书、学问、做人三位一体，成为不可割舍的有机组成部分。

蔡义江先生曾将书信中的一段话写成了书法作品赠予高教授，曰："选学案也如选诗，好诗漏了不要紧，个人所见不同；坏诗恶诗一首也不能选，选了就表明你不懂诗。"高教授说蔡先生的这句话简直醍醐灌顶，对他的"学案"写作的影响意义非常。谈"学案"如谈人生，选择学人如选好友，如何甄别，考验着一个人的综合素养和能力。

除此之外，张锦池先生、李希凡先生、郭豫适先生、梅节先生、乔福锦先生、崔溶澈先生、李金齐先生、张燕萍女士等学者都给我们留下了深刻的印象。他们个性各异，但是无论从人格上还是学术上都一丝不苟，求真求善，值得我们这些后辈尊敬和学习。

高教授时常把对这些人的感念放在心里。他说："我希望把《红学学案》做成学人昭传的文章，也可以说是学人的《红楼梦》。记录他们可贵的人格品格，高远的学术追求，丰富的学术成果。也是为了后来的年轻学者们能够找到详实真实的材料，了解百年红学研究的风貌。"这是一种多么大的气魄与胸怀！又是多么谦虚的品格与态度！

当今社会，一方面是经济社会的大发展，一方面则是"为官者骄妄、为商者骄妄、为学者骄妄、为民者骄妄"，抛却这"骄妄"的风气，学会"感念"吧！无论是做学问还是做人，一定要在心中保留柔软与温和，何况是研究《红楼梦》这部"情书"，更要讲"情语"做"情事"。高教授在与乔福锦教授的讨论中达成共识："学术是我想要的，人间情义也是我想要的，如果二者发生冲突，我取人间情义！"

"人间情义"四字掷地有声！现场爆发出雷鸣般的掌声，那是发自内心的尊重与敬佩！一位真正的学者，不仅仅靠等身的著作、卓越的成就以诠释，更要有高洁的品格、独立的思想、长远的眼光、宽广的胸怀以成就。高教授便是如此，他让我们领略学术的真谛，启迪我们思考人生的终极意义，这就是文化的力量，人格的感染。

"古今石头记，天地大观园"，高教授本场讲座的意义是深远的，作为听众，我们在聆听中反思，在反思中成长。吾辈问学者当潜心向学，一路前行，不忘初心。因为，吾道不孤！

后 记

《红学丛稿新编》中的多数文章陆续地发表在几家学报期刊上，它们分别是《红楼梦学刊》《中国矿业大学学报》（社会科学版）、《河南教育学院学报》（哲学社会科学版）、《河南理工大学学报》（社会科学版）、《咸阳师范学院学报》（社会科学版）、《曹雪芹研究》等，笔者谨向几家学报期刊主编和责编表示诚恳的谢意。

《红学丛稿新编》"引证辑录"中的《徐复观〈红楼梦〉引证辑录》一文是由笔者的研究生王祖琪独立完成的，该文的著作权归属于王祖琪。之所以收录这篇文章，是因为这三篇"引证辑录"都是对笔者的学术倡导的一种回应或示范，尽管这一回应或示范也只是做了一半的学术工作即"学术文献来源与辑佚"，另一半的"学术文献考辨与笺注"尚待完成。"附录"的《不忘初心 吾道不孤——聆听〈高淮生教授与红楼梦〉讲座有感》一文也是由王祖琪独立完成，该文是对笔者于2016年10月18日16时为中国矿业大学图书馆开办的人文讲堂"知学讲堂"所做首场演讲的学术报道，该文较为中肯地评价了笔者的学术研究工作，故此"附录"以为存照。笔者希望她在读研期间，不仅能够多读有益于学业进步的好书，同时期待她能够写出更多引人思考的好文章。《关于〈红楼梦〉影视改编的思考》一文则是笔者与早年的硕士研究生李春强的合作成果，这篇文章的影响较为广泛。李春强于两年前获得扬州大学的文学博士学位，现在的工作单位是南京师范大学泰州学院，他对现代作家的《红楼梦》接受课题颇有研究，笔者希望他能够早日出版大著，以飨读者。

《红学丛稿新编》"学术对话"两篇文章的合作者崔溶澈教授、吴漠汀教授尤其令笔者敬佩，这一敬佩之情源自他们对于《红楼梦》外译的执着和精益求精的信念和态度。他们分别参加了由笔者与乔福锦教授策划的红学研讨会，吴漠汀教授参加了 2015 年春举办的"历史回顾与未来展望——纪念曹雪芹诞辰 300 周年学术研讨会"（江苏·徐州·中国矿业大学），崔溶澈教授则参加了 2016 年春举办的"历史回顾与未来展望——《红楼梦》文献学研究高端论坛"（河南·郑州·河南财政金融学院）。笔者与两位教授的学术交往至今记忆犹新：（1）吴漠汀教授得知笔者略通书法之艺，便发来短信道："高老师：你好！我在徐州看见您的书法大作，我十分欣赏。所以能不能求你个事？我自己和几个同事一起成立了'欧洲《红楼梦》研究协会'，我们想写一个中国书法的协会名，准备用你写的这个书法协会名来邀请你和别的红学家参加我们今年 11 月 6～7 日于德国的曹雪芹诞辰 300 周年研讨会。你能帮我写一下？多谢了！我目前特别着急需要的是电子版，如果可能的话，写好了最好通过电子邮件发给我。原艺术品我们就下一次见面我来取。本协会名称叫作：欧洲《红楼梦》研究协会。多谢！吴漠汀"（2015 年 4 月 16 日）。笔者读信后随即奉书两幅以供任选，此后也收到了吴漠汀教授发来的邀请函，尽管因故没有赴会，其诚恳邀请之谊至今感念。（2）笔者与崔溶澈教授的学术交谊则更加生动。2015 年 8 月 18 日下午 3 时，笔者在徐州市云泉山庄 8421 房间与前来参加徐州工程学院主办的第十一届国际金学研讨会的崔溶澈教授交谈韩文译本《红楼梦》问题，崔夫人旁听并拍照。彼此谈得很畅快，相互题词留念，并且盛情邀请崔溶澈教授得闲暇之时来中国矿业大学做学术交流。9 月 22 日下午，收到崔溶澈教授从韩国快递的韩文全译本《红楼梦》一函 6 册，令笔者欣慰。10 月 29 日下午，笔者推荐崔溶澈教授在中国矿业大学镜湖大讲堂做了一场题为《红楼梦与四大奇书在韩国》的学术讲座，该场讲座由校团委主办，由笔者主持。接着安排崔教授于 10 月 30 日上午做了一场《中国文化在韩国》的学术交流，本次学术交流由文法学院中文系主办，也由笔者主持。30 日中午，于徐州非遗技艺传承企业"大张烙馍村"酒店设宴款待崔教授，品尝地道徐州风味菜肴，崔教授情不自禁地感慨道：美食在中国！饭后，回到南湖校区笔者的办公室喝茶聊天，并写字留念。下午 4 时，笔者开车送崔教授到徐州东站以返回北京，彼时，崔教授正受聘北京大学做短期讲学。2016 年 1 月 11 日，收到崔溶澈创办的"韩国红楼梦研究会"的会刊《红楼》创刊号电子文档，《创刊致词》中刊出了笔者此前为崔教授书写的一幅字："红学传海东"。

本期《红楼》上刊发了崔教授的《2015年曹雪芹诞辰300周年纪念研究活动》一文，其中详细记述了笔者所做的《红楼梦》韩译本的访谈，以及崔教授在镜湖讲堂的讲座现场，并配发了相关照片。这一期《红楼》同时刊发了乔福锦教授的《红学：学理分歧，学术对立，学科危机》一文的韩文全译，该文原题名为《学理分歧，学术对立，学科危机——曹雪芹诞辰300周年之际的红学忧思》，曾刊发于《中国矿业大学学报》2015年第4期。该文是乔福锦教授于徐州会议之前精心构思的力作，同时也是2015年3月徐州会议的重要论文。尤为难得的是，在笔者邀请下，崔溶澈教授如约参加了"历史回顾与未来展望——《红楼梦》文献学研究高端论坛"，并且提交了很有学术分量的会议论文即《韩国红学文献的整理与研究》，该文开启了韩国红学文献系统整理与综合性研究的序幕。

　　《红学丛稿新编》"学术综述"的几篇文章值得关注。其中，《〈百年红学〉创栏十周年暨〈红学学案〉座谈会实录》一文是在《河南教育学院学报》编辑部前任主编张燕萍女士的主持下完成的，征求她的同意，收录于《新编》之中，借以纪念笔者与张燕萍女士愉快合作的一段岁月，同时也是保存一份红学史的原始文献。这次座谈会的顺利召开实在不易，是故，需要感念的人与事也愈加地值得珍视，笔者将陆续撰述《红学学案外编》以"昭传"其人其事。笔者以为，今日再来看这次座谈会，仿佛它已经具有了某种象喻性意义，即孕育着一种新生的力量，是故，其红学史的意义自不待言。至于《〈红楼梦〉文献学研究笔谈》一文则要感谢《中国矿业大学学报》执行主编李金齐教授的提议和支持，《笔谈》是在"历史回顾与未来展望——《红楼梦》文献学研究高端论坛"（河南·郑州·河南财政金融学院）闭幕之后不久做成的，该文是对郑州会议上"红楼文献学"倡议的进一步阐述，其学术影响应该是深远的。两次"高端论坛"之后，为了更充分地谋划第三次"高端论坛"即"红学学科建设高端论坛"，又于2016年年底前以及2017年年初先后举办了两次专题座谈会，即"红学发展的希望及未来专题座谈会"和"周汝昌与现代红学专题座谈会"，这两次座谈会的综述文章同样引起较为广泛的关注。这两次专题座谈会的顺利举办要感谢顾斌学友的谋划和积极参与，其中，"红学发展的希望及未来专题座谈会"是由顾斌学友首先倡议，"周汝昌与现代红学专题座谈会"则是我们共同谋划。我们谋划这两次座谈会的学术动机在于巩固于徐州和郑州召开的两次高端论坛的成果，并为 2017 年 5 月于北京召开的红学学科建设高端论坛热身。令人欣慰的是，两次座谈会受到参会者的积极响应和高度评价，大家一致认为，这样的座谈会模式值得继续做下去。为什么大家盛赞这一会议模式呢？因为不仅形式灵活，而且会风很好。这两次座谈会的成功举办，是与李金齐主编、范富安主编、赵建忠教授实实在在的资助分不开的，是与胡文彬先生和张庆善先生的精神支持分不开的。其实，每一次研讨会或座谈会的参与者都是值得致敬的，大家聚集到一起，共同商量红学发展之百年大计，同时也在集结着红学研究的有生力量，以学术为先、学术为公之旨趣团结在一起，既谈讲学术，又爱惜人间情谊，这样的一段岁月也将值得后学们追念。值得一提的是，顾斌学友创办的"红迷驿站"一直参与了"周汝昌与现代红学专题座谈会"的前期宣传和后期报道，陆续编发了张庆善研究员、梁归智教授、赵建忠教授的座谈会发言，并赢得了较为广泛的关注和争鸣，这就为扩大座谈会的学术影响以及加强与红迷们（《红楼梦》的热心读者）交流提供了最佳的平台，这是与以往的红学会议所不同的一个方面。笔者欣慰的是，"周汝昌与现代红学专题座谈会"在笔者与相关师友的努力协调下，汇聚了一批中年的红学研究带头人梁归智教授、乔福锦教授、陈维昭教授、孙伟科研究员、赵建忠教授、苗怀明教授、段江丽教授、曹立波教授等，这是一次值得永久纪念的聚会。

《红学丛稿新编》"红学专论"中的《从〈红学学案〉到〈金学学案〉》一文尤其值得一提，该文是在吴敢教授的授意下完成的。吴敢教授希望笔者把《红学学案》的写法移植到"金学"的学术史中来，并在 2013 年 5 月举办的"第九届（五莲）国际《金瓶梅》学术研讨会"（山东·日照·五莲县）闭幕词中公布了《金学学案》的写作计划，笔者闻之，惊喜的同时则是困惑。一则笔者撰述《红学学案》正值紧张期，难以保证《金学学案》写作的持续性；二则"金学"中各种话题尚待厘清眉目，信心不足是显而易见的。果不其然，当《河南理工大学学报》（社会科学版）"金学论坛"陆续刊发了《吴敢金学学案》（2013 年第 3 期）、《黄霖金学学案》（2014 年第 3 期）两篇文章之后，出现了笔者想不到的"风波"，即《河南理工大学学报》（社会科学版）"金学论坛"刊发的《宁宗一金学学案》（2015 年第 2 期）引起了宁宗一先生的"不悦"和"争辩"。准确地说，"不悦"应该始于宁宗一先生通读了2015年8月16~17日召开的由徐州工程学院主办的第十一届国际金学研讨会的会议论文集中笔者的文章之时，收录该论文集的《宁宗一金学学案》原题名为《宁宗一金学研究综论》，此刻，《河南理工大学学报》（社科版）2015年第2期已经刊发该文，笔者当时并未收到样刊，宁宗一先生也没有收到该期样刊，在会后收到样刊时立即告诉了宁宗一先生这一信息。彼此的"争辩"则在笔者作为研讨会最后一位发言者简要地表达了自己的学术观点并介绍了近年来的学术工作之后，宁宗一先生希望就其中的"《金瓶梅》是古代小说史的一半"这个曾引起很多人误解的命题与笔者商量，同时表达了对于笔者的"不满"，即《宁宗一金学研究综论》一文中引用了宋谋瑒批评他的金学研究的文字，笔者作为学术史撰写者倾向鲜明不可取。于是，彼此之间的短信往还若干回，最终谁都没有说服谁。直到2015年10月23日至24日在吉林大学中心校区由吉林大学文学院、珠海学院和图书馆共同举办的"《金瓶梅》文化高端论坛"期间，宁宗一教授做《还金瓶梅以小说的尊严》主题发言，谈及笔者曾撰述的《宁宗一金学研究综论》一文中的观点，并表达了他不予赞同的态度。笔者举手示意发言时则简明地表达了鲜明的学术立场：专家学者的学术成果和学术评价并非由他本人来论评，而是应该由学术史家来评价；而学术史家的评价也将接受相关专家的再评价。并且，学术史家的成果一旦成为学术史观照的对象，又将由此后的学术史家来评价。值得欣慰的是，笔者的学术立场赢得了一些学者的认同，这就为正在从事的《金学学案》的写作活动赢得了相关学者的同情、理解和支持。这一段经历无疑给笔者一个切实的提醒：《金学学案》的写作同样并非一帆风顺！于是，笔者放慢了《金学学案》写作的步伐，当然，之所以放慢步伐还因为其间有更多的事情同时要做，譬如郑州会议以及北京的两次座谈会都是在这之后不久做出来的。至于"红学专论"中的《〈红学学案〉外编——红学名家与〈红楼梦〉研究》一文的收录，主要是因为这组短文赢得了胡文彬先生的赞赏，先生十分地欣赏这样的写法，并希望继续写下去。这一建议无疑引发了笔者的兴趣，于是就又把这组文章发给苗怀明教授，怀明兄很感兴趣，就把这组文章陆续发到"古代小说网微信公众号"上，获得了较为广泛的关注，怀明兄同样鼓励笔者继续做下去。笔者决定就以《〈红学学案〉外编——红学名家与〈红楼梦〉研究》为题，做成系列文章，日积月累足以成册。

《红学丛稿新编》"附录"中的《现代学案述要》一文的撰述,是要十分感谢李金齐教授的督促和支持的。李金齐教授希望把《现代学案》栏目持久地办下去,办成品牌栏目,这就需要笔者尽快地全面思考如何来写《现代学案》文章的问题,《现代学案述要》一文也就应运而生了。这篇文章为笔者主持《现代学案》栏目提供了学术依据,即便每一位学者的写法各有其独特之处,但其基本精神应该是一致的。《现代学案》栏目创栏已经三周年了,刊发了近三十篇学案文章,李金齐主编委托笔者精选12篇汇编成册,期待早日出版,嘉惠学林。回首三年前"现代学案"栏目创栏之初,笔者曾代拟了一篇《邀请函》,今照录以存念:

见字如晤!

《现代学案》是《中国矿业大学学报》(哲社版)二〇一四开创的新栏目,诚邀先生不辞辛劳为栏目撰稿为盼!

《现代学案》之创栏乃基于如下学术考量:学术史研究正在成为热点,新的写法会不断出现。《现代学案》则以人立案,提要钩玄;由人带史,综论通观。庶几可不拘格套,另辟蹊径,生动呈现现代学人的学术个性,以其所富有的生命气息而新人之目。

《现代学案》既以为现代学人之学术"立案昭传"为务,尚存"修史以正人心而挽世道"之念,即试图兼顾"为学术之本旨"与"经世致用传统"之美。虽不能至,心向往之!

《现代学案》撰述将坚守两个基本原则:一则"仰视其人格、平视其学术、俯视则不取"的心理原则;二则"非遇亲者而谀之、非遇疏者而略之、非遇强者而屈之、非遇弱者而欺之"的撰述原则。具体说:述评其学术事实,不论其人格价值;不惟是非成败定褒贬,而以学术贡献论高下;秉持了解之同情,摈弃学派性偏见。

《现代学案》意在将自己打造成为现代学术史研究尤其学人研究之高地,则势必全心全意地依靠有志斯道者携手以共图之。铅刀贵一割,梦想骋良图!

谨向关心《现代学案》成长的师友致以诚恳的谢意!

即颂

撰安

《现代学案》栏目主持人　敬呈

后记

当然，同样需要真诚地感谢的是为了《红学丛稿新编》这部书稿顺利出版而付出宝贵精力的出版社的领导和编校同志们，尤其为书稿付出辛勤劳作的徐家春责编以及为此部书稿同样付出了宝贵精力的笔者的学生郭开敏学友。

2017 年 2 月 4 日 11 时于槐园书屋